궁정동 사람들

나남
nanam

나남창작선 149

궁정동 사람들
박홍주 대령의 10 · 26

2019년 4월 25일 발행
2019년 4월 25일   1쇄

지은이   박이선
발행자   趙相浩
발행처   (주) 나남
주소   10881 경기도 파주시 회동길 193
전화   (031) 955-4601 (代)
FAX   (031) 955-4555
등록   제 1-71호 (1979.5.12)
홈페이지   http://www.nanam.net
전자우편   post@nanam.net

ISBN 978-89-300-0649-1
ISBN 978-89-300-0572-2 (세트)

책값은 뒤표지에 있습니다.

박이선 장편소설

궁정동 사람들

박흥주 대령의 10 · 26

나남
nanam

박홍주 대령에 관한 이야기를 해야겠다고 마음먹은 것은 꽤 오래전
의 일이다. 그의 삶과 사연이 너무 안타까워 모른 체 넘길 수가 없었
다. 그러나 마음만 먹었을 뿐 막상 쓰려고 앉으면 어디서부터 어떻
게 말해야 할지 앞이 꽉 막힌 느낌이었고, 함부로 말하기에 무척 조
심스럽다는 것을 알게 되었다.

　격변의 시대에 세간의 주목을 받는 정치적 사건들이 끊임없이 발
생하고 기억에서 잊히는 것은 특별한 일이 아니다. 한 가지 일에 얽
매여 있다 보면 새로운 사건으로의 진행이 어렵게 될 것이다. 어쩌
면 사람들은 이것을 핑계 삼아 천지를 진동시켰던 사건들을 쉽게 잊
고 있는지도 모른다. 인간에게 망각은 참 좋은 약이다. 떠올리기 싫
은 기억은 시간이 지남에 따라 옅어지고 나중에는 언제 그런 일이
있었는지조차 떠올리기 힘들게 된다.

　그럼에도 쉽게 잊히지 않는 사건이 있다. 대통령을 시해한 10 ·

26 사건은 비교적 가까운 역사다. 동시대에 살았던 사람들이 여전히 40년 전의 그것을 기억하고 아직까지 생존해있다. 진행 중인 역사적 사건에 대하여 펜을 든다는 것은 쉽지 않은 일이다.

해방 이후 극심했던 좌우 이념대립이 오늘날 진보와 보수로 세대를 교체하여 서로 할퀴고 있는 마당에 10·26 사건을 들추고 박흥주 대령의 이야기를 한다는 것은 돌팔매를 맞기에 딱 좋을 수도 있다. 또 그이의 가족들에게 누를 끼치지나 않을까 염려되는 것도 사실이다.

하지만 이것은 표면상의 이유일 뿐, 정작 박흥주 대령의 이야기를 시작하지 못한 이유는 다른 데 있었다. 아직 그의 삶을 온전히 이해하지 못했기 때문이었다. 피상적으로 느끼는 감정만 가지고 쓸 수는 없는 일이었고, 그가 느꼈을 고뇌와 내면적 갈등을 제대로 이해하지 못한 상태에서 글을 쓴다는 것은 그이에게 큰 실례라고 생각했다. 그래서 서두르지 않고 내 가슴속 샘물이 차오르기를 기다렸다. 차분하게 자료를 모으고 그 행적을 더듬으며 나라면 어떤 선택을 했을까 수없이 자문했다.

드디어 어느 순간 박흥주 대령이 내 마음속으로 들어왔고 그 애절한 사연을 조금씩 펼칠 수 있게 되었다. 모처럼 찾아온 감동이 사라지기 전에 그가 왜 그리할 수밖에 없었는지, 하고 싶었던 말은 무엇인지 모두 글로 옮겨야 했다. 때로는 감정이 신기루처럼 모두 사라질까 봐 애가 탔고, 부족한 재주에 가슴을 치며 통탄한 적도 많았다. 글을 쓰는 동안 나도 모르게 눈물을 흘렸다면 누가 믿어줄까. 차마 부끄러워 말하기가 쑥스럽지만 이것은 눈물로 쓴 소설이다.

무사히 글을 마칠 수 있도록 도와주신 어머니께 감사드린다. 또

나무를 심고 생명사상을 몸소 실천하며 40년 동안 출판외길을 걸어 오신 나남출판 조상호 대표이사님과, 좋은 의견을 내고 최선을 다 해 교정작업을 해준 편집부에 고개 숙여 감사를 표한다.

박흥주 대령은 우리 아버지요 남편이었고, 아들이자 오빠였다. 평소와 다를 바 없이 아내의 배웅을 받고 출근했던 사람이 대통령 시해사건에 휘말려 사형선고를 받고 말았다.

그는 남자를 여자로 바꾸는 것 말고는, 나는 새도 떨어트릴 정도로 위세가 당당했던 중앙정보부 비서실장이었다. 하지만 그가 살던 곳은 지프차도 못 올라가는 행당동 달동네 언덕배기의 반지하 전셋집으로 사건 당시 아직 잔금을 다 치르지 못한 상태였다. 어두컴컴하고 습한 집에서 아내와 두 딸, 그리고 젖먹이 아들이 살았다. 그에게는 책임져야 할 가족이 있었다.

사건 이후 사람들의 손가락질에도 불구하고 남편의 당부대로 자녀들을 훌륭하게 키우기 위해 고군분투했을 그 아내, 그리고 아버지 없는 세상을 꿋꿋하고 용기 있게 헤쳐 나가느라 많은 눈물을 흘렸을 자녀들을 생각하면 정말 목이 메인다. 박 대령의 가족들에게 무한한 감사와 지지를 보낸다. 아무쪼록 이 책이 조금이나마 위로가 되기를 바란다.

누구보다 유능하고 청렴했던 군인, 미래 육군참모총장감이라고 칭송받던 사람이 왜 대통령 시해사건의 관련자로 재판을 받게 되었는지. 정말 정보부장의 명령을 거부할 수는 없었는지. 이것은 박흥

주 대령에게 묻는 것이 아니라 나 자신에게 묻는 말이다. 독자들께
서도 책을 읽는 동안 비슷한 질문을 스스로 하게 될 것이다.

만약 내가 그 자리에 선다면 어떤 선택을 할 수 있을까.

2019년 봄

연정燕亭 박이산

박이선 장편소설

궁정동 사람들
박홍주 대령의 10 · 26

차례

딸의 왕관

섬진강은 지리산과 씨름을 하는 것처럼 허리춤을 잡고 돌아 남해로 흘러든다. 강 건너 구례 쪽에서 보면 저 멀리 노고단이 보인다. 3월이 훌쩍 지났지만 아직까지 산봉우리가 하얀 고깔을 벗지 않은 것은 슬금슬금 강물을 따라 올라오는 봄기운이 마뜩잖기 때문이다. 지난 겨울은 유난히 추웠다. 그래서 꽃이 좀 늦게 피겠구나 싶었는데 섬진강을 사이에 둔 하동과 구례의 비탈진 곳에서는 매화가 벌써 꽃망울을 터트리고 있었다.

그러나 1980년 남한산성 아래 육군교도소는 남녘의 꽃소식에 아랑곳하지 않고 싸늘한 기운이 감돌 뿐이었다. 독방에 가만히 앉아있으면 차가운 콘크리트 벽에서 뼛속을 파고드는 한기가 뿜어 나왔다. 감을 겨우내 먹으려고 옹기에 넣어두면 그중 몇 개는 얼어서 속살이 검게 변해버리는 일이 있다. 육군교도소 독방의 한기 또한 수감자의 하얀 뼈를 시커멓게 만들어버리기에 충분할 정도로 매서웠다.

몇 달 전까지 중앙정보부장으로서 위세가 당당했던 김재규는 독방에 웅크리고 앉아 차가운 아침을 맞이하고 있었다. 추위 탓에 그의 머릿속은 봄을 알리는 섬진강변의 하얀 매화로 가득했다. 그가 건설부 장관으로 있을 때 완공시킨 것이 바로 호남과 영남을 잇는 호남남해고속도로다.

어느 해 봄이었던가. 그는 고속도로에서 빠져나와 지리산을 우측에 두고 섬진강을 거슬러 오른 적이 있었다. 강변 기슭을 하얗게 물들인 매화와 연초록 물감을 바른 듯 돋아나는 나뭇잎은 한 폭의 수채화였다. 그 인상이 너무 강렬하여 봄이 되면 항상 그곳이 떠오르는 것이다. 산에서 녹은 물이 돌돌돌 소리를 내며 강으로 모여들고 비단을 펼쳐놓은 것처럼 햇살에 반짝이는 은빛 맑은 강물이 하얀 백사장을 적시며 유장하게 바다로 흘러갈 때, 매화는 작은 꽃망울을 수줍게 터트렸다.

문득 김재규의 머리에 대통령이 떠올랐다. 1974년 고속도로 개통 테이프를 전주에서 끊고 광주로 달려가 수만 군중이 운집한 경기장에서 준공식을 열었다. 대통령은 주무장관으로 공사를 무사히 끝마친 그의 어깨를 두드리고 손을 잡아 흔들었다. 그리고 섬진강휴게소에서 고속도로 준공기념탑의 앞면과 뒷면에 자신과 김재규의 이름이 새겨진 것을 보고,

"임자가 정말 큰일을 해냈어."

배석한 사람들 모두 들으라는 듯 큰 소리로 치하하며 뿌듯한 표정을 지었다. 그때를 생각하면 지금도 가슴속에서 용암처럼 피가 끓어올라 열정을 불태우는 것 같다.

하지만 이내 김재규의 마음은 침울해지고 만다. 그의 손으로 대통령을 죽이고 여기 육군교도소에 수감되어 있으니 착잡하다. 더구나 오늘 3월 6일은 자신의 생일이다. 그런데 생일상은커녕 차가운 독방에 앉아 가부좌를 틀고 있으려니 괴롭기 짝이 없다. 그는 펜을 들어 '옥중수양록'을 펼치고 〈금강반야경〉에서 보았던 구절을 적어 넣는다.

應無所住而生其心

응무소주이생기심. 응당 머물 곳이 없도록 그 마음을 일으키라. 〈금강반야경〉에 나오는 말로 마음을 비우라는 뜻이다. 요즘 그는 온갖 번뇌와 괴로움에 사로잡혀 밤잠을 제대로 이루지 못할 지경이었다. 자기 한 몸 죽는 것이야 얼마든지 감내할 수 있는데 아무 영문도 모른 채 명령을 수행했던 부하들을 생각하면 괴롭기가 한량없기 때문이다. 어떻게 하면 부하들을 살릴 수 있을까. 한 명이라도 살리고 싶었다.

전생의 행업으로 인해 이 같은 처지에 처했을 것이니 지금 죽음의 문턱에 놓인 부하들을 살리는 선업을 쌓는다면 윤회의 굴레에서 조금이나마 위안을 찾을 것 같았다. 아니 다음 생을 위해서가 아니라 지금 당장 괴로움으로부터 벗어나기 위해 당연히 해야 할 일이었다.

하지만 그에게는 방법이 없었다. 고작 재판정에서 진술할 때 부하들을 선처해달라 호소하고, 털 빠진 늙은 부엉이가 나뭇가지 위를 왔다 갔다 하는 것처럼 재판정의 기다란 나무의자에서 좌우 헌병의 움직임에 따라 몸이 흔들릴 뿐이었다. 마음이 괴로우니 독방에서 불경을 뒤적이는 것밖에 달리 할 일이 없다.

오후가 되자 날이 조금 풀렸다. 봄바람이 차가운 복도를 타고 들어와 독방에 온기를 불어넣었다. 김재규가 불경을 읽으며 수양록을 기록하고 있을 때 간수가 독방으로 다가와서 문을 두드린다.

"면회입니다."

면회실에는 변호인이 와있었다. 그도 오늘이 김재규의 생일인 것을 알았는지,

"부장님, 오늘이 생신이시죠?"

멋쩍은 표정으로 덤덤하게 말한다. 김재규는 생일을 기억해주는 사람이 있어 고마운 눈치다.

"고맙소."

변호인은 생일을 축하하는 사람으로 볼 수 없을 만큼 잔뜩 굳은 표정으로 주섬주섬 서류를 꺼내놓더니 어렵게 입을 뗀다.

"부장님."

"말씀하세요."

"박 대령의 형이 집행되었습니다."

순간 김재규는 그 자리에서 얼음처럼 몸이 굳고 말았다. 손가락 하나 머리털 한 올 움직일 수 없는 상태에서 초점 잃은 눈동자만이 미세하게 떨리고 있었다. 변호인은 김재규가 미동도 하지 않고 굳어버리자 숨을 쉬고 있는지 문득 궁금해졌다. 갑자기 통나무가 쓰러지는 것처럼 옆으로 쿵 쓰러져버리고 말 것만 같았다.

"부장님."

변호인이 부르는 소리에 김재규는 멈추었던 숨을 길게 내쉰다. 폐 속에 자리 잡은 수백만 개의 공기주머니 폐포에서 모든 숨을 끌어올려 내쉬는 한숨이다.

"언제입니까?"

"오늘 오전에 집행되었습니다."

"하필이면 오늘, 내 생일날에 ···."

김재규의 눈 가장자리에 물이 고이더니 점점 차올라 어느새 까만 눈동자를 덮고 말았다.

서울 행당동은 가파른 산비탈에 살구나무와 은행나무가 유난히 많아서 봄에는 살구꽃이 울타리를 물들이고 가을이면 노란 은행잎이 바닥에 수북이 쌓이는 달동네를 끼고 있었다. 겨울을 재촉하는 찬바람에 옷깃을 세우고 자박자박 은행잎을 밟고 걸어가면 저도 모르게 몽환적 기분에 빠져 흡사 아편쟁이가 된 것 같았다. 가는 길이 나무로부터 점점 멀어지고 은행잎이 줄어들 때 조바심은 더욱 기승을 부린다. 은행잎 밟는 것은 중독성이 있다. 길에 떨어진 은행잎을 꼭 밟고 가야 직성이 풀릴 것처럼 생각되어 걸음을 뗄 때마다 눈은 새로운 은행잎을 찾았다.

나무로부터 멀어질수록 잎이 줄어들고 결국 모두 사라지면 그제야 아쉬운 표정으로 걸음을 멈추고 뒤를 바라본다. 샛노란 물감을 좍 뿌려놓은 것처럼 황홀하고 아름다운 골목길, 그렇게 예쁜 길을 걸어왔다는 게 믿기지 않을 정도였다. 그때 햇살과 은행잎이 아우러지면 금싸라기를 뿌려놓은 듯 그 화려한 눈부심 때문에 자기도 모

르게 마애불같이 눈을 가늘게 뜨고 무아지경으로 빠져드는 것이 바
로 행당동 골목길이었다.

달동네 사람들은 서울에 살면서도 번화한 분위기나 정돈되고 번
듯한 이미지와 담을 쌓아놓고 있었다. 새벽부터 밤늦게까지 좁고
가파른 골목길을 부지런히 오가며 내일을 걱정하는 것조차 사치스
럽게 여겨질 정도로 당장 오늘 하루가 걱정되는 사람들이다.

달동네는 1960년대 이후 도시개발의 여파로 밀려난 사람들과 지
방에서 갓 상경하여 마땅한 거처를 구하지 못한 사람들이 몰려 사는
곳이었다. 처음엔 천막을 얼기설기 이어서 살다가 그것을 판잣집으
로 바꾸고 나중에는 시멘트 블록을 이용해서 담을 치고 그럴듯한 양
옥을 들여앉혔다. 소외된 사람들이 모여 사는 마을은 '달나라 천막
촌'으로 불렸다. 산 아래서 보면 달이 뜨는 그 언저리에 동네가 자리
잡았기 때문이다. 또 달이 잘 보이는 산자락이나 언덕에 산다고 해
서 그렇게 불렸을 것이다.

아무튼 달나라 천막촌은 '달동네'로 이름이 바뀌었고, 언제고 재
개발을 해서 확 헐어버려야 할 불량주택과 불법가옥이 즐비한 산동
네를 지칭하는 말이 되었다. 공덕동, 사당동, 상계동, 상도동, 삼
양동, 신림동, 봉천동, 월곡동, 청량리, 행당동 등이 수도 서울 곳
곳에 자리 잡고 있었던 달동네인데, 2000년대 초반부터 재개발이
시작되어 아파트촌이 들어섰고 오늘에 이르러서는 과거의 좁은 골
목길을 찾아보기 힘들다.

가파른 길을 잘 오르는 지프차조차 더 이상 올라가는 것을 포기하

고 마을 아래 길가에서 거친 숨을 몰아쉴 수밖에 없는 달동네. 중앙
정보부 비서실장 박홍주는 행당동 달동네 꼭대기에 있는 11평짜리
집에 세 들어 살고 있었다. 길에서 대문을 밀고 몇 계단 내려서야 마
당이 나오는 2층 양옥, 붉은 벽돌을 이용해서 성냥갑처럼 직사각형
으로 단순하게 쌓아 올린 집이었다. 말이 양옥이지 집보다 높은 시
멘트 옹벽이 뒤에 버티어 있고, 사람들이 어깨를 부딪치며 걸어야
할 정도로 좁은 길에는 비슷한 집들이 다닥다닥 붙어 있었다. 산동
네라고 해서 모두 전망이 좋은 것은 아니었다.

박홍주는 마당보다 지반이 낮은 1층에 살고 있었기 때문에 집 안
의 분위기는 대체적으로 어둡고 가만히 앉아있기만 해도 속이 답답
해서 미칠 지경인 그런 집이었다. 2층엔 다른 사람이 세 들어 있었
는데 가격이 비싸 어쩔 수 없이 반지하나 다름없는 1층에 살게 되었
다. 대문에서 볼 때 지하로 푹 꺼진 것처럼 보이는 구조는 무더운 여
름의 습기와 더위를 씻어낼 바람이 드나들 수 없을 것 같았다.

큰방은 박홍주 내외와 막내아들이 쓰고, 작은방은 이제 초등학교
4학년이 되어 세상에 관심이 부쩍 많아진 첫째 딸 혜영이와 동생 혜
은이가 사용했다. 아이들은 큰방이 너무 어두워서 낮에도 불을 켜
놓아야 했기 때문에 '한밤'이라고 불렀다. 여전히 한밤중이라는 의
미다.

집 안 구조가 그래서인지 박홍주의 아내 김묘춘은 감기가 떨어질
날이 없을 지경이었다. 웬만하면 다른 곳으로 이사 가자고 조를 법
도 하였지만 군인의 아내로 신혼 때부터 근무지를 따라 이사 다니고
비좁은 관사에서 생활하였던 것이 몸에 익어 그럭저럭 지내고 있었

다. 홍주는 이런 아내가 고맙고 항상 미안했다.

물론 이웃들은 박홍주가 중앙정보부에 근무한다는 것을 알지 못했다. 만약 알게 된다면 무척 부러워했을 것이다. 중앙정보부 비서실장이라면 남자를 여자로 바꾸는 것 빼고 나는 새도 떨어트릴 수 있을 만큼 모든 일을 할 수 있다는 그런 권세를 가진 자리였으니까. 하지만 홍주는 어서 군으로 돌아가고 싶었다.

박홍주는 현역 육군대령 신분으로 중앙정보부에 파견되어 비서실장직을 맡아 일하고 있는 중이었다. 그는 책임감 있고 올곧은 성격 탓에 육사 18기 동기생들 가운데 진급이 가장 빠른 편이었다. 그가 대령으로 진급했을 때만 해도 연대장을 맡아 부대를 지휘하며 병사들과 동고동락할 기분에 흠뻑 빠져있었다. 그런데 중앙정보부장 김재규가 그를 불러올리는 바람에 대령 계급장을 단 군복을 입어보지도 못하고 중앙정보부에서 근무하게 되었다.

과거 김재규가 6사단장으로 있던 시절, 중위 박홍주는 그의 직속 부관이었다. 그 인연으로 정보부에서 일하게 되었지만 홍주는 항상 야전으로 돌아가고 싶다는 마음뿐이었다. 생각지도 못했던 중앙정보부에 근무하게 되어 익숙한 군복을 벗고 깔끔한 양복으로 첫 출근하던 날, 홍주는 아내에게 이렇게 말했다.

"군복만 입고 살다가 양복을 입고 출근하려니 낯설어."

"당신 잘 어울려요."

"어서 서울 근무를 마치고 다시 야전으로 가고 싶은데."

"그런 말 마세요. 기왕 서울 생활을 시작했으니 있는 동안 잘 지내면 되는 거죠. 아이들도 조금 지나면 적응할 거예요."

홍주는 아내를 물끄러미 바라보며 그동안 고생을 너무 많이 시켰다는 생각을 했다. 아내는 그가 정보부에 근무한다는 것을 모르고 국방부나 다른 부대로 출근하는 줄 알고 있었다. 그동안 남편의 근무지에 따라 전방을 전전하느라 이제 이삿짐 싸는 데는 도가 텄지만, 여자 입장에서 첩첩산중 군부대보다 비록 달동네일망정 서울이 좋을 것 같았다. 아이들도 처음 서울로 이사한다고 했을 때 얼마나 좋아했던가. 그것을 생각하면 잠시 서울생활을 하는 것이 나쁘지 않겠다는 생각이 들었다.

본래 군인의 아내는 남편을 나라에 맡겨두고 사는 사람이다. 그래서 출퇴근 시간을 가지고 바가지를 긁거나 자녀교육과 집안문제로 남편의 정신을 혼란스럽게 하지 않았다. 아내 혼자 집안을 책임지고 묵묵히 꾸려가는 경우가 많았으므로 고생이 적지 않았다. 홍주 또한 아내의 고생을 모르는 바 아니었다. 서울로 왔으니 호강을 좀 시켜주고 싶은데 그것은 마음뿐이었고 군에 있을 때보다 시간을 내기가 더 어려웠다.

중앙정보부장이 움직이는 대로 그림자처럼 수행하고 긴박한 일이 발생하면 자초지종을 알아보고 보고서를 정리해서 올려야 했다. 휴일에 가족끼리 외출하는 것은 꿈도 꿀 수 없었다. 가족들은 이제 불규칙한 가장의 출퇴근에 익숙할 법도 하지만 아이들은 언제 아버지가 돌아올까 목을 빼고 기다리는 일이 많았다.

어젯밤에도 늦은 시간에 퇴근하였더니 아이들이 자지 않고 아버지를 기다리고 있었다.

"혜영 엄마, 혜영아."

대문을 밀고 들어오며 부르는 소리를 듣고 아이들이 벌떡 일어나서 쫓아나갔다.

"아빠!"

"잘 지냈니?"

아이들이 아빠의 양손을 붙잡고 그네를 탄다. 그리고 미처 자리에 앉기도 전에 학교에서 있었던 일을 조잘대고 일러바친다. 언니와 동생이 서로 먼저 말하겠다고 다투며 아빠의 얼굴을 빤히 쳐다보고 어서 자기에게 대답해달라는 표정을 지었다.

"아빠 피곤하시겠다. 정신 사납게 하지 말고 저리 좀 가 있어."

보다 못한 엄마가 나무라자, 홍주는 빙그레 웃었다.

"괜찮아."

큰딸 혜영이 아빠의 말에 그러면 그렇지, 엄마를 향해 혀를 쏙 내밀고 본격적으로 용무를 이야기하기 시작했다.

"아빠, 이게 뭔 줄 알아요?"

딸이 가리키는 것을 보니 방바닥에 마분지와 은색종이 그리고 가위와 풀이 여기저기 나뒹굴고 어설프게 만들어놓은 물건이 눈에 들어왔다.

"이게 뭐니?"

"왕관이에요."

혜영은 양손으로 머리에 쓰는 시늉을 하며 말을 이어갔다.

"내일부터 우리 반에서 사명대사 연극연습을 하거든요. 그런데제가 무슨 역을 맡았는지 아세요?"

"글쎄, 스님?"

"에이, 아빠도. 스님이 뭐예요. 이렇게 예쁜 딸이 스님 역을 맡으면 되겠어요? 에헴, 저는 임금 역을 맡았답니다."

"그래? 그것 참 잘 되었구나. 우리 딸은 잘할 거야."

아빠의 칭찬에 혜영이는 우쭐해져서 동생을 바라보고 그것 보라는 표정을 지었다. 이에 질세라 동생 혜은이가 아빠의 무릎으로 다가앉아 오늘 있었던 일을 빠짐없이 고해바쳤다. 홍주는 지친 기색 없이 이야기를 다 들어주고 때때로 고개를 끄덕였다.

동생이 숨을 돌리느라 잠시 말을 멈추자, 혜영이가 기다렸다는 듯 말꼬리를 잡아챘다.

"그래서 말인데요. 아빠가 저 왕관을 좀 만들어주시면 안 돼요?"

"저 정도면 잘 만들었는데."

"아니에요. 엄마는 막내 보느라 짬이 없고, 혜은이는 도와준다면서 일을 망치기만 해요. 아빠가 제 왕관을 만들어주시면 좋겠어요. 그렇게 해주실 거죠. 네?"

"글쎄, 그럴 시간이 있을지 모르겠다."

"꼭 해주세요. 맨날 늦게 들어오고 이게 뭐야. 남들 아빠는 일찍 퇴근하던데 우리 아빠는 항상 늦어."

큰딸이 아빠에게 칭얼대는 것을 보고 엄마가 나섰다.

"혜영아. 아빠 피곤하시겠다. 그만 건너가서 자거라."

그래도 혜영이는 기어코 아빠가 만들어주겠다는 말을 듣기 전까지 물러나지 않을 태세다. 홍주는 어쩔 수 없이 생각해보마고 대답할 수밖에 없었다. 그 말을 듣고도 혜영이는 미덥지 않은 낯으로 혜은이와 함께 어머니의 눈치를 보면서 재차 확인했다.

"꼭이에요."

"얘도 참, 집에 와서 줄곧 저 왕관을 만든답시고 자르고 붙이느라 방이 엉망이 되었어요. 여보, 미안해요. 신경 쓰이게 해서."

"아니야. 저만한 때 아빠가 신경을 많이 써야 되는데 그렇게 못해서 오히려 내가 미안하지."

아이들이 작은방으로 건너가자 큰방이 조용해졌다. 이제 홍주는 아내의 품에서 눈을 말똥거리고 있는 젖먹이 막내아들 요셉에게 눈길이 갔다. 그동안 아들이 없어 뭔가 허전한 기분이 들었는데 뒤늦게 본 자식이라 아무리 보아도 질리지 않았다. 아내 또한 한 집안의 대를 잇게 되어 마음의 짐을 벗어버린 느낌이었다. 다만 서른 중반을 넘어 출산하는 바람에 몸이 축나 여기저기 아픈 곳이 많았다.

"그 녀석 누나들이 시끄럽게 하니까 외려 조용하구나."

"웬걸요. 하루 종일 안아 달라고 칭얼대는 바람에 한시도 쉴 틈이 없었어요. 아빠를 보니 좋아서 그러는가 봐요."

홍주는 아들을 품에 안고 얼굴을 비비다가 바라보고 또 비비다가 바라보고, 히죽 웃다 무서운 표정을 짓고, 돌돌돌돌 소리로 아들을 부르다 갑자기 까꿍 놀래키고는 어떤 반응을 보이는지 지켜보았다. 그새 소곤거리며 킥킥대던 작은방이 조용해졌다. 아빠를 기다리느라 피곤한 모양이었다.

홍주는 아들을 아내에게 안겨주고 방바닥에 흩어져있는 종이를 집어 들었다.

"피곤하실 텐데 그냥 주무세요. 혜영이 너무 욕심을 내는 것 같아요."

"아니야. 중요한 역할을 맡았다니까 멋진 왕관을 쓰고 가야지."

그는 방바닥에 앉아서 허리를 굽히고 딸이 부탁한 왕관을 만들기 시작했다. 마분지를 오리고 은종이를 붙이면 금방 만들어질 것 같더니 생각보다 쉽지 않았다. 한참을 끙끙대며 가위질과 풀칠을 했다. 그동안 아내는 잠자리를 준비했는데 왕관을 만들고 나니 밤이 깊어 사방이 조용한 가운데 늦은 일을 마치고 돌아가는 어느 집 가장의 흥얼거리는 소리가 들린다. 대포를 한잔 걸친 모양이다.

홍주는 흡족한 표정으로 왕관을 들어 몇 번이나 바라보곤 한쪽 앉은뱅이책상 위에 올려놓았다. 일 때문에 늦게 퇴근하고 딸의 부탁을 들어주느라 시간이 많이 지나버렸지만 내일 아침 혜영이 기뻐할 생각에 피곤함이 싹 사라지는 것 같았다.

이튿날, 1979년 10월 26일 아침에는 낮은 안개가 달동네를 휘감고 있었다. 가을철 기온차가 심한 탓으로 요즘은 아침마다 안개가 자주 끼었다. 해가 보이지 않아 어두운 집 안이 더욱 컴컴했다. 혜영은 눈을 뜨자마자 왕관부터 찾았다.

"우와, 이거 정말 아빠가 만드신 거예요? 정말 멋져요."

"마음에 드나 보구나."

"아빠, 고맙습니다. 친구들에게 자랑해야지."

혜영은 왕관을 들고 동생에게 달려갔다. 홍주는 딸들이 일어나는 것을 보고 출근을 준비했다. 아내가 차려준 밥을 먹고 옷을 걸치는 동안 딸들은 씻는다 옷을 입는다 부지런을 떨었다.

"여보, 다녀올게."

"얘들아, 아빠 출근하신다. 와서 인사해야지."

"아빠, 안녕히 다녀오세요."

"그래, 너희들도 학교 잘 다녀오거라. 여보, 나 간다."

홍주는 평소와 다름없이 먼저 집을 나섰다. 아내는 아들 요셉을 안고 대문 밖까지 따라 나와서 좁은 골목길을 내려가는 남편의 뒷모습을 지켜보았다. 홍주는 한참을 내려가다 옆으로 꺾이는 지점에서 걸음을 멈추고 뒤돌아 손을 흔들었다. 그만 들어가라는 소리다. 하지만 묘춘은 남편이 안개 속으로 사라질 때까지 눈을 떼지 않았다. 이것이 아이들이 본 아버지의 마지막 출근 모습이었다.

홍주가 골목을 돌아섰을 때 먼저 내려가고 있던 이웃 박정권이 뒤를 돌아보고 인사했다.

"일찍 나가시네요."

"네. 안녕히 주무셨습니까. 일이 있어 좀 일찍 나섰습니다."

"평화시장에서 일하신다고 했죠? 나는 청량리로 가는데 평화시장에 갈 일이 가끔 있어요. 언제 들르면 탁주나 한 사발 합시다."

"그렇게 하시죠. 그럼 전 이만 바빠서 …."

홍주는 박정권을 지나칠 때 가볍게 묵례를 올렸다. 박정권은 바쁘게 걸음을 옮기는 홍주의 뒷모습을 바라보며 참 예의 바르고 반듯한 사람이라고 생각했다. 달동네는 그만그만한 사람들이 모여 사는 관계로 옆집 아저씨가 무슨 일을 하는지, 그 집 딸이 무슨 공장에 다니는지 다 알고 있었다. 어느 집 남편이 술을 잔뜩 먹고 들어와서 마누라를 두들겨 패고 동네를 시끄럽게 하면, 그 이튿날 소문이 짜하게 퍼지게 마련이었다. 여자들은 고개를 푹 숙이고 도망치듯 일터로 가는 망나니 남편을 향해 손가락질을 해댔다. 그리고 얻어맞은 부인에게 쫓아가 밤새 자기가 들은 것을 확인이라도 하려는 것처럼 꼬치꼬치 캐물었다.

대부분 자기 집이 아니고 세 들어 사는 사람들이 많았다. 동병상련이라 서로의 처지를 동정하고 김치전 하나를 부치더라도 나누어 먹는 것이 보통이었다. 아이들은 좁은 골목을 쏘다니며 놀이를 하고 어스름 저녁이 되면 엄마가 부르는 소리에 이끌려 하나둘 집으로 돌아갔다.

그런데 이웃주민들은 박홍주가 평화시장에서 일하는 것으로 알고 있었을 뿐 구체적으로 무슨 장사를 하는지 알지 못했다. 아침 일찍 나갔다 늦게 들어오고 그 시간이 일정치 않아 마주칠 일이 적었다. 그 아내도 남편이 무얼 하는지 통 말하지 않으니 알 도리가 없었다.

정보부장과 경호실장의 암투

해가 뜨자 아침에 자욱했던 안개가 씻은 듯이 사라지고 청명한 가을 하늘이 드러났다. 박흥주는 김재규가 출근하기 전에 보고자료를 검토했다. 흥주의 직책은 중앙정보부장 수행비서관이다. 사람들은 비서실에 근무한다고 해서 비서실장 또는 수행과장으로 불렀는데, 김재규는 주로 '박 실장'이라고 불렀다.

아무튼 10월 26일 아침 김재규의 표정은 밝았다. 집무실에 들어서자마자 벙어리 예장禮狀 받은 것처럼 싱글벙글하며 박흥주에게 물었다.

"박 실장, 청와대에서 전화 오지 않았나?"

"네. 걸려온 전화가 없었습니다. 무슨 일 있으십니까?"

"오늘 각하께서 당진 삽교천 행사에 가시잖나. 돌아오는 길에 당진송신소에 들르실 거야. 우리 부에서 관할하는 시설이니 내가 가봐야지."

"네. 그럼 청와대에 전화를 한번 넣어볼까요?"

"그래."

박흥주가 청와대 경호실에 전화를 거는 동안 김재규는 의자에 앉아서 보고서를 뒤적였다. 오늘 대통령이 참석하는 행사는 두 가지였다. 하나는 식량증산을 위한 삽교천지구 농업종합개발사업 삽교호 준공행사로서 공식행사이고, 다른 하나는 KBS 당진송신소에 들러 기념식수를 하고 현황을 청취하는 비공식행사였다.

대통령의 일정에 따라 중앙정보부장이 동행하기도 하고 빠지기도 하는데 당진송신소 행사는 반드시 따라가야 하는 행사였다. 왜냐하면 당진송신소는 공산권 국가에 대해 심리전 방송을 하는 국가 기간 시설이었기 때문이다. 그동안 단파출력을 강화하는 공사를 방송사와 중앙정보부 관계자들이 몇 달 동안 밤을 새워가며 해왔다. 비로소 그 공사가 끝나고 대통령에게 보고하는 행사를 준비했던 것이다. 이제 당진송신소에서 전파를 쏘면 북한은 물론 저 멀리 몽골, 카자흐스탄에서도 방송을 들을 수 있게 될 것이다.

대통령은 삽교천 공식행사를 마치고 서울로 돌아오는 길에 당진송신소에 들러 기념식수를 하고 송신소 시설과 대북방송현황을 청취하도록 되어 있었다. 김재규는 대통령을 모시고 가서 그동안 애써온 사업결과를 보고하는 것이 자못 기대되어 아침부터 부지런을 떨고 있는 것이다.

이윽고 박흥주가 경호실에 연결된 전화를 건네주었다.

"차 실장, 나 김 부장이오."

"아침부터 무슨 일로 전화하셨습니까?"

"무슨 일이라니? 오늘 각하께서 삽교천 행사에 가시지 않습니까. 그래서 전화했지요."

"아, 그거요? 오늘 부장님은 서울에 남아야겠습니다."

"뭐요? 그게 무슨 말이요?"

김재규의 표정이 굳어지고 있었다. 그렇잖아도 가늘고 높은 톤의 목소리가 점점 커지고 검은 안경테 속에서 눈빛이 이글거렸다. 홍주는 옆에 서서 통화하는 것을 듣고 무슨 일인지 바로 알아차렸다. 이번에도 차지철 경호실장이 중간에서 가로막는 것 같았다. 김재규는 전화기를 붙잡고 소리를 질렀다.

"내가 한가하게 놀려고 따라가는 줄 아시오? 삽교천 행사를 마치고 당진송신소에 들르도록 되어 있잖소. 거기는 우리 정보부에서 관할하는 시설이니 내가 각하께 설명을 드려야 된단 말입니다."

"그거라면 걱정 마십시오. 내가 각하를 잘 모시고 설명 드리겠습니다. 지금 시국이 수상한데 우리 둘 중 하나는 서울에 남아 있어야 되지 않겠습니까. 내가 각하를 수행할 테니 김 부장은 서울을 지키고 계세요."

"차 실장, 지금 그것을 말이라고 하는 거요? 업무관할이 다른데 왜 경호실에서 그런 일까지 챙기느냐 이 말이올시다."

"나랏일을 하는 사람이 자기 일만 챙겨서야 쓰겠습니까. 이미 보고가 끝났어요. 그리 알고 서울에 남아 계십시오."

차지철 경호실장은 일방적으로 전화를 뚝 끊어버렸다. 김재규는 어처구니없는 표정으로 전화기를 붙들고,

"차 실장, 이봐요 차 실장!"

불러보았지만 대답이 있을 리 없었다. 그는 얼굴이 벌게져서 수화기를 내동댕이치듯이 내려놓았다. 홍주는 어쩔 줄 몰라 말을 붙이기가 조심스러웠다. 부장의 얼굴이 조금 전 싱글거리던 표정에서 어느새 세끼 굶은 시어머니 상판으로 바뀌었다.

김재규는 이를 뿌드득 갈아대며 나지막이 욕설을 내뱉었다.

"개새끼."

"무슨 일이십니까?"

"차 실장이 또 장난을 쳤어. 자기가 오늘 각하를 모시고 갈 테니 나더러 서울에 남아 있으라는 거야. 정보부장인 내가 당진송신소에서 각하께 설명 드려야 되는데, 재주는 우리 정보부 요원들이 부리고, 공은 경호실에서 챙기겠단 속셈이지. 이런 일이 어디 한두 번이어야 말이지."

김재규는 자리에서 벌떡 일어나 집무실을 이리저리 오가며 알아듣지 못할 말을 중얼거렸다. 차지철이 앞에 있다면 당장 따귀를 올려붙였을 것이다.

"이놈을 어떻게 한다?"

박홍주는 김재규의 말을 흘려들으며 오늘도 조용히 넘어가기 어렵겠다는 생각에 눈을 껌벅였다. 요즘 들어 부장이 경호실장과 부딪히는 일이 잦았다. 김재규가 정보부장 자격으로 대통령을 독대하고 올 때는 그나마 이야기가 잘 되어 사무실 분위기가 좋았는데, 차지철 경호실장이 낄 경우에는 낯빛이 어두웠다.

차 실장은 지근거리에서 대통령을 모시는 것을 이용하여 정보부를 비판하고 야당의 정치공세와 학생들의 시위를 사전에 막지 못했다며 면박을 주는 일이 적지 않았다. 그럴 때 대통령이 차 실장을 제지하고 김 부장을 격려해주면 그나마 위로가 되었을 것이다.

하지만 대통령은 골치 아픈 일을 사전에 해결하지 못하고 왜 자기 귀에까지 들어오도록 하는지 모르겠다는 말로 김 부장을 질책했다. 때리는 시어미보다 말리는 시누이가 더 미운 법이다.

김재규는 그동안 차지철에게 당했던 일들이 모두 떠올라 마음을 진정시킬 수가 없었다.

"감히 대위 출신이 장군인 나를 가지고 논다 이 말이지. 나이도 어린놈이. 언제 한번 걸리기만 해봐라."

김재규는 여덟 살이나 어린 차지철에게 매번 당하는 것 때문에 자존심이 무척 상했다. 차지철은 1960년 5·16 군사혁명 당시에 공수특전단 대위였다. 그는 육군사관학교를 졸업한 것이 아니라 사병으로 군 생활을 시작했다. 그러다 간부후보생 시험에 합격하여 장교가 되었고, 공수특전단 대위 시절 혁명에 가담한 공로로 국가재건최고회의 의장을 경호하는 경호차장이 되었다. 하지만 1962년 소령으로 진급하자마자 중령으로 예편하였기 때문에 김재규의 머릿속에는 여전히 대위일 뿐이었다.

반면 김재규는 해방 이후 교편을 잡은 적이 있었고 국군 창설 당시에는 조선국방경비사관학교로 불렸던 육군사관학교 2기생 출신이다. 이후 오랫동안 군인의 길을 걸었고 별 세 개를 단 중장으로 예편하였다. 박정희 대통령과의 인연은 사관학교 2기생으로 함께 공부할 때 맺어졌다. 두 사람은 고향이 같았고 사관학교 동기였다. 김재규는 나이 많은 박정희를 형님처럼 모셨고 그의 탁월한 리더십과 군인으로서의 능력을 존경했다. 어찌 보면 대통령에게 있어 피붙이보다 더 친밀하고 믿을 수 있는 사람이 김재규였다.

그런데 차지철이 중간에서 사사건건 트집을 잡고 자신을 비난하고 있으니 속에서 열불이 올라 미칠 지경이었다. 차지철은 자신을 대통령의 그림자로 여기고 자기보다 더 신임받는 사람이 있다는 것을 보아 넘기지 못하는 것이 분명했다. 경호실에서 대통령에게 인의 장막을 치고 사람들이 접근하는 것을 가로막고 있는 셈이었다. 김재규 또한 그 성격을 모르지 않아 웬만하면 참고 싶었다. 하지만 갈수록 정도가 심해지고 있어 이제는 괘씸한 기분을 넘어 증오까지 생기는 것이었다.

김재규는 차지철과 통화한 후에 정신없이 사무실을 이리저리 왔다 갔다 했다. 그리고 한참 동안 비 맞은 중이 처마 밑에서 중얼거리는 것처럼 욕설 섞인 말을 내뱉었다. 화가 났을 땐 속으로 꾹꾹 눌러 삼키고 도저히 못 참겠으면 혼잣말로 이렇게 푸는데 그때마다 홍주는 방을 나갈까 말까 망설이곤 했다.

"차 실장이 각하의 눈과 귀를 막고 있단 말이야. 이래서야 부의 권위가 서겠나."

부는 중앙정보부를 말한다. 김재규는 홍주에게 들으라는 듯 몇 마디 말을 내뱉으며 자리에 앉았다. 그때까지도 홍주는 사무실 한편에서 목석마냥 조용히 서있었다. 본래 홍주의 성격이 조용한 탓도 있었지만 상관을 모실 때 어떻게 해야 되는지를 잘 알고 있었기에 함부로 나서지 않았다.

그는 상관의 비위를 맞추기 위해 맞장구를 치거나 누군가를 헐뜯는 짓은 절대 하지 말아야 된다는 것을 잘 알고 있었다. 만약 그가 부장에게 맞장구를 치며 차 실장을 헐뜯는다면 그 자리에서 잠시 부장을 기쁘게 해줄 수 있을지는 몰라도 돌아서면 건방진 놈 소리를 듣기 마련이다. 그래서 조용히 부장의 심기가 가라앉기만 기다리고 있었던 것이다.

김재규도 이런 홍주를 마음에 들어 했다. 김재규가 보기에 박홍주는 웬만해서는 속내를 잘 드러내지 않는 묵직한 부하였다. 입에 발린 대답을 잘 하지 않을뿐더러 한 번 내뱉은 말은 어떤 일이 있더라도 반드시 지켰기 때문에 믿음직했다.

언제든지 자신이 가는 곳을 그림자처럼 수행했고, 요즘처럼 어수선한 시국에 특정사건을 지목해서 보고서를 올리라고 지시하면 밤을 새워서라도 분석했다. 그리고 그 이튿날 아침에는 어김없이 일목요연하게 정리된 보고서를 책상 위에 올려놓았다. 그런 성실함과 부지런함은 김재규를 감탄하게 만들었다. 김재규는 무표정한 얼굴로 대기하고 서있는 홍주에게,

"차 한 잔 마셔야겠어."

말을 건넸다. 홍주가 전화기를 들고 부속실에 차를 들이라고 말하기 전에 김재규가 덧붙였다.

"두 잔 갖고 오라고 해."

"네?"

"할 일이 없어졌으니 편안하게 한 잔 마신 후에 업무를 보자고. 자네도 같이 앉지."

하긴 오전에 대통령을 수행하기로 계획되어 있었는데 그 일이 틀어져버렸기 때문에 갑자기 시간이 늘어난 셈이었다. 이런 날은 미뤘던 일을 처리하거나 부장이 개인적인 일을 볼 수도 있었다.

김재규는 손짓으로 홍주를 앉혔다. 그리고 고개를 한번 젖혀서 좌우로 돌린 다음 똑바로 홍주를 쳐다보며 물었다.

"박 실장, 부산 갔을 때 말이야."

홍주는 입을 다물고 다음 말을 기다렸다.

"어떻게 생각해?"

김재규는 눈을 지그시 감고 물었다. 하지만 홍주는 목적어가 없는 질문을 해석하기 어려웠다.

"무엇을 말씀이십니까?"

"자네도 보았잖나. 부산에서 시위가 격렬해지고 시민과 학생들이 한 덩어리로 뭉쳐서 움직이는 것을."

"아, 네."

"자네 눈에는 그게 무엇을 의미하는 것으로 보였는지 묻고 있는 거야."

박홍주는 여태껏 자신이 모시는 김재규 중앙정보부장에게 개인적 의견을 내본 일이 별로 없었다. 주로 부장이 결정하고 지시하면 그에 맞도록 준비했으며 간혹 지금처럼 의견을 물어오면 무리 없는 선에서 적당히 조율해서 대답했던 것이다. 홍주가 선뜻 대답을 못 하고 망설이고 있을 때 마침 차가 들어왔다.

두 사람이 차를 홀짝이느라 잠시 대화가 끊어졌는데 김재규는 홍주를 바라보고 어서 대답을 해보라는 표정을 지었다. 마지못해 홍주가 입을 열었다.

"다른 때와는 좀 다르게 느껴졌습니다."

역시 평소와 크게 벗어나지 않은 대답이다. 김 부장은 그럴 줄 알았다는 표정으로,

"자네도 이제 속내를 털어놓지 그래. 나와 함께 같은 곳에서 같은 장면을 목격했으니 자네도 내 생각과 크게 다르지 않을 거야. 그렇지 않은가?"

김재규는 좀더 구체적인 대답을 원하는 얼굴로 홍주를 재촉했다.

"네. 보고서에 쓴 대로 시민들의 자발적 참여가 좀 늘어난 것 같습니다."

"그렇지?"

"현장에서 올라오는 보고들도 거의 일맥상통합니다. 사태를 소홀히 대할 경우 걷잡을 수 없이 커질 위험성도 있습니다. 저는 그것이 걱정입니다."

"제대로 봤어. 부산과 마산에서 일어난 시위사태의 발단은 김영삼 의원이 제명된 것에 대한 반발이지. 하지만 그 이전부터 쌓이고 쌓인 감정이 국회의원 제명을 계기로 터져 나온 것일 뿐 언제고 터질 수밖에 없었어. 그런데 정보부에서 정세분석보고서를 아무리 올려도 각하께서는 귀담아듣지 않으시니, 원. 그게 모두 차 실장 탓이야. 중간에서 적당히 양념을 해놓고 각하의 눈과 귀를 가리는 것이지. 꼭 십상시十常侍 같다니까."

김재규는 답답한 표정을 지으며 찻잔을 들었다 놨다 반복했다. 평소 김재규는 대통령과 독대하거나 주요 인사들을 만나고 올 경우

그 분위기나 내용을 홍주에게 모두 알려주지 않았다. 체로 거르듯이 홍주가 업무상 알아야 할 것만 가려서 전하고 나머지는 가슴속에 담아두었다. 하지만 오늘처럼 예상치 못했던 시간이 생기고 한담을 나누다 보면 돌아가는 시국이나 정세에 대해서 자연스러운 이야기가 흘러나오기도 했다.

부산에서 대규모 학생시위가 벌어지고 있다는 소식에 김재규와 박홍주는 남모르게 현장을 다녀온 일이 있었다. 현장에서 올라오는 보고서만 가지고 사태를 정확하게 판단할 수 없었기 때문에 김재규는 박홍주와 운전기사만 데리고 시위가 벌어지고 있는 부산시내 뒷골목에서 시위대와 경찰이 치고받는 것을 지켜보았던 것이다. 매캐한 최루탄 연기와 냄새가 눈물을 쥐어짜도록 만들었지만 그들은 도대체 무슨 일이 벌어지고 있는지 알고 싶어서 숨을 죽이고 살펴보았다.

부산에서 일어난 대규모 학생시위는 이제 학교를 벗어나 시내 곳곳에서 벌어지고 있었다. 시민들이 학생시위대에게 물과 먹을 것을 건네주고 어떤 사람들은 할 일을 팽개친 채 시위에 합세하기도 했다. 성난 시위대는 경찰파출소를 습격하고 경찰차를 불태웠다. 그리고 사실관계를 제대로 보도하지 않는다 생각해서 언론사를 공격하였다. 도시가 혼란에 빠지자 경찰병력만으로 시위대를 막기에는 역부족이었다. 결국 비상계엄이 선포되고 군병력이 투입되었다. 이것이 부마釜馬민주항쟁이다.

부산에서 놀라운 광경을 목도하고 올라온 김재규는 보고서를 작성해 올리고 청와대 안보소회의에서 사태의 심각성을 보고했다. 그

보고가 너무 놀라워서일까. 대통령은 김재규를 호출했다. 차 실장도 함께 배석한 자리였다. 대통령은 보고서를 들고 김재규를 날카롭게 쏘아보며 물었다.

"임자가 말한 게 사실이야?"

"각하, 말씀드린 대로입니다. 현재 부산과 마산에서의 시위는 단순한 시위가 아니라 민란이나 다름없습니다."

"민란?"

"네. 학생시위를 시민들이 지지하고 일부는 동참하고 있습니다. 제 눈으로 직접 확인하고 왔습니다."

김재규의 말에 대통령은 입술을 깨물었다. 지금껏 알고 있는 것과 달리 사태가 심각하다고 느낀 모양이었다. 그때 차지철이 끼어들었다.

"각하, 그렇지 않습니다. 현재 시위는 김영삼과 공산주의자가 배후에서 조종하고 소수의 사회 불만세력들이 분탕질하고 있는 것입니다."

"뭐?"

"저희가 파악한 바로는 구두닦이, 때밀이, 부랑아, 공장노동자, 깡패 같은 사회 불만계층이 시위에 나서고 있다 합니다. 별로 걱정하실 일이 아닙니다."

"그래?"

차지철의 자신에 찬 말을 듣고 대통령은 조금 안도하는 표정이다. 아마 그렇게 믿고 싶었을지도 모른다. 자신이 일궈놓은 경제발전의 성과를 깡그리 무시하고 오직 장기집권 하나만 가지고 국민들이 들고일어난다는 것은 무척 자존심 상하는 일이었기 때문이다. 김재규는 어이없는 표정으로 차지철을 한번 쏘아보고 대통령에게 얼굴을 돌렸다.

"각하, 사태가 생각보다 심각합니다. 지금 정치일정을 조정해서 대처하지 못한다면 부산시위가 전국 대도시로 뻗어나갈 수 있습니다. 그건 민란 수준입니다."

"임자가 보기엔 그렇게 심각해?"

"그렇습니다. 지금 경찰병력으로만 시위를 막기에 역부족이기 때문에 계엄을 선포하고 군병력을 투입한다 하더라도 그건 일시적 효과밖에 보지 못할 것입니다. 관공서와 언론사에 대한 습격이 늘어나고 있습니다. 만약 전국적으로 그러한 사태가 발생한다고 가정하면 … ."

김재규의 말이 끝나기 전에 대통령이 가로막고 나섰다.

"그럴 경우에는 어떡해야 하나. 질서유지가 우선 아닌가."

침통한 말이었다. 대통령의 침울한 표정을 보고 차지철이 눈을 부라렸다. 왜 쓸데없는 말을 해서 각하의 심기를 어지럽히느냐는 눈빛으로 김재규를 한번 노려보고 대통령에게,

"각하, 캄보디아에서는 3백만 명을 죽였어도 까딱없었습니다. 데모대가 날뛰면 우리도 1백만 명이나 2백만 명쯤 죽여도 걱정 없습니다. 김 부장이 상황을 과대평가하고 있는 것 같습니다."

태연한 얼굴로 말했다. 그것을 보고 김재규는 할 말을 잃어버렸다. 차지철은 김재규가 말문을 닫아버리자 더욱 기세를 올렸다.

"군병력으로 데모대를 막기 어려우면 탱크를 동원해서라도 강압

적으로 누르면 됩니다. 각하께서는 아무 걱정하지 마십시오. 저희
들이 있지 않습니까."

대통령은 차지철의 말을 듣고 손을 저었다. 그건 너무 심하다는
뜻이었다. 탱크를 동원하고 국민들을 쏴 죽이다니, 있을 수 없는 일
이었다.

"임자, 정신 나갔어?"

대통령의 힐난에 차지철은 찔끔 놀라 입을 다물었다. 그날도 김
재규는 대통령 앞에서 차지철을 어떻게 해볼 수가 없었다. 제대로
된 보고서가 대통령에게 전달되지 않았고 경호실에서 원하는 내용
으로 각색되는 경우가 많았다. 매사 이런 식으로 시국진단이 끝나
버리니 참으로 답답한 일이었다.

김재규는 박흥주와 앉아 차 실장이 제멋대로 지껄이던 말을 떠올
리며 차를 마셨다. 대통령은 야당에 대한 정치공작을 정보부에서
제대로 하지 못하고 있다며 자주 꾸지람을 했고 차지철은 옆에서 거
들었다. 때리는 시어미보다 말리는 시누이가 더 밉다는 말이 괜히
있는 것이 아니었다. 생각 같아서는 재떨이를 집어 들어 동그랗고
반질거리는 차지철의 머리를 내리치고 싶었다. 이죽거리는 그 얼
굴, 선배에 대한 예의를 차릴 줄 모르는 교만, 자기만 대통령의 사
랑을 독차지하겠다는 욕심, 뭐든지 대통령을 앞세우면 다 된다는
자신감, 그것들을 한꺼번에 박살내고 싶었다. 그래도 분이 풀리지
않을 것 같았다.

흥주는 자신이 모시는 김재규의 심정을 모르지 않았다. 시시콜콜

모든 일을 이야기해주지 않더라도 분위기나 느낌으로 돌아가는 사정을 미루어 짐작할 수 있었다.

김재규는 찻잔을 내려놓고 홍주를 물끄러미 바라보았다.

"자네도 그때가 좋았지?"

"언제 말씀이십니까?"

"사단장 부관으로 있을 때 말이야. 자네가 중위 계급장을 달고 내 전속부관으로 와서 처음 만났잖은가. 그때를 생각해보게."

"네. 부장님께서 6사단장으로 계실 때죠."

"시간이 참 빨리 흘러. 지금 생각해보면 군에 있을 때가 그립군. 난 군인이 체질이야."

홍주는 '저도 그렇습니다'라는 말을 하지 못하고 잔을 들어 찻물을 꿀꺽 삼켰다. 얼마 전에도 군으로 돌아가고 싶다는 말을 꺼냈다가 호된 꾸지람을 들었기 때문이다.

1964년 8월 박홍주가 중위로 사단 포병대에 근무하고 있을 때 사단사령부에서 부관을 선발하기 위해 위관장교들을 대상으로 면접을 실시하였다. 직속상관인 포병대장이 박홍주를 불러 사단장실로 가서 면접을 보라고 지시했다. 뻣뻣하게 굳은 얼굴로 면접을 보러 들어갔는데 김재규는 온화한 얼굴로 박홍주를 대했다. 면접이 있기 며칠 전 화력시범을 할 때 박홍주가 포병대에 대한 브리핑과 화력시범 통제까지 도맡아 하는 것을 보았기 때문이었다.

김재규는 몇 가지 물어본 후에 대뜸,

"자네, 오늘부터 내 부관을 하게."

"네? 오늘부터 말입니까?"

"그래, 오늘부터 내 부관을 하란 말이야."

못을 박았다. 그날부로 박흥주는 포병대에서 짐을 꾸려 사단사령부로 자리를 옮기고 김재규를 가장 지근거리에서 모시는 전속부관이 되었다. 김재규는 부관으로 온 박흥주를 신임하고 아꼈다. 마치자신의 젊은 시절을 보는 기분 때문이었을까. 예의 바른 자세와 깔끔한 일처리, 그리고 말수가 적었지만 온갖 생각을 다 담고 있는 듯맑고 깊은 눈빛이 마음에 들었던 것이다. 6사단에서 박흥주는 열과성을 다해서 김재규 사단장을 보필했다.

홍주가 김재규를 따르는 것은 단순히 상사와 부하의 관계 때문만은 아니었다. 60년대 전방지역은 문화시설이랄 것이 거의 없어 군인뿐만 아니라 주민들도 삭막한 생활을 하고 있었다. 이들의 문화적 갈증을 풀어주는 유일한 곳은 군인극장이었다. 명목은 군인들을위무하기 위한 것이었지만 이용객은 지역주민들이 대부분이었다. 보통 영화 상영을 하였고, 쇼 공연단이 올 때는 공연무대로 탈바꿈을 하였다.

1965년 2월, 6사단에 이은관 민속 쇼 공연단의 순회공연이 있었다. 그들은 공연을 마치고 원주로 가게 되어 있었는데 워낙 인기가좋아 사단사령부에 공연을 희망하는 예하부대의 요청이 쇄도했다. 부대장들 입장에서 군인들 사기를 높이고 지역민들의 호감을 사기에는 쇼 공연단의 유치만큼 좋은 것이 없었기 때문에 백방으로 노력하는 것이었다. 포천에 주둔하고 있던 모 부대장이 홍주의 동기생에게 공연단 유치임무를 맡겼다. 사단장 부관인 홍주를 통하면 일이 쉬울 것으로 생각했을 것이다.

"홍주, 나 오 중위야."

"응, 수고 많지. 무슨 일로?"

"나 좀 살려주라. 동기 좋다는 게 뭐냐. 이번에 쇼 공연단 온다는 데 포천에 들렀다 가면 안 되나?"

홍주는 동기생이 왜 전화를 했는지 금방 알아차렸다. 하지만 공연단의 일정은 마음대로 조정할 수 있는 것이 아니었다. 그렇다고 동기생의 간절한 부탁을 거절할 수도 없어,

"기다려 봐. 내가 한번 알아보지."

대답하고는 공연단의 일정을 살펴보니 철원에서 공연을 마치고 원주로 넘어가도록 되어 있었다. 공연단의 행로에 포천을 포함시키면 길이 멀어지고 시간이 지체되겠지만 가능할 것 같았다. 만약 동기생의 간곡한 부탁을 모른 체해버리면 그가 부대장으로부터 얼마나 곤욕을 치를지, 또 얼마나 자신을 야속하게 생각할지 쉽게 짐작할 수 있었다. 홍주는 고민했다. 이걸 어떻게 한다? 아무리 부관이라고는 하나 중위 주제에 일정을 바꾸는 것은 어려웠다.

결국 그는 정훈참모에게 거짓말을 하고 말았다. 사단장은 부대 운영과 작전에 관심이 많은 사람이라 자질구레한 일은 참모들이 알아서 처리하는 경우가 많았기 때문에 별일 없을 것으로 생각했다.

"참모님, 공연단이 6사단을 벗어나기 전에 포천에서도 공연하도록 하는 것이 어떻습니까? 사단장님께서도 그것을 바라시는 눈치입니다. 사단 장병들을 위해서 참모님이 알아서 조처해주시면 나중에 기뻐하실 겁니다."

홍주의 말을 들은 정훈참모는 자신이 미처 챙기지 못했던 것을 알려주어 오히려 고맙다는 말을 하였다. 공연단이 포천 현리에 있던 군인극장에서 공연을 마치고 무사히 원주로 갔으면 아무 일도 없었을 것이다.

그런데 2월 25일 새벽 2시 반경 공연을 마친 단원들을 태운 군 트럭이 포천군 내촌면 소학리 국도에서 그만 낭떠러지로 굴러 떨어지는 사고가 발생했다. 일정이 늘어난 탓에 시간에 쫓긴 운전병이 과속을 했기 때문이다. 이 사고로 공연단원 세 명이 죽고 20여 명이 중경상을 당하고 말았다. 사단이 발칵 뒤집혔다. 지금쯤 원주에 가있어야 할 공연단이 포천에서 사고를 당했으니 말이다.

헌병대가 사고원인을 조사한 결과 사단장 부관 박홍주가 정훈참모에게 부탁하여 공연단의 일정이 변경되었음이 밝혀졌다. 홍주는 헌병대로 불려갔다. 민간인이 세 명이나 죽었으므로 누군가 책임을 져야 할 판이었다. 홍주는 자신이 큰 실수를 했음을 깨닫고 순순히 조사에 응했다. 이제 직권남용으로 군 재판소에 기소될 것이 분명해 보였다. 지금껏 무탈하게 군 생활을 해왔는데 자칫하면 불명예전역을 하거나 보잘것없는 부대로 좌천되어 쓸쓸하게 군 생활을 마치게 될지도 몰랐다.

그때 사단장이 홍주를 불렀다.

"자네, 정훈참모에게 압력을 넣어 공연단 일정을 변경하도록 한 것이 사실이야?"

홍주는 아무 말도 할 수 없어 고개를 푹 숙였다.

"사실이냐고 묻고 있잖아!"

김재규 사단장의 호통에 홍주는 떨리는 목소리로 입을 열었다.

"네, 사실입니다."

"누구 부탁을 받았나?"

"그건 아닙니다."

홍주는 부인했다. 어차피 처벌받을 것이 분명한데 오지에서 고생하고 있는 동기생까지 끌어들이기는 싫었다.

"정말이지?"

"네, 그렇습니다."

사단장은 홍주를 쏘아보며 묘한 표정을 짓고는 다음 질문으로 넘어간다.

"좋아, 그럼 자네가 왜 정훈참모에게 일정변경을 부탁했는지 그 이유를 말해봐."

홍주는 잠시 말문을 닫고 침을 꿀꺽 삼킨 다음 입을 열었다.

"전방지역 병사들과 주민들은 문화생활을 전혀 향유할 수 없는 실정입니다. 공연단이 오는 일은 매우 드문 일이므로 우리 사단을 벗어나기 전에 포천 군인극장에서도 공연하고 가면 좋을 것 같아서 그리했습니다."

김재규는 홍주의 말을 듣고 재차 물었다.

"정말 그 이유뿐이야?"

"네."

"왜 나에게 말하지 않았나."

"죄송합니다."

"그리 어려운 일도 아닌데 왜 사전에 말하지 않았느냔 말이야."

호통을 치지만 약간 누그러진 말투다.

"죄송합니다."

홍주는 더 이상 변명하지 않고 죄송하다는 말만 거듭했다. 김재규는 그 소리가 듣기 싫은지 자리에서 벌떡 일어나며 손을 저었다.

"그만 나가봐. 가서 대기하도록 해."

홍주는 처진 어깨로 사단장실을 나오면서 이게 무슨 꼴이람 한심한 생각이 들었다. 그런데 사흘이 지나도록 그에게는 아무 일도 일어나지 않았다. 분명 기소되거나 타 부대로 전출되어야 하는데 태풍전야처럼 조용하니 마음이 더욱 조마조마해졌다. 집에 말도 못하고 혼자 끙끙 앓으며 사무실이 아닌 대기대에서 무료한 시간을 보낼 뿐이었다. 며칠 후 부관실에서 그를 찾았다.

"사단장님께서 부대 순시 가신답니다."

죄를 지어 처분을 기다리고 있는 입장이지만 아직 부관의 직책을 맡고 있었으므로 홍주는 부대순시 일정을 살피고 차를 준비시켰다. 사단장은 가타부타 아무 말을 하지 않고 평소와 다를 바 없이 대했다. 홍주는 사단장의 눈치를 살피며 가슴을 졸였다. 지프차는 흙먼지 자욱한 비포장도로를 달려갔다. 잠시 쉬느라고 차를 멈추고 김재규가 내렸을 때 홍주는 그 옆으로 슬금슬금 다가갔다.

"사단장님, 정말 죄송합니다."

사단장이 크게 호통을 칠 줄 알았는데 뜻밖에도,

"알았으면 됐어."

말할 뿐이다. 홍주는 무슨 말인지 몰라 눈만 껌벅이고 사단장이 말을 이었다.

"다시는 독자적으로 행동하지 마. 자네는 내가 시키는 일만 잘하면 돼."

"알겠습니다."

"자네도 그동안 봐서 알겠지만 난 일을 추진하는 데 있어 한 번 결정하면 저돌적이고 박력 있게 밀어붙이는 성격이야. 다만 매듭을 잘 짓지 못하는 편이지. 이건 아무도 몰라. 내가 자네를 부관으로 앉힌 이유가 뭘까 잘 생각해봐. 자네의 그 신중하고 확실한 성격으로 나를 보필하란 말이야. 그렇게 알고 앞으로 더욱 열심히 해."

홍주는 가슴에서 뭔가 뜨거운 것이 울컥 솟아오르는 것을 느꼈다. 그것으로 끝이었다. 정말 아무 일도 일어나지 않고 사단장 부관직에서 쫓겨나지도 않았다. 후에 홍주는 사단장이 사건을 무마시키느라 많은 힘을 썼다는 것을 알게 되었다.

이 일로 인해 홍주가 전심전력을 다해 김재규를 따르고 모시게 되었음은 물론이다. 그는 항상 자신의 생각보다 김재규의 말을 우선시했다. 이것은 상관과 부하의 관계를 떠나 인간적 감동을 받은 결과였다.

또 올해 초에 김재규가 홍주를 불러 주의를 준 일이 있었다. 부장의 호출을 받고 달려온 홍주에게 그는 대뜸 물었다.

"자네, 정치하고 싶나?"

홍주는 무슨 영문인지 몰라 눈을 껌벅이며,

"부장님, 정치라니요. 무슨 말씀인지 잘 모르겠습니다."

되물었다. 김재규는 밑도 끝도 없이 모를 말을 계속한다.

"그럼 왜 그 사람들 만나고 다녀?"

그제야 홍주는 머리에 짚이는 것이 있었다. 최근에 수도경비사령부 30경비단장인 장세동 대령을 만난 일을 두고 말하는 것이 분명했다. 장 대령은 육사 16기로 홍주보다 2기수 선배다. 재학시절 장세동은 홍주를 아꼈는데 서로 야전을 떠돌다 보니 만날 일이 없었다. 마침 두 사람이 중앙정보부와 수경사에 근무를 하게 되어 몇 번 만난 일이 있었던 것이다.

홍주는 내심 불쾌한 기분이 들었다. 아무리 정보부장이라 해도 그렇지 남의 사생활까지 들여다보는 것은 경우가 아니라는 생각이 들었기 때문이다. 한편으로는 자기가 무엇을 하는지 누구를 만나는지 부장이 손바닥 들여다보듯 다 알고 있다는 사실에 놀랍기도 했다. 홍주가 아무 말도 않고 서 있자 김재규가 말한다.

"박 실장, 장 대령이 무슨 말을 하던가?"

"특별한 말은 없었고 그저 안부를 묻는 정도였습니다."

"음, 자네가 군인의 길을 계속 걷고 싶다면 앞으로 조심하는 게 좋을 거야. 장 대령이 자네를 찾은 이유가 순수하게 선후배 관계 때문이라면 문제없겠지만 다른 뜻이 있을 수도 있어."

"무슨 말씀이십니까?"

"그걸 모르진 않을 테지. 전 장군이 각하의 총애를 등에 업고 사조직을 운영하고 있단 말이야. 어떻게 보면 향우회처럼 보일 정도로 그쪽 동향사람들끼리. 그런데 장 대령은 호남이거든. 박 실장 고향이 이북 아닌가. 장 대령은 자네를 하나회로 끌어들여 자신의 입지를 강화하려는 생각을 갖고 있어."

홍주는 놀라움을 감출 수가 없었다. 부장의 말대로 장세동이 넌지시 그러한 제의를 해온 일이 있었다. 그때 홍주는 자신이 중앙정보부에 몸담고 있고 군인이 편당偏黨 짓는 것은 옳지 않다고 생각하여 정중히 거절했던 것이다. 장 대령은 쉽게 물러서지 않았다.

"홍주, 사람에게 기회는 자주 오는 것이 아니야. 자네나 나나 뭐 볼 게 있나. 적수공권赤手空拳으로 이날 이때까지 살아보겠다고 아등바등 몸부림쳤지. 소도 언덕이 있어야 비비는 법 아닌가. 제아무리 출중한 능력을 가지고 있다 해도 뒤를 받쳐주는 배경이 없으면 뜻을 펼치기 힘들어. 자네도 이제 비빌 언덕 하나 마련하는 셈 치고 뜻을 같이하세. 장군님도 자네를 원하시네."

"장 선배님. 저는 군인이고 정보부에 파견되어 일하는 중입니다. 그런데 저더러 그곳에 들어오라니요. 비록 가진 것 없이 가난하게 살았지만 그것이 부끄럽지 않았고 지금껏 배경이 없다 하여 슬프게 생각한 적도 없었습니다. 선배님께서 저를 생각해주는 호의를 저버리고 이런 말씀 드리게 되어 송구합니다. 오늘 못 들은 것으로 하고 이만 일어나겠습니다. 부디 오해는 하지 마세요."

홍주는 꾸벅 인사를 하고 먼저 자리를 나섰던 것이다. 장세동은 입맛만 쩝쩝 다시며 아쉽고 난감한 표정을 지었다.

그런데 부장이 그 모든 것을 다 알고 있다니. 홍주는 그동안 부장을 보좌하며 그가 하는 일을 다 알고 있다고 여겼다. 지금 보니 그것이 얼마나 오만한 생각인지를 새삼 깨닫게 되었다. 갑자기 모골이 송연해지는 것 같았다. 정보부장의 촉수는 사방 곳곳에 뻗쳐있었고 다양한 정보를 이중삼중으로 모으고 있었다.

"물론 자네 성격에 그 제의를 받아들이지는 않았을 것으로 생각하네. 내가 노파심에서 하는 말이니 가슴 깊이 새겨들어. 군인이 정치에 관심을 갖는 순간 불행해지는 법이니까."

"잘 알겠습니다."

"좋아. 그만 나가봐."

홍주는 두려운 마음이 들었다. 부장이 때로는 인간적인 풍모를 보여주며 친밀하게 대해주지만, 정보부 특유의 날카로운 첩보력과 사람을 옴짝달싹 못 하게 옥죄는 발톱을 숨기고 있다는 것을 알았기 때문이다. 아무튼 그때부터 홍주는 장세동이 연락을 해오면 바쁘다는 핑계를 대고 만나지 않았고 부장의 지시는 절대 거역할 수 없었다. 지옥에 다녀오라고 하면 다녀와야 했다.

김재규와 박홍주, 두 사람은 야전이 체질에 맞는 편이었다. 군사혁명 후에 국가재건최고회의 의장이었던 박정희가 김재규에게 함께 정계에 입문하자고 권유했을 때, 그가 군에 남겠다고 말했던 이유도 정치보다 군이 좋았기 때문이다. 박정희는 김재규의 뜻을 존중해 6사단장으로 내보냈다. 김재규는 야전에서 사단장 역할을 충실히 수행했다. 원만하게 부대를 운영했으며 비교적 온화하게 병사들을 대했고 특별한 문제가 없었다.

박홍주는 김재규의 전속부관으로 부대순시, 훈련, 외부행사는 물론 청와대에서 내려오는 일까지 모두 챙겼다. 야전에서 병사들을 훈련시키고 부대를 돌아보며 혹시 있을지 모를 전쟁에 대비하는 것이야말로 장교의 본분이었다. 두 사람에게는 군 생활이 마음에 들고 재미있었는데 지금은 나라의 온갖 정보를 취급하는 중앙정보부장과 그 비서의 신분이다.

홍주는 현역 군인 신분으로 중앙정보부에서 일하고 있을지언정 언제고 돌아가야 할 곳은 야전이란 사실을 한시도 잊은 적이 없었다. 이것을 김재규도 잘 알고 있었지만 지금처럼 나라가 혼란스러운 때에 박흥주를 군으로 돌려보내기는 어려웠다.

오히려 군으로 돌아가고 싶은 마음은 박흥주보다 자신이 더 간절했다. 음모와 비방이 판치는 정치판, 그 이면에서 정치인들의 온갖 정보를 수집하고 들여다보는 정보부의 일은 그의 성미에 맞지 않았던 것이다. 할 수만 있다면 다시 군복을 입고 씩씩한 그의 병사들과 더불어 흙먼지 날리는 야전을 달리고 싶었다. 그리할 수 없는 현실이 안타까울 따름이었다.

중앙정보부장 사무실 창밖으로 바람에 흩날리는 낙엽이 보였다. 두 사람은 특별한 일정이 없어 모처럼 도란도란 이야기를 나누며 한가한 시간을 보냈다. 가을하늘이 청명하고 파래서 오래 쳐다보고 있으면 눈에 파란색 물감이 들 것처럼 화창하고 좋은 날이었다.

궁정동 안전가옥

궁정동은 북악산 기슭 경복궁 신무문을 나가 좌측으로 돌아서면 나온다. 궁정동이란 지명은 일제강점기인 1914년에 생긴 것이고 본래이 지역의 이름은 딱히 없었다. 조선 태조 5년에 한성부를 5부 52방으로 나눌 때 궁정동 지역은 북부 순화방順化坊에 속했다. 영조 27년에 이르러 도성의 방어를 위해 백성들이 유사시 출동히고자 '도성삼군문 분계총록'을 만들고 백성들을 훈련도감, 금위영, 어영청의 3군문에 배속시켰다. 그때 북부 순화방은 사재감계 등으로 세분화되었다. 그리고 고종 4년에 육전조례를 통해 순화방을 사재감계, 오정동계, 옥정동계, 옥정후동계로 나누었는데, 북부 순화방 사재감계가 현재의 궁정동 지역이다.

갑오개혁 후 한성부를 5부 5서로 고치고 많은 동과 계가 신설되었다. 북부 순화방 사재감계에는 효곡동, 신교동, 백운동, 박정동, 육상궁동, 청풍동이 속했다. 이 지역은 일제강점기인 1910년 조선

총독부령에 의해 한성부가 경성부로 바뀌는 와중에 경기도 관할로 변했다가, 이듬해 다시 경성부 북부 순화방으로 개편되었다. 이때만 해도 궁정동이란 이름은 없었다.

1914년 경성부에 속한 186개의 동, 정, 정목의 명칭과 구역을 새롭게 정할 때 육상궁동, 동곡, 온정동, 신교, 박정동의 각 일부를 합쳐서 궁정동이라고 했다. 육상궁의 궁宮, 온정동과 박정동의 정井을 각각 따서 궁정동이 된 것이다. 궁정동은 일본식 동명인 궁정정宮井町으로 바뀌었다가 광복 후에 궁정동이란 이름으로 환원되었다.

'궁'宮의 유래가 된 육상궁毓祥宮은 영조의 생모인 숙빈 최씨의 신위를 모신 곳으로, 자신이 낳은 아들이 왕이 되었어도 후궁이라는 이유 때문에 종묘에 모시지 못한 7명의 신위가 있는 칠궁七宮 중 하나다. 육상궁 이외에 연호궁은 진종의 생모인 정빈 이씨, 저경궁은 원종의 생모인 인빈 김씨, 대빈궁은 경종의 생모인 희빈 장씨, 선희궁은 사도세자로 알려진 장조의 생모인 영빈 이씨, 경우궁은 순조의 생모인 수빈 박씨, 덕안궁은 영친왕의 생모인 순헌귀비 엄씨의 신위를 모시고 있다.

'정'井은 이곳에 우물이 많다는 뜻이다. 이 지역은 북악산 기슭이므로 산에서 지하로 스며든 물이 솟아나는 지점이다. 다른 곳보다 따뜻한 물이 나오는 우물이 있는 곳은 온정동溫井洞, 우물의 깊이가 깊지 않아 박 바가지로 손쉽게 물을 뜰 수 있는 곳은 바가지우물이라 불렀다. 바가지우물은 박우물로 변하고 한자로 쓸 때 박정동朴井洞으로 표기하였다.

지금 궁정동을 가보면 무궁화동산이 조성되고 몇 개의 표지석만 남아 있다. 여기가 어디인지 알려주는 안내문이나 해설이 없어 역사를 되짚어보기 어렵다. 하지만 이곳은 병자호란 당시 죽음으로써 싸우자고 주장했던 김상헌이 살았던 곳이다. 그 후손 장동 김씨는 조선 후기 왕비를 많이 배출하여 세도정치가 득세하도록 만들기도 했다. 청와대와 경복궁으로부터 멀지 않은 곳에 위치한 궁정동은 은밀한 정치를 하기에 여러모로 좋은 곳이었다.

중앙정보부는 서울시내 여러 곳에 안전가옥이라 부르는 안가를 가지고 있었다. 궁정동 안가는 청와대 궁정동 별관인데 간편하게 줄여서 '궁정동 안가'라고 부르는 것이다. 안가는 정보부의 업무특성상 특정 인사를 비밀리에 일정 기간 머물도록 하거나 외부의 위험으로부터 보호할 목적이 큰 안전가옥이다. 이 중에는 오직 대통령만이 이용할 수 있는 안가도 있었는데 궁정동 안가, 삼청동 안가, 효자동 안가가 대표적이다.

박정희 대통령이 궁정동 안가에서 시해당한 후 을씨년스럽게 방치되다시피 하던 건물을 김영삼 문민정부 시절 헐어버리고 무궁화동산을 만들었다. 오늘날에는 삼청동 안가 한 곳만 남아 요긴하게 쓰이고 있다.

세상 사람들은 무엇인가 의심의 눈초리로 안가를 바라보지만 이것은 대통령에게 꼭 필요한 곳이기도 하다. 청와대를 방문하는 인사는 방문기록이 남고 대화내용까지 녹취되기 때문에 대통령의 사생활과 비밀이 극도로 제한될 수밖에 없다. 그래서 대통령이 사람을 편하게 만나고 싶으면 안가를 이용하는 것이 좋다.

이명박 대통령의 경우 당선인 신분일 때 가회동 자택을 경호하기가 어렵다는 이유 때문에 대통령경호처의 요청에 따라 안가를 사용했고, 정치인들과 긴박한 모임을 갖거나 모종의 구상을 할 때도 유용하게 사용했다.

하지만 안가의 이미지는 밝지 않다. 왠지 은밀하고 부정한 모임과 외부에 공개하기 꺼려하는 밀실정치가 이루어질 것 같기 때문이다. 이런 부정적 이미지를 공고히 하는 데 큰 역할을 한 것은 두말할 나위도 없이 궁정동 안가에서 일어난 엄청난 사건 때문이다.

1979년 10월 26일 오후 4시 반경 김재규를 태운 중앙정보부 1호차가 궁정동 안가에 도착했다. 김재규의 집무실은 남산 중앙정보부 본청과 궁정동 안가 본관 2층에 있었다. 보통 김재규는 청와대와 5분 거리에 있는 궁정동 안가 집무실에 머물면서 업무를 보고 대통령의 호출에 대비했다. 미리 연락을 받고 대기하던 의전과장 박선호가 차 문을 반갑게 열어주었다.

"부장님, 오셨습니까?"

"응, 별일 없지?"

"네."

박선호는 깍듯한 자세로 김재규를 맞이하고 동승했던 박홍주와 눈인사를 나누었다. 김재규가 차에서 내려 막 걸음을 옮기려고 할 때 박선호가 김재규에게 다가가 귓속말로 속삭였다.

"각하께서 저녁 여섯 시에 식사를 하신답니다."

이것은 김재규도 이미 알고 있는 것이었다. 궁정동 안가를 책임지고 있는 의전과장 박선호는 청와대 경호처장 정인형으로부터 대행사 준비를 하라는 연락을 받았다. 물론 그 지시는 대통령이 경호실장에게 한 것일 테고 여러 경로를 거쳐서 박선호에게 전해졌던 것이다.

김재규는 안가에 도착하기 전 차지철로부터 직접 전화를 받았다.

"아, 김 부장. 오늘 각하를 모시고 지방에 잘 다녀왔어요. 각하께서 식사를 함께하자니까 김 부장도 그리 알고 참석하십시오. 각하와 나 그리고 김 부장과 김 실장입니다."

이렇게 일방적으로 통보하듯이 말하고 먼저 끊어버렸다. 차지철은 말할 때 각하와 본인을 앞세우고 김 부장을 뒤에 놓았다. 김재규는 어쩌면 그가 부러 그런 식으로 말하여 자기 심기를 자극한다고 생각했다. 그렇잖아도 아침부터 대통령을 수행하지 못해 소외감을 느끼고 기분이 좋지 않았는데, 오후에 또 그런 전화를 받으니 김재규는 차지철의 동글동글한 얼굴을 생각만 해도 이가 뿌드득 갈리는 것 같았다.

김재규는 박선호에게 고개를 끄덕였다.

"음, 알고 있어. 차질 없이 준비하도록 해."

그리고 집무실로 올라간다. 가방을 들고 있던 박흥주가 박선호에게 묵례를 하고 뒤를 따랐다.

김재규는 의자에 털썩 앉으며 물었다.

"오늘 이발하기로 했었지?"

"네, 준비되었습니다. 이발사를 부를까요?"

"아니야, 아무래도 내일로 미뤄야겠어. 이발하고 있다가 각하께서 일찍 나오시면 곤란하니까."

"알겠습니다. 그럼 내일 준비하도록 하겠습니다."

"그만 나가봐."

홍주는 가방을 내려놓고 부장에게 인사하고 집무실을 나왔다. 내려오니 박선호가 행사준비를 남효주 사무관에게 지시하고 돌아와서 홍주를 기다리고 있었다. 이제부터 그가 바빠질 시간이었는데, 본격적으로 움직이기 전에 홍주를 보고 싶었던 것이다.

"박 실장님. 부장님 심기가 불편해 보이시던데 … ."

"요즘 좀 그렇습니다."

박선호는 사람 사귀는 것을 좋아하고 많이 접해서 그런지는 몰라도 어떤 사람의 얼굴만 보아도 기분을 대강 판단할 수 있었다. 성격도 시원시원한 편이다. 그는 조금 전 김재규 부장의 얼굴을 보고 뭔가 언짢은 일이 있다는 것을 알아차렸다.

"일이 많으십니까? 나는 여기에 처박혀 있으니 돌아가는 사정을 잘 모릅니다."

"오늘 오전에 각하를 모시지 못했기 때문에 좀 그러실 겁니다."

홍주는 고개를 끄덕이며 대답을 해주었다.

박선호는 나이가 마흔여섯 살로 홍주보다 다섯 살 많았다. 그는 월남전에 해병대 중령계급장을 달고 청룡부대 대대장으로 참전했다. 월남에서 국군이 철수한 후 대통령의 지시로 특검단이 설치되었는데 군대를 재편하는 것이 목적이었다. 특검단의 보고에 의해 1973년 가을 해병대사령부가 해체되고, 고위 장교의 직위가 줄어드는 바람에 박선호는 해병 대령으로 예편하고 말았다. 그 후에 오갈 데 없는 그를 돌봐준 사람은 바로 김재규였다. 두 사람의 인연은 생각보다 길고 질겼다.

김재규가 조선국방경비사관학교를 졸업하고 소위 시절이었던 1947년 6월, 군경체육대회에서 자그마한 소동이 벌어졌다. 자존심이 걸린 축구를 하다 그만 시비가 붙었던 것이다. 질서를 유지하려던 미군 헌병이 난동을 부린 김재규의 부하병사를 강제로 연행하려고 했다. 당시는 미군정 시대였다. 아직 정부가 수립되기 전이었기 때문에 미군정이 남한을 실질적으로 통치하고 있었다.

김재규는 부하병사가 잡혀가는 것을 보고 가만히 있을 수가 없어 미군 헌병을 가로막았다. 하지만 말이 제대로 통하지 않았고 원칙대로 임무를 수행하려는 헌병과 실랑이가 벌어졌다. 그는 결국 젊은 혈기를 이기지 못하고 칼을 빼 들었다. 총을 든 미군헌병과 칼을 든 김재규, 칼로 총을 이길 수 있는가. 실제 싸울 생각 없이 칼로 위협하고 자신의 결기를 보여줄 생각이었는데 의외로 파문이 커지고 말았다.

그는 미군정의 항의로 군복을 벗어야 했다. 이는 대한민국 국군 최초의 명예면관이다. 요즘 말로 하면 명예사직쯤 되겠다. 김재규는 생각지도 못했던 사건으로 군문에서 쫓겨나게 되어 억울하기 짝이 없었지만 대구 대륜중학교에서 체육교사로 생활할 수 있었던 것은 그나마 다행이었다. 이 기간이 1년 4개월인데 여기서 그는 박선호라는 제자를 만나게 된다.

일제강점기 때 대구 대륜중학교는 탁구와 수영종목에서 발군의 성적을 거뒀던 학교다. 해방 이후 육상, 탁구, 축구, 수영, 정구, 자전거, 빙상종목을 중심으로 명성을 떨치며 국가대표를 많이 배출했다. 특히 육상에서 우수한 중단거리 선수가 여럿 나왔는데 엄팔용은 400미터 경기에서 한국 신기록과 동양신기록을 작성하였다. 한때 육상선수였던 김재규는 대륜중학교에 재직하는 동안 제자들을 많이 양성하였고 박선호와 후일 국회의장을 지낸 이만섭도 그의 제자였다. 신체발달에 관심이 많은 소년들은 육상과 철봉을 잘하고 군인이었던 김재규를 좋아했다.

김재규가 교편을 놓고 군에 복직한 후에도 대륜중학교 제자들과의 인연은 끊어지지 않았다. 김재규가 3군단장으로 재직하던 시절 대륜중학교 동문들이 찾아가서 만난 일이 있고, 군복을 벗고 유정회 국회의원과 건설부장관을 하던 시절에도 찾아가 인사한 적이 있었다.

이런 인연으로 박선호가 군에서 예편한 이듬해 김재규는 제자가 중앙정보부로 자리를 옮길 수 있도록 살길을 열어주었다. 선호는 한동안 정보부에서 그럭저럭 생활을 잘하나 싶었는데 뜻밖의 사건으로 면직되는 일이 발생했다.

당시 부산은 수출입 화물을 이용한 밀수가 많았다. 이의 수사를 위해 검찰은 수사본부를 설치하여 한 점 의혹 없이 수사를 하도록 했다. 검찰의 수사 결과 중앙정보부가 밀수를 도와준 사실이 여러 건 드러났다. 이때 박선호는 검찰 수사본부장의 전화를 도청하고 있었다. 하필 이것이 검찰에 발각되는 바람에 그가 모든 책임을 지고 사직서를 제출해야 했다. 엄청난 위세를 떨치던 정보부 간부에서 한순간에 실업자 신세로 추락한 그를 받아주는 데는 어디도 없었다.

이번에도 선호를 구해준 사람은 김재규였다. 당시 건설부 장관이던 김재규는 제자가 현대건설 사우디아라비아 주베일 건설현장 안전부장으로 나갈 수 있도록 주선했다. 선호는 중동에서 1년 만에 돌아와서 사업을 한답시고 중앙상사란 회사를 차렸다. 하지만 인생의 대부분을 군인으로 살았던 그가 하는 사업이 잘 되면 그것이 이상한 일이다. 사업은 부진을 거듭했고 급기야 모든 것을 잃을 처지에 놓이게 되었다. 거의 죽을 위기에 처한 선호를 중앙정보부로 다시 불러들인 사람도 역시 김재규다.

박선호에게 있어 김재규는 특별한 존재였다. 사제지간의 정을 나누었을 뿐만 아니라 그가 어려울 때 여러 차례 도움을 준 은인이요, 지금은 직장의 상관이었다. 그는 부장 김재규가 죽으라면 죽는 시늉까지도 기꺼이 할 수 있었다. 당연히 그래야 한다고 생각했다.

중앙정보부 의전과장으로서 궁정동 안가를 책임지고 있는 박선호는 동생뻘 되는 박흥주를 깍듯하게 대했다. 그것은 자신이 해병 간부후보생으로 군문에 들어섰던 것과 달리 박흥주는 정규 육군사관학교를 졸업한 현역 육군대령이기 때문이었다.

사실 흥주가 1958년 육군사관학교에 들어갈 때 전국에서 내로라하는 수재 4,115명이 응시해 엄격한 절차를 거쳐 불과 250명만이 최종합격할 만큼 어려웠다. 그해 여름 233명이 정식으로 입교하였고 4년간의 수학과정을 거쳐 1962년 181명이 육군소위로 임관되었다. 그중 한 명이 바로 박흥주다.

육군사관학교 18기 동기생들 가운데 매우 우수한 성적을 보였던 홍주는 진급 또한 빨라서 미래의 육군참모총장 감으로 여겨지고 있었으니 박선호로서는 조심스러울 수밖에 없었다. 지금 비록 중앙정보부에서 같이 일하고 있지만 민간인 신분으로 정보부에 뼈를 묻어야 할 박선호와 달리 언젠가 군으로 돌아가게 될 박홍주가 가는 길은 엄연히 다르다고 볼 수 있었다.

두 사람은 성격 또한 달랐다. 선호는 호방하고 저돌적이며 직선적인 성격으로 부하들을 직급 여하에 관계없이 허물없이 대하고 의리를 중요시했다. 반면 홍주는 조용하고 온화했으며 말수가 적고 겸손했다. 두 사람은 물과 기름처럼 성격이 달랐고 출신 군도 같지 않았다. 일하는 곳 또한 같은 듯하면서도 달랐다. 홍주는 본청 소속 중앙정보부장 수행비서관으로 비서실을 책임졌고, 선호는 비서실에 속한 의전과장으로서 궁정동 안가의 책임자였다.

하지만 두 사람은 김재규를 오래전부터 알고 있었다는 공통점을 지니고 있었다. 김재규는 박선호가 학생일 때 스승이었고, 박홍주가 직속부관으로 모셨던 사단장이었다. 두 사람은 정보부에 들어올 때까지 서로 알지 못하고 일면식도 없었지만 김재규를 중심에 두고 맺어진 관계는 생각보다 돈독했다.

자칫하면 정보부장의 신임을 얻기 위해 불필요한 경쟁을 할 수도 있는 사이였다. 김재규는 그런 것을 차단하고 조정하는 능력이 있었다.

처음 선호와 홍주가 대면했을 때,

"두 사람 처음이지? 서로 인사해. 여기는 한때 내 제자였던 박선호, 그리고 여기는 내 직속부관이었던 박흥주야. 두 박 씨가 서로 믿고 의지하면서 차질 없이 일하도록 해. 앞으로 두 사람은 내 양손이나 다름없다는 것을 명심하고 잘 협조하도록."

김재규는 어색해하는 두 사람의 손을 잡고 소개해 주었다. 중앙정보부장의 일거수일투족과 정보부의 비밀을 가장 많이 알고 있는 비서실장 박흥주, 그리고 대통령이 참석하는 행사를 빈틈없이 준비하고 안가를 경비하는 임무를 맡은 의전과장 박선호. 두 사람은 김재규를 중심으로 뭉쳤다.

선호는 가끔 흥주를 보고 자신이 하는 일이 정보부와 어울리지 않는다며 투덜거리기도 했다.

"박 실장님, 부럽습니다. 난 여기 안가에 처박혀서 허구한 날 행사준비를 해야 하니 답답해 죽겠어요. 평안감사도 저 싫으면 그만인데 ….."

그러면 흥주는 손사래를 치며 선호에게,

"박 과장님, 그런 말씀 마십시오. 저는 매일 올라오는 정보를 취합하고 분석해서 새로운 보고서를 쓰느라 정신없어요. 그리고 부장님 일정 조정하고 챙겨야지, 제때 집에 간 일이 없습니다. 저는 오히려 과장님이 부러운데요."

앓는 소리를 했다. 그러면 선호가 미소를 지으면서,

"하긴, 사람에겐 다 제 밥그릇이 있는 법이죠. 나는 그런 일 하라고 해도 못 할 겁니다. 그리고 부장님이 오죽 일 벌이기를 좋아하셔야 말이죠. 나더러 수행비서 맡아 뒤치다꺼리하라면 제 명에 살지 말고 죽으란 소리나 다름없습니다. 어쩌면 제가 두렁에 누운 소 팔자일 수 있죠."

이렇게 말을 마치고 호방한 웃음을 날렸던 것이다.

사실 홍주에 비해 선호가 하는 일은 정보부 성격과 맞지 않는 부분이 있었다. 궁정동 안가에 틀어박혀서 대통령과 관련된 행사를 준비하고 시설경비를 하다 보면 국내 정치상황이나 대북정세에 대해서 제한적으로 알 수밖에 없었던 것이다. 그래도 김재규가 시킨 일이니 군소리 없이 맡은 일을 수행하고 있었지만 내심 불만을 가졌던 것도 사실이다.

두 사람은 서로를 부를 때 '박 실장님', '박 과장님'으로 정중하게 대했고 일정한 거리를 두었다. 하지만 오가는 눈빛에는 남자끼리 서로 믿고 의지하는 데가 있었고 각자 맡은 일에 충실하는 것이 정보부장을 잘 보필하는 것이라고 생각했다.

박홍주는 연신 시계를 보며 조바심 내는 박선호가 걱정스러웠다. 오늘처럼 갑작스럽게 잡힌 행사는 다리에서 요령소리 나도록 뛰어다녀도 시간이 부족한데 너무 여유를 부리는 것처럼 보였기 때문이다.

"과장님, 이제 나가보셔야죠."

그 말에 선호는 히죽 웃더니 사실은 그게 아니라는 듯 이내 한숨을 푹 내쉬었다.

"정말 이짓도 못 해 먹겠습니다. 대통령 경호실이 하던 일을 왜 정보부에 떠넘겨서 이 고생을 시키는지 모르겠어요. 세상 어느 나라

정보부가 이런 일을 합니까."

투덜거리는 선호를 보고 이번엔 홍주가 웃으면서 달랬다.

"보안이 필요해서 그렇겠지요."

"전에 경호실에서 맡았을 때는 뭐 보안에 문제 있었나요. 그건 핑계일 뿐이고 귀찮은 일을 우리에게 떠넘긴 겁니다. 아무튼 전 나가 보겠습니다. 시간이 아직 남아 있으니 박 실장님도 좀 쉬세요."

"고맙습니다. 잘 다녀오십시오."

선호는 가벼운 묵례로 홍주와 인사를 나누고 차에 올랐다. 그는 백미러로 우두커니 서 있는 홍주를 뒤로 하고 익숙하게 핸들을 돌렸다. 지금 가는 곳은 프라자 호텔과 뉴내자 호텔이다. 여러 차례 가보았기에 매우 익숙한 길이어서 눈을 감고도 찾아갈 수 있었다. 그는 차창 밖으로 지나치는 가을풍경을 바라보면서 중얼거렸다.

"날씨 참 좋구나. 어디 가서 바람이라도 좀 쐬고 오면 좋겠어."

이대로 차를 돌려 가까운 인천 앞바다로 가고 싶었다. 탁 트인 바다에서 숨을 들이마시고 망망대해를 바라보면 답답한 마음이 뻥 뚫릴 것 같았다.

그는 운전하는 동안 문득 정인형의 전화가 떠올랐다. 오후 4시가 조금 넘었을 때 청와대 경호실에서 걸려온 전화였다. 수화기 너머에서 경호처장 정인형이 어울리지 않게 아양을 떨었다.

"박 과장? 나 경호실 인형이야. 잘 지내지, 응?"

박선호는 정인형이 오뉴월 엿가락 늘어지듯이 진득하게 감기는 목소리로 왜 전화를 했는지 잘 알고 있어 짜증을 냈다.

"내가 잘 지내고 있겠나. 자네 때문에 죽을 맛일세."

박선호와 정인형은 허물없이 지내는 형제 같은 사이다. 둘은 해병대 간부후보 동기생으로 진해 앞바다 개펄을 함께 구르고 천자봉을 올랐으며, 눈물의 안민고개를 넘어 벽암지와 상남에서 땅바닥을 기었다. 훈련을 마치고 돌아온 훈련소 왕자식당에서 주린 배를 채울 때, 그리고 산천초목도 벌벌 떤다는 순검을 받을 때도 항상 함께 있었다. 둘은 형제보다 잘 통하는 사이로 만나기만 하면 짓궂은 농담을 곁들인 군 시절 추억을 시간 가는 줄 모르고 이야기하곤 했다.

정인형은 청와대 경호실 경호처장으로 근무하고 있었다. 둘은 한 달에 몇 번씩 얼굴을 보았지만 만날 때마다 춘향이 이 도령을 본 것처럼 반가워했다.

이런 사정을 잘 알고 있는 차지철 경호실장은 궁정동 안가에서 행사가 있을 때마다 정인형에게 지시했다. 다른 사람에게 맡기면 한 성격 하는 박선호와 부딪히는 일이 잦았기 때문이다. 정인형을 통하면 간혹 박선호가 투덜대기는 해도 일이 일사천리로 진행되었고 틀림이 없었다.

정인형은 전화기 너머에서 투덜대는 박선호의 말을 끈기 있게 들어주었다. 안가에서의 행사는 중앙정보부가 담당했고 박선호가 실무책임자였기 때문에 괜히 성질을 긁을 필요가 없었다.

"자네 심정 잘 알고 있으니 저녁에 나한테 다 풀어. 그럼 준비 잘하고 나중에 보자구."

정인형은 전화를 끊고 박선호를 생각할 때마다 딱한 마음이 들었다. 그 괄괄하고 호방한 성격을 꽉 누른 채 연회에 참석할 여자를 물색하고 픽업하러 다니는 것을 보면 웃기기까지 했다.

　박선호는 궁정동 일이 성미에 맞지 않을뿐더러 경호실장이 계속 잔소리를 해대는 통에 그만두고 싶은 마음이 간절했다.

　언젠가 그는 김재규 중앙정보부장에게,

　"부장님, 저는 도저히 이 일을 계속할 수가 없습니다. 다른 곳으로 보내주시든지 아니면 사표를 받아주십시오. 제발 저 좀 살려주십시오. 이러다 제 명에 못 살겠습니다."

　단도직입적으로 말한 적이 있었다. 그때 김재규는 난처한 표정을 지으며 그를 자리에 앉히고,

　"이보게, 궁정동 일을 자네가 없으면 어떻게 하나. 각하를 모시는 일은 아무나 할 수 있는 일이 아니야. 자네밖에 없으니 몇 달만 참아."

　사정하는 투로 그를 번번이 주저앉혔다. 결국 선호는 김재규의 신임과 부탁 때문에 일을 그만둘 수가 없었다. 그럼에도 차지철 경호실장은 간혹 선호가 픽업한 여자를 보고 면전에다 나무라는 일이 있었다.

　"사람이 말이야. 눈은 가죽이 모자라서 뚫어놓은 줄 알아? 어쩌면 여자 보는 눈이 그렇게 없나. 얼굴도 그렇고 품위도 그렇고. 무엇 하나 마음에 드는 것이 있어야지. 천하의 정보부 수준이 이렇게 떨어져서야. 쯧."

　이런 소리를 들을 때마다 박선호는 얼굴이 벌게져서 어쩔 줄 몰라 했다. 자신은 물론 몸담고 있는 정보부까지 들먹이니 부모가 뺨 맞

은 것처럼 눈이 뒤집히고 부아가 치밀어 올랐다.

　박선호와 차지철은 나이가 같았다. 나이로 일을 하는 것은 아니지만 대통령 최측근인 경호실장이라고 해서 이렇게 동년배를 무안주는 것은 참기 어려웠다. 게다가 소속이 다른 정보부 요원을 경호실장이 마음대로 하대하고 꾸지람하는 것은 경우에 어긋나는 일이었다. 어떤 때는 그냥 따귀를 철썩 때리고 '더러워서 못 해 먹겠다, 네가 한번 해봐라' 소리치고 싶었지만 부장의 당부도 있고 목구멍이 포도청이라 꾹 참을 수밖에 없었다. 속이 부글부글 끓고 새까맣게 타들어가는 심정이었다.

　차지철이 한바탕 쏟아붓고 사라지면 선호는 남에게 매 맞고 개 옆구리 걷어차는 심정이 되어 괜히 정인형에게 화풀이를 하였다.

　"이런 제길, 경호실에서 하던 일을 왜 정보부에 떠넘기고 그래, 기껏 일을 해놓으면 고마운 줄 알아야지 이러쿵저러쿵 계집애처럼 웬 잔말이 그리 많아?"

　"자네가 참게. 하루 이틀도 아니고 뭐 그러려니 해야지."

　"시끄러워. 중간에서 자네가 자르면 될 일을 왜 나한테 전화하느냐 이 말이야. 앞으로는 인형이 네가 직접 행사를 준비해. 원래 경호실에서 하던 일이니까. 나한테 한 번만 더 전화하면 경호실로 쳐들어간다."

　"그건 안 될 말이야. 경호실에서 그런 일 하는 것을 국민들이 알면 큰일 난다."

　정인형은 난처한 표정을 지으며 고사했다. 그것을 보고 선호는 더욱 기세가 등등하여 정인형을 몰아붙였다.

"남자들이 술 먹을 때 여자 없이 먹나. 때론 여자가 있어야 흥이 돋는 법이지. 지금 술 파는 여자들이 세상에 얼마나 많은가 말이야. 열 여자 싫다는 사내 있을까. 거리에 나가 길 가는 아무나 잡고 물어 보라고."

"내 말은 그게 아닐세."

"그러면 실컷 수고한 사람에게 싫든 좋든 말이나 말아야 할 것 아니냐. 자네도 경호실장이 옳다고 생각해? 그건 아니지."

"그건 아니지만 경호실에서 그 일을 맡긴 어려워. 내가 차 실장님께 잘 말해볼 테니 자네가 조금만 참으라구. 다음부터는 이런 일 없을 거네."

정인형은 이마에 땀을 흘리면서 선호를 달랬다. 사실 차지철 경호실장의 마음에 쏙 드는 여자를 어디서 구해오는 일은 무척 골치 아프고 경호실의 체면이 구겨지는 일이었다. 그런 불명예스러운 일은 정보부에 떠넘기는 것이 속 편했다.

아무튼 선호가 '더러워서 못 하겠다, 앞으로 경호실에서 떠맡으라'고 소란을 피우는 것이 차지철의 귀에 들어갔던 모양이다. 괜히 더러운 성질 건드렸다가 귀찮은 일이 경호실로 넘어오면 큰일이었다. 그 후부터 차지철은 박선호가 연회에 데리고 온 여자를 보고 잔소리를 하지 않았고 가타부타 참견하는 게 확연히 줄어들었다.

비록 선호가 정인형의 전화를 받을 때마다,

"전화하지 말라니까 왜 전화했나. 또 차 실장이 시키든?"

이렇게 비꼬고 들이받았지만 본심은 그게 아니었다.

"알았다, 알았어. 종로에서 뺨 맞고 한강에다 눈 흘기지 말라고.

이번 한 번만 도와줘. 동기 좋다는 게 뭐냐."

정인형이 애걸하다시피 하는 부탁을 거절할 수가 없었다. 주어진 일이 그것인데 어떻게 자기 마음대로 한다 못 한다 할 수 있겠는가. 정인형은 한 달에 몇 차례씩 박선호에게 전화를 걸어 행사준비를 부탁했다. 전화를 받을 때마다 선호는 버럭버럭 짜증을 내고 화풀이를 했지만, 그건 그냥 해보는 액션일 뿐 손가락은 벌써 수첩을 넘기고 있었다. 마음을 터놓고 이야기할 상대가 동기생 정인형밖에 없었고 그 정도 화풀이라도 해야 마음이 시원했기 때문이었다.

차지철 경호실장은 대통령의 신임을 얻기 위해서 궁정동 행사를 자주 주최했다. 그때마다 돈은 얼마든지 줄 테니 괜찮은 여자를 섭외하라고 했는데 실제 경호실에서 돈을 준 적은 없었다.

보통사람이 카페나 살롱처럼 조용하고 분위기 있는 곳에서 술을 한잔하더라도 적잖은 돈이 들어가기 마련이다. 술값은 물론 팁을 얹어주어야 되는데 차지철은 궁정동에 행사만 준비시켜놓고 모르쇠로 일관했다. 기껏 행사를 준비하면 마치 자기가 모든 것을 다 한 것처럼 온갖 생색을 내며 대통령을 모시고 왔다. 때문에 울며 겨자 먹기로 모든 행사비용은 경호실이 아니라 정보부에서 지출했다.

사실 대통령이 아무 데나 가서 술을 마시고 놀 수는 없는 일이다. 경호상의 문제도 있거니와 대통령의 얼굴을 보는 것 자체가 상당히 부담되는 일이기 때문이다. 선호는 대통령이 안가에서 술을 한잔할 때 노래 부르는 가수와 말동무해주는 여자가 필요한 것을 이해할 수 있었다. 대통령이라고 해서 성인군자는 아니다. 그도 남자다. 영부인 없이 오랫동안 홀로 지내다 보니 외롭고 적적했을 것이다.

서민들도 막걸리집에 가서 주모가 술 한 잔 따라주는 것을 좋아하고 돈이 좀 있는 사람들은 요정이나 룸에 가서 대접받기를 좋아한다. 말동무와 술친구를 하고 남자들끼리 언사가 거칠어질 때 그것을 조정하는 역할도 여자가 한다.

조선 《경국대전》을 보면 관기에 대해 상세히 규정되어 있다. 3년마다 지방에서 뽑아 올리도록 하였고 지방 관청에도 관기官妓를 두어 손님이 오면 가무를 선보이고 시중을 들도록 했다. 관기는 관비官婢와 달랐다. 관비가 관에 소속된 여종인 반면, 관기는 기예를 익힌 예능인이다. 아무나 관기를 할 수 없었고 한번 관기가 되면 그 신분을 벗기 어려웠다.

금산 군수는 감사를 대접할 때 관비에게 옷을 입혀 관기라고 내놓았다가 그것이 발각되어 파직당하기도 했다. 춘향이 관기의 신분으로 감히 이 도령에게 정을 주고 사또의 수청을 거절한 것은 아름다운 사랑일지 모르나 당시 사회통념으로 볼 때는 일탈한 관기에 불과한 것이다. 관기는 관청에 소속되어 평소 기예를 다듬고 있다가 시중을 들라는 명이 있으면 지체 없이 나아가서 시중을 들었다. 물론 이것은 유교적 남존여비 시대의 일이다. 지금처럼 개명한 시대에 이런 일은 감히 상상할 수도 없고 있어서도 안 된다.

박선호는 대통령이 참석하는 궁정동 행사를 위해서 얼마든지 험한 일을 할 수 있었다. 다만 기껏 해놓은 일을 가지고 경호실장이 잔소리하는 것은 참을 수 없었다. 생각 같아서는 그 동글동글한 차 실장 면상을 주먹으로 두들겨 납작하게 만들어주고 싶었다. 그 얼굴만 생각하면 산 넘어갔던 화가 치밀어 오르는 느낌이었다.

화창한 시월 끝자락의 가을 오후, 서울 시내는 조용했다. 오가는 시민들의 발걸음이 그림자를 길게 드리우고 있었고 차가 지날 때마다 낙엽이 흩날렸다. 박선호가 탄 검은색 승용차는 호젓한 서울 시내를 가로질러 프라자호텔로 달려갔다.

구두를 사다

중앙정보부 궁정동 안가 2층 집무실에서 김재규는 팔짱을 끼고 밖을 내다보고 있었다. 갈색으로 물들어가는 낙엽이 나뭇가지 끝에 붙어 팔랑거리다 바람에 뚝 떨어져서 이리저리 날리는 것이 보였다. 그 낙엽이 떨어진 곳에 검은 양복을 입은 박흥주와 박선호가 이야기를 나누고 있는 것이 눈에 들어왔다.

김재규에게 박흥주와 박선호는 오른팔과 왼팔 같은 존재들이다. 김재규는 두 사람만 있다면 무슨 일이든지 할 수 있을 것 같았다. 저돌적인 성격의 박선호, 군인신분으로 상명하복이 몸에 철저하게 배어 있는 박흥주는 자신이 어떤 명령을 내리든지 따를 것이 분명했다.

남자가 살면서 내 몸처럼 부릴 수 있는 부하를 갖는 것은 큰 복이다. 관계가 오래되다 보면 형식상 상하의 구분이 있을 뿐 서로 의지하게 되고 두터운 남자의 정을 쌓게 된다. 마지못해 상사의 지시를 수행하는 부하는 내 몸이라 보기 어렵고 믿을 수가 없다. 더구나 정보부는 목숨을 내놓고 일하는 곳이 아니던가. 때에 따라서는 비밀 유지를 위해 차라리 죽을지언정 절대 입을 열어서는 안 된다.

김재규가 박홍주와 박선호를 볼 때마다 세상을 다 가진 것처럼 든든하고 뿌듯한 것은 나름대로 이유가 있었다. 저들은 이 세상에서 믿고 의지할 수 있는 부하 이상의 존재들이었다. 장비張飛는 부하인 범강과 장달의 손에 죽었고, 시저는 브루투스의 손에 죽었다. 그러나 저 두 사람은 절대 자신을 배신하지 않을 것이란 확신이 들었다. 남자로서 남자를 믿는 것이다.

김재규는 박선호가 차를 타고 나가는 것을 보고 수화기를 들어 정승화 육군참모총장에게 전화를 걸었다.

"총장님, 저 김 부장입니다."

"아, 김 부장님. 무슨 일이십니까?"

"다름이 아니라 오늘 저녁에 좀 뵙지요. 긴히 드릴 말씀이 있으니 저녁 여섯 시까지 궁정동으로 와주십시오."

"오늘 말입니까?"

전화기 너머로 정승화가 잠시 망설이는 것이 보였다. 오후 늦게 전화해서 두 시간도 남지 않은 6시까지 와달라고 하니 난처했던 것이다. 육군참모총장이란 직책은 한가한 자리가 아니다. 일정표를 보면 날마다 스케줄이 빼곡했고, 특히 저녁시간은 공식적이거나 비공식적인 약속이 많았다. 정승화 참모총장이 한발 빼는 듯한 말투로 묻는 것은 이런 이유 때문이었는데,

"네, 오늘 꼭 와주십시오. 꼭 오셔야 됩니다."

김 부장이 이렇게까지 말하는 것을 정승화가 거절하기는 어려웠

다. 두 사람은 동향이었고 군 선후배로 친밀한 관계를 유지하고 있었으며 정보부장은 대통령의 최측근이었기 때문이다.

김재규는 올해 1월 대통령으로부터 육군참모총장 대상자를 추천하라는 지시를 받았다. 그때 김재규는 중앙정보부 감찰실장에게 박희동 대장, 김종환 대장, 정승화 대장을 대상자로 올리되 정승화가 가장 적임자라는 보고서를 만들라고 지시했다. 이 덕분에 한 달 후인 2월 1일 정승화가 육군참모총장으로 임명되었던 것이다.

김재규는 대통령의 결재사실을 가장 먼저 알고 당시 1군사령관으로 있던 정승화에게 전화하여 축하와 격려를 했다. 은연중에 내가 손을 써서 당신이 참모총장으로 진급했으니 알아서 처신하라는 뜻이었다. 이런 사실을 알고 있는 정승화 입장에서 김재규의 말을 거절하기는 어려울 수밖에 없었다. 만약 김재규가 그를 대통령에게 추천하지 않았더라면 참모총장이 될 수 있었을까. 아마 어려웠을 것이다.

정보부는 국가 주요 인사들에 대한 인적사항이나 동향을 파악해서 대통령에게 보고하기 때문에 정보부의 보고서가 부정적으로 나오면 제아무리 인맥을 동원하더라도 대통령의 낙점을 받을 수 없었다. 그 점에서 정승화는 김재규에게 고마움을 느끼고 있었다.

"아시겠습니까? 꼭 오늘 저녁에 와주십시오."

김재규가 재차 강조했다.

"알겠습니다. 그럼 저녁에 뵙지요."

정승화는 통화를 마치고 약간 불쾌한 기분이 들었다. 자기가 할 이야기만 일방적으로 하는 것이 예의에 어긋난다고 생각했기 때문이다. 육군참모총장 알기를 어떻게 알기에. 괘씸하기까지 했다. 더구나 오늘 저녁에는 공군 김종수 장군 송별회가 선약으로 잡혀 있었다. 정승화는 김재규에게 알았다고 대답했지만 선뜻 내키지 않은 것이 사실이었다. 그는 잠시 생각하다 부관을 불렀다. 오늘 저녁 김종수 장군 송별회에 참석하지 못하게 되었으니 양해를 구하고 여섯 시까지 궁정동으로 갈 준비를 하라고 지시했다.

김재규는 정승화 육군참모총장과 통화를 마치고 인터폰을 눌러 김정섭 제2차장보를 찾았다. 김정섭의 정확한 직책은 중앙정보부 국내담당 제2차장보다. 김재규가 김정섭을 찾았을 때 그는 신라호텔에서 정운갑 신민당 총재권한대행을 만나 물결치는 정국운영을 어떻게 하는 것이 좋을까 의논하던 중이었다. 김정섭은 호텔종업원의 연락을 받고 전화기를 건네받았다.

"네, 전화 바꿨습니다."

"응, 나 부장이야. 오늘 저녁 여섯 시에 육군참모총장이 궁정동으로 올 테니까 자네가 먼저 잘 모시고 있게. 나는 각하와 대행사가 있어서 말이야. 총장에게 그것까진 말할 것 없고, 중간에 내가 가서 접대할 테니까 이것저것 국내 정치상황을 잘 설명해드리라구."

김재규가 정승화와 저녁약속을 잡고 있을 때 비서실은 팽팽하던 활시위가 축 늘어진 것처럼 긴장이 풀어졌다. 그도 그럴 것이 중앙정보부장이 궁정동에서 대통령과 식사를 하게 되면 박선호 의전과장이 모든 행사준비를 하기 때문에, 비서실은 오히려 한숨 돌릴 수 있었다. 이런 경우 부장은 더 이상 외부일정을 잡지 않고 대통령을 기다리는 것이 일반적이었다.

박흥주는 본청소속이라 정보부장이 본청에 있을 때 가장 바빴고 일단 궁정동 안가에서 행사가 있으면 특별히 할 일이 없었다. 그는 정보부장이 집무실에서 대통령을 기다리며 대기하고 있을 것으로 생각했다. 중앙정보부 비서실장이란 자리는 개인적인 시간을 내기가 무척 어려웠다.

최근 국내 정치상황은 종잡을 수 없이 불안해서 불쑥불쑥 사건이 연달아 터졌다. 특히 부마釜馬사태로 학생과 시민들이 크게 동요하고 있었고 야당과 재야정치인들의 민주화 요구는 시간이 흐를수록 거세지고 있었다. 무슨 일이 있을 때마다 정보부장은 대통령의 호출을 받았고 비서실에서는 보고서를 꾸미느라 정신이 없었다. 행여 정보부장이 지방출장이라도 가면 박흥주는 그림자처럼 그를 수행해야 되기 때문에 언제 정상적으로 퇴근했는지 기억조차 못 할 지경이었다. 명절과 일요일도 없이 365일 근무한다고 해도 과언이 아니었다. 그는 항상 아내와 아이들에게 미안한 기분이 들었다.

홍주는 박선호가 차를 타고 나가버린 후 잠시 우두커니 서서 가을 하늘을 바라보다가 떨어지는 낙엽에 눈길을 주었다. 낙엽은 빙글빙글 허공에서 맴돌더니 그의 발 앞에 뚝 떨어졌다. 그는 발을 들어 낙엽을 밟을까 툭 차버릴까 아니면 그 옆으로 가서 무늬를 살펴볼까 생각하며 한 발짝 옮겼다. 그런데 갈색 낙엽보다 더 색이 바래고 낡은 구두가 그의 눈길을 사로잡았다.

아침에 신고 나올 때는 별다른 느낌이 없었는데 낙엽과 대비해서 바라보이는 구두가 새삼스러웠다. 진한 낙엽이 낡은 구두를 볼품없이 보이도록 만들고 있었다. 색 바랜 부분을 구두약으로 덧칠했지만 쩍쩍 갈라지고 벗겨져서 구두가 오히려 더 이상하게 보였다. 밑창은 닳고 닳아 모래만 밟아도 구멍이 생길 것 같았다.

그는 문득 아내가 했던 말이 떠올랐다.

"여보, 언제 구두 하나 사야겠어요. 이거 인제 있을 때 신던 거 아니에요?"

"잘 모르겠는걸. 구두 신을 일이 없어서 말이야. 아직은 신을 만한 것 같은데 …."

"서울에 왔으니 구두 한 켤레 사세요. 무좀 때문에 고생하면서 이렇게 낡은 구두를 신고 있으면 비 올 때 항상 축축할 거 아녜요. 언제 함께 사러 가요."

아내가 말하는 인제는 12사단 65포대 대대장을 할 때 있었던 강원도 인제다. 당시 관사에서 생활하느라 부대를 떠나기 어려웠고 나가본들 마땅한 구두매장이 없어 멋진 구두를 장만할 필요성을 느끼지 못했다. 하긴 전방에서 근무할 때는 구두보다 군화가 익숙하고 편했다. 구두는 행사가 있을 때나 가끔 신었을 뿐 신발장에 고이 모셔두고 있었다.

오늘 아침 아내가 출근하는 홍주에게 꺼내주던 이 구두도 사실은 군에서 보급된 단화였다. 조악한 재질로 만들어서 보급되었기 때문에 조금 신다 보면 주름 잡힌 곳이 갈라지고 밑바닥에 구멍이 뚫리기도 했다. 하지만 그는 성격이 깔끔한 편이라 여러 해 동안 신고 있었던 것이다.

그런데 지금 보니 구두가 너무 초라해 보이고 새 구두를 하나 사는 것이 좋겠다던 아내의 말이 떠올라서 낡은 구두를 벗어버리고 싶었다. 마침 생각지도 못했던 시간까지 생겼겠다, 지금 구두를 사러가는 것이 좋을 것 같아 운전기사 유석문이 있는 곳으로 걸어갔다. 유석문은 차 문을 열고 이것저것 정리하다가 홍주가 다가오는 것을 보고 물었다.

"부장님께서 출타하십니까?"

"아닙니다. 부장님은 중요한 약속이 잡혀서 집무실에 계십니다. 시간이 있으니 가까운 구두매장을 한번 가보았으면 하는데요."

유석문은 홍주의 구두를 바라보았다. 운전기사인 자기 구두보다 훨씬 낡은 구두가 눈에 들어왔다. 그는 하마터면 혀를 찰 뻔했다. 세상에 중앙정보부 비서실장 구두가 저게 뭐람. 구두닦이에게 닦으라고 주면 힐끔 쳐다보고 저 멀리 던져버릴 것 같았다.

홍주는 그가 구두를 빤히 바라보는 것을 보고 얼굴을 붉혔다.

"이번에 하나 사야 할 것 같아서 말입니다."

"그럼 가시죠. 나가면 좋은 구두 많이 있습니다."

"멀지 않았으면 좋겠어요."

이 와중에도 홍주는 부장의 호출이 신경 쓰이는 모양이다.

"걱정 마세요. 여기서 가까운 세종로에 에스콰이어 매장이 있습니다. 그 정도면 적당할 겁니다."

"가깝군요. 그런데 너무 비싸지 않을까요?"

"아닙니다. 너무 싸구려를 사면 오래 신지 못하고 금방 바꿔야 해요. 실장님은 부장님을 모셔야 되니까 적당한 것을 골라야지요. 아무 걱정 말고 저만 믿고 가시면 됩니다."

유석문은 차를 몰아 가까운 세종로 에스콰이어 매장을 찾았다. 홍주는 유석문에게 차에서 대기하라 말하고 구두매장 앞에 섰다.

에스콰이어는 당신이 원하기 전에 유행을 제공하고 필요로 하기 전에 유행을 배달합니다.

지나는 사람의 호기심을 끄는 광고문구가 눈에 들어왔다. 1979년 올해부터 롯데백화점에 입점한 토종 제화업체 에스콰이어의 광고판 이었다. 에스콰이어는 금강제화, 엘칸토와 함께 토종브랜드로 치열한 시장 쟁탈전을 벌이고 있었다. 에스콰이어는 신사구두, 숙녀구두 뿐만 아니라 여성용 핸드백과 가방까지 취급하고 있어 여성들의 출입이 잦았다.

홍주는 매장에 들어섰지만 어디로 가야 할지 몰라 잠시 망설였다. 매장이 넓고 비싸 보이는 백을 멘 여자들이 매장을 가득 메우고 있었기 때문이다. 그가 간신히 신사용 구두 코너를 발견하고 발걸음을 옮길 때 머리를 곱게 뒤로 빗어 넘긴 남자점원이 도갓집 강아지처럼 눈치 빠르게 달라붙었다.

"손님, 찾는 제품 있으십니까?"

"아, 네. 구두 하나 사려고 하는데 ⋯ ."

"이쪽입니다."

점원은 한쪽으로 손을 뻗어 안내했다. 정말 많은 구두가 가지런히 정리되어 손님을 기다리고 있었다. 대부분 검은색, 브라운색이었고 코가 뭉툭한 것부터 뾰족하고 날렵한 구두까지 모두 신어보려면 한두 시간이 그냥 지나갈 것 같았다. 홍주가 쉽게 고르지 못하는 것을 보고 점원이 도와줄 셈으로 손님의 구두를 쳐다보았다. 평소 신는 취향이 어떤지 알아보려는 것이다.

그는 이렇게 낡은 구두는 처음 본다는 표정으로,

"정말 오래 신으셨군요."

상투적인 말을 하고는 이내 비슷한 모양의 구두를 골라왔다.

"이것을 한번 신어보시지요. 신상품인데 선생님께서 신고 있는 것과 유사한 제품입니다. 천연가죽으로 만들어서 아주 질기고 쉽게 유행을 타지 않습니다. 그리고 가격도 저렴하거든요."

점원은 저렴하다는 말에 악센트를 주었다. 하루 종일 매장에서 손님을 대하다 보면 한번 쓱 살펴보기만 해도 어느 수준의 신발을 권해야 하는지 훤히 알 수 있었다. 홍주처럼 구두를 아껴가며 오래 신는 손님은 품질보다 가격이 우선이었다. 이런 손님에게 값비싼 구두를 권했다간 퇴짜 맞기 일쑤기 때문에 적당한 품질과 저렴한 가격으로 승부해야 했다. 괜히 이것저것 여러 가지 제품을 소개하느라 힘을 뺄 필요가 없었다.

"한번 줘보세요."

홍주는 구두를 받아들고 신어보았다. 치수가 약간 작았을 뿐 모양이 좋게 보였다. 그는 보기보다 발이 좀 큰 편이라 비슷한 체형을 가진 사람보다 한 치수 크게 신는 편이었다. 점원이 한 치수 큰 구두를 가져와서 신어보니 잘 맞는 것 같아 두말없이 계산을 했다. 점원은 역시 자신의 생각이 맞았다는 표정으로 계산하는 홍주의 모습을 흐뭇하게 바라보았다.

홍주는 낡은 신발을 혹시 신을 일이 있을지 몰라 봉투에 챙겨 넣었다. 매장을 나오면서 휘 둘러보았을 때 한쪽에 여자들이 모여있는 것이 눈에 들어왔다. 여성용 구두와 핸드백 코너였다. 정말 아기자기하고 예쁜 뾰족구두가 손님을 기다리고 있었다. 굽이 낮은 것부터 높은 것까지 종류별로 다양했고 곧 다가올 겨울을 기다리는 부츠가 거만하게 목을 세운 채 오가는 손님들을 바라보았다.

홍주는 불현듯 아내 생각이 났다. 신발장에 고이 모셔진 검은색 낡은 구두, 그리고 슬리퍼와 털신. 그는 아내에게 굽이 높은 구두와 어깨에 메었을 때 옆구리에 착 달라붙는 핸드백을 하나 선물하고 싶었다. 서른일곱이란 늦은 나이에 막내를 낳고 산후조리를 제대로 못해 감기를 달고 사는 아내는 남편의 선물을 받을 자격이 충분했다.

하지만 그는 주머니 사정 때문에 여성용 구두코너로 다가가지 못했다. 여성용 구두 코너에 있던 여자점원이 머뭇거리는 홍주를 발견하고 또각또각 구두소리를 내면서 바쁘게 달려왔다.

"손님, 뭐 필요한 것 있으세요?"

물어오자 홍주는 마치 남을 엿보다 들킨 것처럼 놀라 그대로 도망치듯 매장을 빠져나오고 말았다. 괜히 숨이 가빠졌다.

"구두 사셨습니까?"

"그냥 대충 하나 골랐어요."

유석문은 홍주가 걸어올 때 양복과 잘 어울리는 검은색 구두를 보고 이곳으로 오길 잘했다는 생각이 들었다. 구두 하나만 바꿔 신었을 뿐인데도 전혀 다른 사람처럼 보여,

"진작 하나 사실 걸 그랬어요. 정말 잘 어울리십니다."

감탄하는 표정을 지었다. 홍주는 굉장히 쑥스러운 얼굴로,

"고맙습니다."

답례와 함께 봉투를 들고 차에 올랐다. 유석문의 눈에는 그것이 우습게 보였나 보다.

"실장님. 이건 뭐 하러 들고 오셨습니까? 그냥 매장에 버리면 알아서 처리할 텐데."

하지만 홍주는 유석문이 낡은 구두를 탐내는 것으로 생각하여 봉투를 꼭 끌어안는다.

"아닙니다. 혹시 또 신을 일이 있을지 몰라서 말이죠. 그만 갑시다."

유석문은 웃으면서 핸들을 돌렸다. 두 사람은 하루도 얼굴을 마주치지 않는 날이 없었다. 부장을 수행하려면 수행비서인 박홍주가 있어야 했고, 유석문은 그들의 발 역할을 하고 있었다. 저번에 부산을 다녀올 때도 그가 운전을 했었다. 그때 부산 시내에서 시위대의 모습을 보고 김재규와 박홍주가 놀라던 것이 아직도 유석문의 눈에 선하다. 시민들이 시위하는 학생들에게 물과 먹을 것을 주고 어떤 사람은 학생들을 따라 시위에 동참하러 달려갔다. 김재규는 입술을 지그시 깨물고 신음 같은 소리를 토해냈다.

"흠, 이거 생각보다 굉장히 심각하구먼. 잘못되면 다 죽을 수도 있겠어."

박홍주와 유석문은 조용히 앉아 있었다. 전쟁터와 같은 그 자리에서 뭐라 말을 해야 할지 마땅히 떠오르는 게 없었기 때문이다. 룸

미러에 비친 김재규의 얼굴은 사색이 되어 있었고 겁에 질린 표정이 역력했다. 부산에서 올라온 후 부장이 대통령께 보고 드렸지만 일이 잘 풀리지 않고 있다는 것을 그 표정에서 알 수 있었다.

정보부장 운전기사를 하려면 눈치가 빨라야 한다. 어디로 가자고 하면 단번에 알아차리고 목적지를 향해 가장 안전하고 신속한 길을 찾고, 아무 말 없이 손짓으로 출발을 지시할 경우에도 그 표정을 읽어서 적당한 장소로 움직여야 했다. 물론 수행비서인 박흥주가 김재규를 대신해서 목적지를 말해줄 때가 많았기 때문에 유석문이 곤란한 경우는 별로 없는 편이었다.

두 사람이 오후 5시 20분쯤 구두를 사서 돌아오고 있을 때 무전기로부터 칙칙 소리가 들렸다. 궁정동 안가까지 불과 500미터 정도 남았는데 비서실에서 박흥주를 호출하는 것이었다. 흥주가 대답하자 잡음 속에서 귀에 익은 비서실 직원의 목소리가 튀어나왔다.

"빨리 돌아오십시오. 부장님이 찾으십니다."

그새 김재규가 박흥주를 찾았던 모양이다. 박흥주가 돌아오고 있을 때 대통령 비서실장 김계원이 먼저 도착했고, 김재규는 마음이 급해 박흥주를 찾았던 것이다. 무전기 소리를 듣고 유석문은 액셀을 더욱 깊게 밟았다. 이제 안가가 저 앞에 보이고 경비원들이 정문에 추가로 배치된 것이 보였다.

능곡양조장 막걸리

중앙정보부 궁정동 안가 요원들은 행사준비를 하느라 바빴지만 평소와 특별히 다를 것이 없었다. 의전과장 박선호는 연회장 여인들을 픽업하러 시내 호텔로 가고, 궁정동 운전기사 김용남과 유성옥은 각기 다른 방향으로 차를 몰고 있었다. 김용남이 가는 곳은 고양시에 있는 능곡양조장이었다. 대통령이 우연한 기회로 능곡양조장 막걸리를 맛본 이후 이곳에서 전용막걸리를 공급하고 있었기 때문이다.

보통 술을 좋아하는 주당들은 청탁淸濁을 가리지 않고 마신다. 여기서 청탁은 맑은 청주와 탁주를 일컫는데 술도가에서 술을 빚어 놓았을 때 위에 있는 맑은 술만 뜨면 청주가 되고, 그 아래 쌀 알갱이가 포함된 것을 체에 걸러 부으면 탁주가 된다. 술의 종류가 많지 않았던 옛날에는 청주가 고급술이었고 탁주인 막걸리는 주로 서민들이 먹는 술이었다.

농주農酒인 막걸리는 농사일할 때 새참으로 먹는 술이다. 물론 일하지 않고 놀면서 마실 수도 있겠으나 그 맛을 제대로 음미하기 위해서는 땀을 흘리고 난 다음에 마셔야 더 좋은 맛을 느낄 수 있다. 막걸리만큼 경향각지에서 제조하는 술도 많지 않다. 자그마한 시골 면 단위에도 옆 마을과 다른 막걸리가 있기 마련이라 사람들은 술도가에서 물을 타지 않는 한 쉽게 바꾸지 않는다. 술도가는 대를 잇는 경우가 대부분이고 그 술을 마시는 사람들도 대를 잇는다.

어딜 가든 사람들의 입맛을 사로잡는 막걸리가 지방의 명예를 걸고 오래된 술맛을 자랑하고 있다. 어떤 곳은 방송을 타거나 유명인사가 마셔서 명성을 떨치고, 또 어떤 곳은 누가 알아주든 말든 조용히 술을 빚어 농부들에게 공급한다. 1970년대까지만 해도 국민들이 가장 많이 마시는 술은 막걸리였다. 전체 술 생산량과 소비량의 3분의 2를 차지할 정도였으니 말이다.

전국에는 오래된 양조장이 곳곳에 숨어 있다. 1926년 일제강점기부터 막걸리를 만들기 시작한 경상북도의 영양탁주, 그곳에서 멀지 않은 곳에 있는 의성양조장 또한 비슷한 시기에 시작한 술도가다. 의성양조장은 잘 나갈 때 하루에 쌀 스무 가마를 막걸리 빚는 데 썼을 정도로 호황을 누렸다. 충청북도 진천에 있는 세왕주조는 1930년 백두산으로부터 나무를 들여다 건물을 지었다. 그리고 쌀의 고장 전라북도 정읍에 있는 정읍약주는 맛이 좋아서 일제강점기 신의주까지 실어 보냈던 술이다.

경기도 고양시에 있는 능곡양조장은 1915년부터 5대째 가업을 이어가며 막걸리를 빚고 있는데 정주영 회장이 방북할 때 김정일이 박정희 대통령이 즐겨 마셨다던 막걸리 맛이 궁금하다고 특별히 부탁하여 가지고 갔던 일이 있었다.

역대 대통령들 가운데 막걸리를 좋아한 사람은 박정희와 노무현이다. 박정희 대통령은 능곡막걸리를 즐겨 마셨고 노무현 대통령은 대강막걸리 맛에 반했다. 충청북도 단양 농촌을 시찰 중이던 노무현에게 대강막걸리가 제공되었는데 그 맛에 반해서 청와대 만찬주로 지정되기도 했다. 일명 '노무현 막걸리'다.

그리고 사람들은 아직까지 박정희가 논에서 일하던 농부와 함께 막걸리 잔을 기울이며 환하게 웃는 얼굴을 기억하고 있다. 그 막걸리가 능곡막걸리일리 없겠지만 아무튼 박정희가 좋아한 능곡막걸리의 별칭은 '배다리막걸리'다. 일설에는 대통령이 1966년 고양시 골프장을 다녀오는 길에 선술집 실미옥에서 처음 맛을 보고 반해서 마시게 되었다고 하는데 사실 그것보다 일찍 맛보았다.

그보다 3년 전인 1963년 대통령이 참석하는 행주산성 대첩비 준공식에 쓰일 막걸리를 맛이 좋다는 능곡양조장에서 공급한 일이 있었다. 그때 청와대 경호실은 사람을 보내 행사 일주일 전부터 술도가에서 합숙하며 막걸리 제조과정을 모두 지켜보았다. 그러므로 대통령이 처음 능곡막걸리를 맛본 것은 1963년 행주산성 대첩비 준공식 때였다.

그런데 1966년 초여름 대통령이 김현옥 서울시장 등과 고양시 골프장에서 운동을 하고 돌아가는 길에 능곡막걸리를 다시 접하게 된다. 대통령은 더워지기 시작한 날씨에 목이 컬컬해서 막걸리 한 사발이 간절했다. 차는 삼송리에 있는 선술집 실미옥 앞에서 멈췄다.
실미옥은 20여 호가 모여있는 마을 선술집으로 양철지붕을 한 허름
한 식당이었다. 노부부가 운영했는데 빚 20만 원을 갚지 못해 곧 문
을 닫을 위기에 놓여 있었다.

김현옥 시장이 식당을 들어서며 주인을 불렀다.

"주인장 계시오? 술 한잔합시다."

퀴퀴한 냄새가 나는 선술집에서 넋을 놓고 있던 할아버지가 건성
으로 대답했다.

"오늘은 장사 안 합니다. 일요일이라서 할망구가 예배당에 갔어
요. 예배당에 가면 밥이 나오나 떡이 나오나…."

칠순이 가까운 할아버지는 만사 귀찮은 표정이었다. 당황한 사람
은 김 시장이다. 밖에 대통령이 기다리고 있는데 하필 오늘 장사를
안 한다고 하니 말이다. 대통령에게 주인 할머니가 예배당에 가서
오늘은 장사를 안 한다고 말할 수 없었다. 그는 노인에게 바짝 다가
가 귓속말로 속삭였다.

"주인장, 지금 밖에 누가 와있는 줄 아시오?"

"내가 알 게 뭡니까. 왜, 저승사자라도 데리고 왔소?"

노인은 사돈영감 제사상 바라보듯 바깥을 힐끗 바라볼 뿐이었다.

"어허, 대통령 각하께서 오셨단 말입니다. 당장 준비해주시오."

김 시장의 말에 할아버지는 너털웃음을 지으며 대꾸했다.

"참 웃긴 양반일세. 이렇게 형편없는 우리 집에 대통령이 오긴 왜
온답니까. 좋은 데서 술을 자시겠지. 일 없으니 오늘은 그만 가시구
려. 그리고 어디 가서 그런 헛소리 하고 다니지 마슈. 막걸리 한잔

마시려고 멀쩡한 양반이 그런 흰소릴 하고 다니면 쓰겠소."

김 시장이 어쩔 줄 몰라 하고 있을 때 밖에서 큼큼 헛기침하는 소리가 들렸다. 대통령이 어떻게 된 일이냐고 재촉하는 신호였다. 어서 들어오라고 안내해야 되는데 안으로 들어간 김 시장이 함흥차사처럼 고개를 내밀지 않으니 궁금했던 모양이다. 난처한 입장에 빠진 김 시장은 마음이 바빠져서 말귀 어두운 노인네를 붙잡아 일으켰다.

"노인장이 나서 직접 준비하면 되지 않겠소. 제발 목만 축이고 갑시다."

막걸리 한잔 사 먹으러 온 김 시장이 숫제 노인장을 붙들고 애원하고 있는 형편이 되었다. 그러나 노인은 손사래를 치면서 구시렁거린다.

"어허, 이 양반 점잖게 생긴 분이 사람 말을 왜 그리 못 알아들을까. 아 글쎄, 오늘은 팔고 싶어도 못 판다니까 그러네. 마누라가 예배당 갔다고 하지 않았소. 정 막걸리를 자시고 싶으면 예배당으로 쫓아가보시구려."

노인은 술을 팔 생각이 전혀 없었고 하마터면 김 시장이 직접 소매를 걷어붙이고 술상을 보러 부엌으로 들어갈 뻔했다. 다행히 그때 교회에 갔던 할머니가 돌아왔다. 김 시장의 얼굴에 화색이 돈 것은 물론이다.

"아이구, 밖에 웬 차가 저리 많대유. 오늘 무슨 일 있수?"

그제야 할아버지는 밖으로 나가 두리번거리다 땡볕에서 기다리고 있는 대통령의 얼굴을 보았다. 평범한 옷에 검은 선글라스를 끼고 모자를 눌러 쓴 사내. 신문이나 포스터에서 보던 대통령이 분명했다. 그는 엉덩방아를 찧을 정도로 소스라치게 놀라 호랑이에게 쫓기는 것처럼 뒷걸음질로 간신히 들어가서 할머니를 닦달하기 시작했다.

"뭐 하고 있어. 얼른 술상을 준비하라고. 잘못하면 모가지 날아가게 생겼어. 이놈의 할망구야. 도대체 예배당에 가서 무슨 기도를 했기에 이런 일이 생기누. 미운 개가 주걱 들고 조왕에 오른다더니 장사 안 하고 쏘다니다 이젠 나라님까지 불러와서 서방 잡아먹게 생겼구나."

영감은 혼잣말을 하듯 신세타령을 하며 빗자루와 걸레를 가져다 쓸고 닦느라 먼지를 자욱이 일으키고는 밖으로 나가 대통령 일행을 안으로 들게 했다. 수행원들은 쉰 막걸리 냄새가 절어 있는 선술집에 들어서기 무섭게 눈살을 찌푸렸지만, 대통령은 얼굴색 하나 변하지 않고 태연스럽게 자리에 앉아서 기다렸다.

급한 대로 막걸리 한 주전자와 북어 두 마리를 탕탕 두들기고 풋고추와 된장을 마련해서 술상을 내왔다. 대통령은 막걸리 한 사발을 거침없이 쭉 들이켜고 나서 물었다.

"막걸리 맛이 참 좋습니다. 어디 양조장에서 가져오십니까?"

할머니는 행여 대통령이 술상을 뒤집어 엎어버리지나 않을까 노심초사하고 있었는데 뜻밖의 질문을 받고 손가락으로 허공을 가리켰다. 그리고 한 사발 들이켰으니 이제 살았다 싶어 제법 힘이 들어간 목소리로 대답했다.

"저쪽, 원당양조장이유."

원당양조장은 능곡양조장이다. 애초 경기도 고양군 원당면 주교리에 있다가 능곡으로 이전했기 때문에 사람들은 본래 있던 원당양조장이라고 부르기도 했다. 또 주교舟橋를 풀어쓴 우리말 배다리양조장이라고도 했으며 능곡양조장으로 부르기도 했다. 그러므로 원당양조장, 배다리양조장, 능곡양조장은 이름만 다를 뿐 같은 막걸리를 만드는 곳이었다.

아무튼 그날 대통령 일행은 막걸리 주전자를 맛있게 비우고 갔다. 망하기 일보직전에 있던 선술집 실미옥은 대통령이 칭찬을 하고 다녀갔다는 소문 덕분에 손님들이 몰려와서 호황을 누리게 되었다. 빚을 모두 청산한 것은 물론이고 원님 덕에 나발 분다는 말이 딱 들어맞는 경우였다.

이때부터 능곡양조장은 청와대에 막걸리를 납품하기 시작했는데 보통 경호실에서 전화가 오면 막걸리를 커다란 술통에 담아 준비하고 곧 인근 파출소장이 검은 지프차를 타고 와서 실어갔다. 때론 청와대에서 직접 오는 경우도 있었다.

1979년 10월 26일 늦은 오후 궁정동 안가 운전기사 김용남은 술을 빚느라 쉰 냄새가 진동하는 능곡양조장에 도착했다. 미리 연락이 되어 있었던지라 사장이 나와서 기다리고 있었다.

"어서 오십시오. 이렇게 직접 가지러 오시다니 … ."

사장은 송구한 표정을 지으면서 김용남을 안내했다. 술을 빚는 통은 어른보다 훨씬 컸고 아래쪽에 꼭지가 달려 있어 통을 가져다 대면 채워준다. 사장은 바가지에 막걸리를 따라 들고,

"술이 잘 익었는지 한번 맛보시려우?"

물었는데 김용남은 침만 꿀꺽 삼킬 뿐이다.

"아서요. 운전하고 돌아가야 하니 다음에 마시지요."

사장은 그럴 줄 알았다는 듯 빙그레 웃으면서 자기가 두어 모금 꿀꺽꿀꺽 마시고 입을 쓱 닦았다.

"오늘도 술이 아주 잘 익었습니다."

안주 없이 먹어도 달달하고 칼칼한 것이 입에 착 달라붙는 모양이었다. 그렇게 시음을 하고 난 후에 사장은 술통을 가져다 술을 옮겨 담았다.

"누룩을 많이 넣어서 맛이 쉽게 변하지 않을 겁니다. 이 술을 모두 각하께서 드시지는 않겠지요?"

이 말에 김용남은 자기도 모르게 찔끔한다. 사장의 말이 의미심장했기 때문이다. 커다란 술통에 받아온 술을 대통령이 하룻밤 사이에 모두 마실 수는 없는 일이었고, 시간이 지나면 쉬어버리기 때문에 어떻게든 처리해야 했다. 버리든지 마시든지. 귀한 쌀로 빚은 술을 함부로 버릴 수 있는가. 그동안 남은 술을 안가 요원들이 식사하거나 휴식할 때 한 잔씩 기울여서 모두 마셨던 것이다. 양조장 사장은 그런 사실을 모두 알고 있기나 한 것처럼 히죽 웃고는 김용남에게 덧붙였다.

"걱정 마십시오. 그래서 항상 주문량보다 넉넉하게 담습니다."

묻지도 않은 말을 하면서 행주를 들어 술통을 깨끗이 닦았다. 김용남은 사장에게 고마운 마음이 들었다. 말 한마디를 해도 인정스럽게 하고 술통까지 깨끗하게 닦아주는 행동이 일을 덜어주었기 때문이다. 술이 흘러내린 통을 그대로 싣고 가면 은근한 냄새가 차에 배어 골치 아팠다.

"이제 그만 가보겠습니다."

"술통은 제가 옮겨드리지요."

사장은 한쪽에서 술을 빚고 있던 아들을 불렀다.

"얘, 이 통을 차에 실어드려라."

적당한 키에 다부지게 생긴 청년이 달려왔다.

"어이구, 이건 제가 해도 되는데 … ."

"무슨 말씀을요. 먼 길을 마다치 않고 여기까지 오신 것을 생각하면 오히려 제가 미안합니다."

어느새 청년은 술통을 트렁크에 싣고 돌아왔다.

사장은 아들을 인사시키고 싶어서,

"혹시 제가 없으면 이놈에게 시키면 됩니다. 술도가 피를 타고났는지 술을 제법 빚어요. 얼른 인사드리지 않고 뭐 하느냐."

멀거니 서있는 아들을 소개시킨다. 아들은 허리를 굽혀서 김용남에게 꾸벅 인사한다. 이때 인사한 아들이 가업을 이어 여전히 능곡막걸리의 맥이 끊어지지 않도록 하고 있다.

"사장님 말씀 잘 알겠습니다."

김용남은 두 사람에게 인사하고 차에 올랐다. 돌아가는 길은 올 때와 달리 기분이 좋았다. 일단 술을 실었겠다, 돌아가서 행사가 끝나면 동료들과 질펀하게 마셔야지. 생각만 해도 침이 꿀꺽 넘어가고 자기가 마치 무슨 큰 선물이라도 가져가는 것처럼 흐뭇했다.

능곡막걸리는 다른 막걸리보다 특유의 단맛이 풍부하고 알코올 도수가 1도 높은 7도였다. 이것은 선대부터 내려온 지혜로 시원한

맛을 지켜내기 위함이었다. 사람들이 시원하고 톡 쏘는 맛을 선호한다는 것을 간파한 일부 양조장에서 청량감을 높이기 위해 탄산을 강제로 주입하는 경우도 있었다. 하지만 능곡막걸리는 자연발효로 탄산기포가 만들어지기 때문에 탄산을 강제로 주입하지 않았다. 사실 막걸리에 탄산양이 너무 많으면 마실 때 쉬 넘어가지 않고 마신 후에 트림과 숙취가 심하다. 능곡막걸리는 자연발효를 통해 탄산양이 적당했다.

김용남이 청명한 가을 오후에 창을 열고 시원한 바람을 맞으며 달리는 동안 시큼한 막걸리 냄새가 코를 자극했다. 참 기분 좋은 가을 오후였다.

궁정동 안가의 실세

김용남이 능곡양조장으로 향할 때 궁정동 안가의 다른 운전기사 유성옥은 경비원 방석산, 이광철과 함께 동대문시장에 장을 보러 갔다. 저녁에 쓸 찬거리를 준비하기 위해서였다. 그들은 궁정동 요리사 이정오가 적어준 메모를 들고 시장을 돌아다니며 장을 보았다. 남자들끼리 우르르 장 보러 다니는 것이 이상할 법도 했지만 상인들은 여러 차례 겪어봐서 저녁 찬거리 사러 나온 주부를 대하듯이 자연스럽게 물건을 권했다.

"오늘은 뭘 사러 온 겨?"

유성옥 일행이 야채가게 앞을 서성이자 앞치마를 두른 아주머니가 물었다.

"네, 비빔밥 만들 재료들 좀 챙겨주세요. 가만있자, 송이버섯 있죠? 그것도 넣어주시고, 나중에 만둣국이나 칼국수 만들 때 들어갈 파나 양파 같은 것도 잊지 마세요."

아주머니는 커다란 종이봉투를 들고 유성옥이 말할 때마다 채소를 낚아채듯 집어서 담았다.

"또 필요한 건 없수?"

"대충 된 것 같은데요. 잠시 기다려보세요. 뭐라 그랬더라."

유성옥은 요리사가 적어준 메모를 다시 살펴보았다.

"잘 모르겠네요. 아주머니께서 보기에 필요한 것이 뭐 있으면 더 챙겨주세요."

"그럼 잠시 기다리슈."

아주머니가 이것저것 저녁과 밤참에 필요한 채소를 챙겨서 안겨주었다. 그들이 장보기를 마치고 안가에 돌아왔을 때 요리사 이정오는 초를 들이킨 쥐 같은 얼굴로 기다리고 있었다.

"시간이 빠듯한데 … ."

행사가 코앞이라 요리 준비하기에 바쁘다는 뜻이었다. 유성옥은 사가지고 온 물건을 와르르 조리대에 쏟아놓았다. 그리고는 주방에서 나갈 생각을 하지 않고 칼질을 시작하는 이정오 옆에서 서성거렸다.

"왜 그래, 무슨 할 말 있어? 똥 마려운 강아지처럼 그렇게 비비적거리지 말고 빨리 말해."

이정오는 김일선과 함께 궁정동 안가 요리사로 각종 연회를 비롯하여 경비원들의 식사를 책임지고 있었기 때문에 유성옥과 친근한 사이였다. 이정오에게 필요한 식재료는 거의 유성옥이 도맡아서 대령했다.

"아니에요. 할 말은 무슨 … ."

"행사준비는 할 때마다 긴장된다구."

"한두 번 해본 일도 아닌데 뭘 그러세요. 형님 솜씨라면 오늘 저녁도 무난하실 거예요."

유성옥이 추켜세우자 이정오의 칼질이 더 빨라졌다. 하긴 냉장고에 웬만한 재료가 다 들어있고 유성옥이 장을 보는 동안에도 쉬지 않고 요리하고 있었기 때문에 서두를 필요는 없었다. 하지만 남이 보고 있으면 손이 가만히 있지를 못한다. 이정오는 유성옥이 사온 찬거리를 다듬다 문득 생각난 표정으로 묻는다.

"참, 결혼이 언제라고 그랬지?"

유성옥은 바로 그 말을 기다리고 있었다는 듯 냉큼 대답한다.

"다음 달이에요."

"오호라, 이 사람 내가 그것을 묻지 않았더라면 무척 섭섭했겠군. 자네 올해 몇 살이더라?"

"서른여섯입니다."

"많이 늦었군. 그래도 장가가야 사람행세를 하는 거야. 그나저나 청첩장도 안 돌리고 도둑장가 가는 것은 아니겠지?"

"에이, 형님도 참. 그렇잖아도 오늘 청첩장을 가지고 왔어요. 다른 사람들에겐 돌렸는데 시장에 다녀오느라 형님께 아직 드리지 못했습니다. 여기 청첩장 받으시고 다음 달 13일로 날을 잡았으니 꼭 오세요."

"알았네. 꼭 가야지. 자네, 혼인치레 말고 팔자치레 하랬다는 소리 들어봤지? 한 번 하는 결혼이라고 너무 과하게 준비하지 말라구. 이미 살림 차리고 아이들까지 있으니 그냥 형식만 갖추면 되는 거야."

덕담과 충고를 잊지 않았다. 유성옥은 수고하시란 말을 남기고 주방을 나서며 윗옷 안주머니를 만져보았다. 아침에 출근할 때 아내가 챙겨준 청첩장이 들어있었다. 형편이 어려워 식을 올리지 못하고 살다 보니 어느새 네 살, 두 살 아들이 생겼다. 늦었지만 결혼식을 올리게 되어 정말 다행이었고 아내를 볼 면목이 생겨 유성옥의 얼굴이 환하게 보였다.

유성옥이 궁정동 안가에 근무하게 된 것은 순전히 박선호 경비과장 덕분이었다. 1966년 육군에 입대한 후에 가정형편이 여의치 않아 하사관으로 전쟁이 한창이던 월남을 갔다. 맹호부대에서 3년을 꼬박 근무하고 1970년에 귀국하여 이듬해 중사로 전역했다. 석 달도 있기 힘든 월남 전투부대에서 3년을 근무했으니 유성옥이 겪은 전쟁의 참상은 실로 끔찍하기 짝이 없었다.

하지만 그때의 경험과 경력을 인정받아 중앙정보부 운전기사로 채용될 수 있었다는 것은 나름대로 운이 좋은 편이었다. 그는 궁정동 안가 경비책임자인 박선호 경비과장의 제미니 승용차를 운전하고 있었다.

박선호는 궁정동이란 작은 왕국을 책임진 왕이나 다름없었고 이곳을 방문하는 사람들은 모두 손님에 불과했다. 그 손님들이 대통령이나 중앙정보부장이라 할지라도 말이다. 유성옥에게 박선호는 위계질서가 엄격한 중앙정보부의 직속상관으로 정성을 다해 모셔야 할 사람이었다. 박선호가 어느 날 그만두라고 하면 그만두어야 하는 처지였다.

조용해진 주방에서 이정오가 바지런을 떨고 있을 때 박선호가 들어왔다. 궁정동 안가의 경비를 책임진 경비과장, 그리고 행사를 차질 없이 준비하는 의전과장의 임무를 함께 맡고 있는지라 준비상황을 보기 위해 주방을 들른 것이다.

　"차질 없겠지?"

　"네, 식사로는 비빔밥과 떡만둣국, 그리고 칼국수를 준비했고, 안주는 이것저것 있습니다."

　"안주는 뭐야?"

　"전복무침과 송이를 들여가고 장어구이와 불갈비를 내놓을 생각입니다."

　"음, 부족하진 않겠군. 그런데 각하 입맛에 맞을까?"

　선호는 준비한 안주가 하나같이 먹음직스럽게 여겨지는지 군침을 꿀꺽 삼켰다.

　"각하께서는 뭐 콩나물밥을 잘 드시고 술안주는 특별히 가리지를 않으니까요. 멸치 대가리 떼고 참기름에 살짝 볶아놓으면 무척 좋아하십니다."

　"예끼, 이 사람. 아무리 그렇더라도 그런 안주를 내놓으면 안 되지."

　"과장님, 제가 내놓는 것이 아니라 가끔 안에서 멸치를 볶아 가져오라는 지시가 있습니다. 아무려면 제가 멸치를 들이겠습니까."

　이정오는 약간 억울한 표정으로 해명을 하였는데 박선호 또한 이것을 잘 알고 있었다. 대통령의 입맛이 소박해서 기름기 넘치는 산해진미보다 누구나 먹는 서민적인 음식을 좋아했다. 어쩌면 오늘

들어갈 안주도 대통령이 아닌 손님들, 그중에서도 경호실장 차지철이 다 먹어치울지 모른다. 선호는 문득 남의 두루마기에 밤을 주워 담는 것 같은 쓸쓸한 생각이 들었지만 연회를 준비하는 임무를 맡은 이상 소홀히 할 수 없었다.

"듣고 보니 그렇군. 각하 입맛에 맞춰서 준비하면 좋겠지만, 그래도 궁정동 위신이 있으니 실수 없도록 하라구."

선호는 식사준비가 차질 없이 되어가는 것을 확인하고 주방을 나갔다.

궁정동 안가는 모두 다섯 채의 건물이 일정한 거리를 두고 배치되어 있다. 본관, 신관, 구관, 나동, 다동으로 불리는 건물이 그것인데 본관은 부장의 집무실이 있었고, 신관은 얼마 전에 완공되어 아직 사용한 일이 없었다. 구관은 지어진 지 오래되었고 나동은 양옥, 다동은 한옥이었다. 오늘 연회는 나동으로 예정되어 있었다.

안가는 그 특수성 때문에 중앙정보부에서도 존재와 위치를 아는 사람이 드물었다. 또 궁정동 안가에서 일하는 사람들도 건물마다 나뉘어서 서로 이동을 제한했다. 본관근무자는 중앙정보부장을 모시는 것으로 끝나고, 다른 가옥에 근무하는 사람은 대통령이나 다른 손님을 모시는 임무를 부여받았다. 최고의 기밀성과 보안이 요구되는 곳이었던 만큼 대통령 경호원이라 할지라도 몇 명의 인원만 출입이 가능할 뿐이었다.

경호원이 궁정동 안가에 들어오는 순간 대통령의 경호는 중앙정보부 궁정동 요원들이 담당하고 경호원들은 대기실에서 휴식을 취하는 것이 일반적이었다. 어떻게 보면 경호원들의 마음이 가장 느슨해지는 곳이 궁정동 안가라고 볼 수 있었다. 대통령 경호를 궁정동에서 다 해주니 말이다.

경호실과 정보부는 한식구나 다름없었기 때문에 특별한 일이 없는 한 대기실에서 잡담을 하며 시간을 보냈다. 심지어 경호원들은 대통령이 어느 방에 있는지조차 제대로 알지 못하는 경우가 있을 정도였다. 대통령 비서실장과 경호실장도 경호원이 아닌 궁정동 안가 의전과장 박선호의 안내를 받았다. 대한민국에서 대통령에 대한 경호가 무력화되는 유일한 장소, 이곳의 실질적 통치자이자 주인은 바로 박선호였다. 경비원을 비롯해서 요리사까지 모두 박선호의 지시를 받아 움직이고 있었다. 박선호는 오직 김재규 부장의 지시만을 충실히 수행했다.

선호는 주의 깊게 안가를 살피고 나동 건물로 돌아왔다. 그때 경비조장 이기주가 짐짓 긴장한 표정으로 인사했다.

"별일 없지?"

"네, 근무 중 이상 없습니다."

약간 과장스럽고 씩씩한 목소리였다. 선호는 씩 웃으며 이기주에게 다가갔다. 궁정동에 경비원들이 서른 명 정도 있지만 선호가 가장 아끼는 사람은 서른한 살 이기주다. 태권도 3단, 유도 1단의 무도실력을 갖추고 매주 수요일에 하는 공기권총 사격훈련과 무술훈련에 열성적인 점이 마음에 들었다. 선호가 이기주를 아끼는 데는 그가 해병대 하사 출신이란 점이 크게 작용하고 있었다. 두 사람 사이에는 해병대라는 공통점이 있어 더욱 끈끈한 인간관계를 형성했던 것이다. 이기주가 볼 때 박선호는 예비역 해병대령으로 감히 쳐다볼 수도 없는 존재였다. 그런 사람이 지금 자신의 직속상관이고 관심을 가져주니 황송할 따름이었다. 그는 박선호가 죽으라면 그 자리에서 죽는 것도 두렵지 않았다.

박선호 또한 이기주의 충성심을 믿어 의심치 않았기 때문에 그를 경비조장에 앉혔다. 경비원들은 근무할 때 허리에 찬 권총에 실탄을 장전한다. 언젠가 박선호가 이기주에게 이런 말을 한 적이 있었다.

"자네 말이야. 여기는 우리나라에서 가장 중요한 장소이니까 정신 바짝 차려야 돼. 쥐새끼 한 마리도 내 허락 없이는 절대 오갈 수 없도록 해."

"명심하고 있습니다."

"좋아, 자네는 내 지시가 있으면 아무 데나 쏴도 좋아."

"아무나 말입니까?"

"그래, 각하의 안전을 위해서라면 지체 없이 방아쇠를 당겨야지. 각하와 부장님을 지키는 것이 바로 우리가 해야 할 일이니까. 어떤 놈도 여기를 넘보지 못하게 경비에 만전을 기하도록."

"알겠습니다."

"유사시에는 목숨을 걸고 충성해야 되는 것이 우리 중앙정보부 요원들이다. 알겠나."

"네."

이기주는 동탁董卓을 지키는 여포呂布처럼 씩씩하게 대답했다. 박선호와 이기주, 그리고 안가 경비원들은 내부질서와 규율을 엄격하게 유지하고 있었다. 박선호 과장이 무슨 지시를 하면 경비원들은 그 말을 듣자마자 뛰었다. 생각할 틈이 없었다. 무조건 그 지시에 따르는 것이 우선이었다.

박선호는 총탄이 빗발치는 월남에서 부대를 지휘한 경험이 있어 부하들을 어떻게 다뤄야 하는지 잘 알고 있었다. 호통보다는 관심을 가져주고, 열심히 하거나 잘한 일이 있으면 반드시 보답했다. 경비원들은 누가 보든 말든 안가 경비에 틈이 생기지 않도록 노력했고 중앙정보부 요원이란 사실에 뿌듯한 자부심을 가졌다. 특히, 이기주는 박선호 과장의 배려와 믿음을 저버리지 않기 위해 남보다 더 열성적이었다.

어느새 해가 서산으로 넘어가고 안가에 어둠이 내리기 시작했다. 곧 행사시간이 다가오고 있었다.

경호실 사람들

만추의 저녁은 어둠이 빨리 내린다. 저녁 6시로 예정된 행사에 참석하기 위해 청와대에서 차가 떠났다. 대통령이 움직일 때 경호원들은 초긴장 상태가 되어 어디서 바스락거리는 소리만 들려도 귀를 쫑긋 세우고 세심하게 살핀다. 만약 어디에선가 총탄이 날아온다면 근접경호원은 반사적으로 몸을 던져 대통령을 보호하고 다른 경호원은 상황을 제압하는 것이 임무다. 경호원들은 오늘 공식행사와 비공식행사를 연거푸 치러 몸이 피곤했다. 하지만 마지막 일정이 남아 있었기 때문에 긴장을 풀 수 없었다.

　차가 청와대 경내를 빠져나와 도로를 달리는 동안 경호처장 정인형은 휘날리는 낙엽을 보며 문득 감상적인 기분이 들었다. 그가 해병 간부후보생 제 16기로 임관한 것은 한국전쟁이 막 끝난 1954년이었다. 평생 군인으로 살았다면 조국을 지키는 훌륭한 장군이 되었을 텐데 사람 일은 알다가도 모를 일이다.

5 · 16 군사혁명은 그의 인생항로를 바꾸어 놓았다. 해병 1여단 1대대 5중대장으로 근무하던 그에게 1961년 5월 16일 새벽, 서울시경으로 진격하여 점령하라는 명령이 떨어졌던 것이다. 정인형은 중대원들과 죽음을 각오하고 혁명의 최일선에서 서울시경 점령이라는 임무를 완수했다. 군인은 명령이 하달되면 어떤 일이 있더라도 그 임무를 수행할 뿐, 명령의 당부를 따지거나 자의적으로 선택하지 않는다. 만약 작전을 위해서 어떤 초소를 사수하라는 명령을 받으면 비록 죽음을 피할 수 없더라도 도망하지 않고 사수해야 된다.

시울시경 점령의 공로를 인정받아 정인형은 박정희 국가재건최고회의 의장의 경호관으로 발탁되었다. 그때 차라리 군복을 벗지 않는 편이 좋았을 것이다. 경호원이 된 후 그는 몸을 아끼지 않았다. 많은 경호원들이 자리를 옮기고 교체되었지만 그는 1971년 대통령경호실 경호처장으로 승진했고, 여전히 대통령 곁을 지키고 있었다.

정인형은 다른 사람과 달리 궁정동 안가에 가면 기분이 좋았다. 경비과장 박선호가 동기생이었기 때문이다. 평소 일 때문에 자주 만나지 못하지만 전화통화는 자주 하는 편이었다. 두 사람이 만나면 흘러간 이야기부터 시작해서 시간 가는 줄 몰랐다.

정인형은 함께 차를 탄 경호부처장 안재송을 툭 건드렸다.

"자네도 좋지?"

안재송은 무슨 뜬금없는 소리냐는 표정으로 아무 말 없이 정인형을 바라보았다. 대답이 없자 정인형은 실망했다는 얼굴이다.

"하긴, 자네는 지겨울 수도 있을 거야. 선배들 얼굴 보는 게 어디 기분 좋겠어? 시어머니 보는 마음이겠지."

약간 비아냥거리는 투다.

"아니 누가 그래요? 괜히 선배님 혼자 생각하고 그렇게 말씀하시는 것은 저를 못된 사람으로 만드는 겁니다."

안재송은 약간 서운한 표정을 지었다.

"그럼 박 과장에게 술 한 상 거하게 차리라고 말할까? 오늘 회포 한번 풀어보는 게 어때? 우리끼리 말이야."

"선배님도 참, 말만 하지 마시고 꼭 마련해주십시오. 기대하고 있겠습니다."

물론 대통령 경호라는 막중한 임무를 맡고 있는 경호원들이 임무 중에 마음 놓고 술을 마실 수는 없었다. 안재송은 정인형이 괜한 소리를 한다고 생각하면서도 박선호의 얼굴을 떠올리니 마음이 불편한 것도 사실이었다. 박선호와 정인형은 해병 간부후보생 16기, 그리고 안재송은 24기로 두 사람의 후배였기 때문이다.

안재송이 경호실에 들어온 것은 피스톨 박이라고 불리던 박종규 경호실장 덕택이었다. 박종규는 움직일 때 항상 권총을 차고 다녔고 사격실력이 재빠르면서도 정확했다. 그는 1974년 문세광의 육영수 여사 저격사건으로 물러나기 전까지 무려 10년 동안 대통령 경호실장을 맡았다. 차지철이 경호실장으로 발탁되기 바로 전이다. 1965년 1월 초 어느 날 대통령이 박종규 경호실장에게 물었다.

"임자, 전국에서 총을 제일 잘 쏘는 사람이 누구야?"

박종규는 생각할 것도 없다는 듯 바로 대답했다.

"네, 해병 장교로 복무 중인 안재송입니다."

"임자가 그것을 어떻게 알고 있지?"

"작년 도쿄 올림픽에 나가서 좋은 성적을 올렸다고 언론에 보도된 적이 있습니다."

"안재송이라, 이제 생각이 나는군. 훈련 여건이 열악했을 텐데 참 열심히 했어."

"그렇습니다. 사격 자유권총 부문에서 9위를 했지요. 우리 역사 상 처음으로 10위 안에 들었고 속사권총 실력이 뛰어나다는 소문이 자자합니다."

박종규는 경호실 업무 때문에 누가 사격을 잘하는지 훤히 꿰뚫고 있었다. 대통령은 대견스럽다는 표정을 지었다.

"그렇다면 선물을 줘야겠군. 언제 한번 그 친구를 불러와."

"네, 알겠습니다."

이렇게 해서 안재송은 청와대로 불려왔다. 그는 키가 훤칠했고 호감 있게 생긴 얼굴이었다. 대통령은 미리 준비했던 콜트 45구경 권총을 그에게 선물로 주었다. 1964년 12월 서독을 방문했을 때 당시 대통령이던 하인리히 뤼프케가 군인 출신인 박 대통령을 위해 선물한 총이었다.

그때를 생각하면 대통령의 마음이 편치 못하다. 타고 갈 전용기가 없어 서독 대통령이 보내준 국빈용 항공기에 몸을 싣고 이역만리를 날아갔다. 양국 간 경제협조가 방문목적이었지만 사실은 서독에 돈을 빌리러 가는 길이었다. 당시 우리나라는 국민 1인당 GNP가 고작 80달러로 최빈국에 속해있었다.

공식일정을 소화하고 독일 북서부 산간에 위치한 함보른 탄광에서 파독 광부와 간호사들을 만났다. 대통령은 돈을 벌기 위해 물설고 낯선 땅에 와서 수백 미터 지하를 헤매는 광부들과 병원에서 온갖 허드렛일을 하는 조국의 귀한 딸들을 볼 때 가슴이 찢어지는 듯 아팠다.

"여러분, 난 지금 몹시 부끄럽고 가슴이 아픕니다. 대한민국 대통령으로서 과연 무엇을 했나 가슴에 손을 얹고 반성합니다. 나에게 시간을 주십시오. 우리 후손만큼은 결코 이렇게 타국에 팔려 나오지 않도록 하겠습니다. 여러분들은 조국을 위해 몸을 던진 애국자들입니다. 그 마음이 너무 고맙고 감사합니다. 우리 모두 열심히 해서 잘사는 나라를 만들어 봅시다."

육영수 여사는 하얀 손수건을 들어 연신 눈물을 찍어냈고, 대통령은 눈물을 보이지 않기 위해 말하는 도중에 입술을 몇 번이나 꽉 깨물었다.

그때 서독 대통령으로부터 받은 선물을 안재송에게 준 것이다. 콜트 45구경 권총은 그립감이 손바닥에 착 감기는 것처럼 좋고 사격할 때 안정감이 있어 환상적이라는 평을 듣고 있었다. 이는 손잡이 각도가 이상적으로 설계되었기 때문이다. 콜트 권총을 들고 방아쇠를 당겨보면 이건 총이 아니라 무슨 예술작품 같다는 생각까지 들정도로 명품이었다.

안재송은 총을 받아들고 마치 터진 팥자루같이 입을 벌리고 싱글벙글 웃음을 감추지 못했다. 지금껏 군에서 보급받은 낡은 총이나 사격장에서 받은 총으로 사격하는 것이 전부였던 그에게 대통령이 하사해준 총이 생겼으니 얼마나 기쁜 일인가. 이때부터 안재송은 사격 국가대표를 겸하면서 대통령 경호실 사격교관으로 발탁되었다.

안재송은 뛰어난 사격실력을 가지고 있었다. 속사와 명중률에 관한 한 누구에게도 뒤지지 않았다. 그가 가슴에 찬 총을 꺼내서 25미터 앞에 세워둔 박카스 병을 명중시키는 데는 불과 0.7초밖에 걸리지 않을 정도였다. 게다가 영어실력도 수준급이고 매너가 좋아서 미군들과의 교류가 잦았다.

아시아경기대회에 나갈 때의 일이다. 그때 38구경 실탄사격 종목이 있었는데 국내에서 경기용 실탄을 구할 수가 없어 선수들이 발을 동동 굴렀다. 이것을 전해 들은 경호실 안재송이 미 8군에 부탁해서 조금씩 얻어다 모은 실탄 100발을 선수들에게 전해주었다. 선수들은 30발을 연습에 사용하고 나머지 70발은 아껴두었다가 대회에 나갈 수 있었다.

차지철 경호실장도 오늘 기분이 무척 좋았다. 헬기를 타고 하늘에서 내려다본 가을 들녘은 그야말로 아름다웠다. 만약 대통령이 없다면 헬기를 돌려서 풍광 좋은 몇 곳을 더 둘러보고 싶을 정도였다. 그는 삽교호 행사를 마치고 돌아오는 길에 들렀던 당진송신소가 떠올랐다. 당연히 중앙정보부장이 올 줄로 알고 있었던 정보부 요원들이 대통령과 경호실장을 맞이하는 광경을 김재규가 보았더라면 어떤 표정이었을까. 어디 그뿐인가. 대통령 곁에서 현황보고를 청취하며 흡족한 미소를 짓는 자신을 보았더라면 아마 화가 치밀어 졸도했을지도 모를 일이다.

차지철은 요즘 들어 기분 좋은 일이 많은 편이었다. 그가 비록 정규 육군사관학교 출신은 아닐지라도 육군포병 간부후보생으로 장교 생활을 시작하여 미 육군특수전학교에 유학까지 다녀온 것은 대단한 자부심이었다. 몸은 태권도와 합기도, 검도로 단련되어 있었고 겉보기와 달리 성격이 매우 깔끔했다. 5·16 군사혁명 당시 박정희 옆에 얼룩무늬 전투복을 입고 가슴에 수류탄 두 개를 달고 있던 젊은 대위, 그가 바로 공수특전단 차지철이다. 군사혁명 후 국가재건 최고회의의장 경호차장으로 잠시 일했던 경력과 대통령에 대한 충성심을 기반으로 박종규의 뒤를 이어 경호실장이 되었다.

차지철이 경호실장이 된 후 경호실의 위상은 과거와 달리 높아졌다. 경호실장을 차관급에서 장관급으로 격상하고 비상시에는 경호실장이 수도경비사령부를 지휘할 수 있도록 법이 개정되었다. 또 현역 육군소장을 경호차장으로, 육군준장을 경호차장보로 두었다. 이들은 모두 육군사관학교 출신이었고 나이가 차지철보다 많았지만 경호실에 소속된 관계로 육군중령 출신에 불과한 차지철에게 매일 거수경례를 올려야 했다. 전두환 작전차장보와 노태우 행정차장보도 차지철 밑에서 일한 적이 있었다.

또 대통령 경호를 지원한다는 명목으로 여러 부대를 창설하였다. 군부대로는 제 33헌병경호대, 제 55경비단, 제 88경호지원대가 있었고, 경찰부대로는 101경비단, 제 22경호대가 있었다. 특이한 것은 무슨 이유에서인지 숫자가 중복되는 부대가 많다는 점이다. 아마 특수성을 강조하려는 의미였을 것이다. 이들 부대는 특수성과 소속감을 높이기 위해 특별히 제작된 제복을 착용했고 일주일에 한

번 차지철이 주관하는 국기하강식을 성대히 치렀다. 여기에는 장관과 차관은 물론 군 장성까지 초대되었는데, 대통령에 대한 충성심과 애국심을 앞세운 차지철 경호실장의 위세가 두려워 거절하기 어려웠다.

차지철에게 있어 대통령은 자신의 존재이유나 마찬가지였다. 나이 서른에 국회의원이 될 수 있었고 국회 외무위원장과 내무위원장을 거쳐 경호실장까지 오게 된 것은, 모두 정규 육군사관학교 출신이 아닌 자기를 중용한 대통령의 각별한 신임 덕택이었다는 것을 잘 알고 있었기 때문에 대통령이 없는 세상은 꿈꿀 수가 없었다. 대통령은 자신의 전부요, 삶의 목적이나 마찬가지였다. 무조건적이고 무한한 충성, 그것이 바로 자신이 할 일이자 대통령의 전폭적인 신임을 얻는 유일한 방법이었다.

"각하, 오늘 날씨가 참 좋습니다."

차지철이 창밖을 응시하고 있는 대통령의 안색을 살피며 말을 꺼냈다. 대통령도 오늘 지방행사가 흡족한 모양인지 말없이 고개를 끄덕였다. 차가 궁정동 안가에 들어섰을 때 기다리고 있던 김재규가 허리를 깊숙이 숙였다.

"각하, 오셨습니까?"

"음, 오늘 임자도 같이 갈 걸 그랬어."

김재규는 숙였던 고개를 들어 차지철을 보았다. 각하의 의중이 이러한데 왜 나만 빼놓고 갔느냐는 야속한 눈빛이었다. 차지철은 짐짓 김재규의 시선을 외면하고 대통령 곁으로 바짝 다가섰다. 마치 잘못을 저지른 아이가 엄마 품으로 파고드는 모양새다.

가만히 있으면 좋으련만 차지철은 아이가 입을 삐죽이며 놀리는 것처럼,

"부장에겐 제가 말했습니다. 시국이 비상한데 정보부장이 서울을 비우면 되겠습니까."

말을 내뱉었다. 순간 김재규는 열이 올라 얼굴이 벌게지는 것을 느꼈다.

"아무리 그래도 그렇지 우리 정보부 행사에 부장을 빼놓고 경호실장이 각하를 수행하면 어떻게 하오?"

"경호실장은 항상 각하를 수행해야 되는 겁니다. 정보부에서 각하를 경호하는 건 아니지 않소."

두 사람이 인사말치곤 뼈있는 소리를 주고받을 때 대통령이 제지하고 나섰다.

"됐어. 그만 들어가지."

차지철과 달리 김재규는 여전히 불만 섞인 얼굴이었다.

뒤에 남은 경호실 요원들과 박선호는 서로 얼굴을 마주 보았는데 걱정스러운 표정이다. 요즘 들어 경호실장과 정보부장이 부딪히는 일이 잦아 한식구처럼 지내는 자기들이 어떻게 처신해야 될지 난감했기 때문이다. 정인형 경호처장은 절대로 차지철 앞에서 정보부를 두둔하는 말을 하지 않고 지시가 있으면 그대로 수행할 따름이었다. 박선호 의전과장 또한 김재규 앞에서 경호실에 대해 이러쿵저러쿵 말하는 것을 금기로 여기고 있었다. 괜한 말을 했다 불똥이 어디로 튈지 모르는 일이었다.

한때 경호실에서 경호에 대한 회의를 한 일이 있었다. 그때 온화하면서도 일에 관한 한 세심한 성격의 박상범 수행계장이 안가에서 대통령을 경호하는 어려움을 토로했다.

"경호를 위해서라면 어떤 장소이든 간에 경호원들의 출입이 제한되어서는 안 됩니다. 그런데 우리 경호원들의 영향이 유독 정보부 안가에 가기만 하면 무력화되니 걱정입니다. 무슨 조치가 있어야 할 것 같습니다."

회의에 참석했던 다른 사람들도 익히 느꼈던 문제라 수긍하는 분위기였는데 차지철 경호실장의 생각은 달랐다.

"지나친 걱정이야. 김재규 부장 정도는 내 힘으로 꽉 누르고 있으니 걱정할 필요 없어. 걱정이 지나치면 그것도 병이 된다구."

경호실장이 일언지하에 눌러버리니 박상범이 더 이상 토를 달 수 없었다. 회의가 끝나고 정인형이 박상범을 불렀다. 박상범도 해병 대위 출신이라 두 사람은 선후배 관계였다.

"이봐 상범이."

공식적인 자리에서는 계장이라고 부르지만, 아무도 없는 곳에서는 이름을 부른다.

"네, 선배님."

이건 박상범도 마찬가지였다.

"실장님 말씀을 너무 서운케 생각지 마. 안가에 있는 정보부 사람들도 모두 우리 식구 아닌가. 설마 무슨 일이 있을라고."

"그건 알고 있습니다만, 우리가 전혀 손을 쓸 수 없으니 걱정이 돼서 드리는 말씀입니다. 경호는 한 시도 빈틈이 생겨서는 안 되는 일이기 때문에 ….”

“알아, 날아가는 새를 보면서도 무슨 일이 생기지 않을까 노심초사 경호를 생각해야지. 암, 그게 경호원이고말고. 하지만 우리는 실장님의 지시를 받아 움직이는 거야. 자네가 걱정을 떨쳐버리기 어려워도 어쩔 수 없지만 일단 실장님 말씀대로 움직여. 그게 아랫사람의 도리야. 나도 자네 걱정이 무슨 뜻인지 잘 알고 있어. 행여 긴장을 늦출까 봐 걱정돼서 하는 소리 아닌가?”

정인형이 위로해주었다. 어떻게 보면 정보부 안가는 경호원들이 지친 몸을 편히 쉴 수 있는 장소였다. 경호실과 정보부는 대통령을 보필하는 좌우의 날개처럼 서로 하는 일이 다르지만 친숙한 사이였기 때문이다.

정보부장 수행비서인 박흥주, 의전과장 박선호는 반가운 얼굴이었고 그밖에 정보부 사람들도 경호실과 두루 친하게 지내고 있었다. 경호실은 정보부가 온갖 정보를 수집해서 알려주면 그것을 토대로 경호대책을 수립하는 데 반영했다.

요즘 차지철 경호실장의 위세가 높아 정부요인들이 대통령을 만나기 위해서는 비서실보다 경호실을 통해야 했다. 모든 사람을 경호실에서 통제하고 있으니 경호에 문제점은 발견되지 않고 있었다. 차지철이 박상범의 걱정을 기우로 여겨버린 것도 무리는 아니었다. 대통령의 절대적인 신임을 바탕으로 한 자신의 위세, 감히 누가 경호실의 아성을 넘어 대통령에게 위해를 가할 수 있단 말인가. 절대 있을 수 없는 일이었다.

대통령이 나동 건물 안으로 들어가자 경호원들은 그제야 한숨 돌릴 수 있었다. 대통령과 경호실장 그리고 정보부장과 비서실장이 함께하는 자리는 그야말로 최측근들만 있는 자리다. 오늘 그들이 모여 저녁식사를 한다. 경호원들이 무슨 일이 있을지 몰라 걱정한다면 그것이 오히려 문제였다. 이제 행사가 끝날 때까지 아랫사람들은 삼삼오오 모여 이야기를 하고 회포를 푸는 일만 남았다.

중앙정보부 비서실장 박흥주와 의전과장 박선호가 경호실 사람들을 맞이했다.

먼저 박흥주가 예의 바른 목소리로,

"오늘 수고 많으셨지요. 안으로 들어가 좀 쉬십시오."

반기자 정인형이 화답했다.

"박 실장님, 고맙습니다. 번번이 이렇게 환대해주시고."

그도 흥주를 잘 아는 터라 항상 예의 바르게 대하고 있었다. 정규 육군사관학교 출신의 현역 육군대령으로 중앙정보부 비서실장을 하고 있으니 나는 새도 떨어트릴 만한 위치였다. 게다가 군으로 돌아가면 장군진급은 따 놓은 당상이요, 육군참모총장까지도 능히 바라볼 수 있는 사람이다. 그런데도 항상 겸손하게 맞이하고 대접해주어 황송할 지경이었다.

박흥주와 정인형이 몇 마디 인사를 나누고 있을 때 박선호가 끼어들었다.

"경호처장님, 그 귀한 얼굴 좀 봅시다. 응?"

장난기가 가득 섞인 목소리다. 정인형은 얼굴을 돌려 선호를 바라본다.

"이거 의전과장 아니신가. 오늘 제대로 준비했겠지?"

"그럼, 경호처장님을 위해서도 준비해놨으니 걱정 마라."

선호는 정인형과 손을 맞잡고 대기실로 들어갔다. 이제 대기실에서 경호원들은 대통령이 나올 때까지 잡담하거나 간식을 먹으면서 휴식을 취하면 되는 것이다. 모처럼 긴장을 풀어놓고 지낼 수 있는 공간이 궁정동 안가였으므로 정인형을 비롯한 경호원들의 마음은 마치 친구 집에 온 것처럼 편안했다.

정보부장의 손님

박흥주는 박선호와 경호원들이 웃으며 들어가는 모습이 정겨워 보여 빙그레 웃음을 지었다. 초급장교부터 함께 훈련을 받아온 군 동기생을 나이 들어 만난다는 것은 무척 기쁜 일이다. 문득 박선호가 부러웠다. 자기는 지금 군을 떠나 중앙정보부에서 일하는지라 동기생들과 자주 연락할 수 없고 만나기 어려웠다. 함께 화랑대를 달리던 동기들은 어디에 있을까. 올해 동기모임에 참석하라는 연락이 오면 꼭 가야겠다고 마음먹었다. 마음 놓고 이야기하고 술을 마실 수 있는 자리가 바로 동기모임이었다. 하지만 지금은 한가하게 감상에 젖어 있을 때가 아니다. 안에는 지금 대통령이 와있고 정보부장이 따로 지시한 일이 있었기 때문이었다.

대통령이 도착하기 전, 오후 5시 20분경에 김재규가 박흥주를 호출했다. 흥주는 유석문과 함께 광화문 구두매장에서 구두를 사고 돌아와 숨 돌릴 틈도 없이 집무실로 뛰어 올라갔다.

"부장님, 부르셨습니까?"

"응, 오늘 저녁 6시 30분에 손님이 올 걸세, 3인분 식사를 준비하게."

박흥주는 김재규의 말을 듣고 이상한 생각이 들었다. 곧 대통령이 도착하도록 되어 있으므로 부장은 그 자리에서 함께 식사할 것이 분명했다. 그런데 비슷한 시각에 다른 손님이 온다면 어떻게 맞이한단 말일까.

'저녁에 각하와 함께 식사하시기로 되어 있지 않습니까?'

이렇게 물어보고 싶었지만 꾹 참고 부장의 얼굴을 쳐다보았다. 김재규도 박흥주가 무슨 생각을 하고 있는지 알고 있다는 듯,

"걱정 말게. 각하와 식사하는 도중에 잠시 얼굴을 보면 되니까. 자네는 차질 없이 준비하도록 해."

"네, 알겠습니다."

흥주는 더 이상 묻지 않고 물러나왔다. 그 손님이 누구인지 물어볼 수도 없고 그저 지시하는 대로 준비하는 것이 그의 임무였다. 간혹 정보부장이 주요 인사들을 만날 때 안가를 이용하는 일이 있었다. 오늘도 그런 손님이 오는가 보다 생각할 뿐 특별하게 생각할 여지가 없었다. 흥주는 부장 집무실을 나와 비서실 윤병서에게 부장님 손님이 올 것이니 3인분 식사를 준비하도록 지시했다.

그리고 몇 가지 보고서를 살펴보고 있는데 오후 5시 50분에 김재규가 다시 호출했다.

"아까 말한 식사는 준비하고 있나?"

"네, 말씀하신 대로 3인분을 준비시켰습니다."

"혹시 말이야. 내가 저녁 7시까지 나오지 못하면 손님들끼리 먼저 식사하도록 말씀드리게."

이렇게 말하고 김재규는 대통령을 맞이하러 나갔다. 곧이어 대통령과 경호실 인원이 도착하자 바로 저녁식사가 시작되었다. 하지만 홍주는 저녁을 먹을 틈이 없을 정도로 바빴다. 지금 안가에 누가 와 있는지 앞으로 일정이 어떻게 되는지 모두 관리해야 할 입장이었기 때문에 그는 다른 사람들과 같이 대기실로 가지 못했다. 그는 본관으로 가서 손님이 왔는지 확인하고 다시 나동 건물로 돌아와 연회가 잘 진행되고 있는지 살폈다. 아직 부장이 말한 손님들은 오지 않았다. 홍주가 정신없이 돌아다니는 것을 대기실에서 나오던 선호가 보고 딱하다는 표정으로 물었다.

"실장님. 저녁은 하셨습니까?"

"아직 못했습니다. 과장님도 못 하신 것 같은데요."

"그렇죠 뭐. 지금 행사가 한창이라 밥이 제대로 넘어가지도 않습니다. 그래도 밥이 보약입니다. 윗분들 식사하실 때 식당에 들러 요기하십시오."

"고맙습니다. 오늘은 저보다 박 과장님이 더 바빠 보이는군요."

선호는 홍주의 말에 위안이 되는지 어깨를 으쓱해 보이곤 경비원들을 살펴보기 위해 건물을 돌아갔다. 홍주는 부장이 말한 손님들이 올 시간이 되어 본관으로 가서 기다렸다.

저녁 6시 30분에 김정섭 중앙정보부 제2차장보와 정승화 육군참모총장이 도착했다. 그제야 홍주는 김재규가 말한 손님이 육군참모총장이란 것을 알게 되었다. 박홍주는 정승화 앞으로 달려가서 깍듯하게 거수경례를 올렸다.

"총장님, 어서 오십시오."

"음, 박 실장이군. 수고 많지?"

정승화는 박홍주가 현역 육군대령 신분이란 것을 알고 있기에 거수경례로 답해주고 안부를 물었다.

"아닙니다. 덕분에 잘 지내고 있습니다."

"부장은 어디 계신가?"

"곧 오실 겁니다. 두 분이 먼저 식사하시라고 양해 말씀을 전해드리랍니다."

순간 정승화는 기분이 살짝 상했다. 바쁜 사람 불러놓고는 자신이 직접 오지 않고 아랫사람을 시켜 식사를 대접한다는 것이 예의에 어긋난다고 생각했기 때문이다. 김정섭 차장보는 김재규로부터 총장을 대접하고 있으라는 말을 들었던 모양이다.

"총장님, 저와 같이 가시죠. 부장님은 곧 오실 겁니다."

공손한 말투로 정승화를 안내했다. 정승화는 기왕 여기까지 왔는데 간다고 할 수 없어 김정섭과 함께 본관으로 들어갔다.

김재규 중앙정보부장이 관할하는 궁정동 안가에 오늘 대통령과 육군참모총장이 각기 다른 곳에서 식사를 하는 셈이었다. 대통령과 육군참모총장은 자신 외에 누가 와있는지 모르고 있었다. 대통령과 경호실 사람들이 궁정동 안가 나동에서 식사하거나 쉬는 동안, 본관에서는 정승화 육군참모총장이 중앙정보부 김정섭 차장보와 함께 식사를 한다.

박홍주는 본관을 나오면서 오늘 대통령이 오기로 되어 있는데 정보부장이 왜 육군참모총장과 갑작스러운 약속을 잡았는지 조금 의아한 생각이 들었다. 대통령을 모시는 자리에 참모총장이 동석한다면 모를까 따로 본관으로 불러놓고 자기는 대통령과 저녁식사를 하는 것이 어울리지 않았던 것이다. 어쩌면 잠시 참모총장과 할 이야기가 있는지도 모를 일이었다. 마침 저녁이라 식사를 대접하는 것이 아닐까 하는 생각이 들었다.

그렇다면 참모총장도 안가에 오래 머물지 않고 정보부장 얼굴만 보고 곧 돌아갈 수 있었다. 생각이 여기에 미치자 홍주는 갑자기 기분이 좋아졌다. 모처럼 집에 일찍 들어갈 수 있겠구나 싶었기 때문이다.

큰딸 혜영이 어제 밤늦도록 만들어준 왕관을 쓰고 연극을 잘 마쳤는지, 아내의 감기는 좀 나아졌는지 궁금했다. 어서 일을 마치고 집으로 돌아가 가족들과 살을 부비며 정을 느끼고 지친 몸을 편히 쉬고 싶은 마음이 간절했다.

물론 집에 들어간다 해도 편히 쉰다는 보장이 없었다. 무슨 일이 터지면 비서실 호출을 받고 급히 뛰어가야 했다. 그럴 때는 아내와 아이들에게 무척 미안했는데 아내는 전방에서부터 흔히 있던 일이라 덤덤한 표정이었다.

"또 호출이에요?"

"미안해. 곤한 잠을 깨운 모양이군."

"당신이 나가는데 어떻게 잠을 잘 수 있겠어요. 밤기운이 차니 따뜻하게 챙겨 입으세요."

"고마워."

홍주는 자고 있는 아이들의 방문을 열어 꿈나라를 헤매는 두 딸의 얼굴을 바라보고 아들 이마에 뽀뽀를 해준 다음 행당동 골목길을 달려 내려가곤 했다. 그는 들어갔다 바로 나오더라도 집에 가고 싶었다. 소박한 밥상을 앞에 두고 옹기종기 모여앉아 이야기꽃을 피우는 행복감, 딸들이 재롱 피우는 것을 바라보는 즐거움, 사랑스러운 아내의 얼굴, 생각만 해도 가슴이 뿌듯하고 흐뭇해지는 풍경이었다.

그런데 행사가 끝날 기미를 보이지 않아 그는 배가 고파졌다. 식당으로 가서 대충 저녁을 때우고 밖으로 나와 주위를 둘러보니 연회장에서 차지철 경호실장의 걸걸한 목소리가 흘러나오고 있었다. 정말 기분이 좋은 모양이었다.

궁정동 안가는 도시의 섬 같은 곳이다. 시끌벅적한 시가지와 떨어진 곳에 자리 잡고 높은 담으로 구획되어 일반인의 접근이 완벽하게 차단된 섬, 경비원들이 사람들의 눈에 띄지 않도록 숨어 지키고 허가받은 사람만 출입할 수 있는 곳, 건물마다 배치된 사람들이 마치 그림자처럼 조용히 움직이기 때문에 텅 비어 있는 것처럼 보이는 곳이었다. 하지만 오늘은 왠지 흥이 나는 것 같았다. 손님들이 와서 식사를 하고 연회를 벌이고 있어 귀를 기울이면 기타소리와 노랫소리도 들을 수 있었다.

박흥주는 밖을 서성이며 자기도 모르게 콧노래를 불렀다.

불길한 예감

무학여고 뒤편 행당동 언덕배기를 숨이 차도록 올라야 겨우 나오는 달동네, 한 평의 땅이라도 아까워 바짝 붙여 지은 집들이 경사면에 고만고만하게 자리 잡고 있는 곳에 박홍주의 11평짜리 전셋집이 있었다. 아직 잔금을 다 치르지 못했지만 그래도 단란한 가정의 보금자리다. 아내 김묘춘은 군인의 아내가 된 죄로 추운 강원도 전방에서 살림을 했던지라 지금 생활이 그리 힘들게 느껴지지 않았다. 다만 막내를 낳고 난 후 몸이 축나서 감기를 달고 사는 것이 마음에 걸렸고, 남편과 애들 뒷바라지에 소홀하지 않을까 그것이 걱정스러울 뿐이었다.

이제 초등학교 4학년이 되어 부쩍 외모에 관심이 많아진 큰딸 혜영이, 언니가 하는 것은 무엇이든지 따라 하며 아빠의 사랑을 독차지하고 싶은 둘째딸 혜은이, 그리고 서른일곱 늦은 나이에 얻은 막내아들 요셉. 그녀에게 힘을 주고 용기를 주는 아이들이다. 혜은이는 언니 옷을 물려 입는다 쳐도 큰딸 혜영이만큼은 어디 가서 기죽지 않도록 잘 입히고 싶은 마음이 간절했는데, 남편이 벌어다준 돈을 쪼개발기다 보면 번듯한 옷가게에서 공주 옷처럼 레이스가 달린 예쁜 옷을 사줄 수가 없었다. 고작 허름한 시장을 더듬어 사온 옷을 깨끗하고 단정하게 입힐 따름이었다. 그래도 그녀는 남편에게 불평을 하지 않았지만 힘든 것은 어쩔 수 없었다.

언젠가 강원도 전방 군 관사에서 생활하던 때 야전훈련을 하느라 며칠 만에 들어와서 겨우 옷만 챙겨가지고 나가는 남편을 향해 볼멘소리를 한 적이 있었다. 반가움보다 서러움이 북받쳐서 자기도 모르게 나온 소리였다.

"당신 우리들이 어떻게 사는지 알기나 해요?"

군화 끈을 조이고 있던 홍주가 고개를 돌렸다.

"저녁은 먹고 가야 할 거 아니에요."

"여보, 미안해. 곧 훈련이 끝날 테니 조금만 기다려 주구려."

"애들이 아빠 얼굴 잊을 지경이라구요. 여기서는 어디 갈 데도 없고. 누가 호강시켜 달랬어요? 얼굴 보기가 이렇게 힘들어서 어떻게 사느냐구요."

"우리만 힘든 게 아니라 다들 힘들다구. 그래도 내색하지 않고 잘 생활하고 있으니 당신이 조금만 이해해줘."

하긴 집에 있는 사람보다 춥고 어설픈 야전에서 훈련하는 사람들이 더 힘들었다. 그것을 잘 알고 있지만 그래도 아내는 온 가족이 옹기종기 둘러앉아 저녁을 함께하고 싶었던 것이다. 그때와 비교하면 지금은 행복하다 볼 수 있었다. 비록 달동네일망정 군 관사가 아닌 자기 집 전세방에서 누구 눈치도 보지 않고 생활할 수 있으니 말이다.

사실 군 관사라는 것은 허울만 좋지 속을 들여다보면 어설프기 짝이 없었다. 이 사람 저 사람이 임시로 쓰다 가는 곳이기 때문에 관리가 소홀했고 냉난방이 잘되지 않아 고생스러웠다. 또 이웃들이 모두 군인이라 가족들끼리도 서로 눈치를 봐야 했다. 남편의 계급을 부인들도 그대로 따라갔다. 상급자의 부인을 보면 깍듯하게 인사를 올리고 하급자의 부인에게는 너그러움과 아량을 베풀어야 했다. 평생 군대 근처에도 가보지 못했던 김묘춘이 남편을 따라 전방생활을 하면서 느낀 것은 상명하복과 숨 막히는 눈치보기였다. 어디 가서 함부로 행동할 수 없고 매사 처신에 조심해야 구설수에 오르지 않았다.

남편이 중앙정보부에 근무하게 되어 서울로 이사 오던 날에도 짐을 혼자 꾸렸다. 하도 이사를 많이 다녀 이삿짐 싸는 데는 도사였고 짐이래야 얼마 되지 않았기 때문이다. 아이들 옷가지와 옷장, 그리고 남편이 미리 싸놓은 책 상자, 가재도구와 이불을 챙기면 그만이었다. 묘춘은 이삿짐을 쌀 때마다 왠지 서글픈 생각이 들었다. 남편 없이 이사 다니는 것이 서글펐던 게 아니라 이삿짐이 너무 단출하여 눈물이 났다.

그녀는 남편이 서울에 살 집을 구해놨다기에 고대광실은 원하지 않았어도 제법 규모 있는 집인 줄 알았다. 그런데 차가 멈춘 곳에서 한참을 걸어 올라가야 나오는 너무나도 평범한 집, 아니 평범하다 못해 음침하고 습하고 답답한 집, 보따리를 들고 문을 밀치고 들어갈 때 이런 집에서 어떻게 애들을 키우지 하는 생각에 온몸의 기운이 스르르 빠져나갔다.

그래도 사람은 적응하면 다 살게 되는 모양이다. 처음에는 그렇게 보잘것없던 집이 묘춘의 손길이 가자 깨끗해지고 아이들의 웃음소리에 활기가 넘쳤다. 다만 어둡고 습한 것은 어떻게 해볼 수가 없었다. 자주 환기시키는 것이 최선이라 생각해서 문을 열었는데 그 덕분에 감기가 떠나지 않게 되었다.

며칠 전 묘춘은 남편과 집안일로 머리를 맞대고 걱정했던 일이 있었다. 홍주는 집안의 기대를 한 몸에 받고 있어 항상 마음에서 부담감을 떨칠 수 없었다. 한국전쟁을 전후하여 대부분의 서민가정이 그랬듯이 홍주의 집도 찢어지게 가난했다. 3남 1녀의 형제 가운데 둘째가 그였다. 형은 강원도 사북탄광에서 탄가루를 마시면서 일하는 광부, 남동생은 아파트 경비원, 여동생은 구로공단에서 미싱 시다로 일하고 있었다. 형제들이 못 배우고 어렵게 사는 데 비해 홍주는 육군 대령까지 진급했으니 집안의 기대와 자부심이 상당했을 것이야 불문가지다. 어려운 일이 있을 때마다 그가 장남의 역할까지 도맡는 지경이었다.

"여보, 도련님과 아가씨 고생하는 것을 저렇게 놔두실 거예요?"

"왜, 부모님이 뭐라고 하셨어?"

홍주는 연로하신 부모님이 동생들 좀 챙기라고 아내에게 넌지시 말했을 것으로 짐작하여 대수롭지 않게 대답했다.

"그게 아니구요. 집에서 당신이 대령으로 진급한 것도 알고 있는데…."

그녀도 대령이 얼마나 높은 직위인지 알고 있었다. 야전부대에서는 사단장을 모시고 연대를 호령하는 연대장이다. 어딜 가나 고개를 숙이는 사람들이 많았고 마음만 고쳐먹으면 얼마든지 호의호식할 수도 있었다. 그런 대령계급으로 진급했으니 집안사람들도 뭔가편히 살길을 찾아주어야 되지 않겠느냐는 뜻이었다. 그런데 남편은마치 남의 일처럼 담담하게 말했다.

"내 코가 석 자야. 물론 나도 형과 동생들을 챙기고 싶지. 하지만우리가 받는 봉급으로 더 이상 신경 쓰는 것은 무리라고. 이 집 전세잔금도 다 못 치렀는데. 그동안 당신이 알아서 잘 해왔잖아. 매월적금 붓는 것 말고 따로 떼어놓았다가 부모님과 동생들 챙겨주는 거다 알고 있어."

묘춘은 더 이상 말을 할 수가 없었다. 하긴 남편 말대로 지금 살고있는 전셋집 잔금도 아직 치르지 못한 상태 아닌가. 그녀는 형편이어렵더라도 형제들이 저렇게 고생하는 것을 보면 가만히 있을 수가없어 안절부절못했다. 서울에 와서 생활하고 남편이 높은 사람들과어울리는 것으로 볼 때 조금만 손을 써주면 형이나 동생들이 보다좋은 곳에서 일할 수도 있을 것 같은데, 남편은 그저 일밖에 모르고형제나 친지, 친구들을 소홀하게 대하는 것 같아 오히려 묘춘이 걱정하고 있는 형편이었다. 아무리 남편이 곡식에 제비 같은 사람이라 해도 너무 깨끗하면 그것도 흠이 된다는 것을 알고 있었기 때문이다.

하지만 손바닥을 마주쳐야 소리가 나는 법이다. 묘춘은 남편이전혀 엉뚱한 소리를 하고 있어 더 이상 말해본들 입만 아플 뿐이었

다. 남편이 가족의 일에 무관심하리만치 야속하게 행동하는 것을
그저 성격 탓이려니 생각할 수밖에 없었다. 묘춘이 풀이 죽어 고개
를 떨구자 홍주는 그제야 좀 너무했다는 생각이 들었는지,

"여보, 고마워. 당신이 이렇게 마음 써주니 내가 한결 편해."

말하곤 아내의 손을 꼭 잡아주었다. 묘춘의 말대로 가족들은 홍
주에게 큰 기대를 하고 있었다. 찢어지게 가난한 살림이 아들의 성
공으로 좀 펴려나 하는 부모의 소박한 기대감이 있었고, 동생들은
형에게서 용돈이라도 받아 쓰고 싶은 마음으로 바라보았다. 가족들
은 홍주가 굉장히 높은 사람들을 만나느라 바쁘다는 것을 알고 있었
지만 도대체 어디에서 근무하는지는 알 수 없었다.

간혹 아내가 물을 때도,

"일하는 곳이 다 그렇지 뭐. 신경 쓰지 말라구."

얼버무리고는 부리나케 옷을 챙겨 입고 나갔다. 가족들은 그가
중앙정보부에서 일하는 줄은 까마득히 모르고 때가 되면 말하겠거
니 생각할 따름이었다.

강원도에서 근무할 때 쉬는 날을 택해 홍주 부부는 사북에 있는
형을 찾아간 일이 있었다. 얼굴 한번 보자는 형의 성화에 못 이겨 아
이들을 옆집에 하룻밤 맡겨두고 길을 나섰다. 그때를 생각하면 지
금도 묘춘은 정신이 아득해진다. 기차를 타고 사북에 도착했을 때
주위로 바라보이는 것은 온통 검은색뿐이었다. 산처럼 높게 쌓아놓
은 석탄 더미, 걸을 때마다 푸석푸석 솟아오르는 탄가루, 거리는 탄
가루를 뒤집어써 회색빛이었고, 하얀 옷을 입은 사람을 찾기 힘들

었다.

　기차역에서 그들을 기다리던 아주버니의 모습은 결혼식 날 보았던 것과 딴판이었다. 마치 먹물 속에 들어갔다 나온 사람처럼 새까만 작업복을 입고 시커먼 장화를 신고 있었다. 그래도 얼굴을 씻고 왔는지 말끔한 것이 그나마 다행이었다.

　"홍주야."

　"형, 오랜만이우."

　형제는 얼싸안고 어깨를 두드린다. 뒤에 있던 묘춘이 다소곳이 인사했다.

　"어이구, 제수씨. 먼 길 오시느라 고생하셨습니다."

　"아니에요. 자주 인사드려야 되는데 죄송해요."

　형은 기쁜 얼굴로 그게 무슨 소리냐며 연신 손사래를 쳤다. 그리곤 홍주를 바라보며,

　"애들은?"

　"따라오려고 떼쓰는 것을 간신히 떼놓고 왔어요. 옆집에 또래가 있어서 자기들끼리 잘 놀아요."

　"같이 오지 않구선. 조카들 얼굴 보고 싶었는데……."

　형제가 앞장서 걷고 묘춘은 낯선 풍경에 어쩔 줄 몰라 하며 뒤를 따라갔다. 철로를 왼편으로 두고 역 광장을 내려가면 갈림길이 나오는데 산에서 내려오는 물이 힘차게 흘러가는 냇가가 나타났다. 냇가 위로 마치 안경을 걸쳐 놓은 것처럼 구멍 두 개가 뻥 둘려 있었다. 저게 뭐지? 가까이 가서 보니 터널이었다. 이곳 사람들이 '안경다리'라고 부르는 터널 왼쪽 구멍으로는 냇물이 흘러내리고, 오른쪽

구멍으로 차와 사람이 통행하고 있었다.

그들은 안경다리를 지나 비탈진 길을 계속 올라갔다. 숨이 차오르고 이마에 땀이 맺힐 때쯤 우측으로 지장산을 깎아 만든 광부사택이 질서정연하게 나타났다. 그 엄청난 규모에 입을 다물 수 없었다. 마치 성냥갑을 길게 늘어놓은 것이랄까. 어떻게 보면 장관이라고 볼 수 있는 광부 사택촌, 거기에서 아이들이 뛰놀고 저녁 짓는 냄새가 퍼지고 개 짖는 소리가 들려왔다. 단층 광부사택에 수천 명의 사람들이 생활하고 있었다. 형은 동생부부를 이끌고 성큼성큼 앞장섰다.

"여보, 홍주 왔어."

"네에."

기다리고 있었다는 듯 열려 있던 사택 밖으로 순박한 얼굴의 여자가 고개를 내밀었다.

"형님."

이번에는 묘춘이 먼저 인사하며 달려갔다. 척박하고 황량한 이곳에서 윗동서의 얼굴을 보니 너무 반가웠다. 동서끼리 손을 맞잡고 인사할 때 안에서 아이들 세 명이 우르르 뛰어나와 홍주에게 안긴다.

"삼촌!"

그들이 들어간 사택은 엉덩이를 붙이고 있기 민망할 정도로 좁았다. 사택 건물 한 동에 5~6세대가 살았고, 한 세대당 7평 정도밖에 되지 않았다. 집의 구조는 부엌 하나에 방 두 개, 거실은 감히 꿈도 꾸지 못하고 부엌에서 밥을 지어 안방에서 옹기종기 모여 먹었다. 화장실은 집마다 있는 것이 아니고 동마다 있는 것도 아니었다. 겨우 5~6개 동에 하나꼴이었기 때문에 거의 서른 가구가 공동으로 사용하는 셈이었다. 집에 들어서는 순간 묘춘은 고달픈 형님네의 살림살이를 한눈에 짐작할 수 있었다. 그것이 마음에 쓰였는지 윗동서가 한마디 한다.

"많이 누추하지? 여기서는 다들 이렇게 살아."

"형님, 아니에요. 우리가 사는 관사도 비슷해요."

"그래도 이런 사택을 구하기 힘들어서 쉽게 못 들어와. 신청하고 반년 기다리는 것은 보통이고 어떤 사람은 1년을 기다리기도 해. 읍내로 나가면 셋방이 많은데 사택보다 당연히 비싸지."

그날 밤 홍주는 형과 소주를 제법 마셨다. 아마 그리던 형을 보고 마음이 편안하게 풀어져서 그랬을 것이다.

"형, 미안하우."

"무슨 소릴, 오히려 내가 미안하지. 네가 우리 집 장남 역할을 하고 있잖니. 난 여기서 석탄 캐러 굴속에 들어가면 바깥세상이 어떻게 돌아가는지 모른다. 한 번 들어가면 여덟 시간씩 꼬박 일해야 하거든. 두더지나 다름없다."

형의 손톱 밑에 끼어 있는 새까만 석탄가루가 홍주의 마음을 아리게 했다. 광부들은 갑·을·병으로 조를 나누어 하루 24시간을 쉬지 않고 일했다. 팔도에서 광부가 되기 위해 이곳을 찾아오면 회사 훈련원에서 일정 기간 직업훈련을 받았다. 마치 군인들처럼 체력단련을 하고 무거운 동발 깎기, 동발 나르기, 동발 세우기, 채굴기 사용법, 부서별 임무, 안전교육 등을 마쳐야 겨우 일할 수 있었다. 훈련이 얼마나 힘들던지 갱에 들어가기 전에 포기하고 돌아가는 사람도 적지 않았다.

일단 인차를 타고 들어간 갱 안에서는 마스크를 껴본들 소용이 없었다. 너무 습하고 더워 한 시간도 채 되지 않아 마스크에 석탄가루가 잔뜩 끼어 숨이 막혔다. 어쩔 수 없이 먼지 가득한 굴속에서 마스크를 벗고 가쁜 숨을 몰아쉬는데 미세한 석탄가루가 숨을 쉴 때마다 폐 속을 파고들어 침착되었다. 광부들은 빛 한 점 들어오지 않는 지하에서 도시락을 먹어가며 일했다.

어떤 사람은 한 달을 채우지 못하고 도망치듯 떠났고 어떤 사람은 3년만 일하자 다짐하고 버텼다. 형은 벌써 3년을 훌쩍 넘어서고 있었다.

형제가 이야기하는 동안 옆집에서 쿵쿵거리고 아이들끼리 싸우는 소리가 들려왔다. 워낙 급하고 허술하게 지어놓은 사택이라 방음이 되지 않았다. 홍주 내외가 눈을 동그랗게 뜨고 귀를 토끼처럼 쫑긋 세울 때 윗동서가 웃는다.

"여기는 비밀이 없어. 옆집에서 싸우는 소리가 다 들리고 날이 새면 우물방송을 통해 온 동네로 퍼지니까."

"우물방송이요?"

"응, 여자들이 모여서 남편 작업복 빠는 곳이 우물이지 뭐야. 거기에 가면 온갖 소식을 다 전해 들을 수 있다니까."

"당신은 괜한 소리를 하고 그래. 홍주야 한잔 받아라."

홍주는 술잔을 받으면서 형의 손을 보았다. 영락없는 광부의 손이다. 거북등처럼 거칠게 갈라지고 주름진 손바닥이 그동안 형이 어떻게 살아왔는지 잘 보여주었다. 문득 홍주는 목이 메었다.

"형."

"걱정 마라. 그래도 여기는 돈이 도는 곳이야. 오죽하면 탄광 간조 날에 강아지가 돈을 물고 다닌다고 하겠니. 여기서 몇 년만 고생하면 한밑천 잡아 뭐라도 할 수 있겠지. 그동안 네가 못난 형을 둔 죄로 고생 많이 한 것을 잘 알고 있다. 내가 정말 너를 볼 낯이 없구나."

간조 날은 월급날이다. 산골 벽지에 불과했던 이곳에 탄광이 개발되고 동양최대의 민영탄광이 들어서자 지장천을 사이에 둔 산기슭에 사람들이 몰려들어 자그마한 도시를 형성했다. 일은 험해도 공장에서 일하는 것보다 많은 돈을 벌 수 있으니 전국에서 사람들이 몰려들어 사북은 팔도 사투리가 뒤섞여 있었다. 하지만 교통이 불편하여 외지보다 물가가 비싼 편이었다.

홍주는 형이 왜 이곳 탄광으로 와서 습하고 덥고 어두운 수백 미터 지하를 헤매며 석탄을 캐는지 알고 있었다. 한 집안의 장남으로서 그 무게감이 얼마나 무거웠으랴. 속을 내색하지 못하고 애꿎은 술잔만 비우는데, 조카들이 옆방에서 고개를 내밀고 바라본다. 그동안 말로만 듣던 훌륭한 삼촌이 못내 자랑스러운 모양이다. 자기들끼리 킥킥거리다 숨고 베개를 들어 던지며 별짓을 다 한다. 홍주는 그것이 귀여워 조카들을 불러 머리를 쓰다듬어주고 호주머니에서 지갑을 꺼냈다.

"아서, 버릇 나빠진다."

형이 짐짓 말리는 흉내를 냈지만, 홍주는 못 들은 체 지폐를 한 장씩 쥐어주었다.

"요놈들 씩씩하게 잘 자라는구나. 이리 온."

그리고 막내를 번쩍 들어다 아예 무릎에 앉혔다. 형제가 술잔을 기울일 때 동서들도 마주 앉아 집안 이야기며, 자식들 이야기, 살아가는 이야기를 하느라 밤이 새는 줄도 몰랐다.

그렇게 하룻밤을 보내고 사북을 떠날 때 형은 아쉬움이 남았는지 그 거친 손으로 홍주의 손을 꼭 잡고,

"홍주야, 살다보면 좋은 날이 오겠지. 우리 집에서 믿는 것은 너밖에 없다. 나도 여기서 부지런히 돈 벌어가지고 자리 잡을 테니 너무 걱정 마라. 아직 젊으니까 뭐든지 할 수 있어. 군에서 항상 몸조심해야 한다. 대장이랍시고 너무 앞에 나서지 말고 몸을 사려. 응? 그리고 제수씨, 이놈 이거 아주 똑똑하고 사람이 진국입니다. 뭐 나보다 잘 아시겠지만 잘 해주시고 행복하게 사세요."

신신당부를 잊지 않았다. 형은 기차가 안경다리를 건너 사라질 때까지 손을 흔들었다. 그때 몇 년만 하면 한밑천 잡을 거라던 형은 십 년이 다 되도록 탄광을 떠나지 못하고 있었다. 잘해야 일 년에 얼굴을 한두 번 보는데 갈수록 기침이 심해지고 있어 홍주가 어서 병원을 가보라고 성화였다. 하지만 형은 병원 가는 것을 꺼렸다. 진폐증으로 판정받으면 탄광을 떠나야 했기 때문이다.

이렇게 사는 것이 다들 어려운 처지에 그래도 서울 사는 것이 어디냐, 대령이면 장군 아래 연대장 아니냐, 그런 고위 장교가 있으니이제 집안 살림이 활짝 피는 것은 시간문제라는 시선 때문에 묘춘의 입장이 난처했다. 빛 좋은 개살구란 말이 딱 들어맞는 처지였다. 남

보기엔 그럴듯해 보여도 속을 들여다보면 무엇 하나 내세울 것이 없었다.

번듯한 집이 있는 것도 아니고, 남편이 일찍 퇴근하여 저녁상을 같이하는 것도 아니고, 휴일에 애들하고 놀이공원 한 번 가는 것도 아니고, 자다가 벌떡 일어나 부랴부랴 옷을 챙겨 입고 달려 나가는 불안한 생활의 연속이었다.

오늘 낮만 해도 그렇다. 남편은 출근하면 꼭 한 번씩 전화를 걸어 안부를 물어온다.

"여보, 잘 출근했어. 애들 별일 없지?"

이렇게 말하고는 다정한 말을 몇 마디 나눌 새도 없이 끊어버리고 말았다. 묘춘은 그것이 서운하여 툴툴거린 적이 있었다. 그때 남편은,

"사무실 전화야. 사적으로 오래 통화할 수가 없다구. 내 마음 당신이 잘 알잖아."

이렇게 얼버무리고 아내를 꼭 껴안아주었다. 하긴 전화 주는 것만 해도 고마운 일이다. '당신 별일 없느냐, 사랑한다'는 말을 하기 쑥스러워 애들 안부를 묻는 것으로 그것을 대신한다는 것을 잘 알고 있었다.

그런데 오늘 남편의 전화를 받고 난 후에 이상하게도 묘춘은 마음이 진정되지 않았다. 뭐랄까. 밤새 무섭고 기분 나쁜 꿈을 꾸었는데 날이 새고는 그것이 생각나지 않아 하루 종일 찜찜한 그런 마음이었다. 좀처럼 마음을 안정시킬 수 없어서 한참을 앉아 있다 막내 요셉이 칭얼대는 소리를 듣고서야 정신이 퍼뜩 들었다.

그녀는 딸들이 학교에서 돌아오기 전에 집을 치워야겠다는 생각에 방을 쓸고 닦고 부산을 떨기 시작했다. 작은방을 치우고 안방을 정리할 때 작은 앉은뱅이책상 위에 놓여 있던 잉크를 그만 바닥에 쏟고 말았다.

"에구머니나! 이걸 어째."

까만 잉크는 하얀 종이를 물들이고 마치 핏물처럼 바닥으로 뚝뚝 떨어지고 있었다. 묘춘은 정신없이 잉크병을 세우고 바닥을 닦았지만 이미 잉크는 모두 쏟아지고 빈 병만 남아 있을 뿐이었다. 뒤처리가 확실한 남편 성격에 분명 뚜껑을 닫았을 텐데 왜 쏟아졌을까. 아이들이 그랬을까. 아무리 생각해도 그 원인을 알 수 없었다. 묘춘은 바닥을 닦으며 남편이 들어오면 잔소리 좀 해주어야겠다고 생각했다.

정보부장의 숨가쁜 밀명

가을밤의 정취는 남다르다. 아직 한여름의 더위가 기억에 남아 있어 쌀쌀한 기운이 싫지 않고 오히려 반갑다. 오가는 사람 없이 조용한 가운데 궁정동 가로등만이 게으름 피우지 않고 제 할 일을 하고 있었다. 어디에선가 바람이 불어와 거리에 떨어져 있던 낙엽을 쏴르르 한쪽으로 몰아갔다.

나동 건물 안에서는 연회가 한창 무르익고 있는 모양으로 노랫소리가 들려왔다. 식사를 시작한 지 채 한 시간이 되지 않아, 연회가 끝나려면 조금 더 기다려야 할 것 같았다.

저녁 6시 55분쯤 되었을까. 벌써 식사를 끝냈는지 아니면 잠시 볼일을 보러 나왔는지 김재규 부장이 모습을 드러냈다. 본관에서 대기하던 박흥주는 부장의 얼굴이 잔뜩 굳어 있는 것으로 봐서 대통령에게 무슨 꾸지람을 들었거나, 아니면 차지철 경호실장과 의견충돌이 있었을 것으로 생각했다.

"손님 오셨지?"

"네, 김정섭 차장보가 모시고 있습니다."

"알았네."

김재규는 짧게 말하고 본관식당으로 들어갔다. 본관과 나동 건물은 50미터쯤 떨어져 있다. 그러니까 김재규는 대통령을 모시고 식사를 하다 잠시 나와 본관에 와있는 정승화 육군참모총장을 보러 간 것이다.

"총장, 이거 미안하게 됐소. 내가 지금 갑작스레 각하의 부름을 받아 함께 식사 중이니 끝나고 돌아올 때까지 기다려 주시오."

총장은 대통령과 함께 있다는 소리에 적이 놀라는 눈치였다. 다른 사람도 아니고 대통령을 모시고 있다니 기다리는 것은 당연하다고 생각했다. 부장이 식당에 머문 시간은 길지 않았다. 김재규는 본관에서 나와 곧장 나동으로 가지 않고 잠시 정원에 멈추어 선 채 하늘을 올려 보았다.

"박 실장, 날이 차고 하늘이 어둡군."

"음력 6일이라 아직 어둡고 바람이 찹니다."

"전방에는 벌써 서리가 내렸겠지, 군인이 있어야 할 곳은 야전인데 자네가 여기 와서 고생이 참 많아."

홍주는 부장이 요즘 간이 나빠 술을 하지 않는다는 것을 알고 있었다. 그런데 이렇게 감상에 젖어 말하는 것을 보면 대통령이 권하는 술을 사양할 수 없어 몇 잔 마셨을지도 모른다고 생각했다.

그의 생각은 틀리지 않았다. 다른 날과 달리 오늘은 몇 순배 술잔을 비운 터라 취기가 오르고 있어 부장의 얼굴이 얼큰해 보였다.

"부장님, 아닙니다. 여러모로 신경 써주셔 잘 지내고 있습니다."

"이 사람, 입에 발린 소리 말고. 아무튼 고마워."

김재규는 이 말을 뱉어놓고 쑥스러운 듯 건물 안으로 휘적휘적 걸어 들어갔다. 홍주는 상관이 고맙다는 말을 해주자 그동안 쌓였던 피로와 고생이 한꺼번에 씻기는 것 같았다. 인정받는 것은 좋은 일이다. 그는 낮에 산 구두를 가로등 불빛에 비춰보고 정원에 떨어진 낙엽을 살짝 건드려보기도 하면서 연회가 끝나기를 기다렸다.

그런데 김재규가 들어가고 난 후 불과 10여 분이나 지났을까. 저녁 7시가 조금 넘어 그는 다시 연회장을 빠져나와 본관으로 돌아왔다. 본관 식당에서 정승화 육군참모총장은 김정섭 차장보와 식사를 거의 마쳐가는 중이었다.

"총장, 각하와 식사시간이 좀 길어지는구려. 여기 김 차장보가 국내 정치에 대해 잘 알고 있으니 이 친구와 시국 이야기 좀 나누면 좋을 거요. 끝나는 대로 곧 오겠소."

그렇잖아도 정승화는 약속했던 김재규 대신에 다른 사람과 앉아 식사하는 것이 불편했던 참이다. 게다가 부장이 자꾸 들락거리는 통에 밥이 잘 넘어가지 않았다. 대통령을 모시기로 했으면 약속을 미루는 것이 좋았을 텐데 잔나비 밥 짓듯 자꾸 들락거리는 것은 또 무슨 경우인가 하는 생각이 들었다.

"각하께서 와 계시면 다른 날로 약속을 잡아도 되는데 …."

왜 중복약속을 잡아 사람을 오라 가라 하느냐는 원망 섞인 말투였다. 김재규는 정승화의 말에 아랑곳하지 않고,

"아니오, 잠시만 기다려주시오."

이렇게 양해를 구하고는 자리에 앉을 새도 없이 다시 밖으로 나갔다. 무엇엔가 쫓기는 것처럼 허둥대는 걸음이었다. 정승화는 그가 대통령에게 돌아갔을 것으로 생각했다.

그런데 김재규는 대통령에게 바로 돌아간 것이 아니었다. 그는 본관 2층에 있는 집무실에 올라가서 보관하고 있던 서독제 웰터 7연발 32구경 권총 한 정을 꺼내 허공에 올리고 찬찬히 살펴보더니 바지 오른쪽 주머니에 집어넣었다. 이때 박홍주는 밖에서 대기하고 있었다. 곧 식사가 끝날 시간이 가깝고 일찍 돌아가는 사람이 있으면 배웅해야 되기 때문이다.

저녁 7시 10분, 본관 정문 인터폰으로 부장이 나간다는 신호가 왔다. 홍주는 부리나케 부장을 쫓아갔다. 마침 박선호가 전등을 켜들고 나와 있다가 부장 옆에서 가는 길을 비춰준다. 부장은 식당 구관 쪽 샛문에 도착해서 손짓으로 박홍주를 불렀다. 부장의 얼굴이 쓸개를 씹은 표정으로 잔뜩 일그러져 있었다. 홍주는 지금껏 김재규를 상관으로 모시면서 이렇게 굳은 얼굴을 본 적이 없었다. 이것은 박선호도 마찬가지다.

도대체 무슨 일이 있기에 우리를 어둠 속으로 부른 것일까. 아마 무슨 비밀스러운 임무를 맡기거나 남이 들으면 안 되는 말을 해줄지도 몰랐다.

김재규는 손짓으로 두 사람이 더 가까이 붙도록 했다. 그제야 홍주와 선호는 김재규의 거친 숨소리를 통해 그가 무척 흥분해 있음을 알 수 있었다. 얼마나 화가 났는지 말을 시작하기도 전에 입이 씰룩거렸다.

"박 실장 그리고 박 과장."

"네."

두 사람이 동시에 대답하는 것을 보고 김재규는 잠시 입을 다물었다. 다음 말을 할까 말까 마음속으로 재보는 것 같았다. 홍주와 선호는 침을 꿀꺽 삼키며 평소와 다른 부장의 모습에 긴장을 풀지 않았다. 마침내 부장이 입을 열었는데,

"지금 본관에 육군참모총장과 중정 2차장보가 와 있다. 오늘 해치운다."

실로 엄청난 말을 쏟아내는 것이었다. 홍주와 선호는 눈을 동그랗게 뜨고 놀란 목소리로 자신도 모르게 되물었다.

"네? 누구를 말입니까?"

그러나 김재규는 자세한 설명을 하지 않은 채 다시 명령했다.

"방에서 총소리가 나는 즉시 너희들은 경호원들을 처치해라. 깡그리 해치워."

말을 마치고 지금 농담하는 것이 아니라는 것을 확인시키려는 듯 바지 오른쪽 주머니에 들어 있는 권총을 보여주었다. 그제야 두 사람은 감을 잡을 수가 있었지만 갑자기 떡메로 머리를 얻어맞은 것처럼 멍한 기분이었다. 경호원이라면 대통령 경호원을 말한다. 경호원을 죽이라니, 도대체 왜 그들을 죽여야 한단 말인가. 미처 물을 새도 없이 김재규는 두 사람을 몰아붙였다.

"확실히 해야 돼. 실수가 있으면 안 된다."

홍주와 선호는 너무 놀라 입을 다물 수가 없었다. 부장이 안에서

식사 잘하고 나온 줄 알았는데 갑자기 경호원들을 싹 죽여버리란 말을 하고 있으니 말이다. 두 사람은 얼굴을 마주 보고 당신은 알고 있느냐는 표정을 지었다. 김재규는 어안이 벙벙해진 두 사람에게 단호한 목소리로 물었다.

"자네들도 각오가 되어 있겠지?"

완전히 일방통행이었다. 사람을 죽이는 실로 엄청난 일을 계획하면서 언제 우리에게 물어본 적이 있었던가. 약간 억울하고 서운한 생각이 들었지만 그것을 내색할 수는 없었다. 함부로 말했다가는 어떤 일이 벌어질지 몰라 입을 굳게 다물었다. 어쩌면 부장이 총으로 우리를 쏴죽일 수도 있는 일이다. 경호원들을 죽인다면 그 수장인 차지철 경호실장도 포함될 것이다. 최근 들어 경호실장과 부장의 갈등이 심했으니까. 하지만 아무리 그렇다고 해도 그렇지 어떻게 눈앞에서 사람을 총으로 쏴 죽인단 말인가.

김재규는 두 사람을 찬찬히 바라보더니 눈길을 박선호에게 멈추었다. 선호는 긴장된 표정으로 움찔거렸다.

"응?"

"네."

"각오가 되어 있나?"

"각오가 되어 있습니다."

선호는 자기도 모르게 이 소리가 튀어나왔다. 말을 뱉어놓고 그는 할 수만 있다면 말을 주워 담고, 다시는 말할 수 없도록 입을 꿰매고 싶었다. 하지만 이미 뱉은 말이고 엎질러진 물이다.

선호의 답을 듣고 김재규의 눈이 홍주에게 옮겨갔다.

"자네는?"

홍주는 입을 닫고 아무 말이 없었다. 함부로 말하지 않는 신중한 성격 탓도 있지만, 지금은 너무 놀라 어떤 말을 해야 할지 알 수가 없었던 것이다.

"나라가 잘못되면 자네나 나나 다 죽어."

홍주에겐 만약 여기서 대답하지 않으면 죽여버리겠다는 말로 들렸다. 김재규는 홍주의 답을 꼭 들어야 했다. 두 사람의 심복 가운데 한 사람이 빠져버리면 일이 틀어지는 것이다.

그는 권총을 한 번 툭 치고,

"자네도 각오가 되어 있겠지?"

다시 물었다. 그제야 홍주가 대답했다.

"부장님, 너무 갑작스러운 일이라 당황스럽습니다. 잠시 생각할 여유를 주시고 부장님께서도 한발 물러나 차분히 정리해보시지요."

"뭐야?"

"이건 엄청난 일입니다. 이렇게 급하게 서두를 일이 아니라고 생각됩니다."

"여기서 죽고 싶어?"

김재규는 악에 받친 소리를 지르며 금방이라도 권총을 뽑을 것처럼 바지 주머니로 손을 쑥 집어넣었다. 그리고 부장의 권위를 내세웠다.

"상관이 지시하면 그대로 따르는 것이다. 다시 묻겠다. 명령을 수행할 각오가 되어있나?"

"네."

홍주가 어쩔 수 없이 기어들어가는 목소리로 대답했다. 비로소 김재규는 마음이 놓이는 눈치다. 박홍주가 순순히 대답하지 않았지만 한 번 입 밖으로 내뱉은 말은 무슨 일이 있어도 지키는 사람이라는 것을 알기 때문이다.

선호는 일이 보통 심각한 것이 아님을 깨닫고 다른 쪽으로 부장을 설득해야겠다는 생각이 들었다. 월남에서 전쟁을 치르고 험한 세상 꼴을 많이 봐서 그런지 임기응변이 빠른 편이다. 그는 김재규에게 다가가 귓속말로 물었다.

"각하도 포함됩니까?"

"응."

선호는 순간 자기가 잘못 들었을지도 몰라 김재규의 얼굴을 빤히 바라보았다.

"부장님, 정말입니까?"

김재규는 두 번 말하지 않고 매가 사냥감을 노리듯이 두 사람을 쏘아보고 있었다. 선호는 큰일 났다는 표정으로 홍주 옆에 붙었다. 하지만 홍주는 가타부타 말을 꺼내지 않고 침묵을 지킬 뿐이다.

이것으로 확실해졌다. 지금 부장은 대통령을 비롯해서 궁정동 안가에 와있는 경호실장과 경호원을 모두 죽이겠다는 실로 무서운 생각을 하고 있는 것이다.

홍주는 김재규와 박선호가 대화를 나누는 짧은 순간 머릿속이 무척 복잡했다. 김재규 중앙정보부장은 우리에게 대통령을 살해하자는 엄청난 일을 아무렇지도 않게 지시하고 있다. 왜 그래야 하는지 한마디 설명도 없이 말이다. 더구나 여기는 궁정동 안가 구관의 어두운 정원이다. 살해모의를 하기에는 어쩌면 너무 우스운 장소가 아닌가.

너무 갑작스럽다. 아무리 상관이라고 해도 그렇지 어떻게 사람을 죽이란 지시를 서슴없이 할 수 있단 말인가. 가슴속 깊은 곳에서 불끈 저항감이 솟아오르는 것을 느꼈다. 그러나 홍주는 그것을 내색할 수 없었다. 그는 육군사관학교에서 절대복종과 상명하복의 철저한 교육을 받았고 군 생활 내내 그것을 실천했으며 지금도 그 정신은 몸속 깊숙한 혈관을 타고 뇌를 지배하고 있었기 때문이다. 더구나 김재규와는 상관과 부하 이상의 관계를 맺고 있었다. 홍주가 사단장 부관 시절부터 쌓아온 인간관계는 누구도 깨트릴 수 없을 만큼 돈독했다.

박선호는 어떻게 해서든 이 상황을 피하고 싶었다. 부장을 설득해서 오판하지 않도록 만들어야 했다.

"부장님, 오늘은 날이 좋지 않습니다."

"왜?"

"오늘은 평상시보다 경호관이 많아 일곱 명이나 됩니다. 다음 기회로 미루는 것이 어떻겠습니까?"

선호는 간절한 목소리로 김재규에게 애원했다. 물론 그의 말은 거짓이다. 경호실 요원이라고 해봐야 차지철 경호실장, 경호처장 정인형, 부처장 안재송, 수행계장 박상범, 경호관 김용섭, 특수차량 운행계장 김용태까지 모두 여섯 명이었다. 이 가운데 경호실장과 운행계장을 빼면 실제 경호에 투입되는 인원은 네 명인 셈인데 박선호는 김재규를 포기시킬 생각으로 과장하여 말했던 것이다. 그러나 김재규는 박선호의 말에 흔들리지 않았다.

"안 돼. 오늘 해치우지 않으면 보안이 누설된다."

김재규는 단호하게 잘라 말하고 아무 말이 없는 홍주를 바라보았다. 너는 어떤 생각이며 어떻게 할 것이냐 묻는 것이다. 홍주는 차마 부장의 시선을 마주 보지 못하고 떨구었다. 오랫동안 보아온 부장의 성격으로 볼 때 이번 일을 절대 포기하지 않을 것이 분명해 보였기 때문이다. 권총까지 차고 나온 것을 보면 알 수 있다.

선호는 엄벙덤벙하다가 물에 빠지겠다는 생각이 들어 이제 필사적으로 김재규에게 매달린다.

"부장님."

"잔말 말고 그대로 시행해. 똑똑한 놈 세 명이 있겠는가?"

선호는 이제 김재규의 마음을 돌리기에 늦었다고 생각했다. 거의 자포자기 심정으로,

"네, 있습니다."

대답하니 김재규가 다음 지시를 하였다.

"똑똑한 놈 세 명을 골라서 다 해치워."

김재규가 구체적으로 지시하지는 않았지만, 대통령과 경호실장은 자기가 맡고, 나머지 경호원들은 너희 두 사람이 경비원 세 명과 합세하여 처리하라는 뜻이었다. 이것으로 대통령 살해에 관한 모의는 대충 끝난 셈이다. 김재규가 발을 떼려고 할 때 선호가 그를 붙잡고 말을 이었다.

"부장님, 30분만 시간을 주십시오."

"안 돼. 너무 늦어."

김재규는 혹시 말이 새나가는 것이 두려웠다. 정보부장으로 일하며 남의 정보를 들여다보다 보니 의심과 조심성이 많아진 탓이다. 하는 일은 사람의 성격을 변화시킨다. 형사를 오래 한 사람은 사돈을 만나더라도 짝눈을 뜨고 공연히 의심을 하게 되고, 시장에서 깍쟁이들을 많이 상대한 상인은 남는 게 없다고 먼저 앓은 소리를 하며 주판을 굴리고, 코흘리개들을 가르치느라 호통을 쳐온 선생은 어디에서나 남을 가르치려 드는 훈장의 풍모가 돋보이기 마련이다. 정보부장도 마찬가지다. 다른 사람의 속사정을 너무 많이 알고 있는 탓에 행여 남이 내 뒤를 캐고 있지나 않을까 하는 불안함이 항상 그의 머릿속을 지배하고 있었다.

"준비하기에 시간이 촉박합니다. 부장님, 30분 이전에는 절대 안 됩니다."

박선호가 계속해서 시간을 달라고 재촉하자 김재규는 마지못해,

"알았네."

대답했다. 그때까지도 홍주는 목석처럼 굳어 미동조차 하지 않고 있었다. 김재규는 용기를 내라는 듯 홍주의 어깨를 툭 쳐주고,

"자유민주주의를 위하여!"

조그맣게 외친 다음 안으로 들어갔다. 홍주는 부장의 말이 귀에 들어오지 않았고 손길이 닿았던 짧은 순간 저승사자가 목덜미를 움켜쥐기라도 한 것처럼 등골이 오싹함을 느꼈다. 선호는 부장의 뒤를 따르면서 홍주를 돌아보았다. 그 눈빛에 어떡하면 좋으냐는 안

타까움이 가득하였다.

　뒤에 남겨진 홍주는 지금 꿈을 꾸고 있는 것은 아닐까, 이것이 꿈이라면 얼마나 좋을까 생각했다. 느닷없이 대통령과 경호실 요원들을 모두 죽이라니, 그는 조막손이 달걀 떨어뜨린 것처럼 마음을 안정시키지 못하고 어쩔 줄 몰랐다. 자유민주주의? 조금 전 부장이 말한 소리가 메아리처럼 귓전에 남아 맴돌았다. 그것이 무슨 의미인지 쉽게 이해되지 않았다.

　홍주는 평소 침착한 성격이라 좀처럼 놀라지 않고 일을 처리하는 편이지만 지금 이 순간 어떻게 해야 될까 종잡을 수 없었다. 장기판에서 외통수로 몰린 기분이었다. 어디로 움직인들 도망갈 방법이 보이지 않아 난감했고 차라리 죽으라는 지시를 받는 것이 나을 것 같았다.

　그는 자기도 모르게 욕설이 튀어나왔다.

　"제기랄."

뒤틀린 운명의 반 시간

박선호에게 주어진 시간은 겨우 반 시간이었다. 짧은 시간 동안 함께 거사를 치를 경비원 세 명을 선발하고 경호원들을 어떻게 제압할지 준비해야 했다. 위기의 순간을 돌파해나가는 임기응변이 뛰어나고 순발력 있는 선호도 난감함을 느끼긴 홍주와 마찬가지였다. 수행하기도 거절하기도 힘든 명령이었다. 그는 어떻게 해야 할까 머리를 쥐어뜯으며 고민했다. 결국 상관의 지시를 차질 없이 수행하는 것이 부하의 역할이라는 생각에 이르렀다.

그가 비록 수년 전 군복을 벗고 중앙정보부에서 일하고 있을지언정 그 또한 뼛속까지 군인이었다. 명령을 받은 이상 그것을 피할 도리는 없었다. 피할 수 없다면 차라리 정면으로 돌파하는 것이 상책이다. 생각이 여기에 미치자 오히려 마음이 편안해졌다.

선호는 김재규가 안으로 들어가고 난 후 밖으로 나와 담배를 빼물었다. 그는 상황을 하나씩 정리해보았다. 부장이 이번 일을 아무런 준비도 없이 행하지는 않을 것이다. 대통령이 와있는 이 시간에 부장이 따로 육군참모총장을 불렀다는 것은 무엇을 의미할까. 혹시 부장과 참모총장이 모종의 계획을 세우지 않았을까. 그렇다. 부장은 섣불리 행동할 사람이 아니다. 이미 부장과 육군참모총장은 의견일치를 보고 이번 일을 준비했던 것이 분명하다.

그리고 김정섭 차장보는 연회가 있을 때 안가에 오지 않는 사람이며 국내외 정치상황을 잘 알고 있는 인물이다. 그러한 그가 육군참모총장을 접대하고 있다는 것은 부장에게서 어떤 지시를 받고 때를 기다리고 있다고 봐도 무방할 것이다. 지금은 긴박한 상황이다.

그렇다면?

선호는 자신에게 질문을 던져보았다. 만약 부장의 지시를 거부한다면 어떻게 될까. 부장의 거사가 성공할 경우 명령이행을 거부한 자신이 살아남기 어려울 것이다. 반대로 실패한다면 그 좌절감으로 총구를 돌릴 수도 있다. 배반한 부하에게 명령불이행의 책임을 묻고 처단하러 올 것이 자명하다. 설혹 살아남는다 하더라도 지금까지 보살펴준 부장의 정리를 저버렸다는 배신자 낙인이 찍힌 채 평생을 손가락질당할 것이다. 선호는 이래도 죽고 저래도 죽는다는 생각에 몸서리를 쳤다. 죽을 바에는 차라리 사나이답게 죽자. 혹시 일이 잘되면 거사의 일등공신이 되는 것 아닌가.

이제 선호는 김재규를 따르기로 마음먹고 부장이 왜 이런 일을 벌이는지 생각해보았다. 중앙정보부장은 지금까지 일을 처리하는 데 사심을 보인 일이 없었다. 또 최근에 벌어진 부마사태의 심각성을 절실히 깨닫고 유사한 사태가 전국적으로 번질 것이란 정보를 이미 습득했을 것이다.

계엄으로 얼음장처럼 불안한 시국을 아슬아슬 건너고 있는 상황 속에서 이를 돌파하기 위해 부장은 대통령과 차지철을 죽이고 시국을 정상화하려는 것 아닐까. 선호는 이렇게 믿고 싶었다. 명석한 부장이 결정하고 지시하는 일이니 자신은 그저 묵묵히 따르는 것이 옳다는 생각이 들었다.

박선호는 담배를 비벼 끄고 가동 건물에 있는 경비원 대기실을 거쳐 2층 사무실로 올라가서 이기주를 불렀다. 오늘 대통령이 와있는지라 잔뜩 긴장한 채 경비를 서고 있던 이기주는 영문을 모른 채 불려왔다. 선호는 버마재비가 매미 잡듯 갑자기 다그쳤다.

"너, 해병이지?"

"네?"

박 과장이 뜬금없이 물어오자 이기주는 당혹스러운 표정으로 눈을 동그랗게 떴다. 하지만 선호는 똑바로 이기주를 바라보며 다시 물었다.

"해병이냔 말이야."

"네, 해병입니다."

해병은 무슨 중요한 일을 시킬 때 반드시 그것을 완수하라는 의미에서 해병임을 상기하고 주지시킨다. 물론 두 사람 모두 과거에 해병이었을 뿐 지금은 예비역으로 정보부에 몸담고 있는 중이다. 그럼에도 갑자기 '너 해병이지?'라고 묻는 말에 이기주는 예비역에서 현역으로 돌아간 기분이 들었다. 자기도 모르게 칼날 같은 군기를 바짝 세우고 과장을 바라보았다.

그는 직감적으로 박선호가 예사롭지 않은 말을 할 것이라고 직감했다. 무슨 내용일까 자못 궁금하여 부동자세로 귀를 기울였다.

"좋아, 너도 요즘 경호실장이 우리 부장님을 압박하는 것을 알고 있지?"

"……."

이기주는 대답하지 않았다. 경비원들끼리 오가는 말로 경호실장의 전횡과 정보부장이 그 때문에 곤란한 처지란 것을 모르지 않았지만 일개 경비조장에 불과한 그가 섣불리 대답할 성질이 아니라고 생각했기 때문이다. 박선호는 이기주가 대답하지 않았지만 익히 알고 있을 것으로 생각하고,

"부장님의 지시다. 오늘 해치운다."

조금 전 그가 김재규에게 지시를 받았던 것처럼 이번엔 이기주에게 같은 지시를 했다. 이기주는 어안이 벙벙하여 무슨 뜻인지 잘 알아듣지 못했다.

"누구를 말입니까?"

"경호실 놈들이야. 자네는 지시에 따르기만 하면 돼. 알겠나?"

박선호가 못을 박듯이 말하자 이기주는 엉겁결에,

"넷!"

대답하고 말았다. 그 모습을 보고 박선호는 첫 지시를 내렸다.

"가서 리볼버 한 자루 가져와."

"알겠습니다."

이기주는 명령의 당부와 성질을 생각할 겨를도 없이 1층으로 내

려와서 경비를 서던 엄현에게 물었다.

"리볼버 가지고 있습니까?"

"네, 근무용으로 차고 있는 게 하나 있습니다."

엄현은 허리춤을 가리키면서 말했다.

"그거 이리 주세요."

"아니, 이건 근무용이라니까요."

엄현이 이렇게 말하는 것은 당연했다. 자신이 지닌 총을 남에게 함부로 내준다는 것은 있을 수 없는 일이었기 때문이다. 이기주는 와락 달려들어 총을 뺏어가기라도 할 것처럼,

"과장님이 달라고 하십니다."

손을 내밀었다. 엄현은 조금 전 박선호 과장이 이기주를 호출했고 지금 이기주가 그 방에서 나오는 것을 알고 있었기 때문에 더 이상 거절하기 어려웠다. 그는 허리에서 권총집을 통째로 풀어 이기주에게 건네주었다.

"여기 있습니다."

말은 이렇게 하지만 영 찜찜한 얼굴이다. 이기주는 엄현에게서 받은 권총을 들고 곧장 2층 사무실로 올라갔다.

"수고했어."

선호는 이기주가 건네준 5연발 38구경 리볼버 권총을 들고 총알이 모두 들어 있는 것을 확인했다. 그리고 권총집을 혁대에 끼워 허리에 찼다. 계단을 내려가면서 선호는 두 번째 지시를 하였다.

"M15로 무장한다. 보이지 않도록 양복 상의 안에 넣고."

이기주는 나지막한 목소리로 알았다고 대답했다. M15 소총은

M16 소총의 기다란 개머리판을 잘라내고 철제 손잡이를 붙여 기관단총처럼 작게 변형시켜 휴대성이 좋았다. 권총에 비해 장탄 수가 월등히 많고 탄창 교체가 용이했으며, 외투 안에 넣으면 되니 비밀작전을 수행할 때 꼭 필요한 무기였다.

이기주는 박선호가 M15까지 준비시키는 것을 보고 오늘 일이 벌어져도 단단히 벌어지겠구나 하는 생각에 잔뜩 긴장했다. 숨을 크게 쉬기 힘들었고 하마터면 발을 헛디뎌 계단에서 구를 뻔했다.

두 사람이 1층으로 내려오는 것을 본 엄현은 뿔이 뽑힌 사슴처럼 온순한 얼굴로 무슨 일인가 싶어 눈동자만 굴릴 뿐이었다.

박선호가 부장에게 받은 지시는 믿을 만한 경비원 세 명을 준비하는 것이었다. 그의 머릿속에 이미 두 명의 경비원이 있었다. 이기주와 김태원. 이기주는 해병하사 출신으로 충성심이 대단했고, 김태원은 육군병장으로 전역하여 경비원으로 채용된 친구로서 두뇌회전이 빠르고 평소 책을 많이 읽어 유식했다. 어제 근무하고 오늘 비번이었지만 비상소집되어 오후 5시부터 경비에 투입되었다.

궁정동 안가 경비원은 퇴근해서 쉬는 비번일 때도 오후 4시부터 5시 사이에 사무실로 전화하도록 되어 있었다. 행사가 급하게 잡혀 경비병력이 추가될 때가 있기 때문이다. 김태원이 아무 생각 없이 사무실로 전화하자마자 기다렸다는 듯 오늘 대행사가 있으니 급히 들어오라는 소리를 들었다. 그는 그때 은행에 볼일이 있어 가는 중이었는데 택시를 잡아타고 부랴부랴 안가로 돌아왔다.

박선호는 김태원이 이기주 못지않게 충성심이 뛰어나고 행동이 민첩하다는 것을 잘 알고 있었다. 이런 일에는 아무것도 모르는 사

람이 오히려 제격이다. 이렇게 해서 박선호의 머릿속에 이기주와
김태원이 자리했던 것이다.

  마지막 한 사람은 누구로 한다? 박선호가 이런 생각을 하며 막 건
물을 나설 때 유성옥이 눈에 띄었다. 그는 중앙정보부 운전기사로
채용되어 박선호와 두 번이나 함께 근무한 전력이 있었다. 성격이
괄괄하고 용감하며 복종심이 강해서 그가 의전과장으로 올 때 데리
고 온 친구다. 선호는 유성옥을 가담시키기로 마음먹었다.
  박선호는 이기주와 함께 대기실 입구에 있는 총기함으로 갔다.
총기함을 담당하던 경비원이 박 과장을 보고는 두말없이 총을 내주
었다. 이기주는 M15 한 정과 15발이 들어 있는 탄창 한 개를 받아
양복 상의에 넣고 밖으로 나갔다.
  박선호는 벌써 신관을 나서 건물 모서리를 돌고 있었다. 그는 뒤
를 부지런히 따르는 이기주에게 문득 생각났다는 듯이 물었다.
  "유성옥이 총을 쏠 줄 아는가?"
  궁정동 안가에서 같이 근무하기 전 이미 두 차례나 함께 일했던지
라 유성옥에 대해 잘 알고 있었지만 그래도 확인하고 싶었던 것이
다. 이기주는 아무 걱정 말라는 표정으로 대답했다.
  "유성옥은 육군중사 출신입니다. 월남에도 다녀왔구요."
  총을 쏠 줄 모른다는 게 오히려 이상하지 않느냐는 소리다. 박선
호는 고개를 끄덕이며 담담하게 지시했다.
  "그럼 권총에 장전하고 오라고 해."
  "유성옥도 함께합니까?"

"그래, 가서 그대로 전해. 부장님께서 세 명을 확보하라고 하셨는데 너와 유성옥, 그리고 김태원이 함께한다."

"네, 알겠습니다."

그때 유성옥은 동대문시장에서 반찬거리를 사다가 주방에 전해주고 나와 경비원 대기실에서 바둑을 두고 있었다. 박 과장이 행사 때문에 안가에 머물고 있으니 운전을 담당한 자기는 특별히 할 일이 없었던 것이다. 하필 바둑이 꼬여 대마가 죽을 둥 살 둥 사경을 헤매고 있을 때 밖에서 이기주가 외치는 소리가 들렸다.

"과장님 지십니다. 유성옥은 권총을 휴대하고 지금 나오라고 하십니다."

이 말을 듣고 유성옥은 어디 급하게 출동하는 것으로 생각해서 용수철이 튕기듯이 벌떡 일어났다. 그러면 그렇지 대마불사란 말이 괜히 있는 게 아니야, 속으로 쾌재를 불렀다. 그는 대기실에 있던 경비원 엄현에게 물었다.

"리볼버 어딨습니까?"

엄현은 오늘 밤 왜 이리 권총 찾는 사람이 많을까 이상한 생각이 들었다. 하지만 직속상관이자 안가의 주인이나 다름없는 박 과장의 지시라고 하니 물어볼 수도 없었다.

"내가 차고 있던 것은 과장님께서 가져갔고, 아마 저 방에 있는 유석술이 차고 있을 겁니다."

"그래요?"

유성옥은 엄현이 가리키는 방으로 달려가서 과장님 지시라는 것을 말하고 급히 권총을 받아 허리에 차면서 밖으로 뛰어나갔다.

대기실에 있던 경비원들은 아무 영문도 모른 채 잠시 밖을 내다보다 이내 고개를 돌렸다. 그들의 관심은 바둑판에 있었고 어떻게 하면 대마를 살릴 수 있을까 하는 것이었다.

이기주와 유성옥은 불안한 표정으로 앞서가는 박선호를 따라나섰다. 몇 걸음 걷고 선호가 뒤를 돌아보았는데 이기주의 양복 밑으로 소총이 덜렁거리는 것이 보였다.

"그 총 숨겨."

말하고 다시 걸음을 떼었다. 이기주는 M15를 양복 상의로 급히 가리느라고 애를 먹고 있었다. 그도 그럴 것이 M16 소총의 개머리판을 잘랐다 하더라도 본래 기다란 총열을 어찌할 수 없어 걸을 때마다 옷 밖으로 드러났다. 그는 다시 멜빵을 고쳐 메고 상의로 총구를 가렸다. 세 사람은 평소와 같이 아무렇지도 않게 본관 정문을 지나 구관으로 들어갔다. 그리고 다시 샛문을 통해 나동 건물로 향했다. 남들이 보기에는 그저 안가를 순찰하는 것으로 보였다.

앞장서 걷는 박선호는 온갖 생각이 교차했다. 이들을 직접 데리고 가는 것보다 제미니 승용차를 타고 나동으로 와서 대기하라고 지시하는 것이 보다 간단한 일이었다. 하지만 그의 마음은 누구보다 불안하고 초조했다. 자기도 모르게 두 사람을 데리고 본관으로 갔다가 샛문을 통해 구관으로 빠졌고 다시 나동으로 온 것이다. 오락가락 한 셈이다.

도중에 몇 번을 망설이며 쉬었는지 모른다. 부장으로부터 받은 지시는 너무 엄청난 것이었다. 무엇이 정당하고 옳은 일인지 분간

할 수 없는 상태에서 아무것도 모르는 부하들에게 전하는 일은 괴롭기 짝이 없었다. 하지만 대통령이 식사하는 나동 뒷마당에 이르렀을 때 선택의 여지가 없음을 알았다.

뒷마당까지 오는 동안 유성옥은 이기주로부터 실로 무서운 이야기를 들었다. 앞서가는 박 과장에게 들리지 않을 작은 목소리로 오늘 밤 큰일이 벌어진다, 우리는 대통령 경호원들을 모두 처치한다는 것을 말해주었다. 유성옥은 이기주의 말을 듣고 갑자기 오금이 저려 박 과장을 따라가기 어려웠다. 마치 저승사자를 따라가고 있는 느낌이었다. 다리에 힘이 풀리고 금방이라도 땅바닥에 주저앉을 것만 같았다.

간신히 나동 건물로 들어섰을 때 박 과장은 정보부장이 그랬던 것처럼 부하 두 명을 으슥한 구석으로 불렀다.

"이것은 부장님 지시다."

부하들이 아무 말 못 하도록 못을 박고 조용하면서도 단호하게 말했다.

"오늘 일이 잘되면 너희들도 한 몫 볼 것이다. 그러니 차질 없이 일을 처리해야 돼."

이기주가 작은 대답을 했고 유성옥은 너무 놀라 자기도 모르게 목젖에서 끅 소리가 나왔다. 유성옥은 미처 생각할 틈도 없이 갑자기 따라온 터라 무슨 말이든 하고 싶은데 말이 나오지 않았다. 박선호는 유성옥을 바라보며 잠시 눈썹을 찌푸리더니 손가락으로 불빛이 새어 나오는 방을 가리켰다. 그곳은 지금 대통령이 식사하는 방이었다.

"저 방안에서 부장님이 쏘는 총소리가 나면 너희들은 주방 앞 승용차 속에서 대기하고 있다가 식당에 있는 경호원들을 몰아붙여."

구체적인 작전지시를 내리자 지금까지 약간 들떠있는 것처럼 보이던 이기주가 겁먹은 목소리로 물었다. 그럴 수밖에 없는 것이 전쟁터도 아니고 평소 알고 지내던 사람들을 향해 총을 쏜다는 것이 어디 쉬운 일인가.

"경호원들이 총을 쏘면 어떻게 합니까?"

"왜, 겁먹었나?"

"아닙니다."

이기주는 과장된 목소리로 자신이 겁먹은 게 아니라는 것을 보여주었다. 유성옥은 걸어오는 동안 이기주로부터 대충 이야기를 들었지만 막상 눈앞에서 박 과장과 이기주가 나누는 말을 듣고 자신이 천 길 낭떠러지 위에 위태롭게 서있다는 것을 깨달았다. 자칫하면 그대로 떨어질 것처럼 아득한 기분이 들었다. 아무리 부장의 지시라 해도 그렇지, 저 안에 있는 경호실 식구들에게 어떻게 총을 쏘지? 자신이 없었다.

그때 박선호가 유성옥을 쏘아보며 재차 말했다.

"자네도 그런가?"

"과장님, 아닙니다. 저는 그저 얼떨떨해서."

"정신 똑바로 차려. 이것은 훈련이 아니라 실전이다. 명령에 따라 움직이고 명령에 따라 죽는 정보부 요원들이 지금 부장님의 명령을 받은 것이야. 두 사람 내가 무슨 말 하는 줄 알겠지?"

"네."

유성옥은 불과 몇 분 사이에 자신이 총을 쥐고 사람을 죽이게 된 것이 믿기지 않았다. 과장이 다그치는 말에 대답하긴 했지만 생과 사의 갈림길에서 관청에 잡아다 놓은 닭처럼 있을 수는 없었다.

그는 용기를 내서 박선호에게 물었다.

"과장님, 도대체 무슨 영문인지 모르겠습니다. 경호원들에게 총을 쏘면 다 죽을 텐데요."

"이봐, 그걸 지금 말이라고 하나. 정보부 요원은 명령에 따라 움직이는 것이다. 총을 쏘지 않고 머뭇거리면 자신이 죽는다는 것을 명심해."

박선호가 죽는다는 말에 힘을 주자 유성옥은 놀란 입을 다물었고, 선호는 두 사람이 흔들리지 못하도록 오금을 박았다.

"놈들이 덤비면 그때는 쏴버려."

선호는 이 말을 자기가 하는 것이 아니라 누구 다른 사람이 하는 말을 전해 듣고 있는 것처럼 느껴졌다. 자신은 이런 지시를 부하들에게 내리고 싶지 않았다. 아무런 준비도 없는 경호원들을 죽이라고 지시하는 것은 죽기보다 싫었다.

선호는 남이 보기에 호방하고 괄괄한 성격이지만 사실 그는 누구보다 잔정이 많고 여린 사람이다. 그런데 이런 지시를 하다니. 말을 해놓고도 믿을 수가 없었다. 할 수만 있다면 가슴 두근거리고 온몸의 핏줄이 툭툭 불거지며 털이 곤두서는 이 긴장감을 걷어내고 싶었다. 순진한 부하들은 상관의 입에서 나온 지시를 거역하지 못하고 그 이행을 다짐했다.

"알겠습니다."

부하들의 말을 듣고 정신을 차린 사람은 오히려 박선호다. 그는 헛기침으로 두려움을 떨쳐낸 후 유성옥에게 지시했다.

"저기 제미니 승용차를 여기 주방 쪽으로 옮겨놓고 그 안에서 기다려."

유성옥은 아무래도 걱정이 되는 모양이다.

"혹시 경호원이 뭐라고 하면 어떻게 할까요?"

박선호는 그것까지 일일이 알려줘야 되느냐는 표정으로,

"놈들이 뭐라고 하면 과장이 시켰다고 해. 알겠지?"

이제 제대로 알아들었느냐 으름질렀다. 유성옥은 찔끔하여 아무말도 못 했고 박선호의 지시는 계속되었다.

"주방 앞에 차를 대놓고 그 안에서 박 실장님 지휘를 받고 기다려. 총소리와 함께 주방 앞에 서있는 경호원들을 주방으로 몰아넣고 반항하면 사살해. 그리고 밖에 있는 김태원은 총소리와 함께 대기실로 와서 나를 지원하라고 해. 준비가 끝나면 손님이 왔다고 보고해라. 이 모든 것은 부장님의 지시다."

박선호는 정보부장의 지시이므로 아무 생각 말고 철저히 이행해야 된다는 것을 다시 확인시켰다.

"알겠습니다."

부하들의 대답을 뒤로하고 박선호는 나동 정문초소로 가서 경비를 서고 있던 경비원 서영준에게 지시했다.

"수고했어. 이제 이기주와 교대해."

서영준은 경비를 교대한 지 겨우 20분밖에 되지 않아 이상한 생각이 들었다. 하지만 과장이 직접 나와서 지시하는 것이라 아무 말 없이 이기주와 경비를 교대했다. 이렇게 경비를 해제시키고 박선호는 건물 안으로 들어가 상황을 살폈다. 방에서는 이제 식사가 끝났는지 노랫소리가 흘러나왔고 경호원들은 대기실과 주방에 있었다.

그가 나동 정문을 지키고 있는 이기주를 보니 윗옷에서 M15 소총이 삐죽 솟아나와 있는 것이 보였다. 이기주는 그것을 가리느라고 부지런히 옷을 움직였는데 그때마다 소총 특유의 쇳소리가 났다. 저런 상태로는 일을 시작하기도 전에 발각될 것 같았다.

"이봐, 빨리 가서 권총으로 바꿔와."

박선호의 호령소리에 이기주는 화들짝 놀라 총기함으로 향했다. 거리가 그리 멀지 않았지만 가는 동안 이기주의 머릿속에는 온갖 생각이 난무했다. 이대로 그냥 도망가 버릴까, 아니면 경호원들에게 뛰어가 이 사실을 알릴까. 누군가 말을 걸고 어디 좀 가자고 하면 그 핑계로 연기처럼 사라지고 싶은데 아무도 말을 걸어오지 않았고 총기함이 점점 가까워지고 있었다. 발걸음과 달리 어느 쪽으로 가야 할지 마음을 정하지 못하는 동안 어느새 총기함까지 와버렸다. 그는 무슨 일로 또 왔느냐 물어보는 총기함 경비원을 보고 체념하고 말았다.

'지금까지 과장이 나를 신임했는데 여기서 도망치면 안 되지. 한 번 해병이면 영원한 해병이다. 과장이 유사시에는 생명을 걸고 충성하라고 했지 않은가. 도망가면 비겁자다.'

이렇게 생각을 고쳐먹고 권총을 받아왔다. 유성옥은 제미니 승용차를 가지러 가고, 이기주는 권총을 허리에 차고 나동 정문 경비를 섰다. 나중에 이기주와 유성옥이 차로 들어가서 대기할 때는 김태원이 경비를 교대하기로 되어 있었다.

 빠른 시간 안에 일을 준비시키고 박선호는 박흥주를 보기 위해 본
관 쪽으로 걸음을 옮겼다.
 "실장님, 괜찮으십니까?"
 "괜찮아요."
 흥주가 낮고 짧게 대답을 하였다. 평소 말수가 적은 편이기도 했
지만 지금 상황에서 말을 길게 할 이유가 없었다. 선호가 담배를 빼
물며,
 "한 대 태우시렵니까?"
 권했는데 흥주는 납처럼 차가운 얼굴로,
 "됐습니다. 안에서 피고 왔으니 편히 태우세요."
 말하곤 고개를 돌려 불 켜진 나동 건물을 바라보았다. 선호는 그
곳을 향해 담배 연기를 길게 내뿜었다.
 "혹시 실장님께서는 미리 알고 계셨습니까?"
 "조금 전 처음 들었습니다. 과장님도 마찬가지겠죠."
 "네, 저도 무슨 일인지 통 모르겠습니다. 그저 부장님 지시니 따
를 수밖에 다른 도리가 있나요."
 이번엔 한숨처럼 담배 연기를 후욱 내뱉는다. 흥주는 오후에 새
로 장만한 구두 위로 떨어지는 낙엽을 한쪽으로 치워냈다.
 "이런 일 참 힘들어요."
 그가 푸념하듯이 말하자 선호도 맞장구를 쳤다.
 "누가 아니랍니까. 우리에게 죽으라면 죽는 시늉이라도 해야죠.

아무튼 부장님이 무슨 생각이 있어서 이런 일을 시키는 것 아니겠어
요."

　부러 그렇게 믿는 듯하다. 홍주는 별다른 대답을 하지 않고 한숨
을 푹 내쉬며 어두운 하늘을 바라보았다. 가로등이 없으면 저 어디
서 북극성을 찾을 수 있을 것 같았다. 하지만 서울 하늘에서 북극성
을 찾는 일은 쉽지 않아 이내 포기하고 만다. 두 사람에게 아직 아무
일도 일어나지 않은 이 순간은 꿈결 같은 시간이었다. 시간이 더 이
상 흐르지 않고 멈춰버리거나 시간을 뒤로 돌려버렸으면 하는 마음
이 간절했다.

선택의 여지는 없다

박흥주는 김재규가 지시한 엄청난 일의 규모를 미처 생각할 겨를도 없이 1호차 가방에 들어 있던 독일제 9연발 38구경 권총을 꺼내 일곱 발이 장전되어 있는 것을 확인하였다. 그는 권총을 허리에 차고 부속실로 올라갔다. 가슴이 뛰어 진정시킬 수가 없었기에 담배를 한 대 피우고 싶었다. 떨리는 손으로 연기를 폐 깊숙이 빨아들이고 천천히 내뱉으며 상황을 짚어보았다.

아무리 생각해도 도대체 왜 부장이 이런 일을 지시하는지 이해하기 어려웠다. 어쩌면 부장은 비서실장인 자신도 모르게 어떤 계획을 세워놓고 때를 기다렸던 것은 아닐까. 그러다 오늘 기회가 포착되어 갑자기 거사를 하는 것인가.

흥주는 조금 전 명령을 내리던 부장의 얼굴을 떠올렸다. 무서운 표정이었다. 지금껏 15년 동안 부장을 알고 지냈지만 저렇게 무서운 얼굴을 한 것은 본 적이 없었다. 그는 갑자기 머리가 아파왔다.

생각할수록 머리가 복잡해서 그는 담배를 비벼 끄고 밖으로 나와 찬 공기를 들이켰다.

궁정동 안가는 박선호의 책임 아래 움직이고 있었으므로 30여 명의 경비원들은 모두 그의 통제를 받고 있었다. 김재규의 지시에 따라 박선호가 사람들을 배치하고 있는 동안에도 홍주는 여전히 혼란스럽고 난감하여 아무나 잡고 하소연하고 싶었다. 본관에서 바라보니 박선호가 바쁘게 움직이는 것이 보였다. 역시 부장이 믿고 일을 맡기는 사람답게 싫든 좋든 내려진 명령을 차질 없이 수행하고 있었다.

홍주는 서서히 내리기 시작하는 밤이슬과 찬 기운에 몸을 사시나무 떨듯이 부르르 떨어 두려움을 걷어낸 다음 김재규가 말했던 것을 되짚어보았다.

'뭐, 보안이 누설된다고?'

홍주는 이 말에 선뜻 동의하기 어려웠다. 제아무리 국내외 정보를 수집하고 분석하는 일을 맡고 있는 중앙정보부의 총수라 해도 그렇지, 어떻게 수족처럼 부리는 부하들을 믿지 못하고 일을 벌이기 불과 반 시간 전에 통보할 수 있단 말인가. 꼼꼼하고 확실하게 일처리를 하는 그 성격에 부장의 말이 이상스럽게 들렸던 것이다.

어디 시골에 있는 구멍가게를 털러 가는 것도 아니고 대한민국의 대통령을 살해하는 일이다. 이처럼 엄청난 일을 밥 먹고 차 한 잔 마실 시간도 되지 않을 짧은 시간에 불쑥 통보하고 무조건 따라오라니 과연 그 길을 가야 할지 말아야 할지 가늠하기 어려웠다.

'부장은 우리를 정말 믿지 못하는 것일까.'

부장은 정보가 누설될까 두려워하고 있음이 분명하다. 그렇지 않으면 지금껏 일언반구 말이 없다가 매가 병아리 채가듯 이렇게 황급히 추진할 리가 없는 것이다. 홍주는 갑자기 서글퍼졌다. 부장이 6사단장으로 있을 때부터 부관으로 모셔왔는데 신뢰관계를 형성하지 못했다는 것이 괴로웠다. 만약 부장이 자신을 진심으로 믿었다면 절대 지금과 같은 행동을 하지 않았을 것이다. 며칠 전에 이야기하고 의논하였다면 생각할 여유가 충분했을 테고 그릇된 길을 가지 않게 방향 잡을 시간을 확보할 수 있었다.

'생각할 여유를 주지 않으려고 그랬을까.'

정보부장은 국내외 모든 정보를 접하는 위치에 있는 만큼 절대비밀이 존재할 수 없다는 것을 잘 알고 있을 것이다. 미리 부하들에게 알리면 그 비밀이 누설될 수 있다고 생각하는 것은 정보부장으로서 충분히 할 수 있는 일이다. 어쩌면 부장은 부하들뿐만 아니라 심지어 자신까지도 믿지 못하는 것은 아닐까. 그렇지 않고서야 이렇게 일을 진행시킬 수는 없는 것이다. 부하들이 도망갈 수 없도록 통보해놓고 자신 또한 움직일 수 없는 틀 속에 가두어 스스로를 옴짝달싹 못 하게끔 만든 것 아닌가.

어떤 경우든 부장과 부하들이 종착역을 향해 내달리는 기차에 타고 있는 것은 분명했다. 그 종착역이 어디인지 아무도 모르지만. 기차에서 내리는 것은 용납되지 않는다. 누구도 내릴 수 없이 끝까지 갈 수밖에 없다.

'아무리 그래도 대통령을 시해하는 일인데 ….'

군 지휘체계로 볼 때 박홍주를 지휘하는 직속상관의 꼭짓점에 대통령이 있다. 이론대로 하자면 군통수권자인 대통령의 지시를 받고 그를 보위해야 할 입장에 있는 것이다. 하지만 대통령은 멀리 있고 부장은 코앞에서 항상 지시하는 가까운 존재였다.

평소 홍주는 대통령에 대해서 특별한 생각을 해본 일이 없었다. 그가 어떤 인물이며 어떤 평가를 받고 있는지, 그 업적은 무엇이며 비난받는 것은 무엇인지, 밖으로 보이는 모습과 그 이면의 모습이 어떻게 다른지 관심을 두지 않으려 했다.

정보부의 특성상 저 시골 벽지로부터 수집되어 올라오는 보고서는 거의 모두 홍주를 통하고 있었다. 그는 보고서를 보되 자신의 생각이나 판단을 집어넣는 것을 조심했다. 군인이기 때문이다. 대통령에 대해서도 마찬가지다. 남들이 뭐라 하든 자신은 군인의 본분을 다하면 그만인 것이다.

군인이 자기 생각에 치우쳐 정치상황에 관심을 기울이거나 관여하게 되면 불행한 일이 발생한다. 군인은 정치에 일정한 선을 긋고 국가안보를 위해 몸 바쳐야 한다. 대통령도 앞으로는 자신과 같은 불행한 군인이 더 이상 나오지 않기를 희망했지 않은가. 홍주는 결벽증 환자처럼 혹시라도 자기에게 정치색이 묻을까 두려워 각별히 조심했다.

그런 그에게 부장이 어떤 이유를 대고 살해의 정당성을 이야기한들 귀에 들어오지 않았을 것이다. 홍주가 부장의 명을 따르는 것은 엄격한 규율이 작동되는 정보부의 직속상관이요, 지금껏 형성해온 인간관계 때문이다. 어떻게 상관의 명령을 거역하고 자신을 알아주는 사람을 배신할 수 있단 말인가. 그것은 죽기보다 싫은 일이었다. 만약 그가 경호실에 대통령 시해음모를 밀고하고 공을 인정받게 되더라도 자신을 믿고 인정해주었던 상관을 배신했다는 불명예를 씻기 어려웠다. 명예는 군인의 자존심이요 존재이유이며 생명이다.

'혜영 엄마, 애들아.'

문득 가족들이 떠올랐다. 지금쯤 저녁을 지어놓고 기다리다 지쳐 먼저 숟가락을 들었겠지. 행여 남편이 올라올까 싶어 몇 번이고 문을 열고 밖을 내다보았을 아내의 얼굴, 어젯밤 만들어준 왕관을 쓰고 연극을 어떻게 했는지 조잘대는 큰딸 혜영이, 언니를 시샘하며 아빠의 품을 파고들어 하루 일을 미주알고주알 고해바치는 작은딸 혜은이, 그리고 입을 옹알거리며 엄마 아빠를 찾아 방긋 웃는 막내 요셉이. 어서 보고 싶었다. 지금 당장이라도 집으로 달려가서 온기가 넘치는 가족의 품으로 몸을 던지고 싶었다.

그런데 그것은 꿈이다. 아니 지금 이 상황이 꿈이다. 반드시 꿈이어야 한다. 그는 이렇게 속으로 울부짖으면서 본관 앞을 서성거렸다. 모든 것이 뒤엉켜서 뭐가 현실이고 꿈인지 구별되지 않았다.

홍주는 부장이 꾸미는 일의 성패에 대해서는 생각하고 싶지 않았다. 성공한다고 해서 명령을 따르고, 실패할 것이라고 하여 명령을 거부하는 그런 기회주의적이고 비겁한 행동은 그가 철저히 경멸하는 것이었다. 오직 명령이 있기 때문에 따르는 것뿐이다. 명령이 있으면 그 결과를 미리 예단하지 않고 무조건 따르는 것이 군인본분, 선택의 여지는 없다. 더 이상 동요하지 말자.

이런저런 생각을 하고 있을 때 박선호가 경비원들을 배치하고 본관으로 와서 담배를 권했던 것이다. 두 사람은 오늘 부장으로부터 유일하게 지시를 받은 사람들이다. 앞으로 무슨 일이 벌어질지 짐작하는 것이 그리 어렵지 않았기 때문에 더욱 불안한 마음이었다. 선호는 말을 하면서도 홍주를 바로 보지 못한다. 그건 홍주도 마찬가지였다. 괴로운 마음으로 몸부림치는 상대의 얼굴을 보는 것은 마치 자신을 보는 것과 같았고 불안한 마음을 내보이기 싫었다.

선호는 자기가 하는 일에 정당성을 부여하고 싶은 듯,

"요즘 부장님이 좀 경호실장에게 심하게 당하긴 했죠. 아마 그래서 그럴 겁니다."

말을 꺼냈는데 홍주는 속에서 알 수 없는 불씨가 확 일었다.

"그래도 부장님이 우리를 이렇게 믿지 못하고 계실 줄 미처 몰랐습니다."

홍주가 서운한 표정으로 대답하자 선호는 그게 무슨 말이냐는 눈빛으로 고개를 돌려 바라본다. 홍주는 아랑곳하지 않고 말을 계속 이어간다.

"이번 일 말이에요. 사전에 언질을 주셨으면 우리가 충분히 검토해서 가부를 말씀드릴 수 있었을 겁니다. 그런데 부장님이 그럴 틈을 전혀 주지 않았잖아요. 우리가 지시받은 것은 조금 전입니다. 과장님도 당황스럽긴 마찬가질 테죠."

"네, 솔직히 뭐가 어떻게 돌아가고 있는지 모를 정도로 머릿속이 혼란스럽고 복잡합니다. 일단 부장님께 지시를 받았기 때문에 준비하긴 했습니다만 …."

선호의 말투에서 내키지 않는다는 뜻이 묻어났다. 홍주도 마찬가지라는 표정으로 걱정한다.

"오늘 우리가 경호원들을 제압하는 것은 그리 어렵지 않을 것입니다. 그들은 호랑이굴에 들어와 있는 것이나 마찬가지니까요."

"그렇죠."

"문제는 그다음인데 … ."

홍주는 말끝을 흐리며 나동 건물에서 흘러나오는 불빛으로 눈길을 돌렸다. 선호는 홍주의 말을 듣고 자기도 모르게 한숨을 내쉬었다. 부장의 명을 수행하느라 총을 꺼내고 사람들을 배치하는 동안에도 계속 머릿속이 복잡했고 막막한 기분이었다.

선호가 보기에 홍주는 일을 벌이는 것보다 앞으로 일이 어떻게 전개될지 그 결과에 대해 고민하는 것으로 보였다. 부장이 군으로 돌아가고 싶어 하는 박홍주 대령을 붙잡고 놓아주지 않았던 이유를 새삼 알 것 같았다. 홍주는 매사 침착한 성격으로 일처리를 하기 때문에 설혹 불구덩이에 던져 놓는다 하더라도 빠져나갈 방법을 찾아서 제시할 수 있는 인물이었다.

선호는 갑자기 홍주가 구세주라도 되는 것처럼 느껴졌다.

"박 실장님, 어떻게 해야 됩니까?"

막다른 골목에 다다른 것같이 막막하고 답답한 상황에서 선호는 거의 울부짖듯 해결책을 물었다. 하지만 홍주는 담담한 어투로 되레 선호의 의견을 궁금해한다.

"박 과장님은 부장님이 얼마나 준비하셨다고 보십니까?"

"네?"

선호는 반문하며 홍주를 똑바로 보았다. 홍주는 선호에게 다가와서 귓속말로 속삭이듯이 빠르게 지금 상황을 대충 설명해주었다.

"부장님은 경호실장에게 원한이 깊어요. 때리는 시어미보다 말리는 시누이가 더 밉다는 말이 있잖습니까."

"그것은 알고 있습니다."

"대통령께서 서거하신 후 과연 부장님이 무사할 수 있을까 하는 부분에 있어서는 확신이 들지 않습니다."

선호는 순간 온몸에서 힘이 쫘악 빠져나가는 것을 느꼈다. 결국 우리 모두 죽을 수밖에 없다는 말인가. 하지만 그는 홍주의 말을 인정하고 싶지 않아 본관을 가리키며 절규하듯이 말했다.

"육군참모총장이 와 있지 않습니까, 그리고 2차장보도 와 있구요. 이것은 우리가 모르는 어떤 계획이 이미 수립되어 있다는 것을 의미합니다. 부장님은 아무런 대책도 없이 무모하게 일을 벌일 사람이 아니에요."

"글쎄, 과연 그럴까요. 저도 그랬으면 좋겠습니다."

홍주는 말문을 닫아버린다. 선호는 천 길 낭떠러지에서 간신히 잡고 있던 동아줄이 갑자기 재로 변하고 손안에서 스르르 빠져나가 버리는 느낌을 받았다. 절망감은 어느새 분노로 바뀌었다. 그는 자기도 모르게 흥분하여 홍주의 멱살을 잡아 흔들기라도 할 것처럼,

"실장님은 어떻게 하실 생각입니까?"

빨리 대답하라고 다그쳤다. 홍주는 흥분한 선호의 얼굴을 천천히 바라보았는데 공포에 질려 울부짖고 있는 얼굴이었다. 아, 내 얼굴도 이렇겠구나. 괴로운 생각이 들어 더 이상 선호를 바라볼 수가 없었다. 홍주는 시선을 돌리고 체념한 목소리로 답을 해주었다.

"우리는 명령을 받았지 않습니까."

이 소리를 듣고 선호가 약간 진정되었다. 홍주는 상황이 매우 어렵다는 것을 잘 알면서도 도망치지 않겠다는 말을 하는 것이다. 선호는 홍주의 말에 동감한다는 뜻을 표했다.

"그렇지요. 우리는 명령을 받았습니다."

"명령을 받은 이상 우리는 그 명령을 수행해야 됩니다. 설혹 죽는 한이 있더라도."

홍주의 말에 선호는 자기도 모르게 온몸에 힘이 들어갔다. 그렇다. 우리는 중앙정보부장의 명령을 받은 사람들이다. 앞뒤 따지지 말고 그 명령을 충실히 수행하면 되는 것이다. 군대는 외적으로 보이도록 규율이 확립되어 있지만 정보부는 그 특성상 내적인 규율이 더 중요시되어 있었다. 명령을 받으면 그것이 죽는 일이라 할지라도 해야 되는 것이 정보부 요원이다. 섶을 지고 불구덩이로 뛰어들라고 하면 비록 두렵더라도 서슴없이 수행해야 한다.

선호는 홍주가 했던 말을 되뇌며 자신에게 스스로 용기를 북돋아 주었다.

"비록 죽는 한이 있더라도."

이로써 두 사람은 죽음을 각오하고 부장의 명령을 따르겠다는 것을 서로 확인한 셈이었다.

시간은 빠르게 흘러가고 있었다. 선호는 시계를 보며,

"실장님, 잠시 후 연회장 주방 쪽으로 제미니 승용차가 올 겁니다. 거기에 경비원 둘을 배치했으니 실장님도 그 차에서 대기하세요. 방안에서 부장님의 총소리가 들리면 주방에 있는 경호원들을 제압하시기 바랍니다."

홍주가 있을 곳을 알려주었다. 홍주는 경호원들을 어떻게 처리할지 아직 구체적으로 듣지 못한 상태였기에 대기실 경호원들이 걱정되었다.

"대기실에도 경호원들이 있지 않습니까?"

"조금 전 제가 확인했는데 정인형과 안재송이 있습니다. 그 둘은 제가 처리하겠습니다."

덤덤히 말하는 선호를 보고 홍주는 걱정스러운 얼굴로 물었다.

"과장님, 괜찮겠습니까?"

홍주는 정인형 경호처장이 선호의 군 동기이며, 안재송 경호부처장은 군 후배라는 것을 잘 알고 있는 터라, 평소 형제처럼 각별하게 지내는 그들을 어떻게 처리할 수 있겠느냐고 묻는 것이다.

선호는 입술을 질끈 깨물면서,

"남에게 맡기느니 차라리 제가 하는 것이 낫습니다. 잘하면 함께 살 수도 있겠지요. 모든 것을 하늘에 맡기렵니다."

쓸개를 머금은 것처럼 얼굴을 찡그리고 비통한 말을 내뱉었다. 그래도 홍주는 마음이 놓이지 않았다.

"그러다 자칫 과장님이 당할 수도 있습니다. 안재송은 최고의 명사수입니다."

"걱정 마세요. 경비원 김태원이 밖에 있다 저를 지원하기로 했습니다. 만약 제가 잘못되더라도 김태원이 M16 소총으로 모두 쓸어버릴 거예요. 또 실장님이 주방에 있는 경호원들을 처리하고 대기실로 달려오시면 되지 않겠습니까. 그러면 별문제 없을 겁니다."

듣고 보니 선호의 말도 일리가 있었다. 일단 대기실에서 선호가 정인형과 안재송을 맡고, 홍주가 주방 경호원들을 처리한 후에 그를 지원하기로 하였다. 이로써 김재규가 지시한 모든 것이 준비된 셈이었다.

"그럼 저는 들어갑니다."

말을 마치고 선호가 걸음을 뗐다. 홍주는 오늘따라 선호의 얼굴이 낯설게 느껴지지 않았다. 장남의 무거운 짐을 어깨에 얹고 사북 탄광에서 두더지처럼 땅속을 드나드는 형의 얼굴이 문득 떠올랐다. 형도 그랬지. 하기 싫어도 장남이란 굴레 때문에 석탄을 캐고 날마다 들이마시는 먼지는 결국 형의 폐를 점점 돌처럼 굳게 만들 것이다. 자신이 망가진다는 것을 잘 알면서도 어쩔 수 없이 광부의 삶을 살아가는 형, 홍주는 선호도 궁정동 안가를 책임진 과장으로서 그 짐이 감당하기 힘들만큼 무거울 것이란 생각이 들었다.

부장의 명령을 받고 자신의 책임 아래 일을 준비하느라 마치 도살장으로 끌려가는 소처럼 억지로 길을 가는 것이다. 홍주는 선호의 축 처진 어깨가 보기 안쓰러웠다. 남자로서 그가 지고 있는 고통스러운 짐의 무게를 충분히 이해할 수 있었고 조금이나마 짐을 나누고 싶었다.

"형님!"

홍주는 목이 멘 것처럼 푹 잠긴 목소리로 그를 불렀다. 형님이란 소리를 듣고 선호는 그 자리에 우뚝 멈추어 섰다. 갑자기 심장이 뛰고 형언할 수 없는 감정이 가슴속 깊은 곳에서 솟아오름을 느꼈다. 두 사람은 지금껏 한 번도 친근하게 서로를 불러본 일이 없었다. 항상 공식적 직함을 붙여서 박 실장, 박 과장으로 호칭했을 뿐이다. 그런데 지금 홍주가 자기를 형님이라고 부르고 있다. 선호는 감격에 찬 얼굴로 뒤돌아 홍주의 손을 꽉 움켜잡았다.

"홍주!"

"형님, 부디 몸조심하세요."

"응, 자네도 몸조심하게."

둘은 그렇게 손을 맞잡고 서로의 온기를 나누었다. 이제 각자 맡은 임무대로 헤어지면 둘 중 누구 하나는 죽을지도 모른다.

이윽고 선호가 손을 놓고 대기실로 향했다. 문을 열기 전 잠시 서 있는 것이 마음을 다잡느라 심호흡을 하는 것 같았다. 안으로부터 비치는 불빛 때문에 선호의 형체가 검게 보였다. 홍주는 선호가 대기실로 사라질 때까지 눈길을 거두지 않았다.

대기실의 경호원들

궁정동 안가 나동 안방에서는 아직 연회가 계속되고 있었다. 식사를 마치고 술이 몇 순배 돈 다음 기타반주에 맞추어 돌아가며 노래를 불렀다.

박선호는 숨을 한번 크게 내쉬고 대기실 문을 열었다. 정인형 경호처장과 안재송 부처장이 TV를 보며 간식을 먹고 있었다. 소음과 이야기소리가 섞여 시끌벅적한 분위기다. 정인형은 박선호가 들어오는 것을 보고 씩 웃으며 물었다.

"왜 자꾸 들락거리고 그래, 아직도 일이 밀려 있나?"

"아니야. 신경 쓰지 마라."

선호는 정인형과 안재송이 앉아 있는 의자 건너편, 문가 쪽에 마주 앉으면서 아무렇지 않게 말했다. 앞에 있는 두 사람, 선호에게는 모두 형제 같은 이들이다. 정인형은 초급간부 후보생 시절부터 함께 땅을 구르며 훈련받았던 동기고, 안재송은 후배다. 내가 이들을 죽여야 한다니, 있을 수도 없고 있어서는 절대 안 될 일이다.

어떻게 하면 이들의 목숨을 구할 수 있을까. 밖으로 내보낼 수도 없고 잠시 잠이 들게 만들 수도 없었다. 어차피 대통령과 경호실장이 죽고 나면 경호실패의 책임을 물어 이들은 목숨을 부지하기 어려울 것이다. 차라리 역할을 바꾸어 다른 사람에게 이들을 맡으라고 할까, 내 손으로 어떻게 이들을 죽인단 말인가.

누구에게도 털어놓지 못할 괴로움에 선호의 속은 바짝바짝 타들어갔고 앵앵거리는 TV를 멍한 눈빛으로 응시할 뿐이었다. 동기의 침울한 표정을 보고 정인형이 이상하다는 듯 물었다.

"왜 그래?"

"응?"

"자네 말이야. 평소 자네답지 않아서 하는 말일세."

선호는 무슨 비밀을 들킨 것처럼 화들짝 놀라 자세를 고쳐 앉았다. 참 이상한 일이다. 정인형의 목소리를 듣는 순간 선호는 이들의 목숨을 다른 사람에게 맡기지 말고 차라리 내가 해야겠다는 생각이 들었다. 어쩌면 이들의 목숨을 살릴 수도 있는 일 아닌가. 이렇게 생각이 정리되자 마음이 오히려 홀가분해짐을 느꼈고 시계를 힐끗 보니 아직 시간이 남아 있었다.

정인형은 박선호가 밖을 들락거리고 시계를 보는 것이 평소와 다르게 보였지만 이상하게 생각하지 않고 안재송에게 말을 붙였다.

"아까 어디까지 이야기했더라, 옳지. 자네 박 과장이 해병대학 수석졸업자라는 것을 알고 있나?"

"처음 듣습니다. 믿을 수가 없는데요."

안재송은 간식을 오물거리며 장난기 섞인 목소리로 대답했다.

"정말이라니까. 정 못 믿겠으면 박 과장에게 직접 확인해보든지."

선호는 자기를 소재로 이야기하자 쑥스러운 듯,

"그만들 해. 일등한 것이 뭐 대수라고."

손사래를 쳤는데 안재송이 정색하고 선호에게 물었다.

"어이구, 선배님. 정말 일등으로 졸업하신 모양이군요."

"내가 뭐랬어. 저 친구 저래 보여도 머리가 꽤 돌아간다구. 돌머리가 아니야."

정인형은 실실 웃으며 맞장구를 쳐주었다. 해병대학의 정식명칭은 해병지휘참모대학으로 해군의 요람 진해에 자리 잡고 있었다. 위관 및 영관장교에게 사단급 이상의 부대에서 지휘관이나 참모의 역할수행에 필요한 군사교육을 일정 기간 실시하는 곳이었다. 주로 상륙전과 지상전, 그리고 부대 운영과 관리에 관한 교육내용이 많았다. 정인형은 부끄러워하는 선호를 아랑곳하지 않고 계속 추켜준다.

"자네, 훈장도 꽤 받았지?"

"그만둬. 군 생활 하면서 다들 훈장 하나쯤 받는 거 아닌가."

"예끼 이 사람, 화랑무공훈장을 어디 아무나 받는다든가?"

"선배님, 정말 대단하십니다."

박선호가 훈장을 받은 것은 사실이다. 월남 청룡부대에서 수많은 전투에 참여하고 공을 세워 화랑무공훈장과 보국훈장삼일장을 받았다. 또 포항 해병부대 보안대장으로 근무할 때는 울진 대간첩작전에 1개 대대를 인솔하고 한 달 동안 작전에 참가하여 중앙정보부장으로부터 공로표창장을 받은 일이 있었다. 이 밖에도 주월사령관 표창, 해군참모총장 표창, 해병대사령관 표창 등 여러 상을 받았고, 월남정부로부터는 엽송무공훈장과 금성무공훈장을 받았다.

선호는 정인형의 말을 듣고 새삼 그때가 생각나는지 감개무량한 표정이다. 그리고 겸손한 말투로,

"상복이 있었던 것뿐이야."

말하는데 그 모습이 우스웠는지 정인형은 안재송을 보며 크게 웃었다.

"받을 만하니까 받았던 것이지. 나는 언제 그런 상복이 터지나. 부러워 죽겠어, 그냥."

"그런 소리 마라. 그래도 동기들 중에선 정 처장 자네가 제일 나은 것 같은데 말이야. 나는 여기 안가에 콕 처박혀 있지만 자네는 경호실 처장 아닌가."

하긴 경호실 처장이면 경호업무를 실질적으로 책임지는 자리로, 최근 부쩍 높아진 경호실의 위상 때문에 박선호가 부러워할 만했다. 이번에는 정인형이 겸손하게 대답했다.

"난 지금 이 자리도 벅차. 차라리 군대 있을 때가 좋았어. 자네가 군 생활한 것에 비하면 군복을 일찍 벗은 셈이지."

이때 주방에서 김용남은 경비조장 이기주로부터 걸려온 인터폰을 받고 있었다.

"경비조장 이기줍니다. 과장님 계시면 좀 바꿔주세요."

"과장님은 지금 대기실에 있습니다."

"그래요?"

잠시 이기주가 말을 끊고 무엇인가 생각하는 눈치더니,

"그럼 과장님께 말씀을 좀 전해주세요."

부탁을 하였다. 김용남은 특별히 할 일 없이 간식만 먹고 있던 터라 그러마고 대답했다.

"뭐라고 전해드릴까요."

"손님이 왔다고만 전해주시면 됩니다."

김용남이 인터폰을 받았던 때는 밖에 있던 경호원들이 식사를 하기 위해 주방으로 들어와서 겨우 자리에 앉았을 때다. 김용남은 인터폰을 받자마자 대기실로 가서 박선호에게 귓속말을 하듯이 작은 목소리로 말을 전했다.

"이기주 경비조장이 인터폰으로 손님이 왔다고 전해달랍니다."

박선호는 아무 표정 없이,

"알았어."

대답하고는 손가락으로 정인형과 안재송을 가리키며 덧붙였다.

"식사를 준비해줘."

저녁을 준비하라는 소리다. 김용남은 경호실에서 올 때마다 박 과장이 형제와 같은 정인형, 안재송과 바짝 붙어 이야기하고 함께 식사하는 것을 여러 번 보았다. 그런데 오늘은 이상하게도 박 과장이 가운데 탁자에서 멀찍이 떨어진 문 쪽 의자에 앉아 있었다. 김용남은 과장이 식사를 안 하는 것으로 여기고 주방에서 2인분을 준비해서 돌아왔다.

그가 정인형과 안재송 앞으로 밥과 반찬을 내려놓고 있을 때 정인형이 침을 꿀꺽 삼키며 박선호에게 물었다.

"식사 안 해?"

"바깥에서 먹고 왔네."

선호는 정인형과 안재송이 식사하는 것을 보고 자리에서 일어나 밖으로 나갔다. 밖에서 대기하던 연회장 담당사무관 남효주와 눈길이 마주쳤다. 선호는 그를 손짓해 불렀다.

"무슨 일이십니까?"

"안에 부장님 계시면 좀 불러주게."

선호는 급한 일이라도 생긴 얼굴로 남효주에게 말했다. 남효주는 식사 도중에도 전화나 급한 일이 있으면 살며시 들어가 전하고 불러내는 경우가 있었기에 대수롭지 않게 생각하고 물었다.

"뭐라고 전해드릴까요?"

"긴히 드릴 말씀이 있어. 전화 왔다고 전해드려."

선호는 무엇엔가 쫓기는 얼굴로 어서 전하라고 다그쳤다.

"알겠습니다. 잠시만 기다리십시오."

남효주가 들어가서 김재규에게 전화가 왔다고 말을 전했다. 김재규는 약간 취기가 오른 것 같으나 술에 취하진 않았고 표정이 굳어 있었다. 남효주는 김재규를 박선호가 기다리고 있는 부속실로 안내하고 자리를 피했다.

김재규는 박선호에게 짧게 물었다.

"준비되었는가?"

박선호가 의미심장한 목소리로 대답하였다.

"네, 완료되었습니다."

"좋아. 오래 걸리지 않을 거야. 다들 확실하게 처리하라구."

선호는 브레이크 고장 난 기차가 종착역을 향해 내달리는 것과 다름없는 이 상황을 어떻게든 피하고 싶어서 마지막으로 매달렸다.

"부장님, 정말로 하실 겁니까?"

"난 한다면 해."

김재규는 이렇게 말하고 다시 연회장으로 들어갔다.

선호는 낙담한 얼굴로 대기실로 돌아와 정인형과 안재송이 식사를 마치는 것을 묵묵히 지켜보았다. 경호원들은 식사를 빨리하는 편이다. 언제 무슨 일이 터질지 모르니 대기하는 동안 교대로 짬을 내서 식사하는 경우가 많아 그 속도가 빠르다. 두 사람이 식사를 끝내자 선호가 정인형에게 말을 걸었다.

"혁명이 끝난 이듬해였던가, 신문에 자네 기사가 실렸던 것을 기억하네. 그게 뭐였지?"

"아, 그거 말인가. 신문사에서 주최한 혁명부대 중견지휘관 좌담회였지. 기자들이 혁명에 참가할 당시 소회를 묻는 것에 답해준 것이 조그맣게 실렸던 거야."

"그렇군. 뭐라고 했는지 여기 새까만 후배 앞에서 한번 읊조려봐. 서울시경을 점령하러 갈 때의 심정을 말이야. 자네에겐 아마 그게 최초의 실전이었겠지."

선호의 말에 안재송은 자리를 고쳐 앉았다. 하지만 정인형은 영 쑥스러운 표정으로 손사래를 친다.

"이 사람 이거 쓸데없는 말을 하고 그래. 다 지난 일을 어떻게 기억한단 말인가. 긴가민가하구만."

"잊기는 뭘 잊어? 자네, 내가 잊을 만하면 술 한 잔 걸치고 항상
외지 않았던가. 하도 들어서 귀에 딱지가 앉고 내가 잠꼬대를 할 지
경인데."

"하하, 오늘은 술이 없으니 안 되겠어."

"그럼 내가 한번 읊조릴까?"

안재송은 두 선배가 옥신각신하는 것이 재밌고 무슨 내용인지 듣
고 싶었다. 그는 선호 쪽으로 상체를 숙이고 어서 말해보라는 표정
으로 귀를 기울였다.

"후배, 잘 들어보라구."

"네, 어서 들려주세요. 정 선배님의 흥미진진한 실전스토리를 듣
고 싶습니다."

"흠흠."

선호는 헛기침을 하며 목을 가다듬었다. 정인형은 어디 쥐구멍이
라도 있으면 들어가고 싶은 눈치로 제발 그만하라고 손을 내저었다.
선호는 정인형의 목소리와 몸짓을 흉내 내며 웅변하는 것처럼 폼을
잡았다.

"이제 전투가 벌어지는구나. 우리는 어떤 일이 있어도 목숨을 걸
고 싸워야 한다. 이미 죽음을 각오한 이상 아무것도 두려워해서는
안 된다."

선호의 목소리에 비장함과 무게감이 잔뜩 실려 있었다. 안재송은
무슨 낭송회에 온 것처럼 감동받아 맞장구를 쳤다.

"정말 대단하군요. 당시 정 선배님이 느꼈을 그 고뇌와 심정을 오

늘 박 선배님이 완벽하게 재현하신 것 같습니다. 이미 죽음을 각오한 이상 아무것도 두려워해서는 안 된다는 부분이 압권이네요."

제발 하지 말라고 손사래를 치던 정인형도 자리를 고쳐 앉았다.

"오늘 자네답지 않게 남 흉내도 제법 내는군. 그때 내가 지금 자네처럼 무게감 있게 말했더라면 더 좋았을 것을."

"그런가? 아무튼 그 공로로 자네는 국가재건최고회의 의장의 경호관으로 발탁되었고 승승장구하여 지금 대통령경호실 경호처장으로 있는 것이지."

"껄껄, 좋게 봐주니 고맙네."

분위기가 사뭇 부드럽고 흥겨워졌다. 정인형과 안재송은 완전히 긴장을 풀고 편안한 자세로 앉아 담소를 나누었다. 하지만 선호는 부장이 말한 시간이 다가오고 있어 금방이라도 저 방안에서 총소리가 들려올 것만 같았다. 자기도 모르게 권총으로 손이 갔고 차가운 쇳덩어리가 느껴질 때는 노루가 제 방귀에 놀라는 것처럼 화들짝 놀랐다. 몇 번이나 그리했는지 모른다. 그리고 이마에서 땀이 흐르는 것 같아 손등으로 훔치길 여러 차례.

아무것도 모르는 정인형은 즐거운 대화가 끊어지는 것이 아쉬운 모양이었다.

"이제 재송이 이야기 좀 해볼까."

말을 꺼내는데 갑자기 안재송이 자리에서 벌떡 일어나 대기실을 나간다. 그것을 보고 선호는 낭패다 싶어 자기도 모르게 가쁜 숨을 몰아쉬며 물었다.

"어디 가?"

안재송은 오늘 이 선배가 왜 이리 안절부절못하는 걸까, 고개를 갸웃거렸지만 이야기하다 말고 나가는 것이 아쉬워 붙잡는 줄 알고 대수롭지 않게 대답했다.

"화장실 좀 다녀오겠습니다."

"응, 빨리 다녀와."

선호는 백척간두에 서 있는 것처럼 마음이 위태롭고 불안했다. 지금 당장이라도 총소리가 울린다면 안재송은 총을 빼들고 방안으로 뛰어 들어갈 것이고 그렇게 되면 만사가 틀어져버린다. 제발 안재송이 돌아올 때까지 총소리가 들리지 않기를 바라며 선호는 바짝바짝 타들어가는 입술에 침을 묻혔다. 그리고 머릿속으로 마주 앉은 두 명보다 먼저 총을 뽑는 것을 그렸다. 다행히 안재송이 돌아올 때까지 총소리는 울리지 않았다.

정인형은 끊겼던 말을 계속했고 선호는 건성으로 대답해주며 마주 앉은 안재송을 응시했다. 국내 최고의 속사권총 대표, 품안에 있는 권총을 꺼내 25미터 앞에 있는 박카스 병을 명중시키는 데 불과 0.7초밖에 걸리지 않는 무서운 친구를 보고 있자니 모골이 송연해짐을 느꼈다. 하지만 이들은 아무런 준비를 하지 않고 있었다.

박선호는 언제고 총을 뽑을 자세를 갖춘 채 두 명으로부터 멀찍이 떨어진 문가에 앉아 출입구를 봉쇄하고 총소리를 기다렸다. 정인형과 안재송은 아무것도 모르고 편안히 휴식하며 담소를 나누었다. 이제 와서 당겨놓은 활시위를 그냥 놓을 수는 없는 일이었다.

총소리를 기다리며

제미니 승용차는 대우자동차의 전신인 새한자동차회사가 GM의 월
드카와 일본 기술을 들여다 만든 차다. 독일기술이 들어간 오펠 카
데트가 원조로, 미국에서는 쉐보레 쉐벗, 일본에서는 이스즈 제미
니로 생산되었다. 새한자동차는 1977년 12월부터 제미니 승용차를
생산했다. 제미니는 유럽식 스타일에 주행성능이 꽤 좋아 국내에서
상당한 인기를 끌었다.

유성옥은 박선호의 지시로 제미니 승용차를 주방 쪽으로 가져다
놓을 때 마음이 너무 복잡하여 그대로 졸도할 것만 같았다. 다음 달
결혼하기로 예식장을 잡아놓고 오늘 청첩장을 돌렸는데, 이 무슨
운명의 장난이란 말인가. 도대체 왜 내가 이런 일에 가담하여 총을
잡아야 되는지 아무리 생각해도 이해할 수 없었다. 집에는 처자식
이 자기를 기다리고 있을 터였다. 이제 두 살, 네 살이 된 두 아들,
그놈들을 보고 싶었다.

여기서 그냥 경적을 울려버릴까, 그러면 경호원들이 뛰어오겠지. 그때 상황을 설명하고 빠져나갈까? 아니, 어쩌면 경호원들이 오기 전에 박 과장이나 이기주가 먼저 뛰어와서 나를 죽일지도 모른다.

유성옥이 극도의 공포감으로 가득 차 간신히 차를 주방 앞에 주차시키고 어찌할 바를 모르고 있을 때 주방 앞에 있던 사람들 중 한 명이 움직였다. 그는 바람을 쏘일 모양으로 천천히 걸으며 제미니 승용차 쪽으로 다가왔다. 그는 능곡양조장에서 막걸리를 실어온 김용남이었다. 유성옥과 같은 운전기사로 안가에서 가장 친한 사람 가운데 한 사람이다.

유성옥은 침을 꿀꺽 삼켰다. 만약 저이가 차 문을 열고 무슨 일이냐 물으면 모든 것을 실토하고 살아야겠다. 그는 이렇게 생각하고 김용남이 어서 차 문을 열기만 기다렸다. 하지만 그의 기대와 달리 김용남은 승용차를 대수롭지 않게 생각하고 지나쳐버렸다.

그때 유성옥이 참지 못하고 소리쳤다.

"여기, 문 좀 열어주시오."

분명 소리친 것 같은데 듣지 못하고 그냥 가버린다. 아니 사실은 유성옥이 소리를 내지 못하고 마음속으로 외친 소리였기 때문이다. 그 소리는 자신 외에 아무도 들을 수 없었다. 물론 그가 직접 문을 열고 나갈 수도 있었지만 명령을 받은 이상 그것을 거부하는 것은 상명하복으로 단련된 그의 정신세계에서 절대 불가능한 일이었다.

김용남이 문을 열어줄 때 못 이기는 체 실토하면 그만이라고 생각했는데, 그가 문을 열어보지도 않고 그냥 가버리자 유성옥은 체념한 듯 운전석 헤드 레스트에 뒷머리를 쿡쿡 부딪치며 자책했다.

김용남이 사라지고 난 후 이기주가 다가와서 조수석으로 올라탔다. 유성옥은 반가운 마음보다 이제 다 틀렸구나 싶은 마음이 들었다. 도망가려야 도망갈 수 없는 막다른 골목에 이른 느낌이었다. 이기주는 마치 저승사자처럼 옆자리에 앉아 숨을 죽이고 주방을 감시했다. 유성옥은 그가 바깥을 경계하는 것이 아니라 어쩌면 자신이 도망가지 못하도록 지키는 것이라는 생각이 들었다.

문득 이기주가 생각났다는 투로 말을 꺼냈다.

"이런 감정 오랜만이죠?"

유성옥은 이놈이 무슨 소리를 하는가 싶어 어이가 없었다. 우리가 지금 어디 한가하게 사냥이라도 나온 줄 아나. 이런 감정이라니.

"월남에서 매복해봤죠? 적을 앞에 두고 발사명령이 떨어지기를 기다리는 순간 말입니다."

그제야 무슨 말을 하는지 알 것 같았다. 지금 이기주는 유성옥에게 실전에서 매복했을 때 느꼈던 그 복잡하고 미묘한 감정을 묻는 것이다. 유성옥은 갑자기 쓴웃음이 나왔다.

"그땐 전쟁이었으니까요."

"사는 것은 어차피 전쟁 아닙니까. 명령에 따랐을 때 운이 좋으면 상을 받는 것이고, 운이 없으면……."

이기주는 뒷말을 차마 잇지 못하고 흐렸다. 솔직히 그도 두려웠던 것이다. 어찌 그라고 해서 두렵지 않겠는가.

집에는 노모와 아내, 그리고 두 딸과 이제 겨우 돌도 지나지 않은 아들이 130만 원짜리 전셋집에서 그를 기다리고 있었다. 이 일을 끝마친다고 해서 집으로 돌아간다는 보장이 없었다. 어쩌면 오늘 아침 본 그 얼굴들이 마지막일지도 모른다는 생각에 기분이 침울해졌다. 그도 살고 싶었다. 누구보다 간절하게 살고 싶은 마음이 간절했다. 시시각각 다가오는 죽음의 공포로부터 할 수만 있다면 도망치고 싶었다.

오늘 아침 이기주는 평소와 같이 7시에 출근해서 본관 비서실을 정리하고 박선호 의전과장 방을 따로 청소하였다. 그리고 오후에는 시간이 나 오랜만에 이발을 하였는데 이발사가 정신을 어디다 두고 있었는지 면도를 하다 그만 날카로운 면도칼로 뒷덜미를 살짝 베고 말았다.

"아야!"

이기주가 신음을 토해내자 이발사는 자기가 더 놀란 표정으로,

"죄송합니다."

연신 사과하며 수건으로 상처부위를 눌러주었다. 이기주는 이발하다 이런 경우가 간혹 있었으므로 찡그렸던 인상을 펴고 어서 이발을 계속하라고 주문했다. 이발사가 누르고 있던 수건을 거울 앞에 올려놓았는데 선홍색 피가 번져 있었다. 이기주는 면도칼에 베인 것이 지금 상황의 전조는 아니었을까 생각해본다. 그는 갑자기 두려운 생각이 몰려왔다. 이건 좋은 징조가 아니다.

"만약에 말입니다. …"

이기주가 무슨 말인가 하려고 할 때 뒷문이 벌컥 열리고 박흥주가 올라탔다. 그 바람에 말이 끊겼고 이기주는 입술을 뚫고 나오려는 말

190

을 간신히 집어삼켰다. 두 사람은 박흥주에게 묵례를 했다. 박흥주는 건성으로 인사를 받고는 납처럼 차가운 얼굴로 말없이 밖을 내다보았다. 이기주와 유성옥은 그가 무슨 말을 해줄 줄 알고 기다렸다.

유성옥이 백미러를 힐끔거리고 이기주가 큼큼 헛기침 소리를 내자 박흥주가 마지못한 목소리로 물었다.

"박 과장에게 지시받았나?"

두 사람은 동시에 대답했다.

"네."

박흥주는 알았다는 듯 고개를 끄덕였을 뿐 입을 굳게 다물고 열지 않았다. 이기주와 유성옥은 입을 다문 박흥주를 보고 약간 위안이 되었다. 현역 육군대령의 신분으로 중앙정보부 비서실장을 맡고 있는 박흥주. 두 사람에겐 박흥주와 같은 차에 타고 있다는 것조차 황송한 일이었다. 그가 지금 우리와 함께 있다. 그 사실만으로도 힘이 되었고 자기들 행동에 정당성을 부여해주는 것 같았다. 하지만 박흥주는 아무 말 없이 밖을 응시하고 있을 뿐이었다.

주방 앞에서 세 명의 경호원이 서성거리며 잡담하는 것이 보였다. 어두워서 얼굴이 보이지 않았지만 누구인지 짐작할 수 있었다.

경호원들은 업무특성상 정확한 시간에 식사하는 경우가 거의 없었다. 경호대상이 식사할 때 그를 지켜야 하기 때문이다. 궁정동 안가에 있는 정보부 요원들은 경호실과 친밀하게 지내고 있어 경호원들이 안가에 오면 식사나 간식 대접을 잘해주는 편이었다.

주방 건너편 제미니 승용차 안에서 박흥주 일행이 보았던 사람들은 경호실 박상범 경호계장과 김용섭 경호관, 그리고 대통령의 차를 운전하는 김용태 운행계장이었다. 세 사람은 주방에서 식사가 준비되는 동안 밖으로 나와 잡담을 나누었다. 식사가 거의 준비되었을 때 나동 운전기사 김용남이 박상범에게 다가왔다.

"주방에 저녁을 준비해놓았으니 들어가서 식사하시지요."

고마운 말이다. 그렇잖아도 시간이 벌써 저녁 7시 30분이 다 되어가고 있어 배가 무척 고픈 상태였다.

"고맙습니다. 들어가서 식사합시다."

박상범은 감사를 표하고 김용섭과 김용태에게 함께 들어가자 권했다. 김용섭 경호관은 덩치가 거구다. 완력이 좋아 다른 사람보다 먹기도 잘 먹는다. 김용섭이 그 말을 기다렸다는 듯이 주방으로 따라 들어갔다. 경호원들의 식사는 조리대를 치우고 그 위에 밥과 국, 반찬을 펼쳐 놓은 것이 전부였다. 조리대 옆으로 의자를 끌어와서 식사를 하는데 마치 부엌에서 찬모가 허겁지겁 먹는 것처럼 모양새가 좋지 않았다. 그것을 보고 요리사 이정오와 김일선이 연신 미안한 표정으로,

"밥이라도 제대로 드셔야 하는데 이거 대접이 영 소홀해서 … ."

연신 손을 비빈다.

덩치 큰 김용섭은 국에다 밥을 벌써 말아버리고 손을 흔들었다.

"아닙니다. 배만 채우면 되는 거죠."

김일선은 그가 단숨에 들이마실 것 같아 밥이 수북이 담긴 넓은 그릇을 옆에 놓아주고 부족한 반찬을 챙긴다.

경호원들이 주방으로 들어가는 모습을 어둠 속에 주차된 제미니 승용차 안에서 박흥주 일행이 모두 지켜보고 있었다. 이기주는 도둑고양이처럼 살그머니 차 문을 열고 나가 박선호에게 인터폰을 넣고 돌아왔다.

흥주는 흐릿한 차창 밖으로 보이는 사람들과 건물이 마치 영화의 한 장면처럼 생각되었다. 경호원들이 주방으로 들어가는 모습, 이기주가 인터폰을 하고 오는 모습이 마치 무성영화를 보는 것 같았다. 그들이 영화배우로 출연해서 각자 맡은 역할을 연기하고 관객들이 차 안에서 감상하고 있는 것처럼 느껴졌다. 어찌 보면 평화롭고 낭만적인 가을밤이지만 그 안에 숨 막히는 긴장감이 흐르고 있었다.

흥주는 그저 흘러가는 시간이 야속할 따름이었다. 시간을 멈출 수만 있다면, 아니 뒤로 되돌릴 수만 있다면 얼마나 좋을까. 불과 반 시간 전만 하더라도 아무 일 없지 않았던가. 그런데 왜 우리가 지금 여기에 이렇게 앉아 있는 거지? 그는 이것이 훈련이기를 바랐다.

"자 모두 나가자. 훈련이 끝났다."

명랑하게 말하고 안팎에 있는 사람들과 수고했다 서로 박수를 치고 격려하는 장면을 상상해보았다. 하지만 그것은 상상일 뿐 현실이 될 수 없었다. 그들이 지금 차 안에서 기다리고 있는 것은 총소리였다. 총소리가 울리면 피 뿌리는 살육의 장면이 펼쳐지고 누가 죽고 누가 살지는 장담할 수 없었다.

유성옥은 마음속으로 하나 둘 셋 넷, 셈을 시작했다. 이제 그만 차에서 뛰쳐나가라, 누군가 등을 떠밀 것만 같았다. 그는 너무 긴장이 되어 혹시 총소리가 나기 전에 문을 열어버리지나 않을까 염려되었다. 최대한 문에서 떨어지기 위해 엉덩이를 비비적거리면서 염불을 외듯이 셈을 했다. 숫자라도 세고 있어야 마음이 안정되고 미치지 않을 것 같았다.

이기주는 세 사람이 내뿜는 숨 때문에 창문에 김이 서리자 손바닥으로 쓱쓱 문질렀다. 그리고 밖을 내다보니 번져버린 불빛들이 무척 낭만적이었다. 바깥세상은 전혀 다른 세상으로 보이고 차 안에 고립된 그들이 밖을 향해 도움을 요청하고 있는 것처럼 느껴졌다. 제발, 살려주세요. 여기 사람이 있어요. 시간이 없습니다. 자동차는 난파선이 되어 점점 가라앉고 있는데 아무도 세 사람에게 관심을 기울이지 않았다. 이기주는 사람들이 그들을 잘 볼 수 있도록 더욱 열심히 손바닥으로 창문을 문질렀다.

어느덧 손목에 차고 있는 시계가 저녁 7시 40분을 향하고 있었다.

마침내 울린 총소리

세상은 겉보기에 평온하게 흘러가고 있었다. 최불암이 출연하는 〈수사반장〉이 엄청난 인기를 얻고 있었고, '북괴'라 칭해진 북한이 여전히 불온전단을 살포하고 있다는 소식도 늘상 듣는 것이라 특별할 게 없었다. 그리고 10월 27일 저녁 문화체육관에서 MBC가 주최하는 10대 가수 가요제에 송창식과 윤수일 등 쟁쟁한 가수가 나온다는 소식, 신문연재소설 〈어우동〉에서 주인공 어우동이 오종련의 능글거리는 말에 굴욕감을 느끼며 자리에 눕긴 누웠는데 몸을 허락할까 말까 애간장 타는 내용으로 독자들의 관심을 집중시키고 있었다.

하지만 중앙정보부가 관할하는 궁정동 안가는 세상으로부터 동떨어진 채 팽팽한 긴장감 속에 놓여있어 자그마한 불씨 하나만 떨어져도 불길이 확 일어날 것 같았다. 정보부장이 권총을 숨긴 채 연회에 참석하고, 대기실에서는 박선호가 긴장감을 숨기고 두 명의 경호원들과 이야기를 나누었으며, 제미니 승용차 안에서 박흥주 일행이 주방을 지켜보고 있었다. 아무것도 모르는 것은 경호실 요원들과 이 일에 가담하지 않은 안가 직원들뿐이었다. 그들에게 안가의 가을밤은 여느 날과 다름없었다.

제미니 승용차 안에서 홍주는 뒤로 기댄 채 눈을 감고 상상을 해본다. 가족과 함께 구불거리는 대관령을 넘어 푸른 동해로 여행을 떠나는 것이다. 지금쯤 아흔아홉 구비 대관령의 단풍이 제법 예쁘겠지. 그리고 보니 아내와 여행다운 여행을 한 번도 못 해봤구나. 변변치 못한 집안으로 시집을 와 세 자녀와 바쁜 남편 뒤치다꺼리를 하느라 고생 많이 했지. 문득 미안한 마음이 들었다. 그는 이 제미니 승용차에 가족을 태우고 붉게 물들어가는 가을 길을 달리는 상상을 하다 이기주가 헛기침을 하는 소리에 정신이 들었다.

순간 머릿속에서 가족의 영상이 사그라지고 소름 끼치도록 어둡고 무서운 현실이 펼쳐졌다. 벌써 유성옥과 이기주는 권총을 꺼내들고 있었다. 곧 총소리가 들릴 때가 되었다고 생각했기 때문이다. 잡담하던 경호원들이 주방으로 사라지고 사방에는 풀벌레 소리가 요란했다.

찌르르 찌르르르.

박홍주는 수많은 풀벌레 울음소리 가운데서 일정한 리듬을 가지고 울어대는 풀벌레 한 마리를 찾아냈다. 그리고 그놈이 울 때마다 방안에서 부장이 무슨 행동을 할지 생각해보았다. 그가 화난 얼굴로 총을 꺼내고 누군가를 겨눌 것이다. 그리고 몇 마디 하겠지. 무슨 말을 할까. 갑자기 부장이 무슨 말을 할지 무척 궁금해졌다.

찌르르 찌르르르.

풀벌레 울음소리에 맞추어 부장이 하는 소리가 그의 귓가에 들려오는 듯했다.

'죽일 놈, 버러지만도 못한 놈, 쓰레기 같은 놈, 죽어버려, 정의의 총알을 받아라, 내가 오늘을 얼마나 기다렸는지 아느냐, 자유민주주의 만세!'

홍주의 머릿속에서 김재규가 절규하며 외치는 소리가 들려왔다. 그런데 그 광경이 조금 우스꽝스럽게 여겨졌다. 무엇인가 그 상황에 적합한 말이라고 보기엔 어울리지 않았던 것이다. 그는 머릿속에서 영사기 돌아가듯이 펼쳐지던 상상화면을 정지시켰다. 그래 그대로 있는 거야.

'다시 해봐, 그렇지, 그 말은 너무 심하잖아, 그 말 빼고 조금 점잖고 무게감 있는 단어로 바꾸란 말이야.'

그런데 화면이 멈추지 않고 제멋대로 계속 상영되기 시작했다.

'어어, 이러면 안 되는데.'

홍주의 눈앞에 김재규가 쥐고 있는 권총의 방아쇠가 클로즈업되었다. 금방이라도 방아쇠를 당겨버릴 것처럼 손가락이 미세하게 떨리고 있었다.

'안 됩니다. 부장님!'

아무리 외쳐도 목소리가 튀어나오지 않았다. 그때 밖에서 차가운 밤공기를 가르는 총소리가 들렸다.

탕!

정말 총소리다. 세 사람은 마치 달리기 경주를 하는 아이들처럼 누가 먼저랄 것도 없이 반사적으로 문을 열고 밖으로 뛰어나갔다.

주방에 거의 도착했을 때 또 한 번의 총소리가 들렸다. 자기들을 향해서 누군가 총을 쏘고 있다는 생각이 들어 몸을 낮추었다. 등 뒤로 총알이 펑펑 날아가는 것 같았다.

박선호는 대기실 문 앞에 앉아 언제라도 총을 뽑을 준비를 하고 경호실 정인형과 안재송을 지켜보고 있었다. 안방에서 총소리가 울리면 바로 총을 뽑아 두 사람을 제압해야 했다. 얼마나 긴장했는지 그의 머릿속에서 총소리가 계속 울려댔다. 그때마다 오른손이 움찔거렸다. 그런데 그것은 그가 만들어낸 환청이었다. 무척 짧은 시간이지만 선호는 환청에 시달리다 실제 총소리가 울렸을 때 총을 뽑지 못하면 어떡하지 걱정이 되었다. 하지만 그것은 기우였다. 제미니 승용차 안에서 홍주가 들었던 그 총소리가 들리자 선호는 반사적으로 권총을 뽑아 들었던 것이다.

총을 뽑는 짧은 순간에도 이 지랄 같은 현실이 원망스러웠다. 형제나 다름없는 저들을 향해 총을 뽑다니.

총소리에 놀란 건 경호원들도 마찬가지다. 그들은 어디에선가 총소리가 들리면 자기도 모르게 몸이 먼저 반응한다. 정인형은 벌떡 일어나 문을 박차고 나가려다 박선호가 권총으로 겨누는 것을 보고 흠칫 멈추었고, 안재송은 자리에서 일어나려다 엉거주춤한 자세로 돌처럼 굳었다. 그의 손은 벌써 옆구리 권총집을 향하고 있었다. 역시 속사권총의 대가다웠다.

박선호는 문을 막고 서서 소리쳤다.

"총 뽑지 마! 움직이면 쏜다."

198

"너 왜 이래?"

정인형은 갑자기 박선호가 왜 이러는지 영문을 몰라 눈을 껌뻑이며 물었다. 선호는 안재송을 제지시켜 놓고 정인형에게 애원하듯이 말했다.

"야, 우리 같이 살자. 제발 부탁이다."

순간 정인형은 무슨 일인지 대충 상황을 간파했다. 요즘 들어 경호실장과 정보부장의 갈등이 심하다는 것은 경호실이나 정보부 사람 모두 알고 있었다. 그것 때문인가? 그래서 정보부장이 안에서 경호실장에게 총질을 하고 있는 것인가? 각하가 위험하다. 생각이 여기에 미치자 그는 가만히 있을 수가 없었다. 정인형이 앞으로 한 발을 내디뎠다.

"정말 쏜다. 인형아, 제발 내 말 들어라. 응? 우리 같이 살자. 너희들이 여기서 움직이지 않으면 우리 모두 살 수 있다."

"이 새끼, 네가 이럴 수 있어?"

정인형은 박선호의 따귀라도 때릴 것처럼 호통쳤다. 세 사람 사이에 고무줄을 힘껏 당긴 것처럼 팽팽한 긴장감이 흘렀다. 누군가 침을 꿀꺽 삼키는 소리에 머리칼이 곤두서고, 서로 눈치를 살피느라 눈동자 돌리는 소리가 귓바퀴를 타고 들려온다. 장난이라도 총을 겨누지 않는 법인데 지금 박선호는 권총으로 정확하게 경호원들을 겨누고 있었다. 이것은 실제 상황이었다.

하지만 경호원은 죽음이 두렵다고 하여 경호를 내팽개칠 수 없었다. 총소리가 들리면 반사적으로 몸을 던져 요인을 보호하고 그 총탄을 제 몸으로 다 받아내는 것이 바로 경호원이다. 시간이 흐를수록 상황은 경호원들에게 불리하게 돌아가고 있었다.

정인형이 한 발 내디디고 박선호가 제발 같이 살자고 애원할 때 안재송의 손이 옆구리로 쑥 들어갔다. 총을 꺼내려는 것이다. 만약 그의 손이 권총에 닿는다면 순식간에 총을 뽑아 들 것이 분명했다. 선호가 그걸 보고 울부짖듯 소리치며 방아쇠를 당겼다.

"임마, 움직이지 말랬잖아."

안재송은 가슴에 총을 맞고 대통령이 준 권총을 빼볼 틈도 없이 나무둥치가 쓰러지는 것처럼 앞으로 풀썩 쓰러졌다. 매캐한 화약 냄새가 코끝을 자극했다.

총소리의 여운이 미처 사라지기 전에 정인형도 총을 꺼내려고 손을 어깨춤으로 밀어 넣었다. 선호는 뒷걸음질을 치며 피보다 진한 전우애로 맺어진 동기생에게 총을 발사했다.

"선호 너…."

정인형은 총을 맞고 힘없이 팔을 축 늘어뜨리더니 그대로 무너졌다. 두 사람이 쓰러지자 선호는 온몸의 힘이 다 빠져버리고 말았다. 얼마나 긴장했던지 권총을 들 힘조차 남아 있지 않았다. 도대체 무슨 일이 일어난 것일까, 내가 지금 무슨 일을 벌인 것일까, 왜 저들이 여기 쓰러져 있을까, 도무지 알 수 없었다.

그가 손을 내리고 허수아비처럼 서 있을 때 총소리를 듣고 달려온 김태원이 물었다.

"과장님, 괜찮으십니까?"

"……."

박선호가 아무 말 없이 그대로 서 있자 김태원은 와락 겁이 났다.

혹시 총을 맞은 것이 아닐까 싶어 다시 불렀다.

"과장님."

"응, 난 괜찮아."

그제야 김태원은 다행이란 표정으로 한숨을 내쉬고 M16 소총을 든 채 주위를 경계했다.

주방에서 늦은 저녁을 들고 있던 박상범과 김용섭, 그리고 김용태는 식사를 거의 마쳐갈 즈음 총소리를 들었다. 방안에서 김 부장이 쏘는 총소리다. 그들은 반사적으로 몸을 총소리가 난 쪽으로 움직였다. 하지만 그때 이미 제미니 승용차에서 출발한 박흥주와 유성옥이 주방 후문 쪽에 붙어 있었고, 이기주는 나지막한 블록 담을 뛰어넘어 뒤 유리창에서 총을 겨누고 있었다. 박흥주는 달리면서 권총의 안전장치를 푸느라 사격이 조금 늦어졌다. 유성옥은 일단 경호원들을 제압하기 위해서 주방 안으로 탕탕 총을 산발적으로 쏘았다. 그 옆에서 박흥주가 총을 겨누고 소리쳤다.

"움직이지 마, 일어서면 다 죽는다."

이기주도 창문에 붙어서 안을 노려보며 외쳤다.

"꼼짝 마, 손들어!"

주방에 있던 박상범과 김용섭, 그리고 김용태는 그 자리에서 얼음처럼 굳은 채 기회를 노렸다. 아주 작은 빈틈이 보이기라도 하면 바로 총을 뽑아 들 준비를 하고 눈동자를 굴리는데 대기실에서 박선호가 쏘는 총소리가 들렸다. 이기주는 그 총소리가 어디서 나는지 몰라 몸을 움츠렸고 경호원들은 그 틈을 놓치지 않았다.

처음 총소리가 들렸을 때 궁정동 안가 영선담당 강무홍은 배전반이 있는 지하 보일러실에서 신문을 읽고 있었다. 전기가 합선되면 순간적으로 펑 소리가 난다. 그는 어디에선가 들려오는 총소리를 전기가 합선되었을 때 나는 소리로 생각하고 더 이상의 피해를 막기 위해 전원스위치를 내려버렸다.

순간 건물은 암흑천지로 변하고 말았다. 이제 유리한 것은 경호원들이다. 어둠은 사람에게 두려움을 안겨주지만 위안이 되기도 한다. 생사의 갈림길에 놓여 있던 경호원들은 어둠이 절호의 기회였고 이들을 겨누고 있던 경비원들에겐 유리할 게 없는 상황이었다. 정전이 되고 경호원들이 움직이자 밖에서 박홍주와 이기주, 유성옥은 지체 없이 방아쇠를 당겼다. 조금만 더 빨리 정전이 되었더라면 일이 어떻게 진행되었을지 모른다. 덩치 큰 김용섭은 네 발의 총알을 맞았고, 박상범과 김용태, 식당 요리사 이정오, 그리고 능곡양조장에서 막걸리를 사왔던 김용남도 총을 맞고 쓰러졌다.

이기주와 유성옥이 명령을 충실히 이행하느라 정확한 사격을 하고 있는 것과 달리 박홍주는 저들을 죽일 마음이 들지 않았다. 그가 비록 정보부장의 명령을 거역하지 못해 총을 들었지만 직접 사람에게 쏠 수는 없었다. 전시도 아니고 적군이 아닌 경호원들, 평소 가족처럼 지내던 저들에게 총을 쏜다는 것은 너무나도 괴롭고 사람으로서 할 짓이 아니었다. 차라리 자신이 죽느니만 못했다. 정전이 되어 사방이 캄캄해지고 총소리가 요란할 때 박홍주는 주방 천장 쪽 허공을 향해 방아쇠를 당겼다.

그는 주방에서 경호원들을 제압하기 위해 총을 쏘는 것으로 부장의 명령을 충실히 이행하고, 총구의 방향을 허공으로 향하게 함으로써 경호원들에 대한 의리를 지키고 싶었던 것이다. 사격이 지속된 시간은 짧았지만 쏘는 사람에겐 무척 길게 느껴졌다. 얼마를 쏘았을까. 주방에서 아무런 저항이 없었다.

박홍주는 사격이 끝나자마자 지하실 강무홍을 향해 소리쳤다.

"불 켜!"

그제야 불이 들어왔다. 주방 안은 처참했다. 조금 전까지 허기를 때우던 경호원들이 아무 영문도 모른 채 총을 맞고 쓰러져 있었고, 쉴 새 없이 흘러내리는 피가 바닥을 홍건하게 적셨다. 그야말로 전쟁터가 따로 없었다. 주방의 또 다른 요리사 김일선은 조리대 구석에 주저앉아 벌벌 떨며 소리쳤다.

"살려주오, 살려줘어."

이기주와 유성옥은 자기들이 지금 무슨 일을 벌였는지 도저히 믿기지 않는 표정으로 서로를 바라보았다. 박홍주는 그들을 향해 정신 차리라 외치고, 나동 건물을 오른편으로 돌아서 현관 앞으로 뛰어갔다. 이기주와 유성옥은 박홍주의 호통에 정신을 차리고 그 뒤를 따랐다.

박홍주가 현관에 거의 도달했을 때 어두운 잔디밭에서 하얀 와이셔츠를 입은 남자가 허둥대고 있는 것이 보였다. 김재규였다. 그는 연회장에서 두 발을 쏘고 권총이 작동되지 않아 밖으로 뛰어나온 것이었다. 두 손으로 불발된 권총의 노리쇠를 앞뒤로 진퇴시키려고 상체를 구부린 탓에 마치 양손을 비비고 있는 것처럼 우스꽝스러운

모습이었다. 홍주는 김재규에게 다가가서,

"부장님, 박 실장입니다."

말하고 부장의 손을 잡으려고 했다. 박홍주가 부르는 소리에 김재규는 행동을 멈추고 고개를 돌렸다. 그런데 박홍주의 얼굴을 보는 것이 아니라 손부터 살피는 것이다. 그는 권총이 없음을 보고 팔꿈치로 홍주를 밀치며 현관 안으로 뛰어 들어갔다. 홍주도 그 뒤를 따르는데, 현관 위에 매달려 흔들리는 쪽문 사이로 보니 와이셔츠 차림의 김계원 대통령 비서실장이 황급히 뛰어가는 것이 보였다.

김재규는 마음이 급해졌다. 차지철에게 총을 쏘았지만 정확하게 명중시키지 못하고 오른손 손바닥을 관통시켰을 뿐이다. 차지철은 미국 레인저스쿨에서 특수전 훈련을 받고 돌아와 우리군 최강으로 일컬어지는 공수특전단에 있었고 몸이 돌처럼 단단한 사람이다. 만약 차지철이 총을 뽑아 들고 대항하면 큰일이라는 생각에 김재규는 고장 나서 작동되지 않는 권총을 들고 현관을 지나 마루로 뛰어들었다. 마침 거기서 전등을 들고나오는 박선호와 마주쳤다. 이번에도 김재규는 박선호의 손을 살펴보았는데 다행히 그 오른손에 권총이 들려 있었다. 그는 고장 난 권총을 던져버리고 손을 내밀었다.

"이리 내."

박선호가 우물쭈물할 때 김재규는 와락 달려들어 권총을 낚아채서 안방으로 들어갔다. 그때 화장실에 숨어 있던 차지철 경호실장이 문 쪽으로 나오며 외치는 소리가 들려왔다. 그는 김재규가 총을 겨눌 때 오른손을 들어 막다 손바닥을 관통당하고 화장실로 피신했던 것이다.

"경호원, 경호원!"

마침 김재규가 박선호의 권총을 들고 들어가다 두 사람이 딱 마주치고 말았다. 차지철은 이미 오른손에 총을 맞았기 때문에 이대로 있다가는 죽는다고 생각해서 병풍 옆에 있던 장식용 문갑을 들고 덤벼들었다.

"이 새끼. 네가 감히."

김재규는 지체 없이 그의 가슴에 방아쇠를 당겼다.

탕!

총소리와 함께 차지철이 풀썩 쓰러졌다. 김재규는 쓰러진 차지철을 무표정한 얼굴로 바라보더니 안방으로 들어갔다. 그리고 잠시 후 또 한 번의 총소리가 궁정동 안가를 뒤흔들었다. 가슴에 총을 맞고 쓰러져 사경을 헤매는 대통령의 머리를 향한 총소리였다.

아무런 비명도 없이 밤공기를 가르는 총소리에 홍주는 머리를 흔들었고, 선호는 입을 굳게 다문 채 고개를 떨어뜨렸다. 나머지 경비원들은 자기들이 오늘 도대체 무슨 일을 벌였는지 실감되지 않아 서로 눈길만 교환할 뿐이었다. 마치 아이들이 어른들 몰래 불장난을 하다 들킨 것처럼 바짝 얼어있는 모습이었다.

선호는 청와대 가까운 서울 도심에서 총소리가 났으니 곧 누군가 들이닥칠 것으로 생각되어 마음이 불안하고 조급했다.

"자네, 이리와."

그는 M16 소총을 들고 있는 김태원을 불렀다. 김태원은 지체 없이 달려왔다. 궁정동 안가 경비원들은 박 과장이 지시하면 무조건

띈다. 그만큼 내부규율이 엄했고 상명하복의 정신으로 무장되어 있었다. 게다가 지금은 자욱한 화약 냄새가 풍기는 전쟁터나 다름없었다.

"가서 뒤처리를 확실히 해."

"네?"

"못 들었어? 저들을 차라리 고통 없이 보내주란 말이야."

박선호가 눈을 부라리며 호통을 치자 김태원은 주방과 대기실을 오가며 쓰러진 경호원들에게 확인사살을 시작했다. 일정한 시간 간격을 두고 소총소리가 울려 퍼질 때마다 이기주와 유성옥은 마치 자기들이 총에 맞기라도 한 것처럼 몸서리를 쳤다.

김태원은 어제 근무를 하고 쉬는 날 갑자기 비상 소집되어 지금 소총을 들고 있는 자신이 본래 자신이라고 믿기지 않았다. 과장의 지시에 따라 이미 죽어 있는 사람들에게 총을 발사할 때는 제정신이 아니었다. 그들이 움직이거나 반항하면 차라리 일이 쉬웠을 텐데 아무 미동도 없는 사람에게 총을 쏜다는 것은 사람으로서 차마 할 수 없는 일이었다.

쓰러진 경호원들이 확인사살까지 당했지만 주방에 있던 박상범은 나중에 기적적으로 살아났다. 그가 총을 맞고 쓰러질 때 조리대에 사정없이 머리를 부딪치고 그대로 의식불명이 되었기 때문이다. 마치 죽은 사람처럼 보였다. 또 그 옆에는 궁정동 안가 운전기사 김용남이 부상을 입고 쓰러져 있었다. 김태원은 경호원 박상범과 안가 운전기사 김용남이 겹치듯이 쓰러져 있는 것을 보고 겨누던 총을 내렸다.

간헐적인 총소리가 계속되고 있을 때 김재규는 하얀 와이셔츠 차림으로 총을 들고 연회장 이 방 저 방을 들락거리고 있었다. 마치 자기가 선불 맞은 노루가 된 것처럼 보였다. 그것은 공포 때문이었다. 자기가 명령을 내려 부하들이 움직이고 목표했던 사람들을 죽였지만 너무나도 엄청난 일을 저지른 나머지 그만 혼이 빠져버리고 말았던 것이다.

잠시 후 김재규가 안방에서 나왔을 때 홍주와 선호는 부장의 헝클어진 머리를 보았다. 평소 단정하게 빗어 넘겨 머리카락 한 올 흘러내리는 것조차 용납하지 않던 부장의 머리가 쑥대머리를 방불케 할 정도로 헝클어져 있었다. 두 사람은 순간 낙담한 표정이 역력했다. 부장의 헝클어진 머리와 초점 없이 흔들리는 눈빛은 혼란한 마음을 그대로 대변해주고 있었기 때문이다. 이 모든 일은 불과 3~4분 사이에 벌어진 일이다.

김재규는 현관에서 김계원 비서실장과 마주치자 몇 마디 나누고는 신발도 신지 않은 채 본관으로 달려가며 소리쳤다.

"차, 차, 차를 대!"

운전기사 유석문이 차를 가지러 뛰어갔다. 그때 본관에 있던 정승화 육군참모총장과 김정섭 중앙정보부 2차장보는 무슨 영문인지 몰라 이리저리 알아보던 중이었다. 김재규는 본관으로 들어서자마자 경비원에게 소리를 질렀다.

"물, 물 좀 가져와."

경비원이 뛰어가서 가져온 물을 단숨에 벌컥벌컥 들이켰다. 그만큼 속이 탔다. 그는 물을 마시고도 안정이 되지 않아 심호흡을 크게 하였지만 숨소리는 여전히 헐떡이고 있었다. 정승화 참모총장은 김재규가 와이셔츠 차림에 가쁜 숨을 몰아쉬며 마치 무엇에 쫓기는 듯 허둥대는 모습으로 들어오는 것을 보고 이거 무슨 일이 터져도 단단히 터졌구나 직감했다. 김재규는 정승화의 팔을 붙잡고 애타게 불렀다.

"총장, 총장."

"무슨 일인데 이러십니까?"

물어보는데 김재규는 그를 일으켜 세우며,

"총장, 큰일 났습니다."

말해주곤 팔을 잡은 채 현관 쪽으로 끌고 간다.

"말씀을 하고 가야지요. 도대체 왜 그러십니까?"

정승화가 완강하게 팔을 뿌리치며 묻자 김재규는 숨을 몇 차례 가쁘게 몰아쉬고,

"일단 차를 타고 가면서 이야기합시다. 급해요. 빨리 차를 대, 뭐하고 있어?"

어리둥절한 표정으로 본관에 있던 사람들에게 호통쳤다. 운전기사 유석문이 황급히 차를 몰아 현관 앞에 대기시키자 김재규는 박흥주와 김정섭에게 빨리 타라 손짓했다. 뒷자리 가운데에 정승화가 앉고 좌우측에는 김정섭과 김재규가 앉았다. 마지막으로 박흥주가 앞 조수석에 앉은 후 차가 출발했다.

차가 떠나고 궁정동 안가에 남겨진 사람은 박선호와 경비원, 그

리고 대통령 비서실장 김계원뿐이었다. 박선호는 미처 말을 붙일 틈도 없이 부장이 참모총장을 데리고 사라져버리자 허탈한 기분이 들었다.

'이제 어떻게 한다?'

곰곰이 생각해보았지만 무엇을 해야 할지 알 수가 없었다. 그가 부장으로부터 엄청난 거사지시를 받은 것은 불과 한 시간도 되지 않았다. 부장은 준비할 시간을 전혀 주지 않은 채 총을 들고 와서 대통령과 경호실장을 죽여버리겠다고 말하곤 자신과 홍주에게 함께할 것을 지시했다. 즉각 행동에 옮기려는 것을 사정하여 간신히 반 시간을 벌었고, 결국 소기의 목적을 달성했지만 이후의 행동에 대하여 아무런 말이 없었다. 선호는 안가를 떠나는 차를 보고 갑자기 자신이 줄 떨어진 연 신세가 된 것 같은 기분이 들었다. 팽팽하던 연줄이 뚝 끊어져 버리고 허공으로 내팽개쳐진 것이다.

선호가 본관 앞에서 넋을 놓고 있을 때 김계원 대통령비서실장이 외치는 소리가 들렸다. 연회가 열리던 나동 안방이다.

"각하께서 총을 맞았다. 빨리 병원으로 모셔야 해."

순간 선호는 자기도 모르게 몸이 움직였다. 이미 정보부장으로부터 대통령을 죽이겠다는 말을 들었지만 각하가 실제 총을 맞았다는 것은 너무 놀라운 일이고 대통령을 모셔야 한다는 마음이 들었기 때문이다. 이것은 거의 본능적인 반응이었다. 대통령은 오랜 기간 바라볼 수 없을 만큼 높은 곳, 권력의 최정점에 있는 절대자로 정보부가 혼신의 힘을 다해 모셔야 할 국가원수였다.

선호는 김계원으로부터 대통령이 총을 맞아 사경을 헤맨다는 소리를 듣고 화약 냄새가 풍기는 손을 얼른 뒤로 감추었다.

"어찌 그런 일이."

김계원은 선호가 우물쭈물한다고 생각한 모양이다. 김계원은 김재규와 형님 동생 하는 사이고 안가에 와서 박선호를 여러 차례 본 적이 있는지라 거의 명령조로 말한다.

"자네, 뭐 하고 있어? 빨리 각하를 병원으로 모셔야 할 거 아냐."

"네, 알겠습니다."

선호는 이렇게 대답하고 고개를 돌려,

"빨리 차를 대. 운전기사 어디 있나?"

부하들에게 지시하는데 다들 꿀 먹은 벙어리처럼 조용하다. 그도 그럴 것이 대통령 전용차 운전기사 김용태는 총을 맞고 주방에 쓰러져 있었기 때문이다. 이제 병원으로 가려면 궁정동 안가 운전기사가 나서야 한다. 사태를 파악한 선호가 유성옥을 지목했다.

"자네."

"네, 과장님."

"가서 차 가지고 와."

유성옥이 전용차를 대령시킬 때 대통령이 누군가의 등에 업혀 나왔다. 김계원이 피투성이가 된 대통령을 차에 태우고 국군서울지구병원을 향해 출발했다. 저녁에 안가에 들어올 때와 전혀 다른 모습이다. 불과 몇 분 사이에 이런 일이 벌어진 것을 그 자리에 있던 사람들 모두 실감하지 못했다.

대통령 전용차가 황급히 병원으로 가는 것을 보고 궁정동 경비원들은 불안하기 짝이 없다. 어떤 이는 낙담한 표정이고 어떤 이는 부지런히 눈동자를 돌리며 도망갈 궁리를 하는 것 같다. 그때 이기주가 말을 건넸다.

"과장님, 어떻게 할까요?"

이기주도 불안하기는 마찬가지였다. 여기까지 일을 진행시켰는데 무얼 어떻게 하라는 추가지시가 없으니 마치 뒤웅박 신고 얼음판에 선 것처럼 불안하기만 했던 것이다. 그런데 선호라고 해서 뾰족한 수가 있을 리 없었다. 그 또한 대통령이 의식을 잃고 실려 가는 것을 보고는 정말 감당할 수 없는 큰일이 벌어졌다는 생각에 그만 정신을 잃을 지경이었다.

선호의 눈에는 총을 들고 황망하게 서있는 부하들의 모습이 씩씩하고 용감하게 보이기는커녕 하나같이 위태로워 보였다.

"뒷수습을 해야지."

그제야 경비원들은 박선호의 지시에 따라 움직이기 시작했다.

깊어가는 가을밤 궁정동 안가에서 벌어지는 일들을 밤하늘의 별들이 눈을 반짝이며 모두 지켜보고 있었다.

중앙정보부와 육군본부의 갈림길

저녁 7시 50분경, 궁정동 안가를 빠져나온 차는 빠르게 거리를 내달렸다. 서늘한 가을 저녁기운 탓인지 오가는 차가 많지 않았다. 차에 타자마자 정승화는 무슨 일이냐고 물었다. 어디로 가는 차인 줄 알지 못한 상태에서 끌려가듯이 가만히 있을 수는 없었다.

김재규는 정승화와 운전기사를 번갈아 보며 소리쳤다.

"큰일 났소. 이봐, 정보부로 가지."

차는 남산에 있는 중앙정보부로 방향을 잡았다. 앞자리에 앉은 박흥주는 미동도 하지 않은 채 전방을 주시하고, 김재규는 창문에 머리를 기대고 차가 움직일 때마다 쿵쿵 부딪치고 있었다. 본관에 있다가 체포되다시피 차에 올라탄 정승화와 김정섭은 서로 얼굴을 바라보며 무슨 일이냐 묻는 눈빛을 교환했다. 김정섭도 궁금하기는 마찬가지였다. 하지만 심상치 않은 분위기로 보아 그가 부장에게 무슨 일이냐고 물었다가는 된통 당할 듯싶어 입을 다물었다.

차 안은 참을 수 없이 답답해서 그대로 있으면 가슴이 터져버릴 것만 같았다. 결국 정승화가 입을 또 열었다.

"부장, 도대체 무슨 일입니까?"

김재규는 말이 없었고 초점 잃은 눈으로 무언가 골똘히 생각하는 것처럼 보였다. 그것을 보고 정승화는 이 사람이 말을 아끼는 것인가, 아니면 말을 하기 싫은 것인가 궁금해서 재차 물었다.

"이 상황에서 아무 말씀도 없으면 어떻게 하오. 지금 무슨 일이 벌어진 것입니까?"

이때 차는 적선동과 중앙청을 지나 세종로를 달리고 있었다. 김재규는 고개를 돌려 정승화를 바라보곤 왼손 엄지손가락을 위로 세웠다. 대통령이다. 정승화가 침을 꼴깍 삼키고 기다리는데 김재규가 뒤이어 오른손 검지손가락으로 허공에다 X자 표시를 하였다. 정승화는 그제야 대통령이 서거했다는 것을 알았다.

"각하께서 돌아가셨습니까?"

떨리는 목소리로 물었을 때 김재규는 즉답을 피하고,

"총장, 보안을 유지해야 됩니다. 적이 알면 큰일이잖소."

오히려 당부를 하는데 말투에서 당황함이 묻어났다.

정승화는 이것저것 생각을 해보았다. 누가 대통령을 저격했을까. 김 부장? 아니면 차 실장? 그도 아니면 외부에서? 도대체 무슨 이유로? 궁금증이 꼬리에 꼬리를 물었다. 그는 최대한 정보를 파악해야겠는 생각이 들어 말을 아끼는 김재규를 똑바로 바라보고 물었다.

"부장, 누가 그랬소? 내부의 일입니까, 아니면 외부에서 침입했습니까?"

214

김재규는 시선을 돌리며,

"나도 잘 모르오."

짧게 말하고는 입을 닫아버렸다. 정승화가 생각하기에 안가에서 보았던 경비원들과 지금 김재규의 태도를 볼 때 외부의 침입은 아닌 것 같았다.

"내부에서 일어난 일이지요?"

이렇게 넘겨짚어 물어보자 김재규가 어쩔 수 없다는 표정으로 말을 하는데 여전히 누구 소행인지는 밝히지 않았다.

"총장, 김일성이 알면 큰일 나오. 보안을 철저하게 유지해야 됩니다."

정승화는 김재규의 말을 듣고 대통령이 내부소행으로 서거했다는 것을 알게 되었다. 그는 저격범이 누구인지 알지 못하는 상태에서 잘못 처신했다가는 큰일이라는 생각이 들어 정신을 바짝 차렸다. 차가 달리는 동안 김재규가 자꾸만 고개를 돌려 뒤를 확인하였다. 정승화는 누가 쫓아오는지 알아보려고 그러는가 보다 했는데 그것 때문이 아니었다.

"경호 차량 안 붙었어?"

김재규가 묻자 홍주는 고개를 숙여 백미러를 힐끗 보고 대답했다.

"급히 나오느라 안 붙은 모양입니다."

"이런."

앞자리에 앉은 홍주는 아직도 긴장이 풀리지 않아 뒷좌석에서 오가는 말을 당나귀처럼 귀를 쫑긋 세운 채 모두 듣고 있었다. 그런데 시간이 지날수록 자신이 샘에 든 물고기 같은 기분이 들었다. 무언가 일이 잘못되고 있다는 것이 분명했다.

일을 시작하기 전 부장은 본관에 와 있는 육군참모총장과 정보부 2차장보를 언급하며 자기 혼자 일을 벌이는 게 아니란 것을 은근히 내비쳤는데, 이제 보니 다른 두 사람은 상황을 전혀 파악하지 못하고 있었다. 부장 혼자 독단적으로 벌인 일이란 말인가. 아아, 이제 어떻게 해야 될까. 이 무슨 운명의 장난이란 말이냐.

홍주는 너무나도 괴로워 당장 차에서 뛰어내리고 싶었다. 차라리 그대로 땅바닥에 머리를 깨고 죽어버리는 것이 낫겠다는 생각이 들었다. 그가 마음을 내색하지 못하고 있을 때 차는 어느새 3·1고가도로를 지나고 있었다.

3·1고가도로는 1960년대 말에 시 외곽 마장동에서 서울 중심부까지 쉬지 않고 달릴 수 있도록 만든 도로다. 청계천은 1958년부터 복개공사가 시작되어 땅속으로 사라졌다. 그 위에 3·1고가도로가 건설됨으로써 청계천 주변은 동대문종합시장과 세운상가가 들어서는 등 상권이 활성화되었고 경제성장의 상징처럼 한때를 풍미했다. 하지만 세월이 흘러 상권이 이동하고 3·1고가도로 아래 청계천 일대는 슬럼화되어 갔다. 결국 환경복원의 중요성 때문에 2009년 고가도로가 철거되고, 수십 년 동안 콘크리트로 뒤덮여 있던 청계천도 복원되었다.

당시는 3·1고가도로를 지나 남산으로 올라가는 길이 있었다. 그 길 위에서 운전기사는 처음 김재규가 말했던 대로 중앙정보부가 있는 남산 쪽으로 방향을 잡았다. 차가 오르막을 오르기 시작하는데 갑자기 김재규가 생각났다는 표정으로 박홍주를 보고 물었다.

"박 실장, 어디로 가지? 부 아니면 육본?"

조금 전 자신이 지시했던 것을 잊어먹은 것이다. 부는 중앙정보부를 말하고, 육본은 육군본부를 말한다. 지금 김재규는 너무 당황하여 자신들이 어디로 가고 있었는지 어디로 가야 할지 모르고 있었다. 선장이 방향감각을 잃은 것과 마찬가지다.

홍주는 부장이 사람을 죽이고 상당히 당황하고 있구나 생각했다. 조금 전 자신이 했던 말을 잊어먹고 어디로 가야 할지 부하에게 그 행선지를 묻고 있으니 말이다. 홍주가 고개를 돌려 조금 전 부장이 했던 말을 상기시켜 주려고 할 때 무섭게 쏘아보고 있는 정승화와 눈길이 마주쳤다. 정승화는 홍주가 뭐라 할 틈을 주지 않고,

"육본으로 갑시다."

말해버렸다. 김재규가 눈을 껌벅이며 중얼거린다.

"육본?"

"네, 육본이 좋지요."

정승화는 김재규에게 이렇게 말하고는 그때까지 부장의 말을 기다리고 있던 홍주를 보며 오금을 박았다.

"박 대령, 육본이 좋지 않겠어?"

어서 육본으로 가자고 대답하라는 뜻이다. 홍주는 중앙정보부에 파견되어 일하고 있었지만 본래 소속은 육군이고 현역 대령이다. 정승화가 그를 박 실장이 아닌 박 대령으로 부르는 것은 너의 소속이 어디냐 묻고 있는 것이나 다름없었다. 심리적 압박감을 주어 딴소리를 못 하도록 만들 생각이었다.

짧은 순간 홍주는 부장과 총장이 행선지를 두고 의견차이가 있다는 것을 알았다. 부장은 처음에 정보부로 가라고 지시했으나 지금은 어디로 갈지 몰라 오히려 묻고 있는 상태였고, 총장은 완강하게 육본을 고집했다. 어떻게 해야 될까. 그는 머릿속이 복잡했다. 정보부로 간다면 육군참모총장을 손아귀에 넣어놓고 군을 통제할 수 있을 것이다. 반대로 육본에 가면 정보부는 전혀 힘을 쓸 수 없게 될지도 모른다. 갈등의 순간이었다.

　그러나 과연 정보부에서 군을 완전히 통제할 수 있을까. 부장과 총장은 이번 일에 대해 협조가 전혀 되어 있지 않았기 때문에 정보부로 간다 한들 군을 완전하게 통제하는 것은 불가능해 보였다. 제아무리 위계질서가 확립된 정보부라 할지라도 부장의 독단적인 행동에 다른 간부들이 모두 찬성하고 따라온다는 보장 또한 없었다. 또 대통령 서거를 빌미로 전국에 계엄령을 내려 일시적으로 몇 개 사단쯤 움직이는 것은 가능하겠지만 진실을 완전히 감추기는 어렵다. 보안사가 움직이고 총장이 협조를 거부한다면 군은 분열되고 부장의 꿈은 일장춘몽으로 끝날 것이다.

　부장은 자기 혼자 쿠데타를 일으키려고 했던 것일까. 아니면 대통령과 경호실장을 죽이는 것으로 끝내려고 했을까. 홍주는 저녁부터 지금까지 진행되는 상황으로 볼 때 후자가 이 모든 상황을 설명해준다는 생각이 들었다. 이제 대통령이 서거했으니 나라는 극도로 혼란해질 것이 분명하다. 이를 수습하려면 정보부보다 육본으로 가서 국가안보의 최후 보루인 군이 중심을 잡고 사태수습을 할 수 있도록 돕는 것이 옳다고 생각했다.

홍주는 그때까지 어서 대답하라는 표정으로 쏘아보고 있는 정승화를 보면서 이렇게 말했다.

"육본이 좋겠습니다."

그제야 정승화의 얼굴이 펴졌다. 김재규는 별생각 없이 홍주의 말을 받아들인다.

"그래? 그럼 차 돌려."

부장의 지시에 따라 남산을 오르던 차가 급하게 방향을 틀었다. 이제 육군본부로 가는 것이다. 정승화는 아무도 모르게 안도의 한숨을 내쉬었고 김재규는 흔들리는 차에 머리를 기대고 있었다. 홍주는 이제 호랑이굴로 들어가는구나, 아니 죽으러 간다는 생각에 온몸에 소름이 돋았다. 하지만 모든 것을 운명에 맡기는 수밖에 없었다.

정승화의 뜻대로 차는 미 8군 영내를 거쳐 남산 부근에 있는 육군 벙커에 저녁 8시 5분에 도착했다. 벙커 앞으로 아무 표식도 없는 승용차가 도착하고 사복차림의 사람들이 우르르 내리자 경비병은 놀라서 총을 겨누었다.

"정지! 누구냐?"

"나, 총장이야."

정승화가 위엄 있게 말했지만 경비병은 사복차림의 육군참모총장을 한 번도 본 일이 없었다. 훈련이 있어 장군들이 올 때는 미리 연락이 오기 마련이고 별이 번쩍이는 장성차를 타고 오는데, 경비병이 내린 사람들을 쓱 훑어보니 한 사람은 와이셔츠 차림에 헝클어진 머리로 신발도 신지 않았다.

"총장? 어디 대학총장입니까?"

오히려 이렇게 물으며 신분을 밝히라고 요구했다. 정승화는 답답
하여,

"이 새끼, 똑바로 안 할 거야? 어딜 감히."

욕설을 퍼붓고 벙커 쪽으로 뚜벅뚜벅 걸어 들어갔다. 이대로 물
러나면 국군의 주요시설을 지키는 경비병이 아니다. 경비병은 제
임무를 수행하느라고 총장의 길을 막고 단호하게 소리쳤다.

"절대 못 갑니다."

경비병의 오기 섞인 얼굴을 보고 정승화가 허탈한 웃음을 지었다.
참 이런 낭패가 있나. 한시가 급한 상황에 경비병이 육군참모총장을
알아보지 못하고 길을 막다니. 총장과 경비병이 들어가네 못 가네 옥
신각신하고 있을 때 벙커에서 상황반장이 걸어 나오고 있었다.

"이봐, 나 총장이야. 급한 일이 있어서 왔네."

상황반장은 총장의 목소리를 듣고 헐레벌떡 뛰어와 얼굴을 확인
하였다. 그리고는 부동자세로 절도 있게 경례를 올렸다. 이제 난감
해진 것은 경비병이다. 총장이 그것 보라는 표정으로 경비병을 쏘
아보며,

"근무 잘 서고 있군그래."

칭찬인지 질책인지 모를 말을 하자 경비병은 사색이 되어 벌벌 떨
뿐이다. 그는 간신히 정신을 차리고 벙커 안으로 안내되는 총장의
뒷머리를 향해 큰 소리로 경례를 올렸다. 하지만 이미 때는 늦었다.
경비병은 눈썹에 불이 붙은 것처럼 당황스럽고 걱정스러운 얼굴로

조금 전의 실수를 만회하려는 듯 눈을 부릅뜨고 경계에 만전을 기하기 시작했다.

총장이 경비병과 입씨름을 하고 있을 때, 박홍주는 차에서 내린 부장이 맨발인 것을 보았다. 그는 서슴없이 오늘 오후에 산 구두를 벗어 부장에게 권했다.

"부장님, 이거 신으십시오."

"응, 고맙군."

홍주가 부장에게 구두를 벗어주는 것을 보고 유석문이 어이없는 표정을 지었다. 부장이 맨발인 것도 놀랍지만 박홍주가 새 구두를 선뜻 벗어주는 걸 보니 안타깝기까지 했던 것이다. 그도 가만히 있을 수가 없어 홍주에게 조용히 말했다.

"실장님, 제 걸 신고 계시죠."

"아닙니다. 트렁크에 구두가 한 켤레 있어요."

"어서 신으세요. 운전은 맨발로도 충분합니다."

유석문은 구두를 벗어 홍주에게 내밀었다. 그 성의가 고마웠다. 부장은 이제 벙커 안으로 들어갈 생각에 헝클어진 머리를 손가락으로 쓰다듬고 있었다. 홍주는 부장이 와이셔츠 바람인 것을 보고 1호차에 여벌로 싣고 다니던 양복 상의를 꺼내 건네주었다. 잠시 후 벙커에서 장교가 나왔다.

"부장님, 들어가시죠."

부장이 사라지고 난 후 홍주는 바로 정보부에 무전을 쳤다. 혹시 무슨 일이 생길지 몰라 부장을 경호해야겠다는 생각이 들었기 때문이다.

"여기 육군벙커로 부장님 경호조를 지금 당장 보내주시오."

불안한 마음으로 벙커를 오가며 얼마를 기다렸을까. 본청에서 출발한 부장 경호조 두 명이 도착했다. 그들을 보고 홍주는 겨우 마음이 놓여 구두를 유석문에게 건네주고 낡은 구두로 바꿔 신었다.

"고마웠습니다."

육군본부 B-2 벙커는 으슥한 곳에 있었다. 평소 지나는 사람도 없고 오가는 차가 없어 조용한 가운데 경비병이 눈을 번뜩이고 있을 뿐이었다.

그런데 오늘 밤에는 보안사령관이 육군참모총장의 호출을 받고 뛰어왔고, 뒤이어 국무총리와 내무장관, 외무장관, 법무장관, 대통령비서실장을 비롯한 몇 명의 각료와 수석비서관들이 속속 도착했다. 경비병은 연신 목이 터지게 충성 구호를 외치느라 나중에는 목이 쉬어버릴 지경이었다.

그 앞에서 검은 양복을 말쑥하게 차려입은 중앙정보부 요원들과 홍주는 부장을 기다렸다. 이윽고 부장이 나왔다. 홍주는 무사히 나온 것이 정말 다행이란 생각이 들었다. 오늘 밤은 어디가 됐든 한 발 떼는 것이 살얼음판을 걷는 것처럼 조심스러웠다.

"국방부로 가지."

김재규는 안에서 이야기가 다 됐다는 표정으로 지시하고 차에 올랐다. 국방부로 가는 동안 김재규는 특별한 말이 없었다. 홍주는 평소 부장이 지시를 내리면 차질 없이 수행하고 묻는 말에 대답했을 뿐, 자기가 먼저 말을 꺼내거나 묻지 않았다. 그런데 오늘 밤엔 상황이 심상치 않은지라 불안한 마음과 궁금증이 풍선처럼 부풀어 오르고 있었다. 홍주가 참지 못하고 물었다.

"부장님, 이번에는 국방부입니까?"

왜 정보부 본청으로 가지 않고 국방부로 가느냐는 뜻인데 김재규는 안에서 이야기가 만족스러웠는지,

"걱정하지 마. 잘될 거야."

안심을 시켜주었다. 하지만 이건 김재규의 바람에 불과했다. 김부장의 차가 긴급국무회의에 참석하기 위해 국방부에 도착한 것은 자정을 넘은 시각, 그러니까 궁정동 연회에 참석했던 김계원 대통령비서실장이 밤 11시 30분경 육군벙커에서 육군참모총장과 국방부장관에게 김재규를 범인으로 지목한 후였다.

정승화의 지시로 보안사와 헌병대가 김재규의 체포에 나섰다. 그리고 김재규는 국방부 후정으로 유인당해 체포당하고 말았다. 이때가 00시 40분경으로 김재규가 대통령을 향해 총을 발사한 지 불과 여섯 시간 만이다. 그제야 일이 그르쳐졌다는 것을 깨달은 김재규는 절규하듯 박흥주를 찾으면서 호통쳤다.

"박 실장, 박 실장 어딨나. 너희들 뭐 하는 놈들이야?"

김재규 중앙정보부장을 체포하는 치밀한 작전은 국방부 비밀통로와 후정에서 벌어졌다. 이를 박흥주가 알 도리는 없었다. 보안사 오일랑 중령은 이미 충분한 지시를 받았기 때문에 일이 소란스러워지는 것을 바라지 않았다. 그는 일단 김재규를 안심시켜 끌고 가는 것이 우선이라고 생각하여 거짓말을 했다.

"뒤에 따라오라고 했습니다. 그러니 저희와 먼저 가시죠."

국방부 후정에서 체포된 김재규는 보안사 정동분실로 끌려갔다. 이때 보안사령관은 사건이 일어난 1979년 3월에 육군 제1사단장으로 있다 부임한 전두환 소장이었다. 보안사령부의 전신은 육군방첩부대다. 김재규는 1968년 2월에 육군방첩부대장으로 취임하여 전군의 정보를 쥐락펴락한 적이 있었다. 그랬던 그가 오늘 육군방첩부대의 후신인 보안사령부에 의해 체포당해 조사받게 되었으니 사람 일은 알 수 없는 것이다.

김재규가 국방부 후정에서 체포되어 보안사로 끌려가고 있을 때 박흥주는 여전히 부장을 기다리고 있었다. 그는 부장이 회의실에서 대통령 유고사태를 맞이하여 긴급국무회의를 계속하는 줄 알았다. 부장 곁에서 계속 지키고 싶었지만 그럴 수 없었다.

각료들이 회의를 시작할 때 누군가,

"장관이나 기타 각료를 수행한 사람들은 모두 밖으로 나가서 기다리시오."

소리치는 바람에 쫓기듯이 밀려나고 말았던 것이다. 수행원들은 삼삼오오 모여 무슨 일이 벌어졌기에 야심한 시각에 긴급회의를 하는가 무척 궁금해했다. 흥주는 아무 말도 못 하고 밖으로 나와 차 안에서 대기했다. 잠시 후 헌병이 다가와서 그를 찾았다.

"중앙정보부 박흥주 실장님 되시죠? 위에서 부장님이 찾으십니다."

흥주는 부장이 무슨 지시를 하려고 부르는 줄 알았다. 헌병을 따라 2층으로 올라가 사무실로 들어가니 군인 몇 명이 기다리고 있었다. 부장이 보이지 않아 물어보려는데 갑자기 문이 덜컥 닫히고 대위계급장을 단 장교가 뜻밖의 말을 하였다.

"상부지시에 따라 지금부터 실장님의 무장을 해제합니다."

홍주가 흠칫 놀라 뒷걸음질 치자 뒤에 있던 헌병 두 명이 어느새 권총을 빼 들고 옆구리를 쿡 찌른다. 거기서 꼼짝없이 권총을 빼앗기고 말았다. 조금 후에 부장 경호조로 따라왔던 정보부 요원 두 명도 같은 방법으로 무장을 해제당했다.

그나마 다행스러운 것은 그들의 관심이 정보부장에게 집중되었다는 점이다. 그들은 권총만 뺏었을 뿐 홍주가 현역 육군대령이란 것을 알고 있는지라 차를 대접하며 공손한 태도를 보였다.

홍주는 일단 부장을 만나야 했다. 일이 어떻게 돌아가고 있는지 전혀 모르기 때문에 부장을 만나 지시를 받든가 대책을 수립하는 것이 급선무였다.

"부장님은 어디 계시오?"

물어보자 헌병대 장교가 대답한다.

"우리도 잘 모릅니다. 아무 일 없을 테니 걱정 마십시오."

홍주는 직감적으로 이들 아니면 다른 누군가 부장을 데려갔을 것이란 생각이 들었다. 홀로 긴급국무회의에 참석한 부장을 내버려두고 부하들의 총부터 빼앗지는 않을 것이다. 헌병들은 자세한 내막을 모른 채 정보부의 무장만 해제시키라는 지시를 받았던 모양이다. 대해주는 태도가 공손하고 예의 바르다.

홍주는 행여 정보부 요원들이 이들에게 대항하다 다칠까 싶어,

"여기에 계신 분들은 총을 잘 쏘는 분들이니 잘 협조하게. 부장님께 다녀오겠네."

지시를 하고 나왔다. 그가 나가는 것을 아무도 잡지 않았다. 총을 빼앗고 난 후에 어떻게 하라는 추가 지시를 아직 받지 못했고 보안사의 관심은 정보부장에게 있었기 때문이다.

홍주는 긴급국무회의가 열리던 회의실로 가서 부장을 찾아보았는데 행방이 묘연했다. 그럴 수밖에 없는 것이 김재규는 보안사 요원들과 국방부 비밀통로 나갔기 때문에 아무도 본 사람이 없었다. 홍주는 부장의 신변에 무슨 일이 생긴 것은 아닐까 걱정하며 일단 차로 돌아와서 기다렸다. 청사 내에서 본 사람이 없고 아무리 기다려도 오지 않는 것을 보면 부장은 국방부에 없는 게 확실했다. 홍주는 아무래도 남산 본청에 가보는 것이 나을 것 같아서 새벽녘에 유석문과 함께 국방부를 빠져나왔다.

남산 본청에 가니 보안사에서 그를 찾는 메시지가 기다리고 있었다. 갑자기 왜 보안사에서 나를 찾는 것일까. 느낌이 좋지 않았다. 그때 보안사는 김재규를 구금해놓고 박흥주가 어디에 있는지 소재를 파악할 수 없어 곳곳에 그를 찾는 메시지를 뿌려놓은 상태였다. 하지만 부장의 소재를 알지 못하는 상황에서 천하의 중앙정보부 요원이 보안사의 호출에 득달같이 달려갈 수는 없었다.

홍주는 메시지를 전해 듣고,

"알았어."

대답하고는 차에 올라 어디로 가야 할까 잠시 생각해보았다. 부장이 사라지고 보안사에서 나를 찾는다? 어쩌면 부장의 연락이 끊긴 것은 보안사 때문일지도 모른다는 생각에 부장을 만나기 전까지는 함부로 나설 일이 아니라고 판단했다.

일단 안전한 곳에서 대기하기로 마음먹고 머리를 굴려보았지만 마땅한 곳이 떠오르지 않는다. 홍주와 유석문은 방향을 잃고 어둠 속에 잠긴 서울 시내를 정처 없이 달렸다. 무전기에 귀를 기울여 봐도 부장에 대한 소식은 전혀 들리지 않았다.

피바람이 불고 나서

박홍주의 아내 김묘춘은 아침에 성동구 행당동 달동네를 힘차게 걸어 내려가는 남편의 뒷모습을 보고 가슴속 저 깊은 곳에서 한없는 사랑이 솟아오르는 것을 느꼈다. 전방에 있을 때도 그랬지만 남편은 매사 맡은 일에 열심이었다. 때로는 가족을 소홀하게 생각하는 것 같아 서운한 점이 있어도 자상한 사람이라는 것을 알기 때문에 더 이상 말하기 어려웠다.

어젯밤만 해도 그렇다. 피곤한 몸을 이끌고 퇴근하여 큰딸 혜영이 만들어달라는 왕관을 늦게까지 만들어놓고 잠자리에 들지 않던가. 꽃잎처럼 푸른 청춘, 스무 살부터 엄격한 교육을 받고 군인정신이 몸에 밴 탓인지 남편은 속마음을 겉으로 내색하는 경우가 별로 없었다. 그래도 부부의 연을 맺고 한두 해 살아온 것이 아니기 때문에 그녀는 남편의 자상한 마음을 누구보다 잘 알고 있었다.

전방에서 근무할 때의 일이다. 군인가족들이 모여 사는 관사 주변에서 놀던 어떤 아이가 차에 치이는 사고가 발생했다. 그때는 119도 없던 시절이고 오늘날처럼 119를 부르면 언제 어디든지 달려와서 환자를 응급처치하고 병원으로 이송하던 때가 아니었다. 더구나 관사는 군부대가 자리한 산간벽지에 있어 교통이 불편했고 병원 또한 멀었다. 아이가 정신을 잃고 쓰러지자 운전하던 병사는 넋을 놓고 어찌할 바를 몰랐고 소식을 듣고 쫓아온 아이 엄마는 대성통곡을 시작했다. 그때 마침 박홍주가 근처를 지나다 차를 멈추고 달려왔다.

"사고 났습니까?"

"아이가 차에 치였어요. 죽었는지 꼼짝도 안 해요."

누군가 손가락으로 아이를 가리켰다. 홍주는 얼굴이 피투성이로 변한 아이를 안고 몸부림치는 엄마를 진정시켰다. 아이는 정신을 잃었을 뿐 아직 숨이 붙어 있었다. 팔다리를 살살 만져보니 특별히 부러진 곳은 없는 것 같았다. 그는 지체 없이 아이를 번쩍 들어 안고 뛰었다. 그 뒤를 아이 엄마가 신발을 손에 거머쥔 채 따라왔다.

"운전병! 어서 문 열어."

아이와 엄마를 차에 태우고 가까운 병원으로 가서 치료받을 수 있도록 해주고 아이 아빠를 수소문하여 불렀다. 그 일이 있고 난 후 사람들이 얼마나 남편을 칭찬하던지 묘춘은 지금도 그때를 생각하면 뿌듯하고 남편이 더없이 자랑스럽다.

오늘도 남편이 언제 퇴근할지 알 수 없었다. 정해진 퇴근시간이 있는 것도 아니고 들어왔다가 옷만 갈아입고 나가는 경우가 많아서 그녀는 항상 대기상태였다. 그나마 다행이라면 낮에 남편이 전화를 걸어와서 안부를 물었다는 점이다. 남편은 특별한 일이 없으면 항상 정해진 시간에 전화를 걸어 안부를 묻는다. 아무 때나 전화를 하게 되면 아내가 장을 보러 가거나 아이들을 마중할 때 마음 놓고 자리를 비우지 못할까 봐 배려하는 것이다. 그래서 묘춘은 남편에게서 전화가 올 때쯤이면 집에 대기하고 있다 통화한 후에 찬거리를 사러 가곤 했다.

큰방에는 항상 형광등이 켜져 있었다. 행당동 언덕배기 높은 곳에 위치한 집이었지만 마당보다 낮고 꽉 막힌 집이라 낮에도 형광등을 켜지 않으면 어두컴컴했다. 반지하나 다름없었다. 그녀는 어두운 방을 싫어했다. 무섭고 생기 없이 느껴지기 때문이다. 더구나 이제 겨우 5개월 된 막내아들이 어둡고 침침한 방 안에서 자라도록 내버려둘 수는 없었다. 전기요금이 아깝지만 되도록 주위를 밝게 만들어주고 싶었다.

오후 들어 두 딸이 돌아오자 집 안에 활기가 돌았다.

"엄마, 오늘 연극 굉장했어요."

"그랬니?"

"네, 아빠가 만들어준 이 왕관 있잖아요. 이걸 쓰니 연기가 백배는 더 잘 되던걸요. 애들이 정말 잘 만들었대요."

큰딸 혜영은 왕관을 들었다 놨다 하면서 오늘 있었던 일을 세세하게 말해주었다.

"아빠 돌아오시면 고맙다고 말씀드리렴."

"네. 아빠 볼에 뽀뽀해드릴 거예요."

이제 초등학교 4학년이 되어 수줍음을 많이 타는 큰딸이 이런 말을 하는 것을 보면 오늘 연극이 잘 되었나 보다. 혜영은 말을 마치고 쑥스러운지 도망치듯이 작은방으로 쏙 들어가버리고 말았다.

"엄마."

이번엔 둘째딸 혜은이다. 묘춘은 딸이 무슨 말을 할까 궁금하여 얼굴을 빤히 바라보았다.

"아빠는 왜 언니만 예뻐해?"

"그게 무슨 말이니? 아빠는 혜은이도 무척 예뻐하셔."

"피, 거짓말. 언니가 왕관 만들어달라고 하니 다 만들어줬잖아. 저번에 내가 그림 그리는 것 도와달라고 할 때는 피곤하다며 그냥 자버리고. 아빠 미워."

"혜은아, 그런 게 아니야. 아빠가 그림 그리는 것을 도와주고 싶었는데 네가 밑그림을 전혀 그려놓지 않고 자버리는 바람에 그렇게 된 거야. 네가 어떤 그림을 그릴지 아빠가 어떻게 알겠니?"

"아무렇게나 그려주면 되지. 아빠 마음이 내 마음인걸."

혜은이는 투정을 부린다. 작은딸이라 아빠의 사랑을 빼앗길까 봐 무척 초조하고 질투가 심하다.

"엄마가 아빠에게 잘 말씀드릴게. 다음에는 혜은이 부탁을 꼭 들어달라고 말이야."

"정말?"

"그럼. 엄마가 언제 거짓말하는 거 봤니."

혜은이는 만세를 부르며 작은방에 있는 언니를 찾았다.

"언니, 언니 좀 나와 봐. 엄마 아빠가 내 말을 다 들어주신대."

동생의 말에 혜영이 고개를 쏙 내밀고 그게 정말이냐는 표정으로 엄마를 바라본다. 묘춘은 웃으면서 안고 있던 요셉의 머리를 쓰다

듣었다. 혜은이는 동생이 귀여워 죽겠는지 무릎걸음으로 기어와 요섭의 볼을 만지고 고사리처럼 작은 손에 입을 맞추었다.

"정말이야. 엄마가 그랬어. 아빠한테 돈 많이 벌어서 공주처럼 예쁜 옷을 사달라고 해야지."

혜은이는 자리에서 벌떡 일어나 마치 자기가 공주라도 된 것처럼 한 바퀴 빙 돌았다. 그것을 바라보던 혜영이 부러운 표정으로,

"난 플루트 갖고 싶은데."

혼잣말로 중얼거렸다. 서울로 이사 오기 전 강원도에 살 때는 몰랐는데 여기에는 예쁜 옷을 입고 멋진 신발을 신은 아이들이 많았다. 물론 형편이 어려워 점심도 제대로 못 먹는 아이들이 있긴 했지만 혜영의 눈엔 멋진 애들만 보였다. 특히, 반에서 일등을 다투는 친구는 방송국 합창단원이라 뽐내고 언젠가 플루트를 가져와서 자랑한 일이 있었다. 그때 플루트를 처음 보았다. 피리보다 크고 은색으로 반짝거리는 악기, 친구가 그것을 부는 모습이 너무 멋졌고 은은한 플루트 소리에 마음을 빼앗겼던 것이다. 그때부터 혜영이는 플루트를 갖고 싶었다.

아이들이 와글거리다 저녁을 먹고 제각기 숙제를 한다며 방으로 들어가자 집 안이 조용해졌다. 묘춘은 아들을 등에 업고 따뜻하게 포대기로 감싼 다음 문을 열고 나가 행당동 내리막길을 바라보았다. 일이 일찍 끝난다면 곧 남편이 저 전봇대를 돌아 힘차게 걸어 올라올 것이다. 마침 시장에서 일하는 박정권의 아내, 바람댁이 바람을 쐬러 나왔다가 그녀를 보고 아는 체를 한다.

"바깥양반 기다리슈?"

"네, 아니에요. "

묘춘이 애매한 대답을 하곤,

"바람이 많이 차졌어요. 곧 겨울이 올 텐데 걱정이에요. "

이렇게 안부를 물었다. 낯선 행당동 달동네로 이사 와서 그녀가 쉽게 정을 붙일 수 있었던 것은 박정권의 아내 바람댁 덕분이다. 원래 '반암댁'이 맞는데 사람들이 부르다 보니 '바람댁'으로 바뀌었다. 일을 할 때 워낙 손이 바람처럼 빠르고 이리저리 바람처럼 쏘다니기를 좋아해서 반암댁은 바람댁으로 통하고 있었다.

"에구, 누가 아니라우. 연탄 좀 많이 들여놔야 되는데 이놈의 길에 차가 못 올라오고 저 아래서부터 연탄을 지게에 져 올려야 되니 걱정 아니우. 연탄장수들이 값을 더 부른다니까. 속이 연탄보다 검어. "

바람댁은 투덜거리면서 경사가 급한 길을 가리켰다. 묘춘은 추위에 약해 겨울이면 고생을 했는데 막내를 늦게 보고 난 후에는 감기가 떠날 날이 없었다.

"저도 걱정이네요. 이 길이 많이 미끄러울 텐데 … . "

묘춘은 자기 몸보다 날마다 이 급경사 길을 오르내릴 남편과 아이들 걱정이 더 되는 모양이다.

"그건 걱정 붙들어 매슈. 연탄재를 깨서 뿌리면 엉덩방아 찧는 일 없다우. 아쉬운 것은 아이들이지. 그놈들은 올겨울에 여기 눈밭에서 절대 미끄럼을 타지 못할 테니까. "

바람댁은 연탄재를 들어 휙 던지는 시늉을 하였다. 묘춘이 입을 가리고 웃자 바람댁도 덩달아 웃었다. 눈이 와도 연탄재 때문에 미끄럼을 타지 못해 낭패한 얼굴을 짓게 될 아이들 생각을 하니 무척 고소했던 것이다. 한참을 그렇게 웃고 난 후에 바람댁이 정색을 하고 물었다.

"그런데 바깥양반은 뭘 하시우? 듣자니 평화시장에서 일한다던데."

"저도 잘 몰라요. 이것저것 닥치는 대로 해요."

"하긴 젊었을 때 고생은 사서 한다고도 하잖수. 걱정 마시구랴."

바람댁은 되레 걱정이 되는지 위로를 해주고 집으로 돌아갔다. 묘춘은 남들이 남편에 대해 물어올 때마다 어떻게 답해야 할지 무척 난감했다. 군인이라고 하면 어디서 근무하느냐 계급은 뭐냐 꼬치꼬치 캐물을 게 뻔했다. 대령이라는 것을 알게 되면 누가 언제 군대를 가는데 좋은 곳으로 빠질 수 있도록 힘 좀 써달라는 둥, 아는 사람에게 전화 한 통 넣어달라는 둥 온갖 부탁을 받게 되기 때문에 차라리 모르는 것이 낫다고 생각하고 있었다. 게다가 남편은 야전에 있을 때와 달리 서울로 온 이후 자신이 드러나는 것을 극도로 꺼렸다.

"오늘부터 평화시장에 일 다니는 거야. 누가 물으면 그렇게 대답해줘."

"왜 거짓말을 해요?"

"알면 귀찮은 일 생긴다구. 그렇게 알고 당신이 잘 말해줘."

남편이 신신당부하였기 때문에 그녀는 그러마고 했다. 하지만 다들 사는 것이 바빠 바람댁 말고 남편이 무슨 일을 하느냐 물어오는 사람도 없었다.

그새 등에 업힌 아들은 잠이 들었는지 쌔근쌔근 고른 숨소리를 내고 있었다. 묘춘은 한 번 더 고개를 빼서 길 아래를 살피고 집으로 들어갔다. 아들을 눕히고 작은방을 살펴보니 딸들이 숙제하던 책을 머리맡으로 밀어놓고 잠들어 있다. 아이들은 잘 때가 가장 귀엽고 예쁘다. 그녀는 두 딸의 머리를 쓰다듬어주고 안방으로 돌아와 아들 요셉을 품고 누웠다.

몸이 피곤한데도 잠이 오지 않아 눈을 떴다 감았다 하다 보니 자정을 넘었다. 그러다 깜빡 선잠이 들었는데,

"혜영 엄마, 혜영 엄마!"

어디에선가 자신을 부르는 소리가 들렸다. 그녀는 화들짝 놀라 일어나 귀를 기울였다.

"혜영 엄마, 나야 나."

대문을 쿵쿵쿵 두드리는 사람은 분명 남편이었다. 묘춘은 벌떡 일어나 대충 옷을 걸치고 마당으로 올라갔다.

"여보, 왜 이리 늦었어요?"

투정 섞인 인사말을 하고 대문을 열었는데 웬일인지 남편은 들어오려고 하지 않는다. 그녀가 이상한 눈빛으로 바라보자 홍주는 그 자리에 우뚝 선 채로,

"별일 없지?"

안부를 물었다. 묘춘이 어서 들어오라며 한쪽으로 비켜섰다.

"네. 애들은 자고 있어요."

하지만 홍주는 여전히 바깥에 서서 들어갈까 말까 망설이는 표정

이었다. 어서 들어오지 않고 뭐 하냐고 물으려 할 때 홍주가 말을 이었다.

"당신 몸은 좀 어때?"

쌀쌀해진 날씨에 감기로 고생하는 아내가 걱정되었던 모양이다.

"좀 아파요."

묘춘은 대수롭지 않게 대답하고,

"여보, 어서 들어와요."

남편을 재촉하는데 홍주는 여전히 들어올 생각을 않고 다른 소리만 한다.

"아니야, 바로 가봐야 돼. 여보, 나 없어도 애들 잘 돌봐."

묘춘은 오늘따라 남편이 이상하다는 생각이 들었다. 평소 같으면 문을 열자마자 뛰어 들어와서 손을 잡고 방으로 들어갔을 텐데 딴청만 피우고 있으니 말이다. 그녀는 와락 겁이 나서 남편의 손을 잡고 물었다.

"여보, 무슨 일이에요?"

홍주는 아내의 손을 어루만져주고 슬그머니 뺐다. 그리고 다시 아이들을 부탁했다.

"나 없더라도 애들 잘 돌봐야 돼. 마음 굳게 먹어⋯."

말을 마치고 도망치듯이 어둠 속으로 사라지는 남편의 등 뒤에서 매캐한 불 냄새가 나는 것 같았다. 묘춘은 남편을 따라 뛰어나갔지만 홍주는 어느새 행당동 내리막길을 달려가고 있었다. 저 아래 시커먼 차 한 대가 서 있고 운전기사가 밖으로 나와 서성이는 것이 보였다.

홍주는 국방부에서 무장해제를 당한 후 조용히 그곳을 빠져나와 남산 정보부를 찾아갔을 때 보안사에서 자신을 찾는다는 것을 알게 되었다. 그는 직감적으로 부장에게 무슨 일이 단단히 생겼다는 생각이 들었다. 보안사령관은 전두환, 추진력 있는 사령관으로 군내에 파벌을 형성해 놓고 있었으며 대통령의 총애를 받는 사람이었다. 전두환은 차지철 아래서 대통령경호실 경호차장보를 했던 사람이기도 하다. 그가 홍주를 찾는다면 궁정동 안가와 관련하여 무슨 냄새를 맡았을지도 몰랐다. 총을 잡기 전부터 죽은 목숨이란 것을 알았지만 보안사란 말을 듣자 그것이 더욱 확실해졌다.

그는 남산을 나와 시내를 떠돌다 한남동 골목에 차를 세우고 침착하게 생각해보았다. 그의 머릿속에 앞으로 상황이 어떻게 전개될지 대충 그림이 그려졌다. 기대와 달리 부장은 군과 아무런 협조가 되어 있지 않았다. 자신들을 끌어들이기 위한 허풍일 따름이었다. 부장은 오히려 살해 현장에 함께 있었던 정승화 참모총장에게 뒤통수를 얻어맞고 보안사로 끌려간 것이 분명했다.

이제 다음 차례는 자신이었다. 그들은 사방으로 촉수를 뻗쳐 행방을 찾을 것이다. 잡히는 것은 시간문제. 생각이 여기에 미치자 갑자기 가족이 보고 싶어졌다. 마지막이 될지 모르는데 인사도 못 하고 죽을 수는 없었다.

이렇게 해서 세상이 곤히 잠들어 있던 새벽, 남모르게 집을 찾았고 곤히 자는 아내를 깨워 잠시 얼굴을 보고 갔던 것이다.

김재규가 육군본부벙커로 향할 때 궁정동에 남아 있던 박선호는 부장으로부터 특별한 지시를 받은 것이 없어 어찌할 바를 모르고 있었다. 총소리가 멈추고 부장이 사라진 후 선호는 허탈한 마음과 낭패감이 뒤섞여 혼란스러웠다. 뒤이어 김계원 대통령 비서실장이 흉탄에 쓰러진 대통령을 병원으로 모시고 갔으니, 이제 자신이 책임지고 있는 궁정동 안가에서 벌어진 사건의 진실이 드러나는 것은 시간문제였다.

선호는 갑자기 사람들이 모든 일을 자기에게 떠맡기고 우르르 도망쳤다는 생각까지 들었다. 그는 안방과 대기실, 그리고 주방에 쓰러져있는 시체들을 어떻게 처리해야 할지, 날이 밝으면 분명 사람들이 찾아올 텐데 그때 뭐라고 말해야 할지 몰라 머릿속이 복잡했다. 할 수만 있다면 차가운 한강물에 머리를 처박고 도리질을 하고 싶었다. 그렇게 하면 혼란스러운 머릿속이 깨끗이 정리될 것 같았다. 사람이 충격을 받으면 잘하던 일도 못한다. 임기응변에 능하다는 소리를 듣던 박선호도 이 상황을 혼자 헤쳐 나가기엔 너무 벅찼다. 그는 갑자기 온몸에 힘이 빠지면서 정신이 아득해졌다. 천 길 낭떠러지에 위태롭게 서있다 아래로 추락하는 기분이었다.

이번에도 경비조장 이기주가 말을 걸어왔다. 안가에 남겨진 경비원들 모두 불안한 와중에 그래도 과장의 신임을 받고 있는 이기주가 동료들의 마음을 대표하여 말을 붙이는 것이다.

"과장님, 모두 떠났습니다."

순간 박선호는 정신이 번쩍 들었다. 일단 여기를 벗어나는 것이 상책이다. 이미 부장과 박흥주 실장, 그리고 육군참모총장과 정보부 2차장보는 자리를 뜨지 않은가. 이대로 있다간 모든 것을 뒤집어

쓰고 개죽음당할 수도 있었다. 그는 도망가고 싶었다. 엄청난 참극의 현장에서 몸을 피해 아무도 찾지 못할 곳으로 숨고 싶었다.

하지만 그럴 수가 없는 것은 엉거주춤한 자세로 서서 자기를 바라보고 있는 부하들의 시선 때문이었다. 그들도 모두 겁에 질려 있어 도망가자는 말을 하면 연기처럼 순식간에 사라질 것 같았다.

그는 대답 대신에 담배를 한 대 빼물고,

"한 대씩 피워."

부하들에게 권했다. 여기저기서 주섬주섬 호주머니를 뒤지고 잠시 후에 훅훅 내뿜는 연기가 피어올랐다. 마치 한바탕 전투를 치르고 참호 속에 웅크리고 앉아 언제 있을지 모르는 적의 공격을 기다리며 담배 한 대의 여유를 즐기는 풍경 같다. 선호는 마음이 좀 진정되는 것을 느꼈다.

'나는 이곳 중앙정보부 궁정동 안전가옥을 책임지고 있는 의전과장이다. 부장님이 나를 신임하였는데 그를 배반할 수 있는가. 그리고 여기 이 불쌍한 부하들은 무슨 죄가 있는가. 부장의 명령을 받아 이들에게 지시한 사람은 나다. 죽더라도 이들과 함께하자.'

마음을 정리하고 연기를 내뿜는 부하들에게 말했다.

"일단 사용한 총을 숨겨. 그리고 별도의 지시가 있을 때까지 대기한다."

과장의 지시에 따라 부하들이 바쁘게 움직였다. 선호는 이기주에게 이것저것 지시해놓고 잠시 집을 다녀오기 위해 차에 올랐다. 그의 집은 대방동에 있었다. 집에 들러 아무 일 없는 것처럼 아내와 여섯 살 먹은 늦둥이 아들을 태우고 방배동에 있는 처가로 향했다. 아

240

내는 저녁 아홉 시가 다 된 시간이라 친정에 가는 것을 이상하게 여겼다.

"날이 밝았을 때 가야지 지금 다들 주무실 거예요."

"잘 말씀드리고 오늘 부모님과 함께 자라구."

선호가 고집을 피워 처갓집에 아내와 아들을 데려다 놓았다. 아내는 그것참 별일이라는 표정이었지만 친정 부모를 보니 반가워서,

"잘 다녀오세요."

문밖으로 나와 배웅을 해주었다. 선호는 궁정동 안가로 돌아와서 부장의 지시를 기다렸지만 여전히 아무 연락이 없었다.

그는 불길한 생각이 들어 본청에 전화를 넣었다. 부장 경호조가 육군본부벙커로 출동했다는 소리를 듣고 그제야 일이 잘못되고 있다는 것을 알았다.

"왜 거길 …."

선호는 입술을 깨물었다. 뭔가 일이 잘못되고 있음이 확실했다. 그는 거듭 본청에 전화를 걸었지만 특별한 소식을 들을 수 없었고, 자정을 넘었을 때 국방부로 간 부장의 연락이 두절되었다는 대답이 돌아왔다. 더 이상 안가에서 기다릴 수 없었다. 그는 새벽 3시 30분에 차를 몰고 광화문 거리를 질주하여 남산에 있는 중앙정보부로 향했다. 직접 가서 알아봐야 했다. 도대체 일이 어떻게 진행되고 있는지, 무슨 추가지시를 해놓았는지 확인하고 싶었다.

그러나 남산에서도 깜깜하기는 마찬가지였다. 그들은 궁정동 안가에서 벌어진 일과 부장의 소재를 연관 짓지 못하고 오히려 선호에게 무슨 일이냐 물었다. 선호는 궁정동의 일을 발설할 수 없어 자기

도 답답하다는 표정으로,

"본청에서 모르는 일을 내가 어떻게 알겠습니까. 저도 답답해서 미칠 지경입니다."

하소연을 하고는 누구 하나 속을 털어놓고 상의할 사람이 없어 한 쪽에서 담배만 뻑뻑 피워댔다. 새벽이 다가오자 선호의 마음은 더욱 초조하고 불안해졌다. 부장이 무슨 지시를 해주고 갔으면 좋으련만 궁정동에서 황급히 나가버렸고 이제 연락까지 두절되고 말았으니 말이다. 속이 바짝바짝 타들어갔다.

날이 어슴푸레 밝아올 때까지 상황변화가 없자 선호는 일이 틀어졌다는 것을 깨닫고 새벽 여섯 시에 다시 처가를 찾았다. 아들은 곤히 잠들어 있었고 장모와 아내는 이른 새벽에 찾아온 선호를 보고 깜짝 놀랐다. 장인은 몸이 불편해서 나오지 못했다.

"여보, 무슨 일이에요?"

선호의 아내도 걱정에 가득 찬 눈빛으로 김묘춘이 그랬던 것과 같은 질문을 하였다.

"일이 생겼어. 자리에 좀 앉아봐."

선호는 자리에 앉아 자초지종을 설명했다. 어젯밤 김재규 부장이 대통령과 경호실장을 살해했고, 자기는 부장의 지시에 따라 부하들과 함께 경호원들을 몰살시키고 말았다는 것을 담담한 어조로 말했다. 아닌 밤중에 홍두깨라더니 장모는 미처 잠이 덜 깬 상태에서 홍두깨로 두들겨 맞은 것처럼 비명을 질렀다.

"어이구, 박 서방. 이게 무슨 말인고?"

아내도 마찬가지였다.

"하나님 맙소사. 주여 … ."

아내는 독실한 크리스천으로 무슨 놀라는 일이 있거나 마음을 진정시킬 일이 있으면 언제나 하나님 맙소사 외치고 기도를 한다. 이번에도 그녀는 눈을 감았다. 남편이 해준 말은 너무나 놀라운 말이라 마음이 진정되지 않고 솥 안의 팥죽이 끓는 것처럼 쉴 새 없이 요동쳤다.

"차라리 죽는 게 나아. 잡히면 사형당한다구."

선호는 잡혀가서 죽느니 자살하겠다고 말했다. 하지만 그렇게 하는 것이 좋겠다고 말할 부인은 이 세상에 아무도 없을 것이다. 아내는 절대 안 된다 만류했다. 그녀는 하나님을 믿고 있기에 자살은 구원받지 못한다고 생각하고 있었다. 그렇다고 지금 당장 자수하라 권유할 수도 없었다. 워낙 끔찍한 일이 벌어졌기 때문에 자수한다 해도 산다는 보장이 없으니 말이다.

감당할 수 없는 일이 벌어지고 보니 가족들은 소경 맴돌이시켜놓은 것처럼 정신을 차리지 못했다. 어떤 결론을 내리지 못하고 발만 동동 구르다 날이 밝았다. 그 사이 장모가 아침을 차린다 분주했지만 먹을 겨를이 없었다. 선호는 결국 마음을 정하고 자리에서 벌떡 일어섰다.

"여보."

"나중에 봅시다."

그는 다른 곳보다 근무하던 곳에서 잡히는 것이 낫다고 생각하여 남산으로 차를 몰았다. 박선호 의전과장이 제 발로 걸어 들어오자 보안사 요원들은 일을 덜었다. 새벽에 잔뜩 무장하고 쳐들어왔던 것이 계면쩍었는지 박선호를 차에 태우고는 번개처럼 남산을 내려갔다.

보안사의 가택수색

새벽에 남편이 찾아와서 안부를 묻고 사라진 후 묘춘은 잠을 이룰
수 없었다. 무슨 일이냐 물어도 대답하지 않고 마치 무엇에 쫓기듯
이 바쁘게 가버렸으니 말이다. 묘춘은 남편이 돌아설 때 혹 풍겨왔
던 불 냄새가 떠올랐다. 어디서 불장난을 하고 온 아이들에게서 나
는 냄새와 비슷했다. 그녀는 그이에게 갈아입을 옷이라도 가져다줄
걸, 스스로 자책하며 아들을 꼭 껴안고 뒤척였다. 아직 날이 밝으려
면 한참을 기다려야 했다. 잠시 눈을 붙이려고 애를 써도 온갖 생각
이 꼬리에 꼬리를 물고 떠올라서 잠이 오지 않았다.

'마음 굳게 먹고 애들 잘 돌보라는 말을 갑자기 왜 했을까.'

남편은 평소 밖에서 있었던 일을 시시콜콜 이야기하지 않는 사람
이다. 집에 돌아오면 책을 읽든지 아이들의 이야기를 들어주고 막
내를 안고 어르는 게 전부였다. 아무리 바빠도 그렇지, 들어와서 애
들 얼굴이라도 좀 보고 가지. 묘춘은 야속한 생각이 들어 자기도 모

르게 훌쩍 눈물이 났다. 그러다 깜빡 잠이 들었을까.

꿈속에서 남편이 행당동 저 아래에 보인다. 그녀는 여보, 여보 불렀는데 아무 대답 없이 무엇인가 등에 지고 힘겹게 올라오고 있다. 그게 뭐예요? 물으니 남편이 등을 돌려 지게에 가득한 연탄을 보여준다. 이 정도면 올겨울 문제없을 거야 뿌듯한 표정으로 말하고 끙끙거리며 올라간다. 묘춘은 꿈속에서도 남편이 직접 연탄을 지고 오는 것이 믿기지 않아 고개를 갸우뚱거렸다. 오르막을 거의 올랐을 때다. 갑자기 누군가 연탄재를 휙 내던졌다. 바람댁이다. 남편은 그것을 피하려고 이리저리 발을 옮기다가 어이쿠 소리를 내며 넘어지고 말았다.

그 바람에 실려 있던 연탄이 와르르 쏟아져서 행당동 골목길을 데굴데굴 굴러 내려간다. 까만 연탄들이 깨지지도 않고 마치 공처럼 통통거리고 남편은 그것을 잡으려고 허둥지둥, 묘춘은 또 남편을 따라 종종걸음을 치며 뒤를 따른다. 그런데 갑자기 행당동 내리막길이 뚝 끊기더니 끝을 알 수 없는 절벽으로 변하고 푸른 물결이 넘실대고 있었다. 연탄이 퐁당퐁당 물에 빠지고 남편은 물속에서 허우적대며 둥둥 떠내려가는 연탄을 건지려고 안간힘을 쓴다.

묘춘은 절벽 끝에 서서 목이 터지게 남편을 불렀다.

여보, 여보. 하지만 목소리가 나오지 않고 애만 탈 뿐이다. 그녀는 발을 동동 구르며 눈물바람으로 사방을 쏘다녔다. 그 사이 남편은 점점 멀어지고 있었다.

쾅쾅쾅!

누군가 문을 두드리는 소리가 들렸다. 그제야 묘춘은 화들짝 놀라 자리에서 일어났다. 휴우, 한숨을 내쉬고 조금 전 무슨 소리였지? 무슨 소리를 듣기는 들은 것 같은데 확실치 않아 이불을 끌어안고 귀를 기울였다.

"안에 누구 있어요? 여기가 박홍주 대령님 댁입니까?"

묘춘은 남편을 찾는 소리에 현관문을 빼꼼 열고 떨리는 목소리로 물었다.

"누구세요?"

"일이 있어서 왔습니다. 박홍주 대령님 좀 뵈려구요. 대령님 댁 맞지요?"

"네."

"대령님 계십니까?"

"없는데요. 무슨 일이시죠?"

"어휴, 집을 찾느라 무지 고생했습니다. 사모님, 어서 문 좀 열어주십시오."

야전에서 군 생활할 때 부대의 장병들이 집으로 무슨 심부름을 오는 경우가 간혹 있었기 때문에 묘춘은 대문을 열어주었다. 그런데 우르르 들어오는 사나이들을 보니 다들 건장한 모습이었고 네댓 명이나 된다. 다들 사복을 입고 있었다. 그 가운데 책임자처럼 보이는 남자가 묘춘을 보고,

"한밤중에 집을 찾느라 고생했습니다. 이렇게 많은 집 가운데 대령님 집을 쉽게 찾을 수가 있어야 말이죠. 동장이 도와주지 않았더라면 아직도 저 아래쯤에서 헤매고 있었을 겁니다."

푸념인지 하소연인지 잠시 사설을 늘어놓고서 혼잣말을 한다.

"육군 대령이란 사람이 이런 집에 살고 있다니 참 놀랍군."

그 말에 묘춘은 얼굴이 화끈거리고 이 사람들을 어서 내보내고 싶었다.

"무슨 일로 오셨어요? 대령님께 무슨 사고라도 났나요?"

조금 전 꾸었던 꿈이 예사롭지 않아 이렇게 물었다.

"모릅니다."

책임자는 아무것도 모른다 잡아떼고 집 안을 살폈다.

"이런 새벽에 오신 것을 보니 무슨 일이 있는 게 틀림없어요. 제가 몸이 좀 아파서 걱정이 많이 됩니다. 혹시 그이가 차 사고를 당했나요?"

"별일 아닙니다. 아무 걱정 마시고 편안히 계세요."

아무도 남편에게 무슨 일이 생겼는지 말해주는 사람이 없었다. 그저 별일 아니니 걱정하지 말라고 할 뿐이다. 묘춘은 밖에서 웅성거리다 보면 동네 사람들 다 깨겠다 싶어 그들을 안으로 안내했다. 책임자처럼 보이는 사람이 신발을 벗으며,

"혹시 박 대령님 다녀갔습니까?"

단도직입적으로 물어왔다. 묘춘은 이들이 남편을 잡으러 온 것이 분명하다고 생각했다. 그렇지 않고서야 새벽에 우르르 몰려올 리 없지 않은가. 다들 사복을 입었지만 짧게 깎은 머리와 책임자의 지시에 따라 일사불란하게 움직이는 것으로 볼 때 군인으로 보였다. 묘춘은 본능적으로 남편을 보호해야겠다는 마음이 들어 일단 부인하고 본다.

"아니에요."

"정말입니까?"

"네. 아직 오지 않았어요. 정말 아무 일 없는 거죠?"

책임자는 이번에도 대답하지 않고 방을 휙 둘러보며 엉뚱한 말을 꺼냈다.

"사모님, 혹시 집에 라디오 있습니까?"

"여기 전축에 라디오가 붙어 있어요."

그녀는 남편이 월남에 갔다 돌아올 때 사온 낡은 전축을 가리켰다. 라디오를 켜자 지지직거리면서 무슨 방송이 정신없이 흘러나왔는데 묘춘은 너무 당황하여 그 내용을 알아듣지 못했다. 남자들은 방송에 귀를 기울이는 동안에도 여기저기 무전을 주고받았다.

이제 여명이 밝아오고 있었다. 작은방에서 곤히 자고 있던 딸들이 웅성거리는 소리를 듣고 일어나 문을 열었다.

"엄마."

"응, 아무 일 아니야. 아직 시간 있으니까 더 자."

묘춘은 아이들에게 나오지 말도록 이르고 문을 닫았다. 하지만 아이들도 걱정이 되는 모양인지 다시 문을 열고 동정을 살핀다. 아들 요셉은 갑자기 몰아닥친 찬바람에 잠을 깨서 칭얼거렸다. 묘춘은 아들이 감기 걸릴까 봐 이불로 돌돌 말아가지고 꼭 안았다.

묘춘과 아이들을 힐끔거리며 무전을 주고받던 책임자는 점점 얼굴색이 변하고 있었다. 그리곤 어느 순간부터,

"아주머니, 바른대로 말하세요."

윽박을 지르기 시작했다. 묘춘은 지금껏 사모님 소리를 그리 많이 듣지 못했거니와 듣기를 좋아하는 성미도 아니다. 남편이 행여

구설수에 오를까 봐 어디 가서 유난 떨지 말라 주의를 주는 통에 내가 누구 부인이요 내세운 적이 한 번도 없었다. 그런데 낯선 방문객들이 자신을 사모님에서 아주머니로 낮춰 부르는 것을 듣고 기분이 상했다. 처음부터 사모님 소리를 말던가. 누구인지 밝히지도 않고 예의 없이 쳐들어와서 남편을 내놓으라고 하니 생각 같아서는,

'너, 누구야? 감히 여기가 어딘 줄 알고 그래?'

호통을 치고 싶었지만 그것은 마음뿐이었다. 이들의 기세가 너무 거침없고 여자 혼자 상대하기에는 무서웠기 때문이다. 그녀가 굳은 얼굴로 묻는 말에 고분고분하지 않고 원하는 대답이 나오지 않자 책임자는,

"모두 뒤져!"

명령을 내리고 자리에서 벌떡 일어섰다. 부하들이 신발도 벗지 않고 우르르 몰려 들어와서 장롱이며 문갑, 책상, 책꽂이를 뒤지기 시작했다. 남편이 아끼던 책들이 와르르 쏟아지고 앉은뱅이책상은 발길에 차여 저쪽 구석으로 처박혔다. 어젯밤 묘춘은 몸이 너무 아파 학교에서 돌아온 딸들 저녁을 제대로 챙겨주지 못했다. 큰딸은 살림밑천이라더니, 혜영이 엄마를 안심시키고 라면을 끓여 동생과 함께 먹었다. 그때 먹었던 라면 그릇들이 상위에 그대로 있었는데 발길질에 데굴데굴 굴러갔다.

남자들은 딸들이 오들오들 떨고 있는 작은방도 내버려두지 않았다. 서슴없이 신발을 신고 들어가서 이불을 걷어버리고 샅샅이 수색했다. 큰딸이 놀라서 눈을 동그랗게 뜨고 작은딸은 아앙 울음을 터트리며 엄마의 무릎에 얼굴을 묻었다.

"시끄러워!"

누군가 아이에게 소리를 질렀다. 여차하면 주먹질이라도 할 기세였다. 묘춘은 갑자기 돌변해버린 이들을 보고 어떻게든 아이들을 보호해야겠다는 마음뿐이었다. 그녀는 세 명의 아이들을 꼭 끌어안고 한쪽 구석에 쪼그리고 앉아 어서 이 끔찍한 상황이 끝나기만을 기다렸다. 어떤 남자가 문갑 서랍을 꺼내 거꾸로 뒤집자 안에 있던 물건들이 방바닥으로 와르르 쏟아졌다. 주로 묘춘이 쓰는 서랍으로 평소 아끼는 머리핀, 작은 화장품이 들어 있었다.

그들은 방을 뒤져 홍주가 보던 책 십여 권을 쓸어 담고 굴러다니는 메모지와 소지품도 남김없이 챙겼다.

"아주머니, 혹시 박 대령 사진 있습니까?"

"사진이요?"

"그래요. 아무 사진이나 빨리 내놓으세요."

그녀는 벌벌 떨리는 손으로 남편의 육군사관학교 졸업앨범 속에서 멋진 정복을 입고 찍은 사진을 찾아주었다. 책임자는 사진을 받아들고 아이들을 향해 물었다.

"너희들, 아빠가 어딨는지 알고 있니?"

곤히 자고 있던 애들이라 알 리 없었지만 책임자는 빠짐없이 확인하고 싶었던 것이다. 혜영과 혜은이 코를 훌쩍 들이마시고,

"몰라요."

고개를 가로젓자 이번엔 묘춘을 날카롭게 쏘아보며 다시 물었다.

"아주머니도 정말 모르십니까?"

"네, 정말 몰라요."

그 말이 정말인지 거짓말인지 확인하려는 듯 한참을 쏘아보던 책임자는 좀 누그러진 표정으로 부하들을 향해 소리쳤다.

"다 챙겼지? 그만 가자. 아주머니, 실례 많았습니다."

비로소 그들이 방에서 나갔다. 묘춘은 뛰는 가슴을 진정시키지 못하고 아이들과 그대로 앉아 벌벌 떨 뿐이었다. 새벽에 들이닥친 사람들은 날이 훤히 밝을 때까지 온 집 안을 뒤지느라고 난장판을 만들어놓고 떠났다. 신발을 신은 채로 이불을 지근지근 밟았고 발에 걸리는 것은 툭툭 차서 부서지거나 찌그러지도록 만들었다. 묘춘은 나가서 대문을 걸어 잠글 엄두조차 내지 못할 정도로 얼이 빠지고 멍한 상태였다.

"이게 다 무슨 일이우?"

이웃 바람댁은 누군가 소리치고 물건 깨지는 소리에 잠옷 바람으로 쫓아 나와 안을 살피고 있었다. 달동네에 살다 보면 일을 마친 남편이 술 한 잔 걸치고 밤늦게 들어와서 아내를 두들겨 패는 일이 왕왕 있다. 또 그러려니 했는데 여자의 비명소리는 들리지 않고 웅웅거리는 남자들 목소리만 들려와서 이상하게 생각했던 것이다.

바람댁은 차마 들어올 엄두를 내지 못하고 문밖에서 도둑고양이마냥 동정을 살피며 벌벌 떨었다. 그리고 남자들이 도둑 떼처럼 물건을 한 아름 챙겨서 썰물 빠지듯이 사라지고 난 후에야 헬끔거리며 들어와 비명을 지른다.

"에구, 무슨 전쟁 난 것 같네그려. 새댁."

바람댁은 엉망으로 변해버린 안방을 보고 놀라움을 금치 못하고 한쪽에서 아이들을 끌어안고 있는 묘춘을 향해 달려갔다. 묘춘은 바람댁을 본체만체 그저 눈물만 흘리고 있었다. 바람댁이 한숨을 푹푹 내쉬면서 방을 대충 치워주고 마주 앉았다.

"무슨 일이우? 도둑 들었수?"

묘춘은 고개를 가로저으며 우는 소리로 겨우 대답했다.

"저도 잘 몰라요."

"혹시 빚 받으러 온 빚쟁이들인가? 아무리 그래도 그렇지 식전에 이렇게 쳐들어오는 법이 어딨대. 나쁜 놈들."

묘춘은 바람댁이 와주어서 고맙고 자기 대신 욕설을 퍼부어주니 속이 좀 시원하다. 얼마나 시간이 흘렀을까. 넋을 놓고 있을 때 전화 벨이 울렸다. 묘춘은 깜짝 놀라 수화기를 들지 못하고 망설였다. 전화를 받으면 또 무슨 일이 벌어질 것만 같아 손을 뻗을 수 없었다. 그녀가 엄두를 내지 못하고 주저주저하자 큰딸이 대신 전화를 받았다.

"네, 선생님. 엄마 바꿔드릴게요."

벌써 아이들 등교시간이 훌쩍 지난 것을 잊고 있었다. 학교에서 담임선생님이 한 번도 지각하지 않던 아이들이 오지 않기 때문에 걱정이 되어 집으로 전화를 걸어왔던 것이다. 당시 전화가 있는 집이 많지 않았다. 특히, 행당동 달동네에 살면서 전화를 설치한다는 것은 꿈도 꿀 수 없는 일이었지만 언제 호출을 당할지 모르는 남편이 일 때문에 놓은 전화였다.

"선생님, 죄송해요. 집에 일이 좀 있어서요. 빨리 아이들을 챙겨서 등교시키겠습니다. 네. 감사합니다."

묘춘은 그때까지도 훌쩍이던 아이들을 씻기고 부랴부랴 옷을 입했다.

"그만 울어, 아빠 착한 분이니까 아무 일 없을 거야."

바람댁은 이제 자기도 가야겠다며 자리에서 일어섰다.

"에그, 징그러."

"고마워요."

"그런 소리 마시구랴. 무슨 일인지는 몰라도 호랑이한테 물려가도 정신만 바짝 차리면 된다고 하잖수. 애들 생각해서 마음 굳게 먹고 계시우."

바람댁은 남의 일이 아니라는 듯 혀를 끌끌 차면서 돌아갔다. 묘춘은 경황이 없을 때 찾아와 위로해주고 집 정리를 도와준 바람댁이 무척 고마웠다. 아이들은 너무 울어서 눈이 빨개지고 얼굴이 퉁퉁 불어 있었다.

"아무 걱정 하지 말고 학교 잘 다녀와야 해."

딸들은 말없이 고개를 끄덕이고 대문을 나섰다. 묘춘은 온몸에 힘이 빠져서 마루턱에 앉아 아이들을 배웅했다.

사람이 충격을 받으면 무슨 일을 하다가도 문득 정지된 것처럼 몸이 굳어버린다. 그녀가 그렇다. 아이들이 등교하는 것을 바라보다 마루턱에 얼마나 앉아있었을까. 그때까지 켜둔 줄도 몰랐던 라디오가 잡음 속에서 무슨 중대발표를 쏟아내고 있었다. 그녀는 새벽에 찾아온 사람들이 라디오에 귀를 기울였던 것이 생각나 얼른 주파수를 이리저리 맞추어보았다.

'대통령 서거 …'

너무나도 놀라운 소리가 라디오에서 들려왔다. 설마. 묘춘은 잠시 진정되었던 가슴이 쿵쾅거리고 요동치기 시작했다. 아니나 다를까. 중앙정보부 박흥주 대령이란 이름이 나오자 그녀는 하늘이 무너지고 천지가 그대로 쪼개지는 듯 큰 충격을 받았다.

어제 아침에 멀쩡한 얼굴로 출근한 남편이 대통령 시해사건에 연루되어 있다니. 중앙정보부는 또 무슨 말인가. 도저히 믿을 수가 없었다. 있을 수 없었고 절대 있어서는 안 될 일이었다.

비상계엄령과 군법회의

김재규는 혁명을 원했을지 모른다. 하지만 너무 허술하고 쉽게 시작한 일이기에 채 하루를 넘기지 못하고 모든 것이 끝나버렸다. 그는 총을 쏜 지 여섯 시간 만에 국방부 후정에서 체포되었고, 박흥주와 박선호는 이튿날 남산에서 체포되었다. 흥주와 선호는 이미 일이 틀어졌다는 것을 알고 있었지만 스스로 근무지를 찾아가 몸을 맡겼다. 일에 가담했던 궁정동 안가 경비조장 이기주와 유석술은 경비원 대기실, 김태원은 경비실, 그리고 유성옥은 국군서울지구병원에서 체포되었다. 유석술은 범행에 사용된 총을 땅에 파묻은 혐의였고, 유성옥은 대통령 운전기사 김용태가 죽는 바람에 대신 운전대를 잡고 병원으로 갔다 그곳에서 붙잡혔다.

김재규는 총을 발사하기 불과 삼십 분 전에 박흥주와 박선호에게 거사계획을 알렸다. 평소와 다름없이 임무에 충실하던 두 사람은 상관의 지시에 따라 어쩔 수 없이 거대한 소용돌이 속으로 휩쓸려

들어갔다. 경비원들도 마찬가지다. 그들은 아무것도 모른 채 상관의 지시에 따라 움직였을 뿐 선택의 여지가 없었다.

홍주는 현역 군인이어서 육군교도소에 수감되었다. 육군교도소는 국군교도소로 바뀌기 전의 이름이다. 1949년 군 내부 사상범과 사고범죄자를 수용하기 위해 창설한 것이 육군형무소이고 서울 영등포에 있었다. 1962년 경기도 성남의 남한산성으로 옮기면서 제1교도소와 제2교도소로 나누어 운영되었는데 1979년 이를 통합해서 육군교도소로 개편하였다. 바로 대통령 시해사건이 일어나던 해다. 그 뒤 육군교도소는 1985년 장호원으로 이전해 근 30년 동안 그 이름을 유지하다 전군에서 유일한 교정시설이란 점 때문에 육군교도소에서 국군교도소로 명칭이 바뀌었다.

1979년 12월 4일, 드디어 육군 계엄보통군법회의 대법정에서 재판이 시작되었는데 재판부와 변호인단의 입장은 극명하게 달랐다. 재판부는 국민들이 하루속히 안정과 질서 속에서 경제사회의 발전이 지속되기를 원한다는 이유로 신속한 재판진행을 주장했고, 변호인단은 새 대통령이 있고 긴급조치가 해제되어 사회가 안정되었는데 공정한 재판보다 신속한 재판이 웬 말이냐며 대립했다. 박홍주의 변호는 태윤기 변호사가 맡았다. 태 변호사는 어떻게든 홍주를 구명하고자 백방으로 노력했다.

"비상계엄하에서 군인과 군속 등은 1심으로 형이 확정된다는 군법회의법은 국민의 기본권 확보를 위해 3심제를 보장한 헌법에 위배됩니다. 헌법에서는 단심으로 할 수 있다는 예외규정을 두었을 뿐인데 군법에서 이를 당연한 것으로 받아들이는 것은 심각한 위헌이에요."

하지만 그의 주장은 받아들여지지 않았다. 대통령이 시해된 사건에 현역 군인이 가담했다는 것은 놀라운 일이었고 계엄령이 내려져 있었기 때문이다. 이에 굴하지 않고 변호인은,

"박홍주 피고인에게 내란목적 살인과 내란미수죄를 적용했으나 이 같은 죄는 국토참절 또는 국헌문란을 기도해야만 범죄행위로 성립되는데 공소장에서도 이 같은 뜻이 있었음이 입증되지 않고 있습니다. 또 박 피고인의 총에 맞은 사람이 뚜렷하지 않으며 맞아서 살해됐다 하더라도 단순한 살인죄밖에 안 되는 것입니다. 부디 재판부는 많은 훈장과 표창을 받은 청렴결백한 청년장교로서 365일 밤 11시가 넘도록 나라를 위해 충성해온 박 피고인의 노력을 감안해주시기 바랍니다."

라고 구구절절 호소하였다. 재판정에 나온 사람들이 박홍주의 모습을 보고 안타까운 생각과 동정심을 가졌지만 그것을 내색할 수는 없었다.

김재규는 자신이 정당한 일을 했다고 말하면서도 부하들에 대해서는 미안함과 고마움을 감추지 못했다. 특히, 박홍주만 생각하면 마음속 부담감을 지워버릴 수 없었고 그 가족 때문에 한없이 괴로웠다. 야전에서 열심히 근무하고 있던 사람을 불러다 결국 죽게 만들었으니 명분이야 어찌 됐든 가족을 바로 보기 힘들었던 것이다.

그는 법정진술에서,

"박 대령은 단심이라 가슴 아픕니다. 매우 착실하고 결백하며 가정적인 사람입니다. 청운의 꿈이 있던 사람입니다. 군에서 곤란하더라도 여생을 사회에서 봉사할 수 있도록 극형을 면해 주시기 바랍니다."

호소했지만 이미 홍주의 갈 길은 정해져 있었다. 김재규가 진술할 때 홍주는 꼿꼿한 자세로 앉아 미동도 하지 않았다. 재판정에서 피고인들 간의 대화는 허락되지 않았다. 조사를 받는 동안에는 서로 얼굴 볼 일이 없어 재판정에 나와서야 겨우 안부를 확인할 수 있었는데, 재판정에 들어오면 박홍주는 김재규를 향해 가볍게 묵례를 올렸고 김재규는 안타까운 눈빛으로 그 인사를 받고 눈을 질끈 감았다. 정말 내가 못 할 짓을 저들에게 시켰구나 하는 한없는 자책감이 그를 괴롭혔다.

박홍주와 박선호를 비롯한 그의 부하들은 재판정에 나와서 당당했다. 모든 일을 지시했던 상관인 자신에게 서운하다거나 원망하는 말을 한마디도 하지 않았다. 부장이 비록 죽는 일을 시켰을지언정 정보부에 몸담고 있는 한 반드시 그 명령을 수행한다는 기개를 보여주었다. 그것이 김재규에게 큰 위안이 되었다.

묘춘이 사건 이후 처음 남편을 본 것은 재판정에서였다. 아침 일찍 집을 나서 재판정에 도착했을 때 많은 가족들과 언론사 기자들, 그리고 기관에서 나온 사람들로 발 디딜 틈이 없었다. 재판정은 아무나 출입할 수 없었고 신원확인절차를 거쳐야 했다. 군인이 문 앞에 서서 딱딱한 목소리로 물었다.

"누구 가족이십니까?"

"저기, 박홍주 대령 아내예요."

그녀가 대답하자 주위에 있던 사람들이 웅성거린다. 그도 그럴 것이 집에서 나올 때 깔끔하게 차린다고 옷을 골라 입었지만 남루하기 짝이 없어 군인이 묻지 않았다면 그녀가 중앙정보부 박홍주 대령의 부인이란 것을 아무도 몰랐을 것이다.

"세상에, 옷도 없나 봐. 날이 이렇게 쌀쌀한데 저렇게 얇은 옷을 입고 오다니. 쯧."

"박 대령이 청렴하다고 하더니 과연 그 부인도 마찬가지군."

여기저기서 수군거리는 바람에 묘춘의 얼굴이 홍당무처럼 빨개졌다. 그녀는 도망치듯 후다닥 재판정으로 들어가서 자리에 앉았다. 지금 옷이 문제가 아니었다. 언제 남편이 들어오나 기다리고 있는데 한참 후에야 피고인들이 하나둘 들어오기 시작했다. 남편이 보였다. 철모를 쓴 군인이 양쪽에서 남편의 팔을 꽉 붙잡고 들어와 앞자리에 앉았다.

묘춘은 남편과 눈이라도 마주치고 싶어 깨금발을 짚었지만 홍주는 앞으로 시선을 고정한 채 한 번도 고개를 돌리지 않았다. 먼발치로 보이는 남편의 얼굴이 조금 수척해 보였을 뿐, 평소 예의 바르고 당당하며 의연한 모습 그대로였다. 변호인이 피고인들에게 질문할 때마다 여기저기서 탄식과 안타까운 한숨소리가 들려왔다.

드디어 홍주 차례가 되어 변호인이 자리에서 일어섰다.

"박흥주 피고인은 김재규 중앙정보부장의 지시로 이 일에 가담한 것이 맞습니까?"

"네."

짧고 명료한 목소리였다. 묘춘은 남편의 목소리를 듣자마자 그동안 참고 있었던 눈물이 와락 쏟아졌다. 출근할 때 잘 다녀오겠노라 밝게 말하던 목소리 그대로였다. 다만 긴장한 탓인지 목소리에 힘이 들어가 있는 것이 조금 다르게 느껴졌다.

"그 일이 얼마나 중대한 일인지 알았습니까? 자세하게 말해주십시오."

"저는 상사의 지시에 따라 국가운명을 좌우할 실로 중대한 사건에 가담하였습니다."

"그 행동에 대하여 시인하는 것입니까?"

"네. 저는 유일한 현역 군인으로서 모든 것을 시인하고 본인의 입장을 전혀 변명하지 않습니다."

재판정에 있던 사람들은 낭랑하게 울려 퍼지는 흥주의 목소리에 귀를 기울이고 김재규는 눈을 지그시 감고 있었다. 변호인은 되도록 흥주가 이야기할 시간을 많이 주고 싶었다. 다른 피고인들과 달리 흥주는 현역 군인이라 단심으로 재판이 확정되기 때문에 시간이 촉박했다.

"좋아요. 그럼 지금 피고인의 입장을 한번 말해보세요."

"군인은 현행법상 단심제로 재판을 받습니다. 이번 기회에 군인의 입장을 말씀드리겠습니다."

"말씀하세요."

"저는 스무 살 때 육군사관학교에 입교한 이래 지금까지 군인으로서 최선을 다해왔습니다. 또 지난 1978년 4월에 중앙정보부장 수행비서관으로 임명된 후에는 국가의 중대한 임무를 수행하는 부장님을 돕는다는 데 자부심을 가졌습니다."

김재규는 자기를 언급하는 말이 나오자 눈꺼풀을 바르르 떨었다. 홍주는 말을 잠시 멈추어 호흡을 가다듬고 계속 이어갔다.

"이번 사건은 미처 예기치 못한 채 참여했지만 복잡한 사건입니다. 그동안 각종 서류로 국내외 움직임에 관한 사항을 예민하게 감지해왔습니다. 부마사태 때는 새벽 한 시에 현장에 내려가 그 심각성을 보고 돌아온 사람입니다.

저는 각종 소요가 국가에 미치는 영향을 잘 알고 있습니다. 이번 사건 이틀 전 부장님이 복잡한 국내문제 해결을 위해 애쓰는 것을 보았고 사실 문제점을 안고 있던 시기이기도 합니다. 제 스스로 평소 판단하던 현 사태와 그분의 인격과 판단을 믿고 행동에 가담했습니다. 오늘에 이르러 생각되는 것은 많으나 당시에는 부장이 정확한 판단에 따라 지시한 것으로 알고 따랐습니다. 본인은 이번 사건이 민주에 대한 활력소가 되기를 바랄 뿐입니다."

"좋아요. 더 추가할 말이 있습니까?"

"없습니다."

변호인은 홍주가 자신을 더 이상 변명하지 않고 말을 끝내버리자 당황스러운 눈치다. 변호인은 심문의 방향을 바꾸었다.

"피고인은 김재규 피고인의 지시를 처음 받았을 때 무슨 생각이 들었습니까?"

홍주는 쉽게 대답을 하지 못한다. 어쩌면 지시를 받았을 때 너무 당황스러워서 자신이 가졌던 마음이 기억나지 않을 수도 있었다. 변호인이 다음 질문으로 넘어가려고 하는데 홍주가 입을 연다.

"처음에는 아무 생각도 할 수 없었습니다. 정보부의 내부규율과 상하 명령관계상 상관이 명령하면 그대로 따르는 것이 부하의 도리입니다."

"그래도 대통령을 시해하는 엄청난 지시인데 생각이 없을 수 있습니까?"

"시간이 조금 지나고 겨우 생각을 가다듬을 수 있었습니다. 솔직히 혼란스러웠던 것도 사실입니다. 너무 엄청난 일이라 박선호 과장과 함께 부장님을 설득하려고 했습니다. 하지만 그 뜻을 꺾을 수 없었습니다."

변호인은 입술이 마르는지 혀를 내밀어 침을 바르고 묻는다.

"부장의 생각이 잘못되었다고 여겼기 때문인가요?"

"그것은 아닙니다. 너무 급작스러운 지시라 시간이 필요하다고 생각했을 뿐입니다. 저는 지금껏 부장님의 생각이 잘못되었다고 여긴 적이 없습니다. 설혹 그 명령이 잘못되었다 하더라도 그것은 군인신분인 제가 판단할 성질이 아니라고 생각합니다. 군인은 상관의 명령을 자신의 잣대로 재단하고 필요에 따라 수행할 수 없습니다. 그렇게 되면 조직이 뿌리부터 흔들리게 될 것입니다."

"상관의 명령이 합리적이고 적법하기를 바란다는 뜻으로 들리는데 맞습니까?"

"네."

"좋습니다. 피고인은 정보부의 상관과 부하, 그런 수직적 관계 때문에 죽음을 각오하고 김 부장의 명령을 수행했습니까?"

변호인의 질문에 홍주는 쉽게 대답을 하지 못하고 잠시 눈을 껌벅이다 입을 열었다.

"꼭 상하관계 때문만은 아닙니다. 저는 부장님이 6사단장으로 계실 때 부관이었습니다. 여러 차례 상관으로 모시는 동안 지근거리에서 부장님의 인간적 면모를 보아왔습니다."

홍주의 말을 듣고 두 눈을 감고 있는 김재규가 무슨 말을 할 것처럼 입술을 씰룩거리며 기묘한 표정을 짓는다. 하지만 홍주의 변호인심문에 끼어들 수는 없기 때문에 조용히 경청한다.

재판장이 변호인을 향해,

"변호인, 짧게 말씀하고 정리하세요."

심문시간이 끝나가고 있음을 알렸다. 변호인은 시계를 힐끗 바라보고 다시 피고인석으로 고개를 돌린다. 그는 어떻게든 홍주를 살리고 싶어 마지막 힘을 짜낸다.

"피고인 사는 집은 어디입니까?"

"행당동입니다."

"집까지 차가 들어갑니까?"

"고지대라 차가 못 들어갑니다."

"몇 평짜리 집입니까?"

홍주는 변호인의 질문이 너무 뜬금없다 여겼는지, 아니면 자존심이 상했는지,

"그건 밝히고 싶지 않습니다."

말하고는 입을 닫았다. 변호인은 박홍주가 중앙정보부에 근무하면서도 사리사욕을 챙기지 않았다는 청렴성을 부각시키고 싶었는데 입을 닫아버리자 난감한 기분이 들었다.

"좋습니다. 형제가 있습니까?"

"네."

"혹시 형제들의 직업을 말해줄 수 있습니까?"

"그것은 사생활에 관계된 것이라 본 사건과는 무관하다고 생각합니다. 밝히고 싶지 않습니다."

말을 마치고 입을 굳게 닫았다. 변호인은 더 이상 홍주가 입을 열지 않을 것으로 여기고 재판장을 향해 열변을 토하기 시작했다.

"존경하는 재판장님. 형법 제12조에 강요된 행위는 벌하지 않는다고 규정되어 있습니다. 규율이 엄한 군이나 중앙정보부 조직하에서의 지시는 비판의 자유 없이 따라야 하는 것입니다. 만약 명령을 선택적으로 받아들이게 되면 국가의 기강이 흔들리게 되는 것입니다. 피고인은 선택의 자유 없이 명령에 따랐을 뿐이란 점을 보아주십시오.

박 피고인은 청렴결백한 장교입니다. 현역 육군대령이고 중앙정보부 요직에 근무하지만 너무 초라하게 살고 있습니다. 그가 살고 있는 집은 무학여고 뒤 행당동 언덕배기 반지하 전세방입니다. 피고인은 밝히기를 싫어하지만 변호인이 알아본 바로는 돈이 없어 아직 전세잔금도 다 치르지 못한 상태라고 합니다. 우리는 여태껏 이렇게 청렴한 군인이나 고위공직자를 본 적이 없습니다."

쥐죽은 듯 조용한 재판정에 변호인의 목소리가 낭랑하게 울려 퍼졌다. 사람들 가운데는 혹시 자신의 숨소리 때문에 변호인의 말을 제대로 듣지 못할까 걱정되어 숨 쉬는 것을 참기도 했다.

"부패한 고위공직자와 군인들이 친인척을 동원하여 사리사욕을 챙겼던 사례가 있습니다. 하지만 박흥주 피고인의 가족은 우리 주변에서 흔히 볼 수 있는 소시민에 불과합니다. 형은 강원도 사북탄광 광부이고, 남동생은 아파트 경비원이며, 여동생은 구로공단에서 미싱 시다로 일하고 있습니다. 자신 또한 어렵게 살면서도 일체의 사리사욕을 차리지 않았다는 점이 주위를 놀라게 합니다.

존경하는 재판장님. 아버지 없는 아이, 남편 없는 아내의 처지를 생각해보십시오. 죄는 미워하되 사람은 미워하지 말라고 했습니다. 법은 준엄해야 하나 가정을 파괴해서는 절대 안 됩니다. 부디 피고인의 신분상 특수성과 애절한 사정을 감안하여 선처해주시기 바랍니다."

변호인의 말에 재판장도 수긍하는 듯 고개를 끄덕였다. 재판정 곳곳에서 눈물을 찍어내는 사람이 많았다. 만약 이 재판이 없었더라면 가난한 육군대령 박흥주의 청렴함이 드러나지 않았을지도 모른다.

재판은 일사천리로 진행되고 있었다. 묘춘은 남편의 의연한 태도를 보고 이제 눈물을 그만 흘려야겠다 마음먹었다. 그것이 남편에 대한 예의라고 생각했다. 남편이 저렇게 당당하고 꿋꿋한데 그 아내 되는 사람이 눈물바람으로 세월을 보내서야 되겠는가, 자신을 되잡고 마음을 강하게 먹었다.

재판은 육군본부 계엄보통군법회의 검찰부에 송치되어 군법회의 절차에 의해 진행되고 있었다. 다른 사람들과 달리 홍주는 현역 군인인 관계로 1심 판결이 곧 확정판결이었다.

구형求刑 공판정에서 사형을 구형받은 홍주는 다른 피고인들과 같이 의연한 자세를 견지했다. 먼저 김재규가 최후진술에 앞서 물을 한 컵 마시고 반 시간이 넘도록 10 · 26 사건의 목적, 시국관, 국가관, 역사관 등을 차분하게 이야기했다. 그동안 쉬지 않고 계속된 재판으로 인해 변호인도 피곤한 상태였는데 김재규는 잠을 제대로 자지 못했는지 눈이 붉게 충혈되어 있었다.

김재규의 진술이 끝나고 홍주 차례가 되었다. 그는 다른 사람들과 달리 계급장과 이름표가 없는 푸른 군복을 입고 있었기 때문에 현역 군인임을 다 알 수 있었다. 홍주는 심호흡을 한 번 하고 최후진술을 시작했다. 재판정에 나온 피고인으로 볼 수 없을 만큼 목소리에 힘이 있었다.

"군인은 단심으로 재판이 끝나기 때문에 최후로 저의 입장을 밝히겠습니다."

재판정에 앉은 사람들은 기침소리 하나 없이 조용히 다음 말을 기다렸다.

"그동안 저는 국가를 위해 군인으로서 최선을 다해 성실히 일해 왔습니다. 저의 바람이 있다면 평생을 군인으로 일하고 국립묘지에 묻히는 것이었습니다. 군인은 잡히느니 전장에서 죽는 것이 명예롭습니다. 그런데 급작스러운 사건으로 인하여 …."

여기까지 말하고 갑자기 감정이 북받쳐 올라 말을 멈추었다. 그는 입술을 깨물어 간신히 울음을 집어삼키고 목소리를 가다듬었다.

"유족 여러분께 정말 죄송한 말씀을 드립니다. 그 자리에서 죽지 못하고 이렇게 뵙게 되어 정말 송구합니다."

겨우 말을 마치고 재판정에 앉은 사람들을 향해 돌아섰다. 방청 객들은 홍주의 갸름하지만 빛나는 얼굴을 보고 안타까운 마음이 들었다. 홍주는 방청객으로 와있을 유족들과 사건관계자들에게 힘찬 거수경례를 올렸다. 그의 눈에서 눈물이 주르르 흘러내리고 오른손 끝이 바르르 떨리고 있었다.

재판을 통해 궁정동 안가에서 쏜 총알은 누구의 총에서 나왔는지 이미 거의 밝혀져 있었다. 당시 피고인들이 서 있던 자리와 총알의 탄도를 계산하면 누가 쏜 것인지 다 알 수 있는 것이다.

그런데 단 한 사람, 홍주가 쏜 총알은 사망자들의 시신에서 발견되지 않았다. 그것으로 볼 때 상관의 명령에 따라 어쩔 수 없이 총을 잡았고 사람을 향해 쏘지 않았다는 그의 말이 재판정에서 설득력을 얻었지만 공식적으로 인정되지는 않았다. 그래서일까. 박홍주 대령의 경례를 받고 유족들은 분노가 아닌 애처로운 눈빛으로 그를 바라보았다.

어쩌면 홍주도 피해자나 마찬가지였다. 아니, 정보부장의 지시를 받고 명령을 충실히 수행한 사람들 모두 피해자라 할 수 있었다.

12월 18일 박홍주의 구형공판이 진행될 때 김묘춘은 아이들을 데리고 친정형제의 집에서 병치레를 하고 있었다. 감기를 달고 살던 그녀가 남편의 일에 충격을 받아 몸을 일으킬 수도 없을 정도로 아팠기 때문이다. 어머니가 아프니 자식들도 아팠다. 작은딸 혜은이는 몸살이 나고 아들 요셉은 홍역을 앓아 꼼짝할 수 없었다. 큰딸 혜영이가 이모를 도와 엄마역할을 하는 형편이었다.

구형이 있던 날 큰딸 혜영이는 아무도 없는 방으로 가서 라디오를 틀어 뉴스를 들었다. 너무 궁금해서 참을 수가 없었던 것이다. 온 식구더러 함께 듣자 말할 성질이 아니므로 혜영은 빈방에서 이모네 라디오에 귀를 기울였다.

"뉴스입니다. 대통령 시해사건 박흥주 피고인에게는 사형이 구형되었습니다."

혜영이는 너무 무서워서 벌벌 떨리는 손으로 라디오를 꺼버렸다. 어리지만 초등학교 4학년이고 책을 많이 읽어 뉴스의 내용이 무슨 말인지 알아들을 수 있었다. 아이는 방바닥에 엎드린 채 숨을 죽이고 어깨를 들썩이며 울었다. 참으려 해도 울음소리가 점점 커졌다. 밖에서 소리를 듣고 이모가 들어왔다.

"혜영아, 왜 그러니? 응?"

"이모."

혜영이는 이모의 품에 와락 안겨 목을 놓아 울었다. 이모는 혜영이가 또 아빠 생각을 해서 그러는가보다 여기고 머리를 쓰다듬었다.

"울지 마. 우리 혜영이가 큰딸인데 이렇게 울면 동생들도 슬퍼질 거야."

"이모, 아빠가 죽는대."

"뭐?"

"조금 전 뉴스에서 들었어. 아빠 사형이래."

"아이고. 이를 어쩐다니. 우리 조카들 불쌍해서 어쩐다니."

어차피 알게 될 일이었지만 혜영이 전해주는 말에 집 안은 금세 울음바다로 변하고 말았다. 작은딸 혜은이는 몸이 아파 일어나지도 못한 상태로 아빠가 죽는다는 말이 너무 무섭고 슬퍼서 꺼이꺼이 숨넘어가는 소리만 냈다.

그러나 묘춘은 아직 선고공판이 남아 있으니 희망을 버릴 수 없었다. 아이들을 껴안고 토닥이며,

"괜찮을 거야. 아빠는 아무 일 없이 돌아오실 거야."

혼잣말처럼 힘없이 중얼거렸다.

재판은 무척 신속하게 진행되어 사건발생 55일 만에 그에 대한 모든 조사와 재판이 끝났다. 첫 공판부터 선고공판까지는 불과 16일밖에 걸리지 않았다. 그리고 번갯불에 콩 구워 먹듯이 피고인에 대한 구형이 있은 지 불과 이틀 뒤에 선고공판이 있었다. 선고공판정에서 재판장이 박홍주에게 물었다.

"피고는 현역 군인입니다. 그런데 현역 군인으로서 직속상관의 직접명령과 국군통수권자에 대한 충성 가운데 어느 것이 더 중요하다고 생각합니까?"

참 어려운 질문이었다. 국군통수권자인 대통령을 거역하는 것은 반역이고, 직속상관의 명령을 거부하는 것은 불충이다. 홍주는 목소리를 높이지 않고 담담하게 말했다.

"저는 그 순간 직속상관의 명령을 받들어야 한다고만 생각했습니

다."

재판장은 그럴 줄 알았다는 표정으로,

"그럼 다시금 그런 명령이 내려온다면 그때는 어떻게 할 생각입니까?"

재차 물었다. 궁정동 안가에서 죽는 줄 알면서도 어쩔 수 없이 직속상관의 명령을 따랐지만 지금껏 곰곰이 생각을 해보았을 터이니 이번에는 제대로 말해보라는 말이다. 자기변명을 할 수 있는 기회를 준 셈인데 사실 재판장도 홍주가 무슨 대답을 할지 매우 궁금했다.

재판관도 모두 군인신분이었다. 재판절차가 진행되는 동안 재판관들은 높은 자리에서 저 아래 피고인석에 앉은 박홍주를 지켜보았다. 다른 피고인들과 달리 군복을 입은 모습, 굳게 다문 입술과 흔들림 없는 말투에서 호감과 안타까움을 느끼게 되었다.

만약 재판관이 박홍주의 입장에서 정보부장의 지시를 받는다면 어떤 선택을 할 수 있을까. 한 번씩 자신에게 던지는 질문이었다. 쉽게 답을 할 수 없었고 때로는 잠자리에 들어서까지 어떻게 해야 할까 고심했다. 그것은 선택이 아니라 혼란 그 자체였고 괴로움이었다.

그래서 재판장은 홍주의 말을 꼭 듣고 싶었다. 이번에도 홍주는 망설임 없이 대답했다.

"그렇게 되어도 저는 변함이 없을 것입니다."

"알겠소."

재판장은 마치 어려운 수학문제를 푼 것처럼 시원한 표정을 지었다. 법리대로 하자면 홍주의 행위는 강요에 의한 것이고 실제 경호원을 살해했는지 불분명했으며, 설혹 살해했다 하더라도 강요에 의한 살인이다. 또 계엄하에서 군법회의가 단심제로 운영되는 것은 인권보호와 공정한 재판을 위해 3심제를 규정한 헌법에 위배된다는 지적도 있었다.

이 같은 이유로 홍주에게 사형을 선고하기에는 무리가 있었지만, 재판관의 생각과 법적 판단과는 별개로 사건가담자들이 갈 길은 모두 정해져 있었다. 홍주는 검찰의 구형대로 사형을 선고받았다.

박홍주는 육군교도소에 수감되어 있는 동안 담담하게 지낼 뿐 특별한 문제를 일으키지 않았다. 변호인과 가족들이 면회를 오는 것을 제외하면 특별히 그를 찾는 사람도 없었다. 익히 그를 알고 있는 동기생이나 지인들은 대통령 시해사건에 가담한 사람을 감히 만나볼 생각을 하지 못했다. 자칫하면 서슬 퍼런 군부의 눈에 찍혀 신세를 망칠 수도 있었기 때문이다.

홍주는 차갑고 어두운 독방에 홀로 앉아 참으로 많은 생각을 하였다. 지금까지 살아온 과정, 가족들, 형제들, 그리고 야전에서 함께 훈련하던 병사들, 그리고 김재규와 중앙정보부. 모든 것이 파노라마처럼 스쳐 지나가는데 날마다 새로웠다. 그를 가장 힘들게 하는 것은 가족이었다. 불려 나가 조사를 받거나 재판을 받을 때는 군인의 자세를 잃지 않았으나 가족에겐 자상한 아빠요, 남편일 뿐이라 그도 눈물을 감추기 어려웠다.

묘춘은 남편을 면회하기 위해서 시어머니와 친척들을 모시고 버

스를 몇 번이나 갈아탄 후에야 겨우 남한산성 부근에 있는 육군교도
소에 도착할 수 있었다. 면회실에서 기다리고 있으니 철창 너머로
홍주가 들어왔다. 수척해진 얼굴이었다. 묘춘은 결코 울지 않겠노
라 다짐했지만 남편을 보자마자 자기도 모르게 눈물이 주르르 흘러
내렸다. 철창을 잡고 남편을 불렀다.

"혜영 아버지, 이게 어찌 된 일이에요."

홍주는 설움이 북받쳐 우는 아내를 보고 입술을 지그시 깨물었다.

"에고, 내 자식 홍주야! 도대체 이게 무슨 일이고? 내가 진작 죽
을 걸, 자식 앞세웠단 말 듣고 어찌 살겠냐."

이번엔 어머니가 달려들어 대성통곡을 한다.

"어머니, 울지 마세요. 저는 괜찮습니다."

말은 이렇게 하면서도 어머니 앞이라 홍주 또한 소리 없이 눈물을
흘린다.

"이놈아. 괜찮긴 뭐가 괜찮단 말이냐. 에구 하늘도 무심하시지."

옷고름을 들어 눈물을 찍어내더니 그래도 전쟁을 겪어본 사람이
라 경황이 없는 와중에서도 챙길 것이 무엇인지 안다는 표정으로 며
느리를 달랬다.

"아가, 그만 울거라. 시간 다 간다. 얼마나 하고픈 말이 많겠니.
애들 얘기도 좀 해주고 남편 말 잘 새겨들었다가 전해주거라. 잉?"

어머니의 말에 묘춘은 손수건으로 눈물을 닦아내고 철창 앞으로
다가앉았다.

"여보, 혜영 아버지. 고생이 많지요?"

"그럭저럭 지내고 있어. 나보다 당신이 더 걱정이야. 그렇잖아도

잔병치레가 많은데 이번 일로 충격 많이 받았지?"

"아니에요. 마냥 어린앤 줄로 알았더니 혜영이가 부쩍 컸어요. 동생들 잘 돌보고 아빠 걱정을 많이 해요. 학교도 잘 다니구요."

"음, 그래야지."

"저번에 재판정에서 당신을 보았어요. 그때 뒷자리 가족석에 앉아 있었는데 … ."

왜 눈길 한 번 주지 않았느냐는 투정이다. 홍주는 미안한 듯 입술을 움씰거리고 우는지 웃는지 알 수 없는 이상한 표정을 지었다. 그리고는 매우 사랑스러운 말투로,

"여보, 잘 들어요."

아내에게 당부를 시작한다.

"혜영 엄마, 나는 군인이야. 군인은 목숨을 나라에 맡기고 사는 사람이잖소. 그냥 전장에 나가 죽었다 생각하고 너무 슬퍼하지 마. 그래도 나는 여기에 살아 있지만 현장에서 희생된 사람도 있으니 그 가족들 마음이 얼마나 아프겠어. 여보, 애들 잘 돌보고 마음 굳게 먹어."

사건이 일어난 그 이튿날 새벽 갑자기 찾아와서 했던 말로 끝을 맺었다.

"네, 알겠어요."

묘춘은 남편의 의연한 태도를 보고 마음을 굳게 먹었다. 이제 남은 가족들을 남편 대신 내가 돌보리라. 저 어린 것들이 아버지를 부끄럽게 생각하거나 잊지 않도록 양육할 의무가 있지 않은가. 더 이

상 약해지면 안 된다. 묘춘은 남편의 얼굴을 보며 굳게 다짐했다.

딸들은 엄마가 아빠를 만나고 왔다는 말에 환호성을 지르면서 다음엔 우리도 꼭 데려가 달라고 매달렸다. 두 딸은 아빠를 붙잡고 이야기를 해도 잠자리에 들면 미처 못다 한 이야기가 남아 아쉬울 때가 많았다. 그런데 벌써 며칠인가. 아빠가 없으니 집 안의 기둥이 쑥 뽑혀버린 것처럼 하루하루 위태롭게 느껴졌고, 하고 싶은 말들이 쌓이고 쌓여 마음속에서 태산을 이루고 있었다.

묘춘은 남편이 아이들을 보면 기뻐할 것 같아 두 번째 면회 때 두 딸을 데리고 갔다. 아이들은 아빠를 볼 수 있다는 기쁨에 버스에서 쉴 새 없이 재잘거렸다. 이번에는 교도소 측의 배려로 면회실에서 만날 수 있었다. 딸들은 아빠를 놀래주겠다며 면회실 탁자 위에 학교에서 받은 성적표와 상장, 그리고 메달 같은 것을 보기 좋게 늘어놓고 아버지를 기다렸다. 홍주가 면회실로 들어서자,

"아빠!"

두 딸은 아빠에게 달려가 와락 안겼다. 큰딸 혜영이는 그동안 동생들 앞에서 자못 의연한 체하느라고 마음고생이 심했던 모양이다. 아빠의 가슴에 얼굴을 묻고 한참을 울었다. 홍주가 달래서 겨우 떼놓았을 때 국방색 상의에 딸의 눈물이 잔뜩 묻어 짙푸른 쑥색으로 변해 있었다. 홍주는 딸들을 의자에 앉히고 인자한 얼굴로 물었다.

"여기까지 뭐 하러 왔니?"

"그동안 아빠를 얼마나 보고 싶었다구요. 이것 좀 보세요."

혜영과 혜은이는 탁자에 놓인 물건들을 하나씩 가리키며 조잘조잘 설명을 해준다. 묘춘은 쌀쌀한 날씨를 견디려면 따뜻한 음료가

필요할 것 같아서 인삼차를 끓여 보온병에 담아왔다. 홍주는 딸들이 하는 이야기에 맞장구를 쳐주며 듣기만 할 뿐 말이 별로 없었다. 아내가 권하는 인삼차를 들었다 놨다 하는데 양이 줄어들지 않았다. 딸들을 보니 만감이 교차하는 모양이었다.

이날은 묘춘도 말이 없었다. 딸들이 조잘대는 통에 환하고 명랑하게 변해버린 면회실 분위기가 좋아 그대로 몸을 맡기고 있었다. 부부는 미소를 띠고 서로를 바라보다 점점 깊어지는 눈빛을 견딜 수가 없어 딸들에게 시선을 돌렸다. 딸들은 면회실이 마치 안방이라도 되는 양 재잘대고 장난을 치다가 어느덧 헤어져야 할 시간이 다가오는 것을 아는지 자못 진지한 표정으로 바뀌었다.

"아빠."

혜영이 홍주의 눈을 바로 보며 부른다.

"응?"

혜영이는 뭔가 쑥스러운 듯 말을 할까 말까 망설이는 눈치더니 말을 잇는다.

"아빠 드리려고 편지를 써놨는데 가져오지 못했어요."

"왜?"

"그냥요. 편지를 드리면 아빠가 너무 멀리 있다는 것이 실감 나고 싫거든요."

홍주는 큰딸의 말을 듣고 빙그레 웃으면서 손을 잡는다.

"말해보렴. 우리 딸이 무슨 말을 하고 싶었는지 알고 싶구나."

혜영이는 엄마를 한 번 바라본다. 아빠 면회를 간다고 밤늦도록 쓰고 지우며 행여 동생이 볼까 봐 숨기던 것을 엄마가 알기 때문이다. 묘춘은 딸의 머리를 쓰다듬어준다.

"아빠에게 말씀드려. 그냥 가면 나중에 두고두고 아쉬울 거야. 나도 네가 뭐라 썼는지 무척 궁금해."

혜영은 고개를 끄덕이고 홍주에게 말을 시작한다.

"아빠, 그동안 많이 보고 싶었어요. 우리는 엄마 말씀대로 학교에서도 기죽지 않고 공부 열심히 하고 있어요. 그러니 아빠는 집 걱정하지 말고 건강에 신경 쓰세요. 요즘 막내 요셉이 얼마나 귀여운지 몰라요. 우리가 공부할 때면 기어 와서 손을 깨물고 빨고 양말을 잡아당겨 벗기기도 해요. 그 재롱을 보다가 숙제를 미룬 적도 많아요. 엄마는 막내가 곧 걸을지도 모르겠대요. 아빠, 저는 아빠가 불쌍해요. 우리를 위해 일하시다 그렇게 된 거잖아요. 아빠, 아무 걱정 마시고 제발 건강에 신경 쓰세요."

홍주는 딸이 편지의 내용을 또박또박 말해주자 가슴이 먹먹해지고 자기도 모르게 손에 힘이 들어간다.

"음, 고맙구나. 이제 다 컸네. 우리 큰딸, 작은딸. 아빠는 너희들을 무척 사랑한단다."

두 딸이 와락 아빠 품에 안긴다.

"저도 아빠를 사랑해요."

홍주는 딸들의 등을 토닥이며 앞으로 이 어린 것들이 험난한 세파를 어떻게 감당할 수 있을까 걱정이 되어 깊은 한숨을 내쉰다. 묘춘은 딸이 대견스럽지만 그동안 얼마나 마음고생이 심했을지 짐작이 된다. 큰딸은 살림밑천이라더니 마음 씀씀이도 다르다. 행여 엄마가 상심할까 봐 내색하지 않고 있다 아빠에게 말하는 것을 보면 알

수 있다. 묘춘은 조용히 깊은 한숨을 내쉬고 탁자 위에 놓여있는 물
건들을 챙기기 시작한다. 부부는 참으려 해도 자기도 모르게 자꾸
만 한숨이 나온다. 마치 가슴속 저 깊은 곳에 무거운 바위를 얹어놓
은 것처럼 답답하고 막막하여 한숨이 멈추지를 않는 것이다.

   이제 면회시간이 끝나가고 있었다.

우리 아빠를 살려주세요

행당동 달동네는 도심에서 밀려난 사람들이 더 이상 오갈 데 없어 발붙이고 사는 곳이었다. 허름하고 비탈진 곳이라 학교 가는 아이들과 아침 일찍 일 나가는 사람들이 썰물처럼 빠져나가면 물 밖으로 드러난 섬처럼 조용했다. 그런데 이곳이 하루아침에 세간의 관심을 끄는 곳이 되었다. 모처에서 나온 기관원들이 언덕배기 아래에 차를 대놓고 투덜거리며 오르막을 올랐고, 때로는 기자들이 카메라를 덜렁거리며 찾아오기도 했다. 사회면에 쓸 재미있는 기삿거리를 찾기 위해서다. 그들은 모두 박홍주 대령의 집 근처에서 서성이며 집 안에 누가 있는지 엿보았다.

일간지 사회면 기자로 잔뼈가 굵은 송 기자도 그중 한 사람이었다. 그는 서울고 10회 졸업생으로 박홍주와 동창생이다. 하지만 홍주의 얼굴이 바로 떠오르거나 그와 친밀하게 지냈던 기억은 없었다. 한 학년에 수백 명이 있기 때문에 같은 반에서 공부를 했다면 모를까 반이 다른 친구들은 동창회에 가서도 얼굴을 알기 어려웠다. 사건이 터지고 친구들이 중정 비서실장 박흥주가 동창이라는 것을 알려왔다. 그때부터 송 기자는 관심을 가지고 흥주와 관련 있는 것이라면 취재를 마다하지 않았다. 친구로서 안타까운 마음과 자신에게 주어진 일종의 책무 같은 것 때문이었다.

그는 재판정을 들락거리는 것보다 피고인들의 이면에 있는 생생한 이야기를 취재하고 싶었다. 감당키 어려운 사건 이후 흥주의 가족이 어떻게 사는지 궁금하게 생각된 것은 같은 학교에서 공부한 친구에 대한 일종의 도리였다. 후환이 두려워 감히 어느 누구도 다가가기를 꺼릴 때 기자는 취재를 핑계 삼을 수 있어 다행이었다.

햇살조차 차갑게 느껴지던 겨울 오후, 송 기자가 카메라를 어깨에 메고 오르막을 오르고 있을 때 누군가 뒤에서 부르는 소리가 들렸다.

"어이, 거기 송 기자 아니야?"

뒤를 돌아보니 경쟁신문사 허 기자다. 두 사람은 비슷한 시기에 기자생활을 시작했기 때문에 경찰서와 사건현장에서 비교적 자주 마주쳤고 허물없는 사이가 되었다.

"허 기자, 여긴 뭐 하러 오는 거야?"

"자네가 특종 잡을까 봐 걱정되어 따라나섰지."

"내가 무슨 특종을 해. 자네야말로 특종 제조기 아닌가."

두 사람이 오늘 온 것은 박흥주 대령의 가족을 취재하기 위해서였다. 그동안 그의 아내 김묘춘과 연락이 닿지 않아 어떻게 사는지 통 알 수가 없었는데 무슨 마음인지 취재에 응하기로 했기 때문이다.

아마 남편이 사형선고를 받고 난 후에 마음이 많이 흔들린 것 같았다. 지푸라기라도 잡고 싶은 마음에 기자들의 성화에 못 이긴 척 응했을 것이다. 길을 올라가는 동안 허 기자는 계속 투덜거렸다.

"제길, 점심 먹은 거 아까워 죽겠네. 하필이면 차도 못 올라가는 이런 외진 곳에 집을 장만해가지고 사람 고생시킬까. 정보부 비서실장 정도면 근사한 정원이 딸린 단독주택 한 채쯤 갖고 있어야 격에 어울리는데 말이야. 송 기자, 그렇지 않아?"

"하긴, 그래도 뭐라 할 사람 한 명도 없을걸."

"내 말이 그 말이야. 이렇게 허름한 동네에 살고 있을 줄 누가 알았을라고. 그동안 여기에 숨어 지냈다고 하면 딱 어울리겠어."

허 기자가 이죽거리는 동안 언덕배기를 올랐다. 그들은 대문을 밀치고 들어섰다. 낮은 마당과 그보다 더 낮은 곳에 자리한 열한 평짜리 전셋집. 낮에도 햇빛이 들어오지 않아 항상 형광등을 켜고 살아야 하는 집이었다. 이미 몇 명의 기자들이 와서 진을 치고 있었고 안방에는 가족들이 손님맞이를 하는 둥 마는 둥 정신이 없어 보였다. 부지런히 손님을 맞이하는 사람은 이웃 바람댁이었다.

하얀 빵모자를 쓴 홍주 어머니는 평생 고생한 기색이 역력해 보이는 얼굴이다. 그리고 옆에 앉은 홍주 아내는 얼굴이 파리해서 병색이 짙어 보이고 파마머리가 다 풀려서 마당에 있는 바람댁의 뽀글거리는 파마머리와 무척 대조적이었다.

"바쁘신데 이렇게 와주셔서 감사합니다."

김묘춘이 인사를 하고 본격적인 취재가 시작되었다. 기자들은 사건 당일 박흥주가 보였던 모습과 가족들의 생활에 대하여 주로 질문을 하였다. 김묘춘은 시종일관 의연함을 잃지 않으려 노력했지만 사형선고를 받고 난 후 어떤 심정이었느냐는 질문에 울음을 터뜨리고 말았다.

"그것을 어떻게, 어떻게 말로 다 설명할 수 있겠어요."

눈물을 찍어내며 기자들의 질문에 울먹울먹 답을 해주는데 옆에 있던 두 딸도 엄마가 우는 것을 보고 따라 운다. 그 와중에서도 큰딸 혜영이가 언제 준비했는지 하얀 무명천에 먹물로 쓴 작은 플래카드를 들고 와서 펼쳐 보였다. 기자들은 그게 무엇일까 관심이 집중되어 카메라 플래시 터뜨릴 준비를 하였다.

"어젯밤 동생하고 쓴 것인데요."

"이게 뭐니?"

"아빠를 제발 살려달라는 우리 마음이에요."

혜영이 동생더러 한쪽을 잡으라 시키고는 플래카드를 쫙 펼쳤다. 동생 혜은이의 키보다 짧은 플래카드에 이렇게 쓰여 있었다.

박흥주 우리 아빠
살려주세요

위에 있는 글씨보다 아래 있는 '살려주세요'를 크게 써놓아서 아이들이 얼마나 간절하게 아빠를 기다리는지 알 수 있을 것 같았다. 혜영은 왼손으로 플래카드를 잡고 오른손으로 종이왕관을 들었다.

"그건 또 뭐니?"

"아빠가 마지막으로 출근하시기 전날 학교에서 연극이 있다고 하니까 밤늦도록 만들어주신 거예요. 우리 아빠 제발 살려주세요."

혜영이는 울먹거리는 목소리로 기자들이 충분히 알아듣게 설명을 해주었다. 여기저기서 플래시가 터지자 묘춘은 양 무릎에 팔꿈치를 대고 손바닥으로 얼굴을 감쌌다. 번쩍거리는 플래시가 낯설고 혜영의 간절한 호소에 가슴이 찢어지는 듯 아팠기 때문이다. 다시 방안은 울음바다가 되었다.

기자들은 더 이상 질문을 하지 못하고 꿀 먹은 벙어리가 되었다. 추가 질문을 하지 않아도 이들이 어떻게 살아왔는지 어떤 마음상태인지 불 보듯 뻔히 알 수 있어 기사를 쓰는 데 지장이 없었다.

허 기자는 뭔가 열심히 메모를 하고 있는 송 기자의 옆구리를 쿡 찔렀다.

"그만 가자구."

"벌써?"

"이런 일 한두 번 해봤나. 겉보기가 속보기지."

허 기자는 카메라를 들고 자리에서 일어났다. 송 기자는 얼굴을 감싼 채 울고 있는 묘춘에게 인사도 제대로 못 하고 허 기자를 따라 나섰다. 생각 같아서는 기자들이 모두 사라지고 난 후에 조용히 가족을 만나 위로를 하고 싶었는데 어쩌면 그것이 그들에게 아픔을 줄지도 몰랐다. 분위기를 보니 모두 눈물바람이고 무슨 위로를 한들 도움이 되지 않을 것 같았다.

골목길을 내려오면서 허 기자는 누군가 길바닥에 내던진 연탄재를 발로 툭툭 차며,

"에이, 씨팔. 그러게 누가 총질을 하래? 똑똑하단 놈들이 중요한 순간에 사실은 더 멍청하다니까. 그 자리에서 도망가 버렸으면 가족들이 이런 개고생을 하지 않잖아."

혼잣말처럼 투덜거렸다. 옆에서 듣고 있던 송 기자는 귀가 거북했다.

"자네, 말이 너무 심한 거 아니야? 그래도 저들이 취재에 응해준 것은 용기를 낸 거야. 다른 가족들은 접촉하기조차 쉽지 않다구."

"흥, 그거야 생각이 있어서지. 자네도 한번 생각해 보라구. 박 대령은 군인신분이라 이미 재판이 단심으로 끝났잖아. 다른 가족들은 시간이 좀 있으니까 일말의 기대를 하는 것이고. 박 대령 가족이 언론을 접촉하는 것은 어떻게든 그를 살려보려고 발버둥 치는 것에 불과해."

"그게 잘못됐다는 말인가?"

"누가 잘못되었다고 그랬나. 사실인즉슨 그렇다는 말이지."

송 기자는 갑자기 화가 치밀어 올라 카메라로 허 기자의 머리를 후려칠 뻔했다. 아무리 기자란 직업이 보도라는 미명 아래 남의 사생활을 캐고 그것을 알 권리로 포장한다지만, 해도 너무한다는 생각이 들었기 때문이다. 허 기자도 송 기자의 마음을 눈치챘는지 길을 다 내려갈 때까지 더 이상 말을 하지 않았다. 그러다 차에 오르기 전에,

"송 기자, 퇴근하고 저녁이나 할까?"

제안했다. 송 기자는 그 면상을 보기 싫어서 같이 밥 먹을 생각이 들지 않았다.

"내가 살게. 저번에 갔던 그 집으로 오라구."

허 기자는 이렇게 일방적으로 말하고는 차를 몰고 가버렸다.

　저녁 무렵 두 사람은 광화문 근처 음식점에 앉아 있었다. 송 기자
는 별로 오고 싶은 생각이 없었지만 거절을 잘 못하는 성격이라 마
지못해 자리에 앉은 것이다.
　"자네, 아까 내가 한 말을 좀 심하다고 느꼈나?"
　허 기자는 술잔을 권하며 물었다.
　"아닐세, 그런 생각을 할 수도 있는 것이지."
　"만약에 말이야. 자네가 박 대령처럼 그런 명령을 받았다고 가정
해보세. 자네에겐 처자식이 있어. 아무 생각 없이 출근했는데 상관
이 자네에게 대통령과 경호원들을 함께 죽이자고 명령한다면 자네
는 어떻게 할 텐가?"
　"글쎄."
　송 기자는 난데없는 질문에 쉽게 대답을 하지 못하고 술잔을 홀짝
거린다. 허 기자는 그럴 줄 알았다는 표정으로 말을 이어간다.
　"이걸 보고도 그런 대답을 할 수 있을까?"
　허 기자는 양복 재킷을 왼손으로 들추고 오른손 엄지와 검지를 쫙
펴서 권총모양을 만들었다. 그리고 권총을 꺼내 당장이라도 송 기
자를 겨눌 것처럼 쏘아본다. 송 기자는 흠칫 놀라 자기도 모르게,
　"알았네."
　대답하고 말았는데 허 기자는 그것이 우스운 모양이다.
　"하하, 그렇지."
　"이 사람, 장난치곤 괴상하지 않아?"

"지금 자네가 대답한 것처럼 박 대령도 그랬지. 김재규 부장과 박 대령은 오랜 기간 상관과 부하, 또 인간적으로 끈끈하게 맺어진 사이였어. 두 사람 사이의 신뢰관계는 세간이 알고 있는 것 이상으로 돈독할 거야. 자네 재판정에서 박 대령이 부장을 원망하거나 불리한 진술을 한 것을 들어본 적 있나?"

"아니."

"아무리 정보부의 내부규율이 무섭다곤 해도 자신을 사지로 내몬 상관이 어찌 원망스럽지 않았을까. 아마 나 같으면 살 궁리를 했을 거야. 어쩌면 재판정에서 맹비난을 퍼부었을지도 모르지."

송 기자는 허 기자가 무슨 말을 하는지 알 것 같으면서도 오후에 행당동을 내려올 때 투덜거리던 것과 비교하면 앞뒤가 맞지 않는 것 같았다. 허 기자는 취기가 오르는 듯 목소리 톤을 약간 높이고 무언가 아쉬운 표정을 지었다.

"그런데 박 대령은 절대 그러지 않았거든. 물론 안가에서 잠시 주저했을 수도 있지만 결국 부장의 말을 따라 총을 들었어. 나는 그 점이 분통 터져. 미쳤지, 암. 미치고말고."

"누구라도 그 상황이 되면⋯."

송 기자는 변명처럼 어쩔 수 없는 일 아니냐는 투로 대꾸했다. 하지만 허 기자는 코웃음을 쳤다.

"흥, 누구나? 그건 아니야. 그들에겐 반 시간 동안 생각할 틈이 있었어. 만고의 충신이 될 수 있는 절호의 기회가 있었단 말일세. 김 부장이 말한 대통령 시해계획을 밀고하면 상황이 바로 종결되었을 테니까."

"하지만 그게 쉬웠을까? 사람이 사람을 배신한다는 것은 생각처럼 쉬운 일이 아니지."

"바로 그 점이야. 그 인간적 신뢰 때문에 박 대령은 자신을 망친 것이나 다름없다구. 한번 생각해보게. 그럼 김 부장은 박 대령을 배신하지 않았나? 상관이면 죽는 일까지 시켜도 좋은 거야? 누가 그런 권리를 그에게 주었느냐 이 말일세. 무릇 상관의 지시란 것은 법의 테두리 내에서 합리적 이성으로 보아 용인할 수 있는 것이어야 해. 그런데 김 부장의 지시는 그것을 넘어선 것이거든. 한마디로 부하의 신뢰를 저버린 행동이었다 이거야."

듣고 보니 그럴듯했다. 하지만 송 기자는 아직 이해할 수 없는 부분이 있었다.

"혹시 박 대령도 거사가 성공하기만 하면 한자리할 수도 있겠다는 그런 희망을 품고 참여했던 건 아닐까? 그 자리에 참모총장과 중정 2차장보도 와 있었으니 말야."

허 기자는 그의 마음처럼 뱅뱅 꼬여있는 곱창을 젓가락으로 집어 우적우적 씹으며 술잔을 채운다.

"그건 모르지. 우리가 그 자리에 없었으니까. 내 생각에는 박 대령이 충분히 오판할 수 있었다고 봐. 세상에 미치지 않고서야 어떻게 대통령을 쐬죽일 생각을 할 수 있겠나. 김 부장에겐 사실 개인적 동기가 있었을 뿐 거사를 위한 아무런 준비도 없었어. 어쩌면 70년 전 1909년 10월 26일 이토 히로부미를 저격한 안중근 의사를 닮고 싶어 한 확신범일 뿐이야. 말이 좋아 혁명이지, 군과 정치권에 혁명을 위해 어느 한 사람과도 모의하지 않았다구. 세상에 혼자 벌이는

일을 혁명이라고 할 수 있을까. 그건 망상일 따름이야. 안가에서 부
장은 그저 박흥주와 박선호를 끌어들이기 위해 육군참모총장과 중
정 2차장보를 언급했던 것뿐일세. 아마 두 박 씨는 부장이 자기들
모르게 무슨 준비를 철저히 해놓고 일을 시작하는 것으로 여겼을 거
야. 자네 말대로 일이 성공하면 부귀영화를 누릴 수 있겠다는 망상,
그런 오판을 하지 않았다고 단정하기가 어렵긴 해."

  기자 두 사람이 10·26 사건에 대해 이러쿵저러쿵 이야기를 하자
주변에 있던 사람들이 힐끗 바라보며 관심을 보였다. 하지만 허 기
자는 거침이 없었다. 여기는 언론사가 밀집된 곳이라 식당 안에 알
만한 얼굴들이 많았다. 송 기자는 가슴이 답답해서 술잔을 쭉 들이
켜곤 혼잣말처럼 중얼거렸다.
  "아무튼 불쌍한 사람들이야."
  "불쌍하긴 뭐가 불쌍해? 멍청한 사람들이지."
  "자네 남의 불행을 그렇게 함부로 이야기하지 말게. 말하는 것이
꼭 덮어놓고 열닷 냥 외치는 것 같아 듣기 거북하네."
  송 기자는 허 기자의 말이 너무 심하단 생각이 들었다. 이제 허 기
자는 취기가 오른 터라 얼굴이 벌게져서 송 기자뿐만 아니라 식당에
있는 사람들 모두 들으란 듯 목소리를 높였다.
  "자네도 낮에 봤잖은가. 중앙정보부 비서실장이요 현역 육군대령
이란 사람이 그 허름한 달동네에 살고 있더군. 듣자니 아직 전세잔
금도 다 치르지 못했다던데 그게 가장인가? 올망졸망 토끼 눈을 뜨
고 바라보는 애들과 아내를 모른 체하고 총질하는 게 가장이냐 이

말이야. 무릇 가장의 도리는 위로 부모를 섬기고 아래로 처자를 기르는 앙사부육仰事俯育이지, 이건 만고의 진리일세."

"남모르는 고충이 있었겠지. 그 순간에 누군들 가족 생각이 나지 않았을까. 하지만 의리를 생각하면 어쩔 수 없었을 거야."

"의리? 의리가 밥 먹여주나. 의리는 항상 힘 있는 놈들이 지껄이는 말이지. 윗놈들이 아랫사람을 다룰 때, 강자가 약자를 이용할 때 의리를 들먹이는데, 말이 나온 김에 사설을 좀 늘어놓겠네."

허 기자는 말이 거칠어 그렇지 아는 것이 많아 기자들 사이에서 재담꾼으로 통하고 있었다. 명문대 출신에 유력 언론사를 다니고 있는데다 집안도 제법 뼈대가 있었다.

"의리는 성리학이 훈고학과 구별하고 도의道義를 규명하기 위해 내세운 것이야. 인간이 마땅히 행해야 할 도리가 의리란 말이지. 한번 보게나. 의리는 군신 사이, 부모 사이, 가족 사이에 지켜야 할 도리를 말해. 삼강오륜이 바로 그것이라고 할 수 있지. 그런데 사실 의리는 내적 규범이 아니라 외적으로 표현되는 사회적 체면에 불과해. 의리를 지키지 않았을 때 심적으로 겪는 고통보다 엄청난 사회적 비난이 더 무서운 것이야."

"그건 사람에 따라 다를 수 있어."

"다르다고? 물론 내성적이고 소심한 사람은 의리를 저버린 것에 대해 두고두고 괴로워하겠지. 하지만 역사를 보라구. 역성혁명으로 나라를 뒤집은 사람들, 윗사람을 배신한 사람들, 쓸모없다 생각해서 가차 없이 아랫사람을 버린 사람들이 언제 의리에 얽매여 고통당하던가? 일이 성공치 못했을 경우에야 그 의리에 얽매여 괴로워하겠지만 성공하면 의리는 저 시궁창 속으로 내던져지고 그럴듯한 명분으로 포장되는 법이라구."

"자네 말 잘하는군."

송 기자는 허 기자의 말에 전적으로 동의하지 않았지만 마땅히 반박할 수 없어 비아냥거리듯이 이죽거렸다. 허 기자는 그러거나 말거나 말을 계속했다.

"용비어천가 알지? 그게 어떤 내용이던가. 고려왕조를 절단 낸 태조 이성계와 그 선조들을 찬양하는 거야. 성리학적 의리 관점으로 보자면 이성계야말로 의리를 저버린 만고의 역적이지. 그래서 정몽주가 이성계에 대항하다 선죽교에서 피를 뿌렸던 것이고, 두문동 72현은 충신절의를 지키느라고 숨어 살았어."

"그건 알고 있네."

"자, 보라구. 박 대통령은 5·16 군사혁명을 일으켜 제2공화국을 뒤집었어. 그리고 김재규는 10·26 사건을 일으켜 그를 죽였단 말이야. 모두 아랫사람이 윗사람과 기존체제를 부정한 사건이라고 볼 수 있는데, 왜 박 대령은 그렇게 하지 못했을까. 박 대령이 볼 때 김 부장의 생각이 틀리고 가능성이 없어 보였다면 당연히 그것을 뒤집었어야지. 그것도 일종의 자기 혁명이라구."

"자네 말대로 하자면 이 사회는 정말 혼란스럽겠군. 예의와 도리, 말하자면 의리가 사라져서 허구한 날 뒤집는 일만 벌어질 테니까. 그게 어디 사람 사는 세상인가."

"암, 그럴 상황이 된다면 당연히 그래야지. 결과가 좋으면 의리는 그럴듯한 명분으로 대체되고 말 테니까. 나중에 가서 그럴 수밖에 없었다, 당연히 그래야 했다, 참 잘한 일이라는 평가를 받게 된다구. 그래서 역사는 승자의 편이라고 하잖아."

"그건 자기합리화 같은데?"

"그건 못난 놈들이 하는 푸념이지. 골방에 틀어박힌 채 고서적만 탐독하는 놈들이 이불 뒤집어쓰고 하는 소리에 불과해. 다리 밑에서 원님 꾸짖는 것이나 마찬가지라구."

허 기자는 신이 나서 떠들어댔다.

그때 방송사에서 일하는 박 피디가 문을 열고 들어오다 허 기자를 발견하고 잘됐다는 표정으로 다가왔다. 혼자 늦은 저녁을 먹는 것이 민망하던 차에 안면이 있는 허 기자를 보았으니 자연스럽게 합석해도 좋을 것 같았기 때문이다.

"허 기자, 오랜만이오."

"아니, 박 피디. 지방에 계시다고 들었는데."

박 피디는 권하지도 않았는데 의자를 끌어다 털썩 앉고 넉살 좋은 웃음을 지었다.

"국장의 지시를 따르지 않는다고 지방으로 좌천돼 내려갔다 올라왔더니 신수가 훤해졌소. 서울 물이 좋긴 좋은 모양입니다. 괜찮으면 합석합시다. 혼자 늦은 저녁을 먹으려니 도대체 목에 넘어가야 말이지."

허 기자는 송 기자에게 괜찮겠느냐 표정을 짓고는 자리를 권한다. 송 기자도 안면이 있는 사람인지라 한쪽으로 비켜 앉으며 자리를 내주었다. 박 피디는 옹고집이 있어 사람들과 잘 어울리지 못하고 기자들 주위를 빙빙 도는 사람이었는데 오늘은 웬일인지 합석을 먼저 제안하고 나섰다.

"앉으시오. 술 한잔하면서 식사하면 되겠군."

허 기자가 박 피디에게 술을 따라주었다. 박 피디는 소주를 홀짝 들이켜고 잔을 넘기며 물었다.

"술맛 좋군. 그런데 두 분은 무슨 이야기를 하고 계셨소?"

이미 술기운이 얼큰하게 오른 허 기자는 조금 전 박 피디가 들어오는 바람에 끊긴 이야기가 못내 아쉬웠던 모양이다. 그는 잔을 든 채로,

"아, 글쎄. 오늘 박홍주 대령 집에 다녀오지 않았겠습니까."

말을 잇자 박 피디가 당나귀처럼 귀를 쫑긋 세우며 다가앉았다.

"박 대령이라면 중정?"

"그렇소."

"나도 갈 걸 그랬군. 다른 곳으로 취재 가는 바람에 가지 못했는데 이야기 좀 해주시죠."

"나로선 괜히 갔다는 생각입니다. 부아가 치밀어 지금 이렇게 술을 마시고 있지요."

"형편은 좀 괜찮아 보이던가요?"

박 피디의 물음에 허 기자는 그것에 대해서 대답하기 싫다는 표정으로 송 기자를 바라보았다. 송 기자는 우물쭈물 엉덩이를 이리저리 들썩이며 갔던 이야기를 해준다.

"서민들 삶이 다 그렇겠지만 박 대령 사는 것도 가난합니다. 패랭이에 숟가락 꽂고 살 정도는 아니더라도 우리보다 나을 게 전혀 없

어요. 차도 못 들어가는 달동네 꼭대기에 사는데 나더러 그런 집에 살라면 참 힘들 거예요. 갔던 기자들이 물 한잔 달라 해서 얻어먹기가 민망할 정도였습니다."

"그래요? 나도 재판정에 취재 갔다가 그 부인의 옷차림새를 보곤 깜짝 놀랐어요. 아무도 중정 비서실장 부인이라고 생각지 않았을 것이오."

박 피디의 말이 끝나자마자 허 기자가 불쑥 끼어들었다.

"글쎄, 그렇다니까. 보는 내가 하도 답답해서 울화통 터질 지경이오."

"음, 이제 박 대령 이야기는 그만두고 앞으로 상황이 어떻게 될지 한번 생각해봅시다."

박 피디는 국밥에 숟가락을 푹 넣으면서 화제를 돌렸다. 계속 박 대령 이야기를 해봐야 술만 잔뜩 먹을 것 같았기 때문이다. 세 사람은 이제 불안한 시국이 어떻게 전개될 것인가를 두고 이야기를 시작했다. 화제를 돌린 박 피디가 먼저 말머리를 잡았다.

"지금 최규하 대통령은 선출된 것이 아니라 급작스러운 대통령의 유고로 인해 그 자리를 넘겨받았다고 봐도 무방한데, 군부에서 가만히 있을까요?"

"혹시 5 · 16과 같은 일이 다시 벌어질 수도 있다는 말입니까?"

송 기자가 걱정스러운 눈빛으로 박 피디를 바라보며 물었다.

"정승화 육참총장이 체포된 것을 보면 군부에서 무슨 움직임이 있는 것 같습니다."

"그건 정 총장이 김재규와 관련 있다고 해서 체포된 것이 아닌가요?"

"꼭 그렇다고 볼 수는 없어요. 물론 발표가 그렇게 되어 있긴 하지만 합리적 추론을 해볼 때, 정 총장은 김재규의 거사를 모르고 있었고 협조하지 않았다고 봐야 할 겁니다. 사건 여섯 시간 만에 김재규를 체포하라고 지시한 사람은 정 총장이니까요."

박 피디는 자신이 생각하고 있는 것을 차분히 이야기했다. 말을 듣고 있던 허 기자가 갑자기 주위를 한번 둘러보더니 목소리를 낮추었다.

"박 피디, 잘 보셨습니다. 조금 전에도 내가 송 기자에게 이야기했지만 그 의리란 것은 힘 있는 놈들이 즐겨 쓰는 말이라니까요. 세상을 뒤집는 데 성공하기만 하면 명분이 의리를 대체할 테니 말입니다. 지금 민주화 인사들이 서울의 봄이네 뭐네 떠들지만 군부가 가만있지 않을 겁니다. 지금껏 누려오던 권력의 맛을 어찌 잊을 수가 있겠습니까. 미친 체하고 떡판에 엎드러진다는 말이 괜히 있는 게 아닙니다. 곧 미친놈들이 나올 터이니 두고 보십시오."

송 기자는 눈을 휘둥그레 뜨고 허 기자와 박 피디를 번갈아 쳐다보았다.

"그럼 군사혁명 같은 것이 또 일어날 수 있단 말이야?"

"그럴 수도 있지. 제2공화국 때 얼마나 혼란스러웠는지 생각해보게. 이번에도 마찬가지야. 정치인들이 앞뒤 가리지 않고 자유네 민주네 합창하면서 떠들고, 그동안 억압받았던 재야인사들이 한꺼번에 들고일어나면 사회가 혼란스럽게 보일 수도 있지. 군부에 좋은 빌미를 제공하는 것이라구. 물론 군부는 빌미 따위 관심도 없겠지만."

"그건 혼란이 아니라 민주사회에서 충분히 있을 수 있는 일 아닌가. 억눌렸던 언로가 열렸으니 얼마나 할 말이 많겠어."

송 기자의 말에 허 기자가 그게 아니란 투로 손을 내저을 때 이번엔 박 피디가 끼어들어 설명을 해준다.

"물론 충분히 있을 수 있는 일이지요. 하지만 정치와 민주주의에 관심을 두고 있는 국민들이 과연 얼마나 될까요. 국민들은 혼란보다 안정을 원할 수도 있습니다. 오히려 그것을 빌미로 해서 군부가 들고일어날 가능성이 높아요."

"그렇다면 큰일 아닙니까?"

"큰일이지요. 빌미를 주지 말아야 되는데 …."

박 피디의 말에 허 기자가 코웃음을 쳤다.

"흥, 빌미가 있어서 세상을 뒤집는 것이 아니라니까 그러시네. 먼저 세상을 뒤집고 나중에 등장하는 것이 명분, 빌미, 핑계, 원인 같은 것입니다. 욕심이 의리보다 앞서는 것이에요. 그래서 유리시시惟利是視란 말이 있는 것 아니겠소."

"음, 그렇게 볼 수도 있지요."

"박 피디, 내가 볼 때 조만간 큰일이 터질 겁니다. 사실 자유민주주의란 가치가 큰 것처럼 보여도 그건 정치인과 운동권에 중요한 것이지 대다수 국민들은 먹고살기에 바쁘기 때문에 관심도 없습니다. 그저 이 사회가 빨리 안정되기를 바랄 뿐이죠. 생각해보세요. 투표권이 있건 없건, 대통령으로 누가 앉든 무슨 상관이 있습니까. 내 생활에 전혀 지장이 없는 것이죠. 다만 민주적 사고방식으로 볼 때 그 정신적 자유를 향유하지 못하고 있다는 점은 불만스러울 겁니다.

어떤 면에서 박 대통령의 서거는 그동안 억압받던 정치와 운동권 인사들에게 희소식일지 몰라도 다수 국민들에겐 오히려 슬픈 일일 수 있어요."

"허 기자, 내가 전적으로 동의하지 않는 것은 아니지만 말에 좀 어폐가 있는 것 같군요. 그런 소극적, 피동적 사고로는 아무 일도 하지 못해요. 꼭 독재를 옹호하는 말처럼 들립니다그려."

"왜, 내 말이 틀렸습니까? 국민들은 그저 등 따숩고 배부르면 그게 좋은 거예요. 박 피디님은 정치인들이나 운동하는 사람들이 무슨 대단한 정의감을 가지고 절대선을 실현한다고 생각하시는 모양인데 저는 그렇게 생각하지 않습니다. 그들도 모두 욕심이 있는 거예요. 그것을 이루기 위해 동원되는 것이 바로 민주주의죠. 저는 그렇게 생각합니다."

"음, 더 이상 말해봐야 입만 아프겠군요. 아무튼 사회가 빨리 안정되어 빌미를 주는 일이 없었으면 좋겠습니다. 허 기자의 말은 현실에 순응하자, 굳이 의리와 명분을 앞세워 싸울 것 무에 있나, 너무 허약하게 들립니다. 일제와 대항했던 독립투사 그리고 민주회복을 위해 싸우는 사람들을 깡그리 모욕하는 말이에요."

"그만합시다."

허 기자는 말이 통하지 않는다는 표정으로 대화를 중단했다. 박 피디 또한 괜히 합석했다는 생각이 드는지 헛기침을 하면서 돌아앉았다. 두 사람이 말다툼하듯 언쟁을 벌이는 것을 보고 송 기자 입장이 난처하다. 그는 분위기를 좀 풀어보느라고 술잔을 들어 허 기자에게 내밀었는데 잔뜩 찌푸린 인상을 보고 방향을 틀었다. 박 피디와 송 기자가 훌짝거릴 때 허 기자는 마치 성난 사람처럼 씩씩거렸다. 그도 이 자리가 썩 마음에 들지 않은 모양이다. 그리곤 병을 들어 빈 잔을 채우더니 벌컥 들이켜고 무말랭이를 우적우적 씹는다. 곧 통금시간이 다가오고 있어 식당 안에 있던 손님들이 하나둘 자리에서 일어났다.

송 기자는 시계를 보고,

"우리도 그만 가야지."

먼저 자리를 떴다. 차가 끊기기 전 지금 차를 타야 통금까지 집에 도착할 수 있었다.

남한산성 육군교도소

박홍주가 육군교도소에 있을 때 푸대접받는 일은 없었다. 이미 사
형선고를 받았고 대령신분이었다는 것을 감안하여 교도관들이 예의
를 갖추었다. 교도관들은 모두 현역 군인들이다.

그 가운데 야전에 근무할 당시 같은 부대에 있었던 황 상사는 안
타까운 마음을 가지고 있었다. 박홍주보다 약간 작은 키에 얼굴이
둥글납작하게 생긴 사람으로 넉넉해 보인다. 황 상사는 박홍주에게
아는 체를 했다.

"대령님, 저를 아시겠습니까?"

"잘 모르겠소."

"아마 그러실 겁니다. 대령님이 전포대장으로 계실 때 저는 하사
였으니까요.

"아, 6사단?"

"네, 맞습니다. 시간이 많이 흘렀지요."

홍주는 생각지도 못한 곳에서 위관장교 시절 같은 부대에서 근무하던 사람을 만나자 무척 반가운 표정이었다. 황 상사는 근무할 때마다 홍주에게 이것저것 바깥소식을 전해주고 불편한 것이 없는지 살펴주었다. 하지만 홍주는 특별히 그에게 부탁할 일이 없었다. 괜히 사형수와 가까이 지내다 피해를 보지 않을까 걱정스러울 따름이었다.

어느 날 몹시 날씨가 추워 독방에 놓인 물그릇에 살얼음이 얼어 있었다. 홍주가 그것을 들고 이것 참, 혀를 차고 있을 때 황 상사가 문밖에 서서 그를 불렀다.

"박 대령님."

"무슨 일이오?"

황 상사는 뒤춤에 넣어두었던 신문 한 장을 배식구로 밀어 넣어주었다.

"한번 보세요. 대령님 가족들이 신문에 나왔습니다."

홍주가 고맙다는 말을 하기 전에 황 상사는 저쪽으로 가버렸다. 마룻바닥에 접힌 채로 놓여 있는 신문을 들고 보니 정말 가족들이다. 아내와 어머니, 그리고 두 딸이 기자들 앞에서 울고 있었다. 두 딸은 자그마한 플래카드를 들고 있었는데 '박홍주 우리 아빠 살려주세요'란 글씨가 또렷하게 보였다.

아내는 차마 얼굴을 보일 수가 없는지 양손으로 얼굴을 감싸고 어머니는 넋인 빠진 것처럼 뒤에 앉아 있었다. 수줍음을 많이 타는 아내가 카메라 앞에 자리할 때까지 얼마나 많은 고민을 했을까. 홍주는 마치 아내를 발가벗겨 사람들 앞에 세운 것처럼 부끄럽고 미안했

다. 못난 남편, 아버지를 둔 죄로 아내와 가족이 고생이란 생각이
들었다.

신문을 들고 있는 홍주의 손이 바르르 떨리고 자기도 모르는 새
눈물이 흘러내린다. 그는 터져 나오려는 울음을 가까스로 삼키고
주먹으로 벽을 내리쳤다. 그 소리에 경계를 서던 병사가 달려와서
소리쳤다.

"대령님, 이러시면 안 됩니다."

홍주는 그대로 자리에 주저앉고 말았다.

아아, 불쌍한 우리 가족들, 앞으로 어떻게 살까. 가슴을 송곳으
로 사정없이 찌르는 것처럼 아프고 육중한 바위를 얹어 놓은 듯 숨
이 막혀왔다. 그는 가족을 생각하면 너무 괴로워 견딜 수가 없었다.
군인의 삶은 고달프고 무슨 일이 있을지 몰라 하루하루 살얼음을 걷
는 듯 위태로웠다. 그 삶이 자신으로 인해 끝나면 좋으련만 앞으로
가족들이 고통 속에서 살아갈 것을 생각하니 온몸을 갈기갈기 찢어
놓고 싶도록 괴로웠다.

모두 내 잘못이다. 내가 그 자리에서 죽더라도 부장의 명령을 거
절했다면, 명령을 받은 후에 도망쳤더라면, 사표를 썼더라면, 아니
차라리 군인이 되지 않고 다른 일을 했더라면…. 끝없이 자신을 자
책했다.

눈을 감으면 자기도 모르게 눈살에 힘이 들어가고 도저히 잠을 이
룰 수가 없어 캄캄한 밤에도 눈을 번쩍 뜨고 말았다. 괴로운 생각이
떠올라 잠 못 이루는 밤이 너무 길게 느껴졌고, 간신히 잠이 들었다
가 기상 소리에 눈을 뜨면 차가운 벽과 푸른색 수의가 현실을 자각

하도록 만들었다.

아니지, 나는 군인이다. 군인은 상관의 명령에 복종해야 하고 나는 그 명령에 따랐을 뿐이다. 홍주는 다시 마음을 다잡았다.

육군교도소에서 보내는 시간은 규칙적이고 특별한 일이 없었다. 재판이 한창일 때는 재판정에 나가느라 정신이 없었는데 모든 재판이 끝나고 사형수의 신분으로 형 집행을 기다리고 있을 뿐이니 머릿속에 잡생각이 가득하고 하루해가 지루했다. 홍주는 마음을 정리하고 침착함을 유지하기 위해 성경책을 보는 것으로 위안을 삼았다. 그가 까만 성경책을 들어 펼쳤을 때 한 구절이 눈에 들어왔다.

의인의 길은 정직함이여 정직하신 주께서 의인의 첩경을 평탄하게 하시도다.   — 이사야 26장 7절

하나님, 저의 죄를 용서하시고 우리 가족에게 평안을 주시옵소서. 홍주는 마음속으로 기도를 올린다. 그동안 바쁘다는 핑계로 교회를 열심히 나가본 일이 없었지만 삶의 막다른 골목에서 그는 간절한 마음이 들었다. 지금껏 죽은 후에 어떤 세상이 펼쳐질지 관심 없었는데 이렇게 모든 것이 끝나버린다면 너무 억울하기 짝이 없었다. 비록 세상에 의한 재판을 받아 사형을 언도받았더라도 사람의 폐부까지 감찰하는 전지전능한 하나님께서 알아주시길 바라는 마음이다.

성경에서 말하길 사람은 흙과 영혼으로 만들어졌고 죽으면 흙은 땅으로 돌아가고 영혼은 그 주신 하나님께로 돌아가서 심판을 받게 된다고 한다. 육신의 죽음이 첫째 사망이요, 영혼이 하나님의 심판

을 받아 천국으로 구원받지 못하고 지옥에 떨어지는 것이 둘째 사망이다. 홍주는 하나님께 모든 것을 맡기는 심정으로 다시 성경을 뒤로 넘겨본다.

하나는 그 사람을 꾸짖어 이르되 네가 동일한 정죄를 받고서도 하나님을 두려워하지 아니하느냐. 우리는 우리가 행한 일에 상당한 보응을 받는 것이니 이에 당연하거니와 이 사람이 행한 것은 옳지 않은 것이 없느니라 하고 이르되 예수여 당신의 나라에 임하실 때에 나를 기억하소서 하니 예수께서 이르시되 내가 진실로 네게 이르노니 오늘 네가 나와 함께 낙원에 있으리라 하시니라.   ― 누가복음 23장 40절∼43절

예수가 못 박힌 바로 옆에 매달려 있던 강도, 어쩌면 그 강도가 나의 모습은 아닐까. 우편 강도가 예수님께 자기 죄를 회개하고 구원받았듯이 나도 구원받을 수 있을까. 예수는 세상을 구원하기 위해 사람의 아들로 이 땅에 왔다. 유대인들은 예수가 오병이어五餠二魚의 기적을 베풀고 소경의 눈을 뜨게 하는 것을 보고 메시아로 받들었지만, 그가 하나님의 아들이요 자신의 살과 피를 먹고 마셔야 영생을 얻는다고 하자 신성모독으로 몰아 십자가에 못 박고 말았다. 예수가 십자가에 매달려 있을 때 네가 하나님의 아들이면 내려와 보라고 비웃었다. 왼쪽 강도도 마찬가지였다. 그는 죽는 순간까지 예수를 욕하고 비웃었다.

이 세상의 삶과 함께 영혼이 끝나버린다면 너무 허무하고 억울한 일이다. 홍주는 손을 모아 우편 강도가 그랬던 것처럼 간절한 마음

으로 하나님께 제발 자신을 구원해달라고 기도를 올렸다.

묘춘은 몸이 어느 정도 회복되자 남편을 면회하고 싶었다. 이번엔 딸들이 학교에 가서 막내아들만 데려가기로 했다. 남편이 얼마나 아들을 예뻐하는지 잘 알고 있었고 그가 아들을 보면 힘을 낼 것 같았기 때문이다. 두 딸을 연거푸 낳은 후 남편은 이런 말을 한 적 있었다.

"여보, 고생 많았어. 이제 공주가 두 명 생겼으니 다음엔 왕자인가?"

"에유, 너무 힘들어서 못 하겠어요."

묘춘은 몸이 약해서 더 이상 아이를 낳을 엄두를 내지 못했다. 그래도 홍주는 집에 아들 한 명쯤은 있어야 된다고 생각해서,

"천천히 하자구. 먼저 당신 몸부터 추슬러야지. 아들은 나중에 천천히 낳아도 돼."

위로하며 아내의 손을 꼭 잡아주었다. 묘춘은 남편의 마음을 알았지만 몸이 약한 탓으로 오랫동안 아이가 들어서지 않았다. 군인 홍주는 그것이 조금 아쉬웠나 보다. 명절에 친지들이 모였을 때 남자조카를 무릎에 앉히고 이것저것 물어보며 머리를 쓰다듬는 것을 보면 그 마음을 짐작할 수 있었다. 그런데 두 딸이 어느덧 자라 초등학생이 되고 서울로 이사 왔을 때 생각지도 않았던 아이가 들어서고 아들을 낳게 되었다. 그때 남편이 얼마나 기뻐했던가.

"정말 아들이야? 어이구, 당신 정말 고생했어."

바쁜 와중에도 시장으로 달려가서 미역을 직접 사왔다. 아이를

낳았다는 소리를 듣고 달려온 바람댁도 미역을 한 뭉치 들고 찾아왔는데,

"난 이런 호강 한 번도 못 받아봤네. 아들을 네 명이나 낳았지만 남편이란 작자가 어디서 술이나 퍼먹지 않고 있었으면 다행이지."

남편 욕을 하면서 홍주가 사온 미역으로 따뜻한 국을 끓여주었던 것이다.

묘춘이 면회를 가기 위해 음식을 준비하는 날 갑자기 날씨가 추워져서 손을 호호 불어도 깨질 것처럼 물이 차가웠다. 그녀는 남편이 기쁜 얼굴로 아들을 안고 맛있게 먹을 것을 생각하면 차가운 물쯤 아무것도 아니었다. 가는 길이 험하고 멀어 면회를 자주 못 하는 것이 그저 아쉬울 뿐이다. 그녀가 아들을 들쳐 업고 교도소를 찾았을 때 홍주는 추운 날씨 탓에 얼굴이 복숭아처럼 발개진 아들의 볼을 보고 걱정부터 했다.

"아니, 여보. 이렇게 추운 날 뭐 하러 여기까지 왔어?"

"괜찮아요. 잘 지내고 계시죠?"

"응."

홍주는 등에 업힌 아들을 안고 좋아서 어쩔 줄 몰라 한다.

"어이구, 우리 아들 벌써 이렇게 컸구나. 으쮸!"

아이 볼에 얼굴을 비비고 코를 만지다가 귀를 만졌다. 차가운 손길에 아이는 어리둥절한 눈치로 자꾸만 몸을 비틀며 아빠 품을 빠져나가려고 한다.

"그러지 말고 이 포대기로 싸서 좀 가만히 안고 계세요. 자꾸 그러

면 아이가 놀라요."

묘춘은 포대기를 건네주고 준비해온 음식을 탁자에 펼쳐놓았다.
남편은 아이를 안은 채로 아내가 정성껏 장만한 음식을 맛있게 먹고
묘춘은 그 모습을 편안한 표정으로 바라보았다.

"이놈, 우리 아들 목말을 좀 태워야겠구나."

숟가락을 놓고 홍주는 아들을 번쩍 들어 자기 목덜미에 태우고는
면회실을 이리저리 왔다 갔다 한다. 아이는 높은 세상이 신기하고
재밌는지 까르르 웃음을 터트렸다.

"당신도 참, 아들만 그렇게 목말 태우기에요?"

"딸들은 목말을 태울 수 없지만 아들은 태우기가 좋잖아. 사내는
사내답게 커야지. 우리 공주들은 보고만 있어도 소중하고 예쁘니
까. 요셉아, 누나들이 너를 잘 돌봐 줄 것이다. 말을 탔으니 한번 달
려보자."

그리고 아들의 양손을 잡고 정말 자기가 말이 된 것처럼 좁은 면
회실을 달리기까지 하는 것이었다.

어느덧 면회시간이 끝나가고 있었다. 헤어질 시간이 되자 묘춘은
오는 길에 절대 울지 않겠노라 다짐했지만 또 눈물을 보이고 말았
다. 그는 아들을 안고 있는 남편의 손을 꼭 잡았다.

"혜영 아빠, 혜영 아빠."

뒷말을 잇지 못하고 남편을 부를 뿐이다. 홍주는 연신 헛기침을
하면서,

"여보, 괜찮아. 마음 굳게 먹고 응, 알지? 내 마음."

아내를 위로하였지만 그 역시 가슴이 북받쳐서 나오는 말들이 토

막토막 끊어지고 있었다.

"이제 그만 가봐. 날씨 추우니 몸조심하고."

홍주는 아들을 아내 등에 업혀주는 척하면서 아내의 손을 잡고 뭔가 전해주었다. 면회실을 지키는 병사가 그것을 보았지만 황 상사가 박 대령을 깍듯이 대한다는 것을 잘 알고 있었기 때문에 못 본 척하였다. 교도소에서 밖으로 쓰는 편지에는 제약이 있었다.

묘춘은 꼬깃꼬깃 접힌 종이쪽지를 꼭 쥐고 있다가 도시락을 챙길 때 빈 통에 얼른 넣고 뚜껑을 닫았다. 집으로 돌아오는 길은 갈 때보다 스산하고 추웠다. 갈 때는 남편을 본다는 기쁨에 이렇게 추운 줄 몰랐는데 차가운 독방으로 남편을 들여보내고 난방도 제대로 되지 않는 버스를 타고 오려니 발이 시렸다.

집으로 돌아와 묘춘은 남편이 전해준 종이쪽지를 펴보았다. 깨알같이 쓴 편지였는데 하필 김칫국물이 잔뜩 묻어 알아보기 힘든 글씨도 있어 속이 상했다.

혜영 엄마

나 없이 애들 돌보느라 얼마나 고생이 많소. 세상에 어떤 말이 있어 당신에게 위로가 될 수 있을지 모르겠소. 오직 당신이 이 슬픔을 굳세게 이기고 사랑하는 우리 아이들을 위해 의연하게 참아주기를 바랄 뿐이오. 부모가 되기는 쉬워도 부모 노릇하기는 참으로 힘든 일인가 보구려. 내 구실을 제대로 못하게 되다니. 현모에 의해 훌륭한 인재가 양성되었음을 생각할 때 당신에게 무거운 짐을 모두 맡기게 되면서도 한편 애들은 다행이라 생각하오.

여보, 고맙소. 그리고 정말 미안하오.

아내에게 쓴 편지가 하나였고 다른 하나는 아이들에게 쓴 편지였
다. 묘춘은 남편의 편지를 읽는 동안 봇물 터진 것처럼 눈물이 쏟아
져서 글을 제대로 볼 수 없었다. 그녀는 남편이 쓴 편지를 읽고 또
읽었다. 자상하고 근면하며 인정 많고 따뜻한 남편의 인품을 그대
로 느낄 수 있었다.

저녁에 두 딸에게 묘춘은 낮에 아빠를 만났던 이야기를 하고 편지
를 전해주었다. 동생 혜은이가 편지를 받아들고 낭랑한 목소리로
읽기 시작한다.

사랑하는 내 딸 혜영아 혜은아

아빠 없는 동안 엄마 말씀 잘 듣고 있느냐. 아빠는 너희들이 걱정해
준 덕분에 잘 지내고 있단다. 저번에 면회 왔을 때 보여준 성적표와 상
장을 보니 학교생활을 잘 하고 있는 것 같아 기쁘다. 지금처럼 앞으로
아빠는 너희들 곁에 없을지도 모른다. 때론 외롭고 힘들겠지. 자매가
서로 의지하고 힘을 합쳐서 어려운 상황을 잘 헤쳐 나가기를 바란다.
그리고 엄마 몸이 아프니까 너희들이 말씀 잘 듣고 많이 도와드리거라.
무슨 일을 할 때는 신중하게 생각해서 실수 없는 선택이 되도록 하고,
매사 노력하면 좋은 결과를 거둘 것이다. 세상을 당당하게 살아가거
라. 아빠는 너희들을 이 세상 누구보다 사랑한단다.

혜영아 혜은아 정말 사랑한다.

처음에 작은딸이 교과서를 읽는 것처럼 편지를 번쩍 치켜들고 읽더니 점점 목소리가 가늘어졌다. 결국 끝까지 읽지 못하고 엎드려서 엉엉 우는 통에 큰딸 혜영이 대신 읽었다. 그래도 큰딸이라 의젓했다. 불과 몇 달 전만 해도 아빠에게 항상 재롱 피우는 아이였는데 집안에 큰일이 있고 난 후에는 생각이 많아져서 부쩍 어른스러워졌다.

홍주의 당부 덕분이었을까. 두 딸은 주위의 눈총과 수군거림 속에서도 당당했다. 때론 학교에서 싸우고 오는 일이 있었는데 혜영이는 엄마에게 어째서 싸움이 일어났는지 조리 있게 설명해주었다.

"난 싸울 생각이 없었어. 그런데 그애들이 먼저 나를 놀리고 시비를 걸었단 말이야. 그건 반에 있던 친구들이 다 알아. 선생님도 내 말을 듣고 그 애들에게 반성문을 쓰라고 하셨거든. 하지만 엄마, 앞으론 절대 싸우지 않을게."

묘춘은 어이가 없었지만 한편으로 다행이란 생각이 들었다. 어쩌면 당당한 것까지 아빠를 쏙 빼닮았을까, 남편은 지금까지 살면서 집안 살림이 어렵다고 하여 한 번도 기가 죽지 않았다.

여기 햇빛이 잘 들지 않아 어두컴컴한 달동네 전세방에 살면서도 그가 모처럼 퇴근해 있는 날엔 아들을 안고 마당으로 나가 햇볕바라기를 해주었다. 지나던 이웃사람들이,

"그놈 참 총명하게 생겼구나."

공치사라도 한 마디 던지면 아예 대문을 열고 나갔다. 또 아내가 그에게 어려운 살림을 하소연할 때 홍주는 마치 남의 일처럼 덤덤하게 말했다.

"여보, 가난은 부끄러운 것이 아니야. 어려운 세상에 우리만 힘들

게 사는 것이 아니고 다들 어려워. 그래도 우리는 꼬박꼬박 월급을 받고 있으니 얼마나 다행인가. 조금만 참구려. 살다 보면 좋은 날이 있을 테니까."

자기에 대한 다짐인지 아내를 위로해주는 것인지 모를 말을 너무도 당당하게 하는 것이 얄미울 정도였다.

언젠가 이런 일도 있었다. 학교에서 돌아온 큰딸 혜영이가 아빠를 붙들고,

"아빠, 우리 반에 플루트 부는 친구가 있어요. 나도 그거 사주세요. 네?"

떼를 썼다. 홍주는 난감한 표정으로 딸을 자리에 앉히고 물었다.

"플루트, 갑자기 웬 플루트니?"

"그애가 얼마나 자랑하는지 몰라요. 나도 피리 말고 그거 배우고 싶단 말이에요."

홍주는 그제야 알겠다는 듯 미소를 지으며 다정스럽게 말했다.

"혜영아, 너 비단장수 왕 서방 이야기 들어봤니?"

"흥, 비단장수가 비단장수지, 알게 뭐예요."

혜영은 아빠가 자신을 달래려고 한다는 것을 눈치채고 새침하게 대꾸했다.

"그러지 말고 한번 들어보렴. 비단장수는 비싼 비단을 팔아서 돈이 무척 많겠지?"

"비단장사하면 당연히 돈이 많겠죠, 뭐."

"혜영아, 아빠는 비단장수가 아니라 군인이란다. 너 군인이 뭐 하

는 사람인 줄 알지?"

"네, 나라 지키는 사람이에요."

"그렇지. 우리 딸 똑똑하구나. 그럼 군인은 돈이 많은 사람일까? 나라 지키느라 바쁜데 돈을 많이 벌 수 있을까?"

"아니에요."

혜영이는 이제 풀이 죽었다. 아빠가 차근차근 설명을 해주니 자기도 모르게 괜한 말을 했다 싶은 마음이 들었다.

"우리 딸이 플루트가 꼭 필요해서 사달라고 조르면 아빠는 군인을 그만두고 비단장수를 할게. 돈 많이 벌어서 네가 바라는 플루트를 사줄 수도 있단다. 군인 말고 비단장수 박 서방, 그렇게 해줄까?"

그러자 혜영은 머리를 좌우로 힘차게 흔들었다. 딸은 군복을 입고 있을 때 아빠의 모습이 가장 멋지고 당당해 보였던 것이다. 옆에서 가만히 듣고 있던 묘춘은 비단장수 박 서방이란 말이 너무 우스워서 까르르 웃고 말았다.

"플루트 없어도 좋아요. 아빠는 그냥 군인 하세요."

그리고 아빠 품으로 달려들어 꼭 껴안았다. 홍주는 웃으면서 딸의 등을 토닥거리고,

"아빠가 지금은 못 사줘도 열심히 일하고 용돈을 아껴서 우리 혜영이 플루트 꼭 사주마."

달래주는데 딸은 괜찮다고 하면서 더욱 품을 파고들었다.

"괜찮아요. 난 아빠만 있으면 좋아요."

홍주는 딸을 떼어놓고 이것저것 학교에서 있었던 이야기를 들어주었다. 딸들은 경쟁적으로 아빠에게 하루 동안 있었던 일들을 속

사포처럼 쏘아댔다. 묘춘은 정신이 하나도 없어 애들을 말릴 지경이었다.

"얘들아 천천히 말씀드려. 그러다 숨넘어가겠다."

하지만 홍주는 무엇이 그리 즐거운지 연신 싱글벙글하며 또, 또? 아이들에게 다음 이야기를 하라고 부추겼다. 아이들이 한참 동안 신나게 떠들고 난 후에 홍주가 두 딸에게 차분히 말했다.

"아빠는 말이다. 우리 딸들이 영국 총리 대처 여사 같은 사람이 되었으면 좋겠어."

"대처요?"

"응. 대처 총리는 식료품점 딸로 태어나 어릴 적에는 무척 가난하게 살았지. 구멍가게와 같은 점방집이라고 생각하면 된단다. 그 점방집 딸이 노력해서 영국 총리까지 된 거야."

혜영은 이것을 공부 열심히 하라는 말로 이해해서,

"아빠, 나는 그 사람처럼 되는 것이 싫어요. 남 앞에 나서서 정치 같은 거 하기 싫단 말이에요."

손을 저었다. 홍주는 여전히 차분한 목소리로 딸을 바라보며 말해준다.

"너에게 정치가가 되라는 말이 아니야. 가난한 집에서 태어난 여자도 꿈을 갖고 노력하면 훌륭한 사람이 될 수 있고, 가난하다는 것이 훌륭한 삶을 사는 데 큰 문제가 되지 않는다는 것을 말해주고 싶을 뿐이다."

혜영이는 무슨 말인지 알아듣고 다소곳한 자세로 아빠 말을 들었다.

"네."

이렇듯 자상하게 말해주며 딸들을 가르치던 남편이 지금 감옥에 있다. 약속했던 플루트를 사줄 수 있을까. 그 전에 혹시, 불길한 생각이 들자 묘춘은 사정없이 고개를 흔들었다. 아니야, 절대 그런 일은 있을 수가 없어. 그녀는 희망을 놓지 않았다.

낮에 보았던 남편은 여전히 의연하고 당당했다. 그 모습이 그녀에게 힘을 주고 있었다.

참된 군인의 길

박홍주의 재판이 단심으로 끝나고 다른 피고인들에 대한 재판은 계속 진행 중이었다. 수십 명의 변호인단이 모여 형량을 깎기 위해 백방으로 노력했지만 총을 쏜 사람들은 모두 사형이었다.

김재규는 이미 죽음을 각오하고 있었다. 그는 자기를 믿고 따른 부하들을 생각할 때 너무 괴로워 재판정에서 그들의 얼굴을 제대로 보지 못했다. 충직한 비서 박홍주, 시키는 것은 무엇이든지 했던 박선호, 그리고 얼굴도 잘 모르는 이기주, 유성옥, 김태원. 모두 그가 수장으로 있던 중앙정보부의 요원들이었다. 아무것도 모른 채 자신의 말에 따라 사지로 내몰린 그들, 그들에겐 부인이 있고 자식들이 있었다. 게다가 유성옥은 청첩장을 가지고 출근했다가 이런 변을 당했다고 하니 정말 입이 열 개라도 할 말이 없을 지경이었다. 그래도 부하들은 재판정에서 여전히 자신을 정보부장으로 모셨고 책임을 회피하거나 변명하지 않았다.

김재규도 육군교도소에 수감되었는데 박흥주의 얼굴을 본 적은 없었다. 교도소 측이 두 사람의 접촉을 차단시켰기 때문이다. 그가 박흥주의 얼굴을 볼 수 있는 곳은 재판정뿐이었다.

　김재규는 독방에 앉아 주마등처럼 스쳐 지나가는 일들을 천천히 생각해보았다. 박흥주, 불쌍한 친구. 균형 잡힌 몸에 천성이 군인이고, 책을 많이 읽어 눈빛에서 총명함과 깊은 사색이 엿보였다. 만약 내가 부르지 않았더라면 지금쯤 야전에서 생기 도는 얼굴로 열심히 훈련하고 나라를 지키겠지. 언젠가 그가 말했었다.

　"부장님, 이제 그만 군으로 돌아가고 싶습니다."

　"왜, 일이 힘들어서 그래?"

　"아닙니다."

　"그럼 왜 그래?"

　"저는 군인입니다. 군인이 있을 곳은 야전입니다. 저는 야전으로 돌아가서 부대를 지휘하고 싶습니다. 부장님, 허락해주십시오."

　"그 마음 내가 잘 알지. 나도 마찬가지였어. 하지만 말일세. 군인이 꼭 야전에서 나라만 지키라는 법 있는가? 정보부 일도 나라와 각하를 위해 매우 중요한 일이야. 몇 달만 더 고생해줘."

　그때 흥주를 잡지 않았더라면 …. 차라리 잡지 말 것을 그랬다. 그것이 흥주를 위한 길이었는데 왜 붙잡았을까. 원하는 대로 군으로 돌려보냈더라면 이렇게 가슴 아플 일도 없지 않은가. 김재규는 괴로움에 몸부림쳤다. 자신이 처한 상황, 자신의 가족은 차라리 걱정되지 않았다. 최근 들어 건강이 별로 좋지 않았고 살 만큼 살았으며 부귀영화를 누렸다는 생각이 들었기 때문이다.

재판정에서 그는 누구보다 박흥주의 손을 잡고 싶었다. 몸이 포
승줄로 꽁꽁 묶이고 좌우에 헌병이 지키고 있었지만 재판정에서 흥
주를 보았을 때 그는 무척 반가웠다. 아니 미안했다. 그래서 자기도
모르게 흥주에게 다가가 손을 잡으려 했다. 헌병들은 피고인들이
말을 하거나 손잡는 것을 못 하도록 피고인들 사이에 철모를 쓰고
앉아 있었다.

김재규가 손을 내밀다 헌병에게 제지당하는 것을 흥주가 바라보
았다. 김재규는 그 눈빛을 잊을 수가 없다. 가을 하늘처럼 맑고 깊
은 눈빛, 자신을 원망하거나 책망하지 않고 그저 묵묵히 잘 지내고
계시느냐 묻는 그 눈빛, 그는 흥주 앞에서 죄인이나 다름없었다. 차
라리 자신을 욕하고 원망하고 비난했으면 이렇게 마음이 괴롭지 않
을 것이다. 그는 수족처럼 부리는 부하들이 그동안 어떻게 사는지
관심을 기울이지 않았다.

물론 가장 측근이랄 수 있는 흥주가 서울로 와서 행당동 달동네에
거처를 정했다는 것은 알고 있었지만 가타부타 아는 체하지 않았다.
자존심이 세고 명예를 생명처럼 생각하는 친구였고 김재규 또한 군
생활을 오래 한 터라 검소하게 사는 것을 당연시하고 있었기 때문이
다. 행여 부장이 나서 형편을 묻고 도와주었더라면 흥주는 무척 자
존심이 상해 그날로 사표를 던졌을지도 모른다. 그만큼 강직하고
모든 것을 스스로 개척해나가는 사람이었다.

흥주는 명문 서울고 출신이다. 해방과 한국전쟁을 기점으로 이북
출신 실향민들 가운데 우수한 학생들이 서울고등학교로 대거 몰렸

는데 홍주도 그중 한 명이다. 경기고와 더불어 명문고교로 불리던 서울고, 얼마나 우수한 학생들이 많았는지 서울대의 본교는 서울고 등학교라는 말까지 있을 정도였다.

서울고의 초대교장 김원규 선생은 학생들 교복바지의 주머니를 모두 꿰매도록 한 일이 있었다. 한창 자라는 어린 학생들이 걷거나 서 있을 때 주머니에 손을 넣게 되면 자연스레 웅크리게 되고 보기 좋지 않다는 이유 때문이었다. 장차 나라의 미래를 짊어지고 갈 학생들이 웅크리고 있다는 것을 용납할 수 없었나 보다.

아무튼 서울고 학생들은 제일 명문이라는 자부심이 가득했고 어디 가서도 주눅 들지 않았다. 홍주 또한 마찬가지다. 그에게 있어 가난이 부끄러운 것이 아니라 가난을 부끄러워하는 그 마음이 부끄러운 것이었다.

언제였던가. 김재규의 집으로 홍주가 아내를 데리고 인사 온 적이 있었다. 그때 김재규가 본 느낌은 대수롭지 않았다. 검소하고 겸손한 모습으로 특색이 없었다. 그런데 재판을 받을 때 변호인이 홍주에게 묻는 말을 듣고서야 그가 얼마나 어렵게 살고 있었는지 자세히 알게 되었다. 차도 못 올라가는 언덕배기 고지대에 자리 잡은 박홍주의 집, 말이 2층이지 2층엔 다른 사람이 살고 반지하나 다름없는 어두컴컴하고 낮은 집에 그가 살고 있었다. 홍주는 지금껏 한 번도 자신이 어떻게 살고 있는지 말한 적이 없었으며 그에게서 가난함을 느끼지 못할 정도로 당당했다.

김재규는 차갑고 어두운 독방에 참선하듯 앉아 재판정에서 홍주가 얼마나 당당하고 의연한 모습이었는지 떠올려보았다.

사실심리를 하는 재판장이 박흥주와 박선호에게,

　　"다른 피고인들을 퇴정시키지 않은 채 면전에서 진술할 수 있겠습니까?"

라고 물었던 적이 있다. 그들이 상관없다고 대답한 덕분에 김재규는 퇴정하지 않고 흥주가 진술하는 것을 모두 들을 수 있었다. 피고인들 간에 진술이 서로 상충되는 부분이 있으면 사실심리가 곤란하기 때문에 관련 피고인들을 퇴정시키고 심리적으로 억압받지 않는 상태에서 진술할 수 있다. 그런데 두 사람은 부장이 있어도 상관없다고 말함으로써 자신들의 행동이 떳떳했음을 간접적으로 밝히고 변명하지 않는다는 것을 보여준 셈이었다. 흥주는 마지막까지 자신이 모셨던 상관에 대한 예의를 다했고 변함없는 충성심을 보여주었다.

　　김재규는 박선호에게도 너무 미안했다. 한때 자신의 제자였고 중앙정보부에서는 부하로 데리고 있던 친구. 자신의 말이라면 섶을 지고 불로 뛰어드는 것조차 마다하지 않을 친구였다. 선호는 해병대 예비역 대령으로 겉보기와 달리 독실한 크리스천이었다. 그는 의전과장이 정보부 내에서 꽤 잘나가는 요직에 속하고 승진이 빠르다는 것을 알면서도 여러 차례 사직서를 제출했었다.

　　그때마다 김재규는,

　　"이봐, 자네가 나가면 누가 그 일을 하나?"

라며 반려했고 결국 일이 이렇게 된 것이다. 차라리 나간다고 할 때 나가도록 내버려 둘 것을, 김재규는 또 후회했다. 선호는 재판을 받는 내내 시종일관 당당했고 부장을 향한 변함없는 충성심을 보여주

었다. 왜 그 일에 가담했느냐는 질문에,

"평소 김재규 중앙정보부장을 인격적으로 존경했기 때문에 지시에 따랐습니다."

한순간 망설임도 없이 대답하였던 것이다. 김재규는 선호에게 차마 못 할 일을 시켰다는 죄책감에 괴로웠다.

그리고 아직 한창 일할 나이로 신혼의 단꿈에 젖어 있어야 할 이기주, 유성옥, 김태원. 세 친구는 얼굴이 낯설었지만 부장으로부터 내려온 지시를 흔들림 없이 수행한 정보부 요원들이다.

김재규는 독방에서 피고인으로 함께 섰던 부하들의 얼굴을 하나하나 떠올릴 때마다 할 수만 있다면 일일이 찾아가서 사죄하고 싶은 마음이 들었다. 스스로 생각하기에 아무리 옳은 일이라 하더라도 그것을 부하들에게까지 강요할 수는 없는 일이기 때문이다. 부하들은 선택의 여지없이 상관의 명령을 따랐다. 김재규는 그것이 고맙고 미안한 것이다.

며칠 전 그는 꿈을 꾸었다. 재판정에 서있는 꿈이었는데, 재판장이 자신을 향해 이렇게 물었다.

"김재규 피고인. 피고인은 혁명을 원했습니까, 아니면 순간적 분노 때문이었습니까?"

그는 단호하게 답변했다.

"혁명 때문이었습니다. 본인은 혁명을 하려고 했습니다."

그러나 재판장은 약간 비웃는 투로,

"그렇다면 혁명을 위한 무슨 준비가 되어 있었지요?"

물어보는데 그는 얼른 할 말이 생각나지 않아 잠시 우물거린 후,

"당시 본관에는 육군참모총장과 중정 2차장보도 와 있었고, 긴급 국무회의를 통해 계엄령을 선포한 다음 민주절차를 회복시키려고 했습니다."

라고 당시 정황을 설명했다. 재판장이 다시 물었다.

"정승화 육참총장과 김정섭 제2차장보는 피고인이 그런 일을 할 것이란 사실을 전혀 몰랐다고 하던데, 사전에 무슨 밀약이 있었나요?"

"재판장님, 이런 일에는 기밀유지가 기본입니다. 자칫하면 보안이 누설되어 일을 그르칠 수도 있습니다."

"알겠습니다. 그렇다면 기밀유지를 해서 혁명이 성공했나요?"

"네, 성공했습니다. 자유민주주의의 회복을 가장 저해하고 있던 장애물, 대통령을 본인이 제거했습니다."

"좋습니다. 피고인은 왜 부하들을 끌어들였습니까?"

"자유와 민주주의 회복을 위한 혁명은 사람이 필요하고 혼자로선 역부족이기 때문에 부하들과 함께했습니다."

"부하들에게는 언제 거사계획을 알렸나요."

"거사 직전입니다."

"왜 거사 직전에 알렸습니까. 미리 알리면 안 되는 무슨 이유라도 있었습니까?"

"조금 전에도 말씀드렸다시피 보안이 누설될 우려가 있기 때문에…."

갑자기 재판장이 말을 끊으며 호통을 쳤다.

"혁명을 그렇게 허술하게 하는 경우도 있나요? 솔직히 말해보세요. 부하들을 진심으로 믿지 못했기 때문 아닙니까? 도대체 피고인은 혁명을 위한 무슨 준비가 되어 있었습니까?"

김재규는 지지 않고 재판장을 향해 외쳤다.

"대통령은 본인에게 많은 은혜를 베푼 사람입니다. 오랫동안 저를 믿어주고 분에 넘치는 중책을 맡겼습니다. 그러한 대통령을 직접 제거해야 된다는 사실은 무척 괴로운 일이었습니다. 그를 제거하는 것은 이 나라 중앙정보부를 책임지고 있는 본인 외에는 할 사람이 없었습니다. 나는 나라를 위해, 자유민주주의의 회복을 위해 몸을 내던진 것입니다."

"다시 묻겠습니다. 그렇다면 대통령과 경호실장을 제거하는 데 부하들이 왜 필요했습니까? 피고인 혼자서도 충분히 할 수 있는 일이었고 실제 피고인이 두 사람을 살해하는 데 성공했습니다. 수행 경호원들까지 모두 제거할 필요가 있었나요. 부하들에게 경호원을 모두 처치하라고 지시한 것은 죽음이 두려웠고 정권찬탈의 욕심이 있어서 그런 것 아닙니까?"

"절대 아닙니다. 그건 본인을 잘 몰라서 하는 소리입니다."

"아니에요. 피고인의 말대로 사심 없이 대통령을 제거하는 것이 혁명이라면 혼자서도 충분한 일이었습니다. 피고인과 대통령, 피고인과 경호실장의 문제를 부하들과 경호원들에게 강요할 필요는 없었어요. 원한과 순간적인 분노를 조절하지 못한 탓입니다."

갑자기 방청석 여기저기서 '옳소, 옳소'하는 소리가 들린다. 김재규가 고개를 홱 돌려 방청석을 노려보았는데 방청석은 텅 비어 있었다. 아무도 없는 방청석, 그 혼자 재판정에 서있었던 것이다. 그는 다시 고개를 돌려 재판장을 바라보았다.

그런데 재판장이 어느새 박홍주로 바뀌어 있었다.

"아니, 박 실장."

박홍주가 재판장 자리에 앉아 싸늘한 눈초리로 그를 내려다보며 심문을 계속했다.

"다시 묻겠습니다. 피고인은 왜 자신을 하늘같이 따르고 믿었던 부하들을 끌어들여 사지로 내몰았습니까?"

"부하들과 자유민주주의 회복을 위한 혁명을 한 것입니다."

"조금 전 계엄령을 선포하고 민주절차를 회복시키려고 했다는 말에 대해 묻습니다. 혹시 정권찬탈의 욕심이 있었던 것은 아닙니까? 자신도 모르는 그 권력욕이 가슴속 깊숙이 자리 잡고 있지 않았는가 살펴보세요."

"본인은 정권찬탈의 욕심이 없었습니다."

"좋습니다. 일단 거사를 한 다음 군대와 국무위원, 그리고 국민들을 설득하는 것이 가능하다고 생각했습니까?"

"가능하다고 생각했습니다."

"그런데 왜 긴급국무회의에서 동의를 얻지 못했습니까?"

"그건 국무위원들이 너무 당황해서 그렇다고 생각합니다."

이번에는 방청석에서 까르르 웃음소리가 들렸다. 고개를 돌려보자 역시 아무도 없다.

그가 화난 얼굴로 재판장을 바라보았을 때 이번엔 박선호가 얼음장같이 차갑고 굳은 얼굴로 그를 내려다보고 있다.

"아, 박 과장."

박선호는 지금껏 보지 못했던 표정으로,

"피고인, 자신을 믿고 따랐던 부하들에게 사전에 아무런 말도 없다가 총을 쏘기 반 시간 전에 통보한 것은 무엇 때문입니까?"

"그것은 기밀유지 때문입니다. 본인은 정보부장으로서 보안의 중요성을 누구보다 잘 알고 있습니다."

"피고인은 부하들의 충성과 신뢰를 이용하여 그들에게 끔찍한 일을 지시했습니다. 그것은 부하들에 대한 배신행위 아닙니까?"

"아닙니다. 정보부는 업무특성상 자신의 목숨을 내놓아야 할 때가 있습니다. 부하들도 그것을 잘 알고 있습니다."

"좋습니다. 피고인은 대통령을 시해하고 참모총장과 안가를 떠날 때 박선호에게 무슨 지시를 했습니까?"

"특별한 지시를 하지 않았습니다."

"왜 그랬죠?"

"당시 참모총장과 함께 계엄을 선포하고 혁명정부를 구성하기 위해서 너무 바빴으므로 …."

이때 재판장 자리에 앉은 박선호가 소리를 질렀다.

"피고인, 솔직하게 대답하세요. 혁명을 그렇게 허술하게 하는 경우도 있습니까? 피고인은 너무 두렵고 경황이 없었던 것 아닙니까? 피고인은 막상 총을 쏘고 난 후 너무 놀라 신발도 신지 않고 뛰쳐나갔다고 기록되어 있습니다."

"절대 아닙니다."

그는 절대 아니라고 소리를 질렀다. 갑자기 재판정의 불이 모두 꺼지고 캄캄한 가운데 마치 무대에 선 것처럼 그를 향해 스포트라이트가 비쳤다. 방청석 어디에선가 비웃는 소리가 들려왔다.

"거짓말쟁이."

"위선자."

그는 무대에 선 연극배우가 된 것 같았다. 눈을 부릅뜨고 손을 허공으로 휘저으며,

"누구냐? 난 우리나라의 자유민주주의 회복을 위해서 혁명을 했을 뿐이다. 역사는 나를 혁명투사로 기억할 것이다."

목소리를 높였다. 순간 재판정의 불이 모두 켜지고 환해졌는데 어느새 빼곡 들어찬 방청객들이 그를 응시하고, 박흥주와 박선호는 싸늘하고 침울한 표정으로 그 옆에 서있었다.

"아아, 박 실장, 박 과장!"

그는 두 사람을 애타게 불렀다. 하지만 두 사람은 아무런 대답이 없고 목소리는 연기처럼 허공으로 사라지고 말았다. 이번엔 손을 내밀어 그들을 잡으려 했는데 몸이 꽁꽁 묶여있어 움직일 수가 없고, 옆에 있던 헌병이 버둥거리는 그를 꽉 붙들어 제지했다.

"움직이지 마십시오."

김재규가 흠칫 놀라 고개를 돌려보니 헌병이 아니라 뜻밖에도 대통령이다. 말쑥한 차림의 대통령이 옆에서 그의 팔을 옴짝달싹 못하도록 잡고 있었다.

"각하."

"임자, 그럴 줄 몰랐어. 어떻게 나에게 그럴 수가 있지?"

김재규는 너무 놀라 등에 식은땀이 쫙 흘러내리는 것을 느꼈다.

분명 죽은 사람인데 바로 옆에서 자신의 팔을 움직이지 못하도록 잡고 있다니.

"각하, 저에게 베푸신 은혜는 하해와 같습니다만, 이 나라의 자유민주주의 회복을 위해 어쩔 수 없었습니다."

"헐벗고 굶주리던 나라를 이만큼 살도록 만든 게 누군가. 굶기를 밥 먹듯 하던 사람들에게 무엇이 중요하다고 생각해? 사흘 굶고 담 넘지 않는 사람이 없는 법이야. 임자는 자유민주주의를 핑계로 사실은 마음속 분노와 원한을 나에게 쏟아냈던 것이지. 차지철에게 밀리고 있다는 절박감, 패배감, 열등감이 자네에게 총을 들도록 만들었던 것 아닌가."

"그건 그렇지 않습니다."

"왜지?"

"각하의 시대는 이미 갔습니다. 진작 물러나셨어야 합니다."

김재규의 말에 대통령은 서운한 표정을 짓는다.

"임자, 내가 언제 임자를 배신한 적 있었는가. 난 임자가 쏜 총탄에 가슴이 너무 아파."

대통령의 말을 듣고 가슴을 바라보니 선홍빛 피가 줄줄 흘러내리고 있었다. 김재규는 너무 놀라 으악 비명을 질렀다.

그때 누군가 문을 두드렸다.

쿵쿵쿵!

그리고 그를 부르는 소리가 들려왔다.

"정신 차리고 그만 일어나십시오. 식사시간입니다."

김재규가 눈을 떠보니 독방 안이다. 문밖 창살 너머에서 앳된 병
사가 걱정스러운 표정으로 그를 바라보고 있었다. 어디에선가 구수
한 된장국 냄새가 풍겨왔다.

사형수의 목각인형들

아무 일 없이 살 때는 감옥이 어떤 곳인지 전혀 알 수가 없다. 누구도 가고 싶지 않은 곳이 바로 감옥이다. 박흥주는 군 생활을 할 때 속칭 '남한산성'으로 불리는 육군교도소에 가면 거의 반죽음이 된다는 말을 들은 적 있었다. 남한산성은 한마디로 공포의 대상이었는데, 지금 그가 남한산성 육군교도소에서 바깥세상과 단절된 채 죽음을 기다리고 있었다.

육군교도소에는 다양한 종류의 군 범죄자들이 수감된다. 선임의 가혹행위를 못 이겨 총을 발사한 병사, 후임을 때려 중상을 입힌 병사, 전차를 몰고 가다 민간인 차량을 부순 병사, 탈영하다 잡혀 온 병사, 상관에게 대들고 싸운 사람, 부대 운영비를 횡령하다 발각된 장교, 종교적 양심 때문에 총을 잡지 못하겠다는 사람, 그 죄목을 따지자면 일일이 열거할 수 없지만 그래도 밖에서 생각하던 것과는 다른 점이 많았다.

무턱대고 사람을 고문하거나 때리는 곳은 아니었다. 수사과정에서 자백을 이끌어내기 위해 가혹행위를 하는 것이 필요했을지 몰라도 교도소는 재판이 끝난 수감자들에게 형을 집행하는 곳이기 때문에 군이 그럴 필요가 적었다. 가둬놓고 딴생각을 못하도록 엄하게 다루면 그만이다.

어떤 이유에서건 일단 이곳에 수감된 사람들은 계급과 이름표를 떼고 모두 '수련생'으로 불린다. 교정矯正을 통해 새 삶을 시작하라는 의미다.

수련생들의 하루는 일정했다. 아침 6시 30분에 기상하여 방청소를 하고 점호를 받는다. 아침을 먹고 난 후부터 오전 일과가 시작되었다. 특별한 교육이 없을 경우 작업장으로 가서 일하고 점심 후에도 마찬가지다. 어두워지면 정해진 시간에 점호를 받고 취침했다.

여기서 홍주는 외딴 섬에 고립된 사람처럼 바깥출입이 자유롭지 않았고 사람들을 만나는 것조차 쉽지 않았다. 차라리 작업장에라도 나가면 좋을 텐데 하루 종일 독방에 앉아 있으라고 하니 미칠 지경이었다. 참다못해 홍주는 황 상사에게 부탁했다.

"이봐요. 황 상사, 나도 작업장에 보내주시오."

"네? 이렇게 추운 날 무슨 작업장엘 보내 달라고 하십니까?"

"아니오. 몸을 움직여야 잡생각이 들지 않을 것 같아서 그럽니다. 이대로 아무 일도 하지 않고 있는 것이 더 괴로워요."

황 상사는 그럴 수도 있겠다는 표정으로 잠시 생각해보더니 난처하게 말한다.

"그건 제가 결정할 사항이 아닙니다. 한번 위에 말씀드려보긴 하겠습니다만 아마 쉽지 않을 겁니다."

"수고 좀 해주세요."

홍주의 부탁을 받고 황 상사는 위에 정식으로 보고를 올렸다. 하지만 사형수를 작업장으로 내보내 일반 수련생들과 함께 생활하도록 한다는 것은 함부로 결정할 사항이 아니었다. 게다가 박 대령은 일반 범죄자가 아니라 국군통수권자를 살해한 사건에 연루되어 사형을 기다리고 있지 않던가. 며칠을 기다려도 답이 오지 않자 황 상사는 부소장을 찾아갔다.

"부소장님, 박 대령은 매우 성실하게 생활하는 수련생입니다. 그간의 보고서를 보셔서 아시겠지만 한 번도 문제를 일으킨 적이 없고 형의 집행만을 기다리는 상태입니다. 책이나 물품을 반입해달라는 것이 아니고 단순히 다른 수련생들처럼 작업장에 가서 일을 하고 싶다 부탁하는 것이니 한번 고려해주시기 바랍니다."

"황 상사, 왜 그렇게 박 대령에게 신경을 쓰십니까?"

"예전에 같은 부대에서 근무한 적이 있습니다. 다른 이유는 없습니다."

"그래도 그렇지, 본분을 잊지 마세요."

부소장은 딱 잘라 말하고 돌아앉았다. 황 상사는 생긴 것처럼 우직한 면이 있었다. 그대로 물러나지 않고,

"그렇다면 형 집행을 할 때 제가 박 대령을 맡겠습니다."

라고 말하자 부소장의 귀가 번쩍 뜨였다. 사형수를 집행장으로 데리고 갈 때는 몸부림을 치거나 그 섬뜩한 눈으로 쏘아보기 때문에 다들 자신이 제외되기만을 바랐다. 아무리 죄인일지언정 사형장으로 끌

고 가는 것은 마치 자기가 저승사자처럼 느껴져서 끔찍이 싫었던 것이다. 어떤 간수는 집행 날이 다가올 때 일부러 몸이 아프다고 병가를 내거나 무단결근하는 일까지 있었기 때문에 부소장으로서 골치 아팠다.

그런데 박 대령의 사형집행 때 황 상사가 자원해서 일하겠다고 하니 반갑기 짝이 없었다. 더구나 두 사람은 안면이 있어 소란을 일으킬 소지가 적어 보였다.

"그래요?"

부소장은 짐짓 대수롭지 않게 대답하고는,

"황 상사의 뜻이 정 그렇다면 내가 한번 건의해보리다. 일단 가서 기다려보세요."

황 상사를 돌려보냈다. 그리고 소장을 찾아가서 다시 건의했고 소장의 직권으로 박홍주를 작업장으로 보내도록 조치하였다. 다만 수련생들과의 대화는 일절 금지되었다. 날씨가 추워지기 전에는 밭에서 채소나 화초를 재배하기도 했는데, 겨울에는 그것이 어려워 실내 작업장에 모여 일했다.

홍주는 사람들을 만나는 것이 좋아 독방에 있을 때보다 기분이 나아졌다. 수련생들은 그가 대통령 시해사건에 가담한 중앙정보부 비서실장임을 익히 알고 있어 가까이 다가오지 않은 채 슬슬 피했다. 홍주가 작업장으로 나오기 전에 이미 그와 절대 대화하지 말라는 지시를 받았기 때문이었다.

홍주는 목공작업장으로 배치되었다. 특별한 일을 시키는 것은 아니고 간단한 나무 깎기나 청소 정도였다. 그저 원하는 대로 작업장으로 데려왔을 뿐이지 그에게 일을 시켜서 성과를 거둘 생각은 애당초 없었다.

홍주는 의외로 손재주가 좋았다. 피곤한 와중에도 딸의 종이왕관을 멋지게 만들어준 것을 보면 알 수 있다. 그는 작업장에서 나무토막을 가져다 무엇인가 깎기 시작했다. 날마다 열심히 깎고 조각하는 것을 보고 황 상사는 궁금해졌다.

"대령님, 무엇을 만드십니까?"

"아무것도 아닙니다. 그냥 심심해서 …… ."

말을 흐렸지만 그것이 인형이라는 것을 금방 알아차릴 수 있었다. 홍주는 쉬지 않고 나무를 깎았다. 보잘것없던 나무토막이 점점 형체를 갖추어갔다. 그리고 며칠 만에 악기를 들고 있는 인형을 하나 완성하고는 뿌듯한 얼굴로 황 상사에게 보여주었다.

"황 상사, 이것을 방에 가져다 놔도 괜찮겠소?"

"그렇게 하시죠. 다만 칼은 절대 안 됩니다."

"그건 잘 알고 있으니 걱정 마시오."

황 상사의 배려로 홍주는 인형 하나를 방에 가져다 놓고 무척 흐뭇한 표정을 지었다. 인형 하나를 만들자 자신감이 붙었는지 또 며칠을 매달려 예쁜 옷을 입고 있는 인형을 조각했고, 다음에는 멋진 말을 깎았다. 그는 세 개의 목각인형들을 방 한구석에 늘어놓고 마치 아이들을 보고 있는 것처럼 간만의 행복감을 맛보았다.

인형을 다 완성했을 때 아내로부터 편지가 왔다. 눈물로 꼭꼭 눌러썼을 편지는 아내가 얼마나 손에 힘을 주었는지 마치 돌을 파고

글자를 새겨놓은 것 같았다. 홍주는 벽에 기대앉아 편지를 읽는다.

혜영 아빠.

　그리운 당신, 차가운 그곳에서 어떻게 잘 지내고 계신지 궁금해요. 아이들은 씩씩하고 저는 건강이 웬만해서 지내기에 문제가 없어요. 당신이 없는 현실이 너무 슬프지만 법정에서의 의연했던 모습을 떠올리면 울 수가 없어요. 명예를 중시하는 당신의 아내가 눈물을 흘린다는 것이 될 법한 소리인가요. 앞으로는 절대 울지 않겠어요. 아이들과 저는 당신이 헛된 일을 하지 않았다는 것을 알고 있어요. 우리는 슬픔이 아닌 자랑스러움으로 당신을 기억합니다. 그리고 세상은 당신을 절대 잊지 않을 거예요. 먼 훗날 역사는 당신의 그 자랑스러운 행동을 후손에게 알릴 것이라고 확신합니다.

　여보, 당신을 만나 지금껏 살아온 날들이 너무 자랑스럽고 행복해요. 우리가 지금 헤어져 있더라도 이것은 영원한 헤어짐이 아니란 것을 당신이 더 잘 알고 계실 거예요. 꼭 다시 만날 수 있도록 날마다 하나님께 기도를 드리고 있어요. 언제 어디서든 저를 잊지 말고 꼭 아내로 맞아주세요. 당신의 아내는 아이들과 함께 당신을 기다리며 꿋꿋하게 살아갈 겁니다. 끝으로 보고 싶은 당신에게 제 아낌없는 사랑을 전합니다. 사랑하는 당신, 어색하지만 당신의 이름 홍주 씨를 부르며 펜을 놓을까 합니다. 홍주 씨.

　당신을 영원히 사랑하는 아내가.

홍주는 흘러내리는 눈물을 닦느라 몇 번을 멈추었는지 모른다.

이렇게 사랑스럽고 굳센 아내가 또 있을까. 앞으로 남편 없이 세 자녀를 이 거친 세상풍파 속에서 어떻게 키울까. 그는 잔인한 현실과 처절한 고통을 견디기 어려워 벽에 머리를 쿵쿵 부딪쳤다. 아무짝에도 쓸모없는 이 몸뚱이를 그만 산산이 부숴버리고 싶었다.

쿵쿵 소리를 듣고 황 상사가 달려왔다.

"대령님, 박 대령님. 왜 그러십니까?"

"미안하오. 아무것도 아니니 걱정 마시오."

황 상사는 걱정스러운 눈길을 쉽게 거두지 못하고 마지못해 제자리로 돌아갔다. 그는 홍주가 위관장교로 전포대장을 하고 있을 때 막 하사를 달고 있었다. 가끔 홍주가 외출 나온 병사들을 초대해서 밥을 먹이기도 했는데, 그가 직접 본 것은 아니지만 다녀온 병사들 얘기를 들어보면 전포대장은 겉보기와 달리 매우 자상한 사람이었다. 위관장교의 봉급이 얼마나 되겠는가. 쥐꼬리 같은 봉급으로 군관사에 살면서 부하병사들을 불러 함께 밥을 먹었다. 그 아내 또한 사람이 좋아서 한 번도 불쾌한 낯을 보이지 않았다는 것이다.

홍주는 병사들과 상을 마주하고 앉아서,

"많이 먹어, 암, 많이 먹어야 힘을 쓰지. 포병은 힘이 있어야 하거든."

연신 병사들의 어깨를 두드려주었다. 한창 먹을 나이의 병사들은 포대장의 살림은 살필 겨를 없이 그저 배만 채우느라고,

"사모님, 여기 밥 좀 더 주세요."

밥그릇을 내밀었는데 어떤 날은 밥이 떨어져 옆집에서 빌려오기도 했다.

황 상사가 직접 본 박홍주 전포대장은 항상 규율을 중시하고 엄격했지만 속은 따뜻한 사람이었다. 언젠가 병사들이 미군이 넘겨준 낡은 포를 열심히 닦고 있는 것을 보고 박홍주가 혼잣말처럼,

"우리나라도 빨리 부강한 나라가 되어 이렇게 녹슨 포 말고 새 포를 부대에 배치했으면 좋겠구나."

중얼거리는 것을 들은 적도 있었다. 황 상사는 박홍주 전포대장을 충성심 강하고 애국심으로 무장되었던 군인으로 기억한다. 그렇게 전포대장의 임무를 맡고 있다 갑자기 사단장 부관으로 가는 바람에 더 이상 마주칠 일이 없었지만 황 상사는 홍주에게 강한 인상을 받았다. 항상 자신의 일에 충실하며 부하들을 엄하고 따뜻하게 보살피는 사람으로 말이다.

저번에 그 가족들이 교도소로 면회를 왔을 때 황 상사는 박 대령의 부인을 처음 보았다. 말로만 듣던 마음씨 좋은 사모님, 면회실에 있는 것을 창밖에서 보니 흔히 볼 수 있는 수수한 옆집 아주머니의 모습과 전혀 다를 바 없었다. 대령 부인이 되었으면서도 자신을 내세울 줄 모르고 지극히 겸손하여 마치 하사관 부인을 보는 것 같아 문득 부끄럽고 미안한 마음까지 들었다.

인생지사 새옹지마라더니 사람 일은 참 알다가도 모를 일이다. 촉망받던 젊은 장교가 한순간 대통령 시해사건에 휘말려 육군교도소에서 사형을 기다리고 있는 것을 보면 참으로 가슴이 답답하였다. 황 상사는 그동안 육군교도소에 근무해온 경험으로 볼 때 박 대령처럼 엄청난 사회적 이목을 집중시킨 사형수는 오래 살지 못한다는 것을 알고 있었다. 생각지도 못한 날 갑자기 형을 집행하라는 지시가

떨어지기 때문에 그는 있는 동안 박홍주 대령을 잘 대해줘야겠다고 생각했다.

홍주는 황 상사를 돌려보내고 다시 편지를 들여다보았다. 편지 속에서 아내의 얼굴이 떠오른다. 하얗고 티 없이 맑은 얼굴. 홍주는 야전에 있을 때가 정말 행복했다는 생각이 들었다. 아니 어디에 있건 가족과 함께 있을 때가 행복했었다. 아내의 편지는 홍주에게 기쁨과 안타까움을 동시에 안겨주고 있었다.

묘춘은 남편에게 편지를 보내놓고 가슴이 설렜다. 편지가 남편의 손에 쥐어지기까지 일주일, 교도소 측에서 배려해준다면 2주일 안에 남편의 답장을 받아볼 수 있을 것 같았다. 그녀는 곧 남편이 돌아오기라도 할 것 같은 기분이 들어 집 안을 청소하기로 마음먹었다. 좁은 집이지만 의외로 청소할 곳이 많았다. 날이 따뜻할 때 바깥부터 정리하고 방으로 들어가서 물건을 정리하기로 했다.

평소 부부가 사용하다 손님이 오면 거실처럼 내주는 큰방, 딸들이 생활하는 작은방과 재래식 부엌, 이것이 홍주네의 주거공간이었다. 화장실은 이 층에 세 들어 사는 사람과 함께 사용하기 때문에 아침이면 차례를 기다리느라 고역이었다.

마당 한쪽 구석에 작은 옹기항아리 몇 개가 놓인 장독대가 있고, 수돗가에는 세숫대야와 고무다라이가 한 자리를 차지한다. 세숫대야 옆에는 비눗갑과 식구들의 칫솔 치약, 그리고 남편이 쓰는 도루코 면도기가 가지런히 놓여 있었다.

그녀는 마당에서 특별히 정리할 것이 없어 바가지로 물을 퍼서 수

돗가를 씻어내고는 부엌으로 들어갔다. 부엌 수챗구멍 옆에는 쥐덫이 하나 놓여있다. 영악한 쥐들이 밤이면 무엇인가 갉아대는 소리를 내고 무리를 지어 후드득 달리기 경주를 하였다. 딸들은 생쥐를 보면 기겁하고 비명을 질러댔다.

이 쥐를 잡기 위하여 어느 날 남편이 철물점에 들러 쥐덫을 사왔던 것이다. 그리고 쥐들이 다닐 만한 곳을 물색하다 수챗구멍 옆이 좋겠다고 하여 놔두었는데 지금까지 한 마리도 잡히지 않았다. 전에 살던 사람들은 쥐약을 놓아 쥐를 잡았다. 처음 이사 왔을 때 거품을 물고 눈을 뒤집은 쥐들이 여기저기 나뒹굴고, 어떤 때는 물컹한 것이 발에 밟히기도 했다. 그 느낌은 정말 싫다.

홍주네가 쥐약 대신 쥐덫을 사용하는 바람에 살판 난 것은 생쥐들이다. 수채 구멍에 놓인 쥐덫에서 미끼만 살짝 빼먹고 어디 한번 잡아보라는 듯 어수룩한 주인들을 비웃으며 활개 쳤다. 아무래도 쥐덫보다는 쥐약이 효과적인데 죽어 나자빠진 흉측한 모습이 끔찍해서 쥐덫을 고집하고 있었다. 그녀는 문득 쥐덫을 보고 그걸 자랑스럽게 들고 오던 남편의 모습이 떠올라 미소가 나왔다.

부엌을 대강 정리하고 큰방으로 들어갔다. 낮에도 햇빛이 들지 않고 캄캄해서 아이들이 '한밤'으로 이름 지은 방이다. 이리저리 이사를 다니느라 문이 틀어지고 흠집 난 자개 장식장이 한쪽 벽면에 서있다. 그 안에는 남편이 군 생활하면서 받은 기념패며 트로피들이 놓여 있었는데 이 집에서 그래도 가장 값나가는 물건이다. 물론 어디 가서 팔 데는 없다.

장식장 옆으로 남편이 월남에서 돌아올 때 사온 낡은 전축과 작은

텔레비전이 한껏 폼을 잡고 서있고, 낮은 책장에는 남편이 아끼는 책이 보기 좋게 꽂혀있었다. 미처 자리를 차지하지 못한 책들은 노끈으로 질끈 묶어 구석에 쌓아놓았다. 도둑이 들어와야 특별히 훔쳐 갈 물건이 없어 보이는 소박한 집이다.

묘춘은 앨범을 보고 새벽에 갑자기 들이닥쳤던 보안사 요원들이 떠올라 몸을 부르르 떨었다.

'그들이 남편의 사진을 가져갔었지. 육군사관학교를 졸업하던 때 찍은 늠름하고 멋진 사진을.'

묘춘은 갑자기 남편이 보고 싶어 청소하는 것도 잊은 채 앨범을 펼쳐놓고 한참을 들여다본다.

그러다 딸들이 돌아오기 전에 작은방을 정리해야 된다는 것을 깨닫고 부랴부랴 작은방으로 들어갔다. 이 방은 그래도 큰방보다는 나은 편이다. 허술하게 발라놓은 시멘트에 금이 가고 한쪽으로 기울어진 방일망정 작은 창문이 있어 아주 잠깐이나마 햇빛이 드는 유일한 공간이기 때문이다. 그녀는 이불이 잔뜩 쌓여 있는 작은 옷장 한편에 딸들 옷을 정리해서 넣고 바닥에 흩어져있는 동화책 몇 권을 책장에 꽂아 넣었다. 그리고 책상으로도 쓰이고 밥상으로도 쓰이는 앉은뱅이 나무밥상의 다리를 접어 한쪽으로 세웠다. 겨우 청소가 끝났다.

막내에게 젖을 물려주고 앉아 있으니 마음이 무척 편안해진다. 그녀는 녹음이 푸르던 지난 초여름 막내를 낳았을 때를 생각해본다. 그녀가 지친 얼굴로 남편을 보며,

"여보, 아이 얼굴 보았어요?"

물었을 때 홍주는 미안함과 기쁨이 가득 찬 얼굴로 자신을 안아주었다. 아마 그때가 처음이자 마지막으로 남들 눈치 보지 않고 아내를 안아준 때였을 것이다. 남편은 막내가 태어난 후에도 일 때문에 늦게 들어오는 날이 많았다.

부마사태가 일어나 시국이 어수선하던 때로 기억한다. 모처럼 부부가 저녁을 먹고 텔레비전을 보며 도란도란 이야기를 나누는데 뉴스에서 시위대가 몰려다니고 여기저기 불타는 장면이 나왔다. 그녀는 세상일을 잘 몰라 남편에게 물었다.

"여보, 중앙정보부에서 저런 일은 수습 못해요?"

사람들이 다치고 건물이 불타는 모습이 안타까워 그냥 해본 소리였는데 남편은 의외로 심각한 표정을 지었다.

"그렇게 많은 희생을 시킬 수는 없지."

"네? 무슨 희생이요?"

그녀의 반문에 남편은 입을 다물었다. 도대체 뭐라는 말인지 알 수 없고 남편이 입을 다물어버리니 더욱 궁금했다.

"무슨 말이에요. 한번 말해줘요."

아내의 거듭되는 질문을 받고 홍주는 겨우 입을 열었다.

"사람들을 희생시킬 수 없다는 말이야."

그리고는 가타부타 말을 하지 않았다. 이제 그 의미를 알 수 있을 것 같았다. 남편이 왜 그렇게 괴로운 표정을 짓고 말하기 힘들어했는지. 남편이 무척 안쓰럽게 느껴졌다.

"아야!"

갑자기 그녀는 외마디 신음을 토하며 젖을 깨물고 있는 아들의 엉덩이를 가볍게 두드렸다. 아들은 따뜻한 엄마 품에 안겨 젖을 빨다 잠이 들었는데 꿈을 꾸는지 자기도 모르게 젖꼭지를 깨물었던 것이다. 아이는 흠칫 놀라 젖 먹는 것을 멈추고 눈치를 살피더니 이내 열심히 빨기 시작한다.

집은 온 식구가 모두 모여 있을 때 온기가 돈다. 아빠가 일찍 돌아오면 딸들은 너무 좋아서 보던 책을 던지고 달려갔다. 남편은 두 딸을 '큰달'과 '작은달'로 불렀다. 달처럼 세상을 은은하게 밝히는 사람이 되라는 의미에서다. 아이들은 아빠가 피곤한 것은 아랑곳하지 않고 마음껏 재잘대다가 갑자기 전축을 틀어놓고 춤을 추자고 했다. 그러면 남편이 일어나 딸들과 번갈아 가며 춤을 추었는데, 딸들은 자기 발을 아빠 발 위에 올려놓고 아빠가 움직이는 대로 몸을 맡겼다.

그때 묘춘은 푹 꺼진 재래식 부엌으로 내려가 저녁을 준비했다. 방안에서 들려오는 음악과 웃음소리에 미소를 지으며 가족의 저녁 밥상을 마련하는 것은 행복이었다. 부엌과 큰방 사이에는 밥과 반찬이 드나드는 구멍이 뚫려 있었다. 공책 정도의 크기인데 묘춘이 반찬을 넣어주고 어서 상을 가져다 차리라 소리를 질러도 딸들은 아빠와 노는 것이 재밌어 들은 척도 안 했다.

결국 남편이 작은 무도회를 끝내고 작은방으로 가서 나무밥상을 들고 왔다. 밥 먹을 때는 밥상, 공부할 때는 책상으로 겸해 쓰는 것이니 편리한 점도 있었다.

밥상에 옹기종기 모여 앉으면 시장이 반찬이었다. 아이들이 음식을 가리지 않고 뭐든 잘 먹어주어 고마웠다. 남편은 한 번도 음식을 두고 타박하지 않았고 김칫국물에 참기름을 한두 방울 떨어트려 먹는 곳을 특히 좋아했다.

문득 묘춘은 그때가 생각나 마음이 울적해졌다. 그 차갑고 외로운 독방에서 식사는 제대로 하고 있는지, 마음고생이 얼마나 심할지. 지금이라도 달려가서 따뜻한 밥과 국을 끓여주고 싶은 마음이 간절했다. 그 얼굴을 다시 보고 온 가족이 둘러앉아 따뜻한 밥을 먹을 수 있을까.

언젠가 그녀는 남편에게 투정부린 적이 있었다. 아이들 돌보느라 정신이 없어 바깥일에는 통 관심을 기울이기 힘들었고 남편이 무슨 일을 하는지 제대로 알지 못했지만, 그래도 군에 있을 때는 이웃들이 모두 군인 가족이라 부대 돌아가는 사정을 짐작할 수 있었는데, 서울로 이사 오고부터는 남편이 말하지 않으면 도무지 알 수 없었다.

간혹 남편이 출근해서 전화를 걸어와 깜빡 잊고 간 메모를 찾는 경우가 있었다. 그때 묘춘은 남편의 양복 윗주머니를 뒤져 메모를 읽어주었는데 남편이 대단한 사람들과 함께 식사한다는 것을 비로소 알게 되었다. 심지어 청와대에 들어가는 날도 있었다. 그런 날엔 자기도 모르게 심통이 나 퇴근한 남편에게 일부러 쏘아붙였다.

"홍, 그렇게 훌륭한 분들을 만나 식사하는 맛이 어떠셨어요?"

남편은 무척 미안한 표정으로 변명하였다.

"여보, 미안해. 먹으면서도 당신 생각이 간절했다구."

"그 말 어떻게 믿어요? 음악이 흐르는 멋진 곳에서 식사하고 이 좁은 달동네 골목길을 올라올 때 무슨 생각이 들었는지 정말 궁금해요. 우리는 당신 기다리느라 저녁도 먹는 둥 마는 둥 했는데."

그러면 홍주는 아내를 꼭 껴안아주고 이렇게 말했다.

"여보, 그런 말 하지 마. 난 군인이야. 명령에 따라 움직일 뿐이라구. 언제 우리도 좋은 데 가서 식사하자."

"정말요?"

"그럼, 난 언덕 위에 있는 이 집이 제일 좋아. 사랑하는 아이들과 당신이 기다리고 있는 이 집이 나에겐 최고야."

홍주는 이렇게 다정다감하고 소박한 사람이었다. 가난을 부끄러워하지 않고 가족을 최고로 생각하는 사람, 그리고 자기 일에 충실한 사람, 묘춘은 그런 사람이 남편이란 사실이 너무 자랑스러웠다. 절대 남편을 잃지 않으리. 희망의 끈을 놓지 않으리라. 굳게 마음먹었다.

뜻밖의 면회

대통령이 서거하자 민주화에 대한 요구가 봇물 터지듯이 쏟아져 나왔다. 전쟁으로 인해 폐허가 되고 헐벗었던 가난한 나라. 백정도 올가미가 있어야 하는 법이다. 제아무리 시장을 쥐락펴락하는 허생許生도 밑천 없이는 아무것도 못 한다. 개인의 권리보다 공공의 이익이 우선시되고 잘 사는 것이 지상과제였던 이유다.

군사혁명 이후 국가주도로 급속한 경제발전을 도모하느라 개인의 권리는 상당히 제약받고 있었다. 그런데 대통령이 급작스레 죽는 바람에 생각지 못했던 자유가 하늘에서 뚝 떨어진 셈이 되었다. 사실 변한 것은 없었다. 법과 제도는 아직 그대로였고 정부는 전 정부의 유산을 이어받아 안정을 우선시하였다.

하지만 사람들의 생각은 저 멀리 앞서가고 있어 여기저기 갈등이 발생했다. 사방에서 봄이 왔다 외치지만 곧 무슨 일이라도 터질 것처럼 위태롭게 보였다.

광화문 근처 신문사에서 송 기자는 편집국장의 독촉을 받아가며 기사를 쓰고 있었다. 요즘처럼 기삿거리가 넘쳐나는 때에 왜 특종을 잡지 못하느냐 성화였다. 송 기자는 원고를 들어 반질거리는 그 얼굴에 던져주고 싶은 마음이 하루에도 몇 번씩 들었다. 하지만 경쟁사에 근무하는 허 기자가 온갖 인맥을 다 동원하여 특종을 잡아내고 있다는 것을 알기 때문에 그도 가만히 있을 수는 없었다.

  "알겠습니다. 제발 그만 좀 독촉하세요. 저도 할 만큼 하고 있습니다."

  "저것 좀 보라구. 여든에 죽어도 구들동티에 죽었다 하지. 기자라면 당연히 특종 욕심을 내야잖아. 기삿거리가 저렇게 굴러다니는데 사무실에 처박혀 있으면 하늘에서 특종이 뚝 떨어지나? 난 자네가 배부른 고양이처럼 보여. 그러니 쥐를 못 잡지, 어서 움직이지 않고 뭐해!"

  송 기자는 쓰던 원고를 대충 마무리해서 한쪽으로 밀어놓고 편집국장 상판을 보기 싫어 밖으로 나갔다. 국장은 뒷머리에 대고,

  "특종 못 잡으면 아예 들어올 생각도 하지 마."

  소리를 질렀다. 제길, 특종을 어디 가서 잡는다? 언감생심 특종은 꿈도 꾸지 않는다. 내일 신문에 실릴 기삿거리라도 좀 얻었으면 좋겠다. 이런 생각을 하면서 송 기자가 터벅터벅 광화문 거리를 걷는데 저 앞에 허 기자가 보였다. 송 기자는 그를 부를까 말까 잠시 망설이다 무슨 소식이라도 얻어들을 속셈으로 불러 세웠다.

  "허 기자."

  "아니 이게 누구야?"

허 기자는 그를 반기며 날도 추운데 어디 가서 몸 좀 녹이자고 한다. 두 사람은 근처에 있는 다방에 자리를 잡았다. 김이 모락모락 오르는 쌍화차를 앞에 두고 송 기자가 물었다.

"자네는 어찌 그리 특종을 잘 잡나? 그 비결 좀 알려주게. 국장 등쌀에 못 살겠다구."

"내가 무슨 특종을 잡았다고 그래. 그저 발로 뛰는 수밖에."

허 기자는 딴청을 피우며 한발 뺀다.

"그러지 말고 같이 좀 먹고살자."

송 기자가 채근하자 허 기자는 갑자기 엉뚱한 이야기를 꺼냈다.

"자네 혹시 미국의 제롬 프랭크라는 판사가 펴낸 《무죄》라는 책을 알고 있나?"

"들어본 적은 있네."

"다행이군. 거기에는 서른여섯 가지의 오판 사례가 실려 있는데 제롬 프랭크는 이렇게 말하고 있어. '무고한 피구속자를 갖는 것이야말로 문명의 수치다'고 말이야."

송 기자는 허 기자가 무슨 말을 하는지 몰라 눈을 껌벅였다.

"무슨 뜻인가?"

"그가 말하는 것은 단순해. 오판의 가장 큰 원인은 증인의 증언을 곧이곧대로 믿는다는 거지. 여기엔 수사搜査도 포함돼. 피고인의 입장을 역지사지易地思之로 바꿔 생각하지 않기 때문에 오판이 생긴다는 말이야. 최근 시중의 관심을 끌고 있는 재판을 생각해보라구. 혹시 재판장이 오판할 수도 있지 않을까 우리는 그것을 지켜봐야지."

"대통령 시해사건을 말하는 겐가?"

"그것까지 모두 포함해서 말일세."

송 기자는 찻잔을 들어 홀짝 마시는 동안 허 기자가 말한 의미를 생각해보았다. 이 사람은 지금 10·26 사건의 재판이 문제 있다고 여기는 것일까. 알 수 없었다.

"자네 말대로 피고인의 증언이 오판을 초래한다고 치세. 하지만 이번 사건은 너무 명백해서 오판의 여지가 없을 것 같은데⋯."

"아니, 이번 재판은 거꾸로일세."

"응?"

"피고인의 증언은 재판에 영향을 거의 끼치지 않고 오히려 재판부의 예단이 우선시되고 있단 말이야. 사실 재판부도 힘이 없지. 장막 뒤에서 주문을 내는 세력이 있으니까."

송 기자는 말 없이 찻물을 꿀꺽 삼켰다. 그 세력이 무엇을 뜻하는지 알고 있었기 때문이다.

"재판관은 법전만 달달 욀 것이 아니라 역지사지의 정신이 필요해. 프랑스 작가 아나톨 프랑스가 쓴 《신들은 목마르다》란 작품을 보면, 배심관으로 앉아 많은 사람을 단두대로 보냈던 사람이 입장이 뒤바뀌어 피고인석에 섰을 때의 그 참담하고 비참한 심정을 그리고 있지. 지금 아무렇지도 않게 너도 사형, 너도 사형, 똑같은 판결을 내리는 재판관들이 만약 피고인석에 선다면 어떤 기분일까."

"아마 무척 두렵고 참담하겠지."

"그럴 거야. 항상 높은 자리에서 내려다보던 사람이 피고인석에서 위를 올려보는 느낌은 견디기 힘들겠지."

허 기자는 말을 마치고 나갈 채비를 하다가 문득 생각났다는 표정

으로,

"송 기자, 혹시 박 대령 어떻게 되었는지 알고 있나?"

"육군교도소에 수감되어 있지."

"아마 조만간 형이 집행될 걸세."

"뭐? 아직 재판 중인 사건인데 그렇게 빨리? 아무리 단심재판이라 하더라도 주범에 대한 재판이 진행 중이잖은가. 설마."

"알 게 뭔가. 그들은 의로운 군인을 원하지 않아."

송 기자는 새삼 놀라운 기분이 들었다. 허 기자의 발이 넓은 것을 익히 알고 있었지만 형의 집행이 곧 있을 것이란 사실까지 알고 있으니 말이다. 그는 허 기자에게 확인하고 싶은 것이 있었다.

"허 기자, 재판에서 박 대령이 쏜 총알 말일세. 다른 피고인들의 총알이 경호원들을 명중시킨 것은 다 확인이 되었는데, 박 대령의 총알은 아직 오리무중이지?"

"오리무중은 무슨, 이미 다 알고 있다네. 박 대령은 그의 말대로 사람을 향해 총질을 하지 않았어."

"그렇군. 그럼 이기주와 유성옥이 억울하지 않을까? 세 사람이 같이 쏘기로 암묵적 동의를 한 상태에서 박 대령만 혼자 허공에다 총질을 했으니."

"흠, 그렇게 생각할 수도 있겠지. 하지만 내가 보기엔 ···."

"뭔가?"

"박 대령 성격으로 볼 때 그 자리에서 총에 맞아 죽어도 좋다는 각오를 했다고 보네. 부장의 명령을 거부할 수 없는 군인의 입장으로 사격을 하되 사람에게는 쏘지 않는다는, 뭐 그런 정도의 자기원칙을 지키지 않았을까 싶어."

"일이 잘못되어 총에 맞아 죽어도 좋다?"

"그렇지. 어쩌면 그때 누구 총에라도 맞아 죽는 편이 차라리 더 나았을지도 몰라."

허 기자는 찻잔을 들어 입술을 축이고 말을 이었다.

"하지만 그런 것은 그의 생명에 아무런 영향을 미치지 못하네. 이미 박 대령도 그걸 알고 있겠지. 그건 명예에 관한 문제일 뿐, 벌써 재판이 끝나버렸으니까. 그만 가지."

송 기자는 곰곰이 생각에 잠겨 있었다. 허 기자가 카운터 앞에서 계산을 치르다 고개를 돌리고,

"자네, 특종을 잡고 싶다 했지? 그러면 앞으로 경찰서 기자실에서 쪽잠 자지 말고 국회와 군부 쪽에 연줄을 대고 귀를 기울이게. 아마 대단한 특종을 낚을 수 있을 거야."

조언을 해주고 다방을 나갔다. 송 기자는 남아 있는 찻물을 홀짝거리며 허 기자에 대해서 생각해보았다. 저번에는 박 대령을 신나게 까더니 이제 와서 재판에는 역지사지의 정신이 필요하다구? 참 알 수 없는 친구였다. 어쩌면 허 기자가 누구보다 박 대령에 대해서 안타까운 마음을 가지고 있을지도 모른다는 생각이 들었다.

송 기자는 사무실로 돌아와서 정치부로 보내 달라 떼를 썼다. 국장은 특종 잡아 오랬더니 시간만 축내고 들어와서 갑자기 그게 무슨 말이냐 손사래를 쳤다. 그래도 송 기자는 물러서지 않고 틈만 나면 국장을 졸라댔다. 지성이면 감천인지 며칠 후 정치부 기자들이 탄 취재차량이 교통사고를 당하고 두 명이 입원하는 바람에 송 기자는

임시로 정치부를 맡게 되었다. 다친 동료기자들에게 미안했지만 그는 허 기자가 해준 말이 있었기 때문에 국방부를 출입하며 무슨 움직임이 있는지 촉각을 곤두세우고 이번에야말로 특종을 낚아보리라 다짐했다.

묘춘은 남편이 사형선고를 받았지만 현실을 도저히 인정할 수 없었다. 누가 보더라도 엄청난 죄를 지은 것은 맞다. 하지만 군인은 명령에 죽고 명령에 사는 사람 아니던가. 상관의 명령이 있으면 주저하지 않고 그 명령을 수행하는 것이 군인이다. 남편은 군인임을 자랑스럽게 여기고 그 임무에 충실하던 사람일 뿐이다. 군인은 명령을 자의적으로 판단하여 선택할 수 없는 것이다. 그런데 사형이라니, 아무리 생각해도 기가 막혀 묘춘은 그대로 있을 수 없었다. 누구라도 붙잡고 하소연하고 싶었다. 이렇듯 간절함에 몸부림치던 그녀에게 사람들이 찾아왔다.

"누구세요?"

"우리는 파쇼 군부독재를 타도하기 위해 민주화운동을 하는 사람입니다. 심려 많으시지요."

"아, 네."

묘춘은 남편의 일로 찾아오는 사람들을 뿌리치지 않았다. 혹시 살길이 열릴까 하는 실낱같은 희망을 가지고 그들을 맞이했다.

"박 대령님은 몸을 바쳐 이 나라를 독재로부터 구해내신 겁니다. 훌륭한 일을 하신 거예요."

"저는 그런 거 잘 몰라요. 아기 아빠를 어떻게 하면 살릴 수 있을까요?"

"음, 그건 우리도 뭐 백방으로 노력은 하고 있지만 아직 길이 보이지 않습니다. 우리는 사모님을 위로하고 격려하기 위해서 온 것입니다."

"고맙습니다."

"아직 민주주의의 꽃이 핀 것은 아닙니다. 혹시 독재를 완전 타도하고 박 대령님의 뜻을 받들어 운동을 하고 싶으시면 언제든지 연락 주세요. 우리가 성심성의껏 도와드리겠습니다."

그들은 연락처를 적어주고 사라졌다.

이들뿐만이 아니다. 며칠 후에는 깔끔한 양복을 챙겨 입은 건장한 남자 세 사람이 찾아왔다. 머리가 짧은 것으로 보아 그녀는 이들이 군인이겠거니 생각했다. 남자들은 정중하게 인사한 다음 누구냐고 묻는 말을 얼버무리고,

"사모님, 대령님을 살릴 길이 아주 없는 것은 아닙니다."

단도직입적으로 말을 꺼냈다. 묘춘은 귀가 솔깃하고 반가워,

"어서 말씀해보세요. 어떻게 하면 아기 아빠를 살릴 수 있는지."

물었는데 세 사람은 서로 얼굴을 마주 보고 눈을 끔뻑하더니 뜻밖의 말을 꺼냈다.

"그건 그리 어렵지 않습니다만 사모님의 결심이 필요합니다. 대령님을 살릴 수 있는 사람은 사모님밖에 없어요."

통 알아듣지 못할 소리만 계속하는 것이다.

"그러니까 그게 뭔지 어서 말씀해보시라니까요. 제가 할 일이라는 게 도대체 뭡니까?"

"말씀드리겠습니다. 사모님께서 성명을 하나 내주시면 됩니다."

"성명이요?"

"네, 김재규 부장의 지시로 어쩔 수 없이 가담하게 되었다, 대통령 각하를 시해한 역적 김재규 부장을 비난한다는 그런 내용으로 성명을 내주시면 박 대령님은 살 수 있을 겁니다. 사실대로만 적어주세요."

"사실? 무슨 사실이요?"

"말 그대로 사실입니다. 사건에 가담하게 된 경위, 김재규 부장의 강압적인 지시를 받고 어쩔 수 없었다는 내용, 그리고 그를 비난하는 성명입니다. 부관으로 있을 때부터 그의 인간성 때문에 힘든 적이 많았다는 내용이면 더욱 좋구요. 뭐, 우리가 당장 답변을 듣고자 온 것은 아닙니다. 며칠 생각해보시고 연락을 드릴 테니 그때 말씀해주십시오."

남자들은 인사를 꾸벅하고 바람처럼 사라졌다. 묘춘은 캄캄한 어둠 속에서 갑자기 희망이 보이는 것 같았다. 그녀는 남편을 내 손으로 살릴 수 있다는 벅찬 기쁨 때문에 잠을 이루지 못하고 남자들의 제의를 곰곰이 생각해보았다. 이럴 때 남편을 만나 의견을 들어보면 좋으련만 세 번째 면회를 다녀온 후에는 얼굴을 보지 못하고 있었다. 남편이 이 말을 들으면 어떤 반응을 보일까, 그러라고 할까, 아니면 안 된다고 할까.

그녀가 혼자 끙끙대며 고민을 하고 있을 때 마침 시어머니가 왔다. 며느리 혼자 아픈 몸으로 아이들 셋을 키우는 것이 염려되어 반찬을 싸가지고 온 것이다. 저녁을 물리고 묘춘은 어머니께 조용히 말을 꺼냈다.

"어머니, 사실은 며칠 전에 어떤 사람들이 왔었어요."

"그래, 무슨 일로 왔다든?"

"혜영 아빠가 모시던 김재규 부장을 비난하는 성명을 발표해주면 살릴 수 있다고 했어요. 저는 어떡해야 할지 모르겠어요."

며느리의 말을 듣고 있던 시어머니가 한참 동안 무엇인가 생각하더니 자상한 어조로 이야기를 시작했다.

"아가, 혜영 아버지 어릴 적에 이런 일이 있었단다. 그애 고향이 이북인데 여섯 살 때 가족이 월남해서 서울에 자리를 잡았지. 여기서 학교를 다녔어도 온 가족이 이북사투리를 쓰니 그애도 사투리가 좀 심했어. 어느 날 학교에서 선생님이 부르더구나. 바쁜 일을 제쳐두고 학교로 달려가 보았지. 그랬더니 얼굴이 통통 붓고 멍든 상태로 교무실에서 손을 들고 있더라. 선생님은 홍주가 자기보다 덩치 큰 아이 두어 명하고 대판 싸웠다는 거야. 숫자만 믿고 덤볐던 아이들은 홍주에게 얻어맞아 코피가 터지고 시퍼렇게 멍들어 있었다. 그중 한 아이의 아버지는 학교행사 때마다 기부도 많이 하는 사람이라 선생님 입장이 좀 곤란한가 보더라. 선생님은 홍주가 사과하면 그냥 없었던 일로 조용히 넘어갈 생각에 나를 부른 것인데 홍주가 고집을 꺾지 않았어."

"왜 그랬어요?"

"그애들이 먼저 '이북 촌놈'이라고 놀리며 시비를 걸었다지 뭐니. 공부를 홍주가 제일 잘하고 선생님이 예뻐하니까 평소에 샘이 났던 거야. 홍주는 절대 먼저 싸움을 걸 아이가 아니거든. 선생님이 어르고 내가 달래보았지만 요지부동이더라. 오히려 그놈들이 저에게 정식으로 사과하지 않으면 절대로 교무실을 나갈 수 없다고 버티는 바람에 일이 커져버렸다."

"그래서 어떻게 됐는데요?"

"결국 그애 아버지가 장비처럼 콧바람을 불면서 쫓아왔지. 그런데 와서 보고는 한눈에 척 알아보더라. 애들 말을 들어보니 세 놈이 먼저 시비를 걸고 숫자만 믿고 덤비다 얻어맞은 것이 분명했지. 그애 아버지는 체면이 있어서 그랬는지 몰라도 싸움을 문제 삼지 않고 애들을 화해시키고 그냥 넘어갔단다. 그 후로는 홍주를 건드는 애들이 하나도 없었지. 애, 며늘아가."

시어머니는 말을 마치고 무척 다정스럽게 며느리를 부른다.

"네, 어머니."

"혜영 아빠는 자존심이 무척 센 사람이다. 그것만 명심하면 네가 어떻게 해야 할지 마음을 정할 수 있을 게다."

시어머니가 돌아간 후 아니나 다를까 어디에선가 전화가 걸려왔다. 비난성명 내는 것을 며칠 동안 생각해보았느냐는 전화였다. 묘춘은 일언지하에 잘라 말했다.

"그럴 수 없어요."

"아니 왜 그러십니까? 대령님을 살리고 싶지 않으세요?"

"물론 누구보다 살리고 싶지만 남편이 그러라고 할 리가 절대 없고, 남편의 상사인 김재규 부장을 내가 직접 만나보지도 않은 상태에서 어떻게 그런 성명을 낼 수 있겠어요. 만약 내가 남편의 뜻에 반하는 일을 하면 남편은 평생 괴로워하며 살 거예요. 그건 아내로서 할 일이 아닙니다. 저는 못 합니다."

전화를 끊었다. 이후에도 몇 번인가 다시 생각해보라며 회유하는 전화가 왔는데 그때마다 묘춘은 그럴 수 없다는 말로 거절했다. 사실 이렇게 말하기는 쉽지 않았다. 왜 남편을 살리고 싶지 않겠는가. 그까짓 손가락질쯤이야 시간이 지나면 잊히겠지. 이런 생각이 불쑥 들어 그들의 제의를 수락하고 싶었지만 이것은 감정일 뿐이었다. 그녀는 감정과 이성理性의 치열한 대립 끝에 결국 감정을 밀치고 이성을 따를 수밖에 없었다. 남편은 자존심과 명예를 목숨보다 더 소중하게 여겼다. 만약 그것을 잃는다면 살아도 산목숨이 아니요, 어쩌면 스스로 목숨을 끊을지도 모를 일이었다.

묘춘이 정체 모를 사나이들로부터 제의를 받고 마음을 잡지 못하고 있을 때 홍주에게 뜻밖의 손님이 찾아왔다. 면회인 줄 알고 따라나섰더니 면회실로 가는 것이 아니었다. 홍주가 들어간 사무실에는 응접탁자가 놓여있었다. 아무도 없는 빈방에서 잠시 기다렸을 때 누군가 들어오면서 아는 체를 한다.

"홍주."

"아니, 장 선배님."

군복 대신에 깔끔한 양복을 입은 장세동이 홍주에게 자리를 권하며 앉는다. 곧 김이 모락모락 오르는 차가 들어왔다. 사형수에게 특급대우를 하는 것이다. 하긴 육군교도소장이 중령인 반면 장세동은 대령으로 신군부의 핵심세력인 것을 감안하면 이런 대우도 부족하다 할 수 있었다.

"고생 많지?"

"아닙니다. 죄를 지었으면 당연히 벌을 받아야죠."

홍주의 말에 장세동은 말없이 찻잔을 든다. 찻물을 혀로 뱅뱅 돌리며 그의 머릿속에서 어떤 말머리를 찾고 있는 것 같다.

"자네, 바깥소식을 들었나?"

"무슨 소식 말씀입니까?"

"혁명이 일어났네."

이것은 홍주도 변호인을 통해 전해 들어 알고 있는 일이었다. 작년 12월 12일 신군부가 최규하 대통령의 재가 없이 정승화 육군참모총장을 체포하는 과정에서 총격전이 발생하였고 결국 군을 자신들의 손아귀에 넣을 수 있었다. 이 사건을 장세동 입장에서는 혁명이라고 생각하는 것이다. 하지만 홍주는 동의할 수 없었다. 그것은 군사반란이다. 그렇잖아도 가뜩이나 시국이 불안한 때에 군부끼리 무력충돌을 일으킨 것은 도저히 받아들이기 어려웠다. 생각이 여기에 미치자 홍주의 말투가 뾰족하게 변했다.

"바쁘실 텐데 여기까지 무슨 일로 오셨습니까?"

장세동은 다시 찻물을 입에 넣고 혀로 뱅뱅 돌린다. 무슨 말을 꺼낼 때 나름대로 신중을 기하느라고 뜸을 들이는 것이다.

"밖에서 제수씨가 자네를 구한다고 백방으로 뛰어다닌다고 하더군."

순간 홍주는 아내의 모습이 떠오른다. 그 연약한 몸으로 감옥에 있는 남편을 구명해보겠다며 발을 동동거리고 실낱같은 희망이라도 잡기 위해 잠을 이루지 못할 것이다. 그 허우적거리는 손짓이 안타

까워 홍주는 입술을 지그시 깨문다. 장세동은 이렇게 홍주의 마음을 흔들어놓고,

"여기서 죽으면 개죽음이야."

본론을 꺼내기 시작한다. 홍주가 말없이 찻잔을 드는데 손이 바르르 떨린다. 하루도 생각지 않은 날이 없었으나 막상 죽음이란 말을 들으니 온몸이 경직되고 긴장되는 것이다.

"이제 우리는 힘이 있어. 자네 목숨을 구명하는 것도 어려운 일이 아니야. 물론 자네가 마음을 고쳐먹어야 되겠지만 상사의 잘못된 지시를 따랐다가 여기서 뜻을 펴보지도 못하고 죽으면 남아의 일생이 너무 허무하잖은가. 자네는 뜻이 있었어. 나는 그것을 잘 알아. 이보게, 홍주. 곰곰이 생각을 해보란 말이야. 자네의 귀한 재주를 이 나라와 민족을 위해 써야지. 죽고 나면 명예가 무슨 소용이고 의리가 다 무엇이란 말인가."

홍주는 장세동이 하는 말에 마땅히 할 말을 찾지 못하고 묵묵히 앉아있을 뿐이었다. 엉겁결에 제의를 받았기 때문이다. 장세동은 홍주가 자신의 말에 어느 정도 동조하는 것으로 생각하는 모양이다.

"장군님께서 자네를 안타깝게 여기시네. 자네가 생각을 고쳐먹고 우리와 뜻을 같이한다면 길이 열릴 거야. 비록 군문에 남아있지는 못하더라도 조국을 위해 중요한 일들이 맡겨질 테니까. 새로운 인생을 사는 것이지. 홍주, 어떠한가?"

그래도 홍주는 아무 말이 없다. 장세동은 용건을 전했다고 여기고 화제를 돌린다. 육사 재학시절 추억부터 시작해서 이것저것 돌아가는 정세를 이야기하는데 홍주는 간간히 대답을 할 뿐 듣고 있는

입장이다. 이윽고 장세동은 자리에서 일어섰다.

"그만 가봐야겠군. 요즘 할 일이 너무 많아. 다음 주에 올 테니 일주일 동안 잘 생각해서 답을 주게. 오매불망 자네가 나오기를 기다리고 있는 가족들을 생각해보라고. 자네는 현명하니까 어떻게 해야 할지 알 수 있을 거야."

그는 어깨를 가볍게 두드려주고 돌아갔다. 이때부터 홍주는 새로운 고민에 휩싸이기 시작했다. 사형을 언도받고 이제 죽을 날만 기다리며 명예롭게 가겠노라 생각했었는데 막상 살길을 제시하는 장세동을 만난 후에 삶에 대한 집착이 연기처럼 스멀스멀 피어올라 그의 가슴을 꽉 채우기 시작했다.

'그렇지, 장 선배의 말처럼 내게 상사의 잘못된 지시를 수행한 죄밖에 더 있는가. 죽을 이유가 없고 죽기도 싫다. 피지도 못한 채 이대로 스러지는 꽃이 되고 싶지는 않다. 불쌍한 내 가족들, 남편 없고 아비 없는 세상을 그들이 어떻게 살아간단 말이냐. 아, 살고 싶다.'

이런 생각에 그의 가슴이 벅차올랐다. 마치 어부에게 잡힌 복어가 죽기 싫어 바람을 팽팽하게 들이마신 것처럼 말이다. 하지만 그렇다고 해서 복어가 살 수는 없다. 홍주도 어느새 이 사실을 깨닫고 차가운 독방에서 눈만 멀뚱거리며 고개를 외로 돌려본다. 하루는 복어가 되었다가 또 하루는 바람 빠진 풍선처럼 축 늘어지는 것이다.

'아니지, 내가 군인의 길을 걷는 동안 죽음을 두려워한 일이 있었던가. 한 번도 없었다. 그런데 왜 지금 죽음이 두렵고 살길을 찾기 위해 비굴해지고 있는 거지?'

홍주는 자신의 모습을 돌아보았다. 방안에 거울이 없지만 그는 자신의 모습을 자세히 들여다볼 수 있었다. 맑고 깨끗했던 눈동자가 삶에 대한 집착과 새로운 욕망으로 범벅되어 탁하게 변했고, 꼿꼿하고 의연했던 허리가 무엇을 구걸하는 것처럼 꾸부정하고 천하게 보였다. 그는 이런 모습이 싫었다.

'여기서 살아나간다 한들 무슨 낙이 있으랴. 모시던 상관과 함께 했던 동료들이 죽고 난 후에 무슨 부귀영화를 누리며 살 것인가. 비굴하게 얻어낸 삶 속에서 어떻게 장부의 뜻을 펼친단 말인가. 한 번의 굴종은 두 번의 굴종을 낳는다. 어쩌면 저들은 나를 이용하려고 하는 것인지도 모른다. 국민들이 새로운 군사정권의 탄생을 원하지 않는다는 것을 알고 저들은 과거 정권과 다르다는 것을 선전하기 위해 나를 원하는 것이다. 오랜 군사정권을 끝장낸 궁정동 정변의 관련자를 내세움으로써 자신들의 정체를 감추려는 것이다.'

여기에 생각이 미치자 홍주는 마음이 편안해졌다. 혼란스러운 욕망으로 가득 찼던 독방이 비로소 깨끗해지는 것 같았다. 그는 마음이 호수처럼 잔잔해지고 비취색 가을하늘처럼 청명하게 변했다.

일주일 후에 약속대로 장세동이 찾아왔다. 하지만 홍주는 나가지 않았다. 몇 번이고 사람이 오고가며 심부름을 했다. 나중에는 황 상사가 왔다.

"박 대령님, 저분을 저대로 기다리게 하실 겁니까?"

"몇 번을 말해야 알겠소. 먼 길 오신 것에 대해 내 대신 감사한 말씀만 전해드리세요. 더 이상 할 말이 없습니다."

"알겠습니다."

황 상사가 안타까운 눈빛으로 가더니 잠시 후에 쪽지를 가져와서 전해준다.

牛生馬死

　우생마사. 말은 타고난 대로 수영을 잘하고 소는 못하지만, 장마로 인해 불어난 급류에서 수영을 못하는 소는 살고 말은 죽는다는 뜻이다. 말은 제가 수영을 잘하는 것만 믿고 급류를 헤치고 가기 위해 발버둥 치며 제자리를 맴돌다 결국 힘이 빠져 익사한다. 반면 소는 수영을 못하기 때문에 흘러가는 물에 제 몸을 맡기고 바보스럽게 둥둥 떠내려가며 조금씩 얕은 곳으로 다가간다. 마침내 발이 땅에 닿으면 살아나게 되는 것이다.

　장세동은 홍주에게 급류처럼 세차게 흘러가는 시류時流를 거스르지 말고 소처럼 그냥 몸을 내맡겨 살길을 찾으라는 말을 하고 있는 것이다. 한마디로 우직하고 바보처럼 보이는 소가 되어 살길을 찾으라는 말이다.

　홍주는 한참 동안 황 상사가 전해준 쪽지를 바라보더니 그 뒷면에 몇 글자 적어서 돌려준다. 그리고 명상에 잠기는 것처럼 눈을 감았다. 장세동은 빈 사무실에서 오지 않는 홍주를 기다리며 차를 석 잔째 마시고 있었다. 그는 황 상사가 송구한 몸짓으로 들어와 조심스럽게 건네주는 쪽지를 건네받았다.

　水落石出

수락석출. 물이 빠지면 잠겼던 돌이 모습을 드러내는 것처럼 언젠
가는 진실이 밝혀진다는 말이다. 장세동은 쪽지를 들고 낯빛이 변한
다. 그는 자리에서 벌떡 일어서더니 거칠게 문을 열고 나가려다 황 상
사를 보고,

"안타깝군. 행운을 빈다고 전해주시오."

말을 하고는 가버렸다. 이후 장세동은 두 번 다시 홍주를 찾지 않
았다.

하지만 막상 홍주의 형이 집행되었을 때 그 가족에게 군인연금이
라도 조금 줘야 되지 않겠느냐고 신군부에 간청한 사람은 장세동이
었는데, 대통령을 시해한 군법위반자는 국립묘지에 묻힐 수 없었고
연금 또한 받을 수 없었으므로 홍주 가족의 곤궁함은 이루 말할 수
가 없었다.

시간은 속절없이 흘러 입춘이 지났다. 남쪽에서는 벌써 매화가
피고 개나리가 꽃망울을 터뜨렸다는 소식이 들려왔다. 묘춘은 봄이
오면 뭔가 큰일이 터질 것 같은 불길한 마음이 들어 마음이 급해졌
다. 게다가 들리는 말에 의하면 남편을 다른 곳으로 옮길 수도 있다
고 했다. 그녀는 서둘러 음식을 마련해서 버스를 갈아타고 남한산
성을 찾아갔다.

"안 됩니다. 못 들어가십니다."

정문에서부터 가로막고 면회를 시켜주지 않았다. 묘춘은 가로막
는 병사들을 붙잡고 울부짖었다.

"혜영 아빠, 혜영 아빠. 어디 계세요. 왜 못 들어가게 막는 거예

요? 가족 면회를 막는 법이 어딨어요."

그녀는 울부짖으며 제발 면회를 시켜달라고 애원했다. 하지만 교도소 측은 요지부동이었다. 무슨 지시를 받았는지 전과 달리 매우 쌀쌀한 태도였다. 묘춘이 절대 물러나지 않자 황 상사가 나왔다.

"사모님."

묘춘은 저번 면회 때 남편이 황 상사 덕분에 잘 지내고 있다는 이야기를 해주었기 때문에 그에게 매달렸다.

"황 상사님, 제발 우리 아기 아빠, 홍주 씨를 만나게 해주세요. 부탁드립니다."

"저도 어쩔 수가 없습니다. 상부의 지시가 떨어져서 누구의 면회도 허락되지 않습니다. 차 끊기기 전에 그만 돌아가세요. 혹시 전할 말씀 있으시면 제가 전해드리겠습니다."

황 상사가 정중한 태도로 말하자 더 이상 어떻게 할 수가 없어 남편에게 안부를 잘 전해드리라 부탁하고 돌아왔다. 면회가 불허되고 다른 곳으로 옮길지도 모른다는 생각은 그녀를 불안하게 만들어서 사소한 일에도 깜짝깜짝 놀라는 병이 생겼다. 작은딸이 엄마 부르기만 해도 화들짝 놀라 들고 있던 물건을 떨어뜨렸다.

그러던 어느 날 누군가 그녀에게,

"저기 추기경님 한 번 찾아가서 사정해보는 게 어때요?"

조언을 해주었다. 하지만 그녀는 기독교라 천주교 근처에도 가본 일이 없어 망설였다.

"지금 그런 것이 무슨 문제가 되겠어요. 학생들이나 노동자들도 경찰에 쫓기면 명동성당으로 숨고 추기경이 그런 사람들에게 도움을 주기도 한답디다. 혹시 알아요. 일이 잘될 수도 있을지."

묘춘은 말을 듣고 망설일 필요가 없었다. 남편을 살릴 수 있다면 가시밭길 지나 지옥인들 못 가랴. 그녀는 물어물어 추기경을 찾아갔다. 추기경은 아무나 만나주지 않았다. 사전에 약속을 잡아야 하고 그것도 허락이 되어야 가능했다. 다행히 추기경은 박홍주 대령의 부인이라는 말을 듣고 만나주었다.

"자리에 앉으세요."

"만나주셔서 감사합니다."

그녀는 자리에 앉자마자 저간의 사정을 설명하고 제발 남편을 살릴 수 있도록 도와달라고 간절히 호소했다. 추기경은 입을 꼭 다물고 묘춘의 말을 듣더니 드디어 입을 열었다. 묘춘은 무슨 살길이 열리는가 싶어 온몸의 신경을 집중했다.

"박 대령을 편하게 해드리십시오."

청천벽력 같은 소리였다. 묘춘은 순간 눈물이 핑 돌아 뭐라고 말하고 싶은데 너무 기가 차서 아무 말도 할 수가 없었다. 그저 입만 벙긋벙긋할 뿐 소리가 나오지 않아 손을 허공에 대고 흔들었다. 추기경은 자리에서 일어나 창가로 걸어갔다. 그리고 등 뒤로 팔을 돌려 깍지를 낀 다음 창밖을 오래도록 바라보았다.

묘춘은 무슨 다른 말을 더 해주지 않을까, 자리에서 일어나면 남편을 살릴 수 있는 길이 정말 사라질 것만 같아 일어설 수가 없었다. 하지만 추기경은 돌아보지 않았다.

아아, 결국 남편을 살릴 길이 없단 말인가. 절망감이 한꺼번에 몰려와 자리에서 일어설 힘조차 없었다. 잠시 후 안내했던 사람이 다

가와서,

"그만 가시죠."

일어날 것을 재촉했다.

집으로 돌아온 그녀는 이제 누구를 만나야 할지, 누구에게 통사정을 해야 그이를 살릴 수 있을까 생각해보았지만 가슴만 바짝바짝 타들어갈 뿐 뚜렷한 해결책이 보이지 않아 발을 동동 굴렀다.

하늘은 푸르다

대통령이 서거하고 불과 두 달도 되지 않은 1979년 12월 12일 신군부가 정승화 육군참모총장을 체포하고 권력을 장악하였다. 일명 12·12 사태다. 신군부는 최규하 대통령을 앞에 세워두고 뒤에서 실권을 휘두르기 시작했다. 그들은 아직 민주화를 받아들일 마음이 없었다.

하지만 사회 곳곳에서는 막혔던 둑이 터져버린 듯 민주화 요구가 드세게 일어났다. 야당인 신민당 총재 김영삼, 공화당 총재 김종필, 그리고 복권된 김대중이 정치일선에서 대통령을 목표로 치열한 각축을 벌였다. 사람들의 관심은 과연 김영삼과 김대중이 대통령 후보단일화를 이루어낼지에 쏠려있었고, 군부가 어떻게 움직이는가에 대해서는 알 도리가 없었다. 덕분에 대통령 시해사건은 벌써 세간의 관심 밖으로 밀려나고 있었다.

박흥주는 육군교도소에서 바깥사정을 전해 듣지 못하고 그저 작업장에 나가 목공작업을 하는 것이 유일한 재미였다. 그가 작업장에 나가지 않았다면 홀로 독방에 앉아 쉴 새 없이 떠오르는 여러 생각에 고민하고 괴로워했을 것이다.

입춘이 훌쩍 지나고 완연한 봄기운이 바람에 실려 쇠창살을 뚫고 들어오던 3월 4일. 황 상사는 교도소를 순찰하다 홍주의 방 앞에 멈추었다. 방바닥에 쪼르르 놓여 있는 목각인형들이 눈에 들어왔던 것이다. 그는 말동무라도 해줄 겸 홍주에게 말을 걸었다.

"대령님, 그 인형들은 무엇입니까?"

"아이들을 위해서 깎은 것입니다."

"그렇군요."

황 상사는 박홍주의 손재주에 감탄하며 맞장구를 쳤다. 홍주는 신이 나서 인형을 들고 장황한 설명을 해주었다.

"이걸 보세요. 악기를 들고 연주하는 인형은 큰딸에게 줄 겁니다. 큰애가 플루트를 사달라고 했는데 아직 사주지 못했거든요. 그리고 요거, 예쁜 치마처럼 보이지 않으세요? 작은딸은 여성스러워서 예쁜 옷과 액세서리에 관심이 많아요. 여태껏 아빠가 데리고 가서 옷 한 벌 사주지 못했습니다. 그게 미안해서 예쁜 옷을 입고 있는 인형을 만들었어요."

"알겠습니다. 세 번째 것은 말 같은데요."

"바로 맞혔습니다. 이것은 막내아들 줄 겁니다. 목말을 태워주면 얼마나 좋아하는지 모르거든요. 그래서 말을 깎았어요. 씩씩하고 남자답게 자랐으면 하는 바람이죠."

"아직 완성하지 못한 것도 있군요. 그건 누굴 위해서 깎는 겁니까?"

황 상사의 물음에 홍주는 얼굴이 붉어지면서 쑥스러워한다.

"이거요? 이건 아내에게 주려고 한창 만들고 있는 건데 며칠 걸릴 거예요. 자동차를 깎고 있거든요."

"자동차요? 사모님이 자동차를 좋아하시나 봅니다."

"여자가 자동차를 뭐 그리 좋아하겠어요. 그냥 내 마음일 뿐입니다."

홍주는 아직 미완성품으로 남아 있는 자동차를 들었다 놨다 하면서 이리저리 살펴보기도 하고 황 상사에게 어떤 부분을 보완했으면 좋겠느냐 물었다.

"대령님은 참 손재주가 좋군요."

"허허, 군인 말고 차라리 목수를 할 걸 그랬나 봐요."

"그러게 말입니다."

홍주가 모처럼 웃었다. 황 상사는 매일 입을 꽉 다물고 무엇인가 골똘히 생각하는 홍주의 굳은 얼굴만 보다 이렇게 웃는 모습을 보니 더불어 기분이 좋아졌다.

그런데 홍주가 갑자기 웃음을 멈추고,

"그런데 말입니다."

정색을 하고 황 상사를 바라보았다.

"네, 말씀하세요."

"혹시 내가 이걸 아이들에게 전해주지 못하면 황 상사가 챙겨놨다가 꼭 전해주세요. 부탁입니다."

황 상사는 마치 유언을 듣는 것 같아서 기분이 언짢았다. 그는 선뜻 대답하기 싫어서,

"대령님이 나중에 직접 전해주세요."

사양했는데 홍주는 황 상사의 손을 꼭 잡으면서 다시 부탁했다.

"꼭 좀 전해주십시오."

"알겠습니다."

황 상사는 이상한 생각이 들어 병사에게 혹시 대령님께 무슨 일이 일어날지도 모르니 바짝 긴장하고 살펴보라는 지시를 내렸다. 황 상사의 걱정과 달리 홍주는 작업장에서 조각칼로 나무 깎기에 열중했다. 보잘것없던 나무토막이 점점 멋진 자동차 모습을 갖추어가고 있었다.

홍주는 밥 먹는 시간이 아까울 정도로 자동차를 만드는 데 여념이 없었다. 이건 아내 주어야지, 애들 키우고 내 뒷바라지하느라 고생한 아내와 함께 승용차를 타고 멀리 여행을 떠나는 상상을 하면서 나무를 깎는다. 옆자리에 아내를 태우고 뒷자리에는 아이들을 태우는 거야. 어디로 갈까? 옳지, 전에 근무했던 인제를 들러 설악산을 넘어가자. 속초에 가서 오징어 회를 먹고, 강릉 경포대에 가서 하얀 백사장을 달리는 거다. 아이들이 모래성 쌓는 것을 도와주고 아내와 팔짱을 끼고 갈매기 끼룩대는 해변을 걸어보자.

아아, 정말 그립다. 정말 가고 싶다. 이 숨 막히는 감옥을 벗어나 자유롭게 살고 싶구나.

홍주가 교도소에서 목각인형을 열심히 깎고 있던 날, 그러니까 1980년 3월 5일이다. 그날 육군참모총장이자 계엄사령관이었던 정승화가 12·12사태로 체포된 지 84일 만에 국방부 법정에서 첫 재판을 받았다.

재판은 세간의 관심에서 멀어졌던 대통령 시해범들을 다시 주목하도록 만들었다. 박흥주를 제외한 다른 피고인들의 재판은 여전히 속전속결로 진행 중이었고, 치열한 법리다툼이 있었지만 그 소식이 전보다 작게 소개될 뿐이었다. 사람들은 재판절차를 잘 모르기 때문에 같은 소리라 여기고 별 관심을 두지 않았다.

　신군부에 체포된 정승화는 김재규가 범인인 것을 확신하고도 그를 도왔고 공모했다는 의혹을 받고 있었다. 정승화 재판과정에서 김재규가 언급되면 그 부하들이 어떻게 지내는지 궁금해지는 것은 당연했다. 기자들이 그 가족들과 흥밋거리를 찾아 보도하고 서울의 봄에 편승하여 너무 중형을 받았다고 떠들기 시작하면 군부에게 골치 아픈 일이다. 신군부는 정승화 재판과정에서 새로운 사실이 드러나거나 대통령 시해범들이 재조명되는 것을 원하지 않았다. 그들로선 갈 길이 바쁜데 발목을 잡히기 싫었던 것이다.

　3월 5일 늦은 오후, 육군교도소 황 상사는 부소장에게 불려갔다. 부소장은 잔뜩 굳은 얼굴로 그를 자리에 앉으라고 하더니 흥주의 근황을 물었다.

　"요즘 박 대령 지내는 것이 어떻습니까?"

　"잘 지내고 있습니다. 목각인형 깎는 데 재미를 붙여서 열심이더군요."

　"음, 문제를 일으키진 않으니 다행입니다."

　"문제라니요. 정말 모범적인 군인입니다."

　황 상사의 말에 부소장도 동의한다는 듯 고개를 끄덕이고 자리에서 일어나 책상 위에 놓여 있는 서류를 보여주었다. 황 상사는 그것을 받아들고 깜짝 놀랐다.

"아니 이건."

"내일 오전에 형을 집행하라는 지시가 떨어졌소."

"아!"

황 상사는 자기도 모르게 외마디 신음을 토해냈다. 예상하고 있었지만 너무 급작스러운 일이었다. 아직 주범에 대한 재판이 끝나지 않은 것으로 알고 있는데 사형집행이라니. 황 상사는 손이 덜덜 떨리고 입이 바짝 마르는 것을 느꼈다.

"전에 황 상사가 말한 대로 박 대령을 형 집행장까지 인솔했으면 하는데 할 수 있겠소?"

"할 수 없지요. 제가 하겠습니다."

"좋아요. 그럼 가서 기다리시오."

황 상사는 부소장실을 나와 사무실로 가는 길에 머리가 아득해짐을 느꼈다. 결국 이렇게 되는구나, 참 안타까운 사람이라는 생각이 들었다. 그의 마지막 가는 길을 내가 이끌어야 한다니. 후회와 괴로움이 한꺼번에 몰려와서 어찌할 바를 모르고 물을 벌컥벌컥 들이켰다.

이튿날 아침 황 상사는 평소보다 일찍 출근했다. 그리고 독방 수련생들에게 배식할 때 함께 따라나섰다. 박흥주는 평소와 달리 꽤 규모 있게 차린 아침상을 받아들었다. 여러 가지 반찬들이 깔끔하게 차려져 있어 한눈에 보기에도 먹음직스럽게 보였다.

황 상사가 직접 아침을 넣어주면서,

"대령님, 맛있게 드십시오."

말을 건넸는데 홍주는 돌처럼 굳은 표정으로 대꾸하지 않고 음식에 손을 대지 않았다.

"오늘은 출근이 일러 제가 직접 왔습니다. 많이 드세요."

황 상사가 아무렇지도 않게 말했지만 홍주는 뭔가 낌새를 챈 모양이다. 그는 숟가락을 들 생각도 하지 않고 구석에 놓인 목각인형과 밥상을 번갈아 쳐다볼 뿐이었다. 그리고 천천히 입을 열어,

"오늘이오?"

처절하고 비통한 목소리로 묻는 것이다. 황 상사는 뭐라 마땅히 대답하지 못하고 어물거렸다.

"박 대령님, 부디 식사 맛있게 하십시오."

황 상사는 더 이상 그 자리에 있기 힘들어 자리를 피했다. 마지막 식사, 제발 맛있게 먹고 아무 일 없이 가길 기원할 뿐이었다.

홍주는 바닥에 놓인 아침밥을 묵묵히 바라보다 울컥 울음이 치솟는지 흑 소리를 내곤 다시 마음을 가다듬었다. 그리고 천천히 식사를 시작했다. 황 상사가 정성껏 차려온 반찬을 하나씩 음미하며 오래오래 씹었다.

목이 막히는 식사를 마친 후 두어 시간쯤 지났을까. 복도 저쪽에서 저벅거리는 군화소리가 들려왔다. 홍주는 꼿꼿한 자세로 앉아 그들을 기다렸다.

"대령님, 면회입니다."

대위 계급장을 단 장교가 황 상사와 함께 와서 전하는 말이다. 몇 번 얼굴을 본 적이 있어 낯선 친구는 아니었다.

"알겠소."

그들은 홍주의 손목에 철컥 수갑을 채우고 팔을 나누어 잡았다. 하지만 억지로 잡아끌지는 않았다. 홍주는 자리에서 일어나 그동안 내 집처럼 지내던 독방을 천천히 둘러보았다. 구석에 놓여있는 목각인형들이 잘 가시라 인사하는 것 같다. 홍주의 눈길이 자동차에 가 멈추었다. 며칠만 더 깎으면 완성되는데, 저것을 마치지 못하고 가게 되다니. 생을 마감하는 것보다 아내에게 줄 자동차를 저 상태로 내버려두고 가는 것이 아쉬울 뿐이었다. 그럴듯한 여행을 한 번도 시켜주지 못했던 후회가 밀려와서 당장이라도 손을 뿌리치고 자동차를 마저 깎고 싶었다.

'제발 시간을 주시오. 이 자동차를 완성할 시간 말이오.'

그는 마음속으로 이렇게 외쳤다. 젊은 장교와 황 상사는 홍주가 멈칫하자 팔에 힘을 주었다.

"대령님, 이제 가야 할 시간입니다."

황 상사가 사정하는 목소리로 말했다.

"이보오, 황 상사."

"네, 말씀하십시오."

"저 인형들, 저 인형들 말이오, 꼭 황 상사가 전해주는 거요."

홍주의 말에 황 상사는 아무 걱정 말라는 표정으로 고개를 끄덕였다. 그제야 홍주는 마음이 놓이는 듯,

"이제 갑시다."

걸음을 뗐다. 황 상사는 홍주의 팔을 잡고 있었지만 그가 인도하는 것이 아니라 오히려 인도당하고 있다는 생각이 들었다. 빨리 갈

필요가 없고 급한 일도 아니었지만, 홍주는 좌우에 있는 대위와 황 상사를 오히려 인솔하고 있는 듯 당당한 걸음걸이로 나아갔다.

드디어 밖으로 나왔다. 뿌옇던 아침안개가 걷히고 푸른 하늘이 드러나 날이 참 좋았다. 홍주는 잠시 그 하늘을 바라보고 숨을 깊이 들이마셨다.

"대령님, 정말 죄송합니다."

황 상사가 울먹이는 목소리로 말했다. 홍주는 그게 무슨 소리냐는 표정으로 담담하게,

"아니오. 황 상사가 마지막 길을 인도해주어 마음이 편합니다."

위로를 해주고는 반대편 장교에게도 말을 건넸다.

"자네도 마음에 부담 갖지 말게."

"네, 알겠습니다."

어느덧 그들은 형 집행장에 들어섰다. 이미 집행장에는 육군본부 계엄검찰부 검찰관, 사형집행관, 육군교도소장, 군의관, 군목, 기자, 사진병 등이 와서 대기하고 있었다. 한쪽에는 총을 든 헌병들이 줄지어 서있었는데 하나같이 침울한 표정이다.

기자는 송 기자다. 그는 국방부 출입기자로 있다 박홍주 대령 사형집행을 취재하러 온 것이다. 국방부에서 누가 육군교도소로 취재 갈 것인가를 두고 출입기자들 간에 갈등이 있었다. 누구도 사형집행을 두 눈으로 보고 싶지 않아 선뜻 자원하는 사람이 없었기 때문이다. 결국 제비를 뽑아 정하기로 했는데 하필 송 기자가 걸렸던 것이다.

일이 이렇게 되고 보니 송 기자는 차라리 자원할 걸 하는 후회가

밀려들었다. 남들에게 드러내놓고 말하지 못했지만 홍주는 그의 서울고 동창생이 아닌가. 다른 사람이 간다고 해도 자신이 나서야 옳았다. 그런데 국방부 출입경력이 짧다는 핑계로 미적거리다 결국 자신이 제비뽑기에 걸렸으니 어쩌면 이것은 하늘의 뜻인지도 몰랐다. 그는 혹시 홍주가 자신을 알아볼까 싶어 다른 사람들 틈에 숨듯이 몸을 감추고 고개만 슬쩍 내밀었다.

이윽고 저 멀리서 양손이 앞으로 묶인 채 푸른색 군복을 입고 군화를 신은 박홍주가 뚜벅뚜벅 걸어오는 것이 보였다. 사람들은 여태껏 보아온 사형수와 다른 느낌을 받았다.

비록 계급장과 명찰이 떼어지고 왼쪽 가슴에 하얀 수형번호가 붙어 있을 뿐이지만 저렇게 당당한 사형수는 처음이었다.

오늘 형이 집행되는 사람은 군형법 위반자 네 명이었다. 한 명씩 세워놓고 집행명령서 낭독과 신원확인 절차를 마친 후에 사형대에 묶었다. 군목이 떨리는 목소리로 기도하였고 사형수들이 앞을 보지 못하도록 눈가리개를 착용시켰다.

그런데 홍주가 차분한 목소리로,

"나는 군인입니다. 내 눈을 가리지 마시오. 맑고 푸른 하늘을 보고 싶으니 그대로 두시오."

이렇게 부탁했다. 순간 눈가리개를 들고 있는 병사가 어쩔 줄 몰라 뒤를 돌아보았다. 교도소장은 원하는 대로 해주라는 뜻으로 고개를 끄덕였다. 사형수 네 명 가운데 박홍주만 눈가리개를 하지 않았다. 홍주는 헌병들이 도열하고 집총하는 것을 아랑곳하지 않고 마음껏 푸른 하늘을 바라보았다.

'하늘이 참 푸르구나.'

사형을 집행할 때 사진병의 임무는 카메라로 그 장면을 담아 기록하는 것이다. 사진병은 미리 구도를 잡고 실수 없이 촬영을 마치기 위해서 카메라 뷰파인더를 들여다보고 있었다. 이제 곧 사격이 시작되려는 순간, 사진병의 눈과 박홍주의 눈이 뷰파인더 속에서 정면으로 마주쳤다. 의연하고 차분하게 바라보는 박홍주의 눈빛에 사진병은 흠칫 놀라 온몸에 전율을 느꼈다.

"발사!"

날카로운 명령이 떨어졌다. 그러나 사진병이 들은 것은 총소리가 아니었다. 총소리보다 앞선 소리, 마치 한 맺힌 소쩍새가 피를 토하듯 박홍주가 목이 터져라 외치는 소리를 들었다.

"대한민국 만세, 대한민국 만세, 대한민국 육군 만세!"

홍주가 갑자기 소리를 지르자 서서 쏴 자세로 총을 발사하던 헌병들이 놀라서 자기도 모르게 쏜살같이 앞으로 뛰어갔다. 그리곤 바닥에 철퍼덕 엎드린 채 바로 앞에서 총을 쏘았다.

사진병은 혼이 빠져 정신이 없는 와중에도 그 모든 것을 사진에 담았으려고 했지만 정작 그가 담은 것은 사진이 아니었다. 발사명령과 박홍주의 외침, 우르르 달려가는 헌병들의 군화 소리와 먼지, 총소리, 그리고 매캐한 화약 냄새와 연기였다.

잠시 후 자욱한 연기와 먼지가 걷히자 홍주가 오래도록 바라보던 푸른 하늘이 드러났다. 송 기자는 하늘을 찢는 듯 요란한 총소리에 귀가 먹먹했다. 간신히 정신을 차리고 앞을 바라보니 고개를 옆으로 젖힌 홍주의 모습이 눈에 들어왔다. 송 기자는 죽음 앞에서도 당당한 친구의 모습에 자신이 한없이 초라하고 부끄럽게 느껴졌다. 그는 눈물을 참으려 애썼지만 어느새 흘러내린 눈물이 코끝에 맺힌다. 송 기자는 훌쩍 코를 들이마시며 하늘로 눈길을 돌렸다.

홍주의 사형집행이 있던 날 묘춘은 신학기가 시작되어 아이들 건사하느라 정신이 없었다. 이제 한 학년씩 더 올라갔으니 조신하고 의젓해야 된다 당부하고 깨끗한 옷으로 갈아입혔다. 아이들은 새로운 친구들을 만날 생각에 가슴이 설레는 한편 긴장되는 모양이다.

"어제 본 친구들은 낯설어. 친한 친구들과 다 헤어졌단 말이야."

작은딸이 푸념을 했다. 큰딸은 제법 숙녀티가 나고 몇 달 새에 어른이 된 것 같았다. 동생을 다독거리며 해주는 말이 어른스럽다.

"그 친구들도 모두 같은 학교에 다니는 거야. 학년이 올라가면 반도 바뀌는 거지."

"피, 누가 그걸 모른대? 언니는 아무것도 몰라."

묘춘은 딸들을 보면 힘든 것이 잊히고 웃음부터 나온다.

"애들아, 학교 늦겠다. 어서 가방 챙겨서 가거라."

엄마의 성화에 못 이겨 아이들이 대문을 나섰다. 묘춘은 막내를 업고 대문 밖까지 따라 나와 아이들 가는 것을 지켜보았다. 그리고 정말 아무 일도 없었다.

평상시와 다름없이 청소하고 정리하고 그렇게 시간을 보내고 있었는데 늦은 오후에 낯선 사람들이 찾아왔다.

"여기가 박홍주 대령님 댁입니까?"

"그런데요. 누구세요?"

"군에서 왔습니다. 이거 받으십시오."

웬 서류를 건네준다. 묘춘은 그것을 열어보고는 눈이 휘둥그레져 아무 말도 못 하고 벌벌 떨기만 할 뿐이다. 그것이 안쓰러운지 낯선 남자가 미안한 말투로 내용을 전했다.

"오늘 형이 집행되었습니다."

묘춘은 온몸에서 피가 다 빠져나가는 것 같았다. 정신이 몽롱해지고 하늘이 와르르 무너졌다. 사람들이 뭐라고 하는지 알아들을 수 없고 더 들을 마음이 생기지 않아 세차게 도리질했다.

그때 이웃 바람댁이 낯선 사람들을 보고 무슨 일인가 싶어 빼꼼 내다보다 묘춘이 대통 맞은 병아리처럼 바닥에 털썩 주저앉는 것을 보고 놀라서 뛰어나왔다.

"에구머니나, 또 무슨 일이우?"

묘춘은 바람댁을 붙잡고 절규하듯이 물었다.

"아니죠? 혜영 아빠가 그리됐을 리 없어요. 그렇죠?"

바람댁은 무슨 사달이 났는지 알 수 없었지만 묘춘을 안정시켜야겠다 마음먹고,

"그래그래, 아무 걱정 마시우. 호랑이에게 물려가도 정신을 차려야지."

달래주고는 남자들을 향해서 빽 소리를 질렀다.

"도대체 무슨 말을 했기에 사람을 이 지경으로 만들었소? 산 사람 눈 빼먹겠네, 정말."

낯선 남자들도 마음이 편한 것은 아니었던 모양인지 마루에 무슨 서류봉투를 들여놓고는 총총걸음으로 사라지고 말았다.

"새댁, 무슨 일이우, 응? 이 물 좀 들이켜고 그만 정신을 차리시구랴."

"아주머니, 우리 그이가, 혜영 아빠가 오늘 죽었대요."

"뭐? 바깥양반이 뭐 어쨌다구?"

놀라기는 바람댁도 마찬가지다. 이웃으로 정을 오래도록 쌓고 살지는 않았어도 막내아들을 안고 언덕배기 골목길까지 나와 바람 쐬던 그 선한 얼굴이 떠올라, 바람댁도 그만 목을 놓고 말았다. 두 여인이 서글피 울어대자 지나던 이웃들이 고개를 내밀고 하나둘 모여들었다.

저녁 무렵 시장에서 일을 마치고 돌아온 바람댁의 남편 박정권은 밥맛이 뚝 떨어지는지 숟가락을 놓았다.

"세상 참 지랄 같구만. 아, 글쎄 그 사람이 중앙정보부에서 일하는 줄 꿈에나 생각했겠어. 그렇게 예의 바르고 좋은 사람 없던데 어쩌다 그런 흉측한 일에 끼어들어 가지고설랑 아까운 목숨을 버렸는지, 쯧. 아이고, 인생 참 덧없다, 덧없어."

"여보, 중앙정보부가 뭐유? 시청 구청 그런 덴가?"

박정권은 이런 여편네를 지금까지 데리고 살았다니 후회하는 눈빛으로 아내를 쏘아보고는 갑자기 목소리를 낮추어서 귓속말로 소곤거렸다.

"자네, 어디 가서 절대 이런 말 하지 마. 중앙정보부는 말야. 아, 글쎄 나는 새도 떨어트린다는 곳을 몰라? 어이구 이 아둔한 여편네야. 하긴 무식한 도깨비 진언을 알랴. 거기 끌려가면 죽거나 반병신이 되어서 나오는 곳이라구. 당신 간첩 알지? 말하자면 간첩처럼 우리 틈에 숨어서 무슨 말을 하는지 무슨 일을 꾸미는지 죄다 보고 들었다가 여차하면 시커먼 지프차를 몰고 와서 쥐도 새도 모르게 잡아간다구. 그리고는 소식이 없어. 아무도 몰라."

남편의 말을 듣고 바람댁은 갑자기 한기가 몰려오는 것처럼 몸을 오소소 떨며 이불을 뒤집어썼다.

묘춘은 이미 어느 정도 각오했던 일이지만 막상 닥치고 보니 경황이 없었다. 완전히 혼이 빠져서 어떻게 남편의 장례를 치렀는지 몰랐고 그저 사람들이 이끄는 대로 따라다니다 일이 끝나버렸다. 위로해주던 사람들이 썰물처럼 모두 사라지고 난 후에야 묘춘은 정말 남편이 없다는 것을 실감할 수 있었다. 이제 남편을 보러 교도소에 면회 갈 일도, 퇴근을 기다릴 일도 없었다. 그녀에게 남겨진 것은 두 딸과 젖먹이 아들뿐. 모두 엄마만 바라보고 있었다.

남편은 참 야속한 사람이다. 이 거친 세상을 어찌 살라고 그리 갔단 말인가. 뭐가 그리 급해서.

안방에 있는 물건들을 볼 때마다 생각이 나고 한 발 걸을 때마다 슬퍼졌다. 엄마가 침울하고 슬픔에 젖어 있으니 아이들도 웃지를 못하고 눈치만 보았다. 그나마 큰딸이 동생들을 챙기고 있어 다행이었다. 묘춘은 아이들 때문이라도 기운을 내고 싶은데 그것이 마음처럼 되지 않아 아예 자리를 보전하고 누워버렸다.

이웃 바람댁이 와서 연신 혀를 차고 거들어줘서 그나마 간신히 버틸 수 있었다.

"쯧쯧, 혜영 엄마. 울고 싶으면 맘껏 우시우. 시간이 약이라우."

행여 애 엄마까지 큰일 치를까 봐 바람댁은 집에서 미음을 쑤어다 먹였다.

"고마워요. 내가 얼른 기운을 차려야 되는데."

"응, 이것 좀 먹으면 기운이 날 거유."

묘춘은 고마움과 설움이 북받쳐 눈물 섞인 미음을 한술 떴다. 간신히 반 그릇을 먹었지만 가슴에 커다란 바윗돌을 얹어 놓은 것처럼 답답해서 숨을 제대로 쉴 수 없을 지경이다. 심호흡을 하며 한숨 돌리고 있을 때 황 상사가 찾아왔다.

"계십니까?"

바람댁이 고개를 내밀고 바라보았는데 또 낯선 사람이다. 이제 낯선 사람만 보면 더위 먹은 소 달만 보아도 헐떡이는 것처럼 놀람증이 생겨 가슴이 벌렁거리고 무서웠다.

"뉘시우?"

"여기가 박홍주 대령님 댁 맞지요?"

바람댁은 대답 대신 묘춘을 바라보았다. 묘춘이 간신히 몸을 일으켜 그를 맞이했다.

"황 상사님이시군요. 누추하지만 좀 들어오세요. 경황이 없어 집안 꼴이 이렇답니다."

황 상사는 큰방에 들어와서 보자기로 꽁꽁 싸맨 물건을 내려놓았다. 그리고 방을 둘러보았는데 여기에서 박 대령이 살았다는 생각을 하니 그도 마음이 울컥해지고 눈앞이 침침해졌다. 교도소에서 보았던 그 늠름하고 의연한 박홍주 대령이 이렇게 어둡고 보잘것없는 집에서 살고 있었구나. 새삼 그 인품이 남다르다는 생각이 들었다.

"이건 대령님이 남기신 겁니다."

황 상사는 편지 두 통과 목각인형을 펼쳐 보였다. 묘춘은 편지를 받아 챙겨놓고 나무인형들을 바라보며 물었다.

"이것들을 그이가 다 만들었나요?"

"그렇습니다. 대령님은 손재주가 아주 좋더군요. 날마다 목공작업실에서 이 인형들을 조각했습니다. 악기를 들고 있는 인형은 큰딸에게 주고, 예쁜 옷을 입고 있는 이 인형은 작은딸에게 줄 것이라고 하셨습니다. 말 인형은 막내아들 것입니다."

"네."

"미처 다듬지 못한 자동차는 사모님께 드릴 것이라고 했습니다. 한 번도 여행을 하지 못한 것이 안타깝다며 …."

황 상사는 자기도 모르게 북받치는 감정을 추스르지 못하고 말문을 닫았다. 묘춘이 얼른 말을 이어받았다.

"알겠어요. 우리는 황 상사님이 혜영 아빠를 얼마나 잘 대해주었는지 잘 알고 있어요. 감사합니다."

황 상사는 자리에서 일어섰다. 묘춘과 바람댁이 엉거주춤 일어나 배웅하려고 하는데,

"괜찮습니다. 나오지 마십시오. 사모님, 박 대령님은 제가 지금껏 군 생활하면서 본 사람 가운데 가장 멋진 군인이셨습니다."

마당에 차렷 자세로 서서 거수경례를 올리고 돌아갔다.

바람댁은 황 상사의 씩씩한 모습에 어안이 벙벙한 표정이었다.

"에구, 내가 이러고 있을 때가 아니지. 빨래 올려놓은 것을 깜빡했네."

부산을 떨며 집으로 돌아갔다.

묘춘은 남편이 깎아준 나무 인형들을 하나씩 들어 요모조모 살펴보았다. 정말 남편이 깎았다고 믿기 어려울 만치 정교하고 예쁘게 만든 인형들이다. 그녀는 아이들이 보면 무척 좋아하겠다는 생각에 미소가 나왔다. 인형들을 한쪽으로 밀어놓고 편지를 열어보니 자신과 아이들에게 쓴 편지다.

여보, 혜영 엄마

그동안 얼마나 고생이 많았소. 사랑하는 당신에게 못 할 일을 맡겨 내 마음이 아프오. 우리가 가정을 이루고 살아왔던 시간들이 나에게는 무척 소중하고 자랑스러웠다오. 다시 태어나 결혼한다 해도 나는 주저하지 않고 당신을 선택할 것이오.

여보, 애들에겐 이 아빠가 군인으로서 당연히 해야 할 일을 했으며 그때 조건도 그러했다는 점을 잘 이해시켜 열등감에 빠지지 않도록 긍지를 불어넣어 주시오. 앞으로 살아갈 식구를 위해 할 말을 못 하고 말았지만 세상이 다 알게 될 거라 생각하오.

그리고 이 사회가 죽지 않고 정의가 살아 있다면 우리 가정을 그대로 놔두지는 않을 게요. 정신적으로나 경제적으로나 도와줄 것이라고 생각하오. 설령 그렇지 않다 하더라도 의연하고 떳떳하게 살아가면 되지 않겠소. 당신은 군인의 아내이고 사랑하는 아이들의 어머니니까 잘 헤쳐 나갈 것으로 믿어요.

여보, 이제 이 한 장의 편지로 그동안의 내 삶을 마감할까 하오. 비록 죽음을 맞이하지만 결코 두렵거나 아쉬움은 없소. 아쉬움이 있다면 사랑하는 내 가족과 더 많은 시간을 함께하지 못한다는 것뿐이오.

여보, 혜영 엄마. 힘들 때마다 나의 사랑을 잊지 마시오.

당신을 사랑하는 남편이.

묘춘은 절대 울지 않으리라 다짐하고 다짐했건만 남편의 편지를 보니 울음을 참을 수가 없었다. 이 편지를 쓸 때 마음이 얼마나 처연하고 절박하고 슬펐을까. 남편이 너무 애처롭게 느껴져 그녀는 방 바닥에 엎드려 한참을 울었다.

학교에서 돌아온 딸들은 아빠가 만들었다는 나무 인형을 들고 무척 좋아했다. 인형에 무슨 색깔을 칠할까 고민하고 어쩜 자기와 꼭 닮았는지 모르겠다며 얼굴에 대보았다. 막내아들이 말 인형을 장난감인 줄 모르고 입으로 쪽쪽 빠는 바람에 모두 깔깔대며 웃었다. 묘춘은 저녁을 먹고 난 후에 아이들을 앉히고 아빠가 쓴 편지를 내보였다.

"절대 울지 말고 읽어야 한다."

혜영이는 편지를 받아들고 고개를 끄덕였다.

사랑하는 나의 두 딸들에게.

그동안 아빠가 없어 마음고생 많았겠구나. 아빠는 너희들이 자라가는 모습과 좋은 남자를 만나 가정을 이루고 오순도순 사는 것까지 모두 보고 싶지만 그리할 수 없어 미안하구나.

딸들아. 아빠가 없다고 해서 절대로 기죽지 말고 전처럼 매사를 떳떳하게 지내거라. 아빠는 군인으로서 조금도 부끄러움이 없는 사람이다. 앞으로 너희들이 자라는 동안 어머니와 친척 어른들의 지도를 받고 양육되겠지만 결국 너희 자신은 커서 독립하여 살아야 한단다. 스스로 무슨 일이든 헤쳐 나갈 수 있도록 독립정신을 가져야 한다.

너희들을 앞에 앉혀두고 이런 말을 하면 좋겠지만 아빠가 처해있는 상황 때문에 어쩔 수 없구나. 우리가 살아가면서 무엇보다 중요한 것은 바로 선택을 어떻게 하느냐에 달려 있단다. 자기 판단에 의한 선택이면 그 선택에 대한 책임을 반드시 져야 한다. 그러므로 신중히 생각해서 후회 없는 선택을 해야 하는 것이다. 슬기로운 선택, 여기에 세상의 성공과 실패가 좌우된단다.

사랑하는 내 딸들아! 이 아빠가 어디에 있든 언제나 엄마의 말을 믿고 따라야 한다. 엄마를 잘 돌보고 자신의 일에 충실하는 것이 나를 기쁘게 하는 일이다. 부디 건강하고 사회가 필요로 하는 사람이 되기를 간절히 바란다. 내 어린 아들에게도 같은 마음을 전하며.

너희들을 사랑하는 아빠가.

다행히 혜영이는 편지를 다 읽을 때까지 한 번도 울지 않았다. 아빠의 당부대로 씩씩하고 마음이 강해진 것이다. 하지만 작은딸은 금방이라도 닭똥 같은 눈물이 뚝 떨어질 것처럼 그렁그렁한 눈빛이다. 묘춘은 아이들을 천천히 바라보며 말했다.

"아빠 말씀 잘 알겠지?"

"네."

"이제 우리끼리 서로 힘을 합해서 열심히 사는 것이 아빠를 기쁘게 해드리는 거야. 너희들은 밖에 나가서 절대 기죽지 말고 공부 열심히 해. 엄마도 더 이상 아프지 않고 너희들 뒷바라지에 힘쓰마."

막내아들이 박박 기어서 누나가 내려놓은 편지를 붙잡았다. 혜영
이는 편지가 찢어질까 봐 얼른 한쪽으로 치우며,

"막내도 아빠 편지를 읽고 싶은가 봐요."

웃어주자 작은딸 혜은이가 그제야 눈물을 훔치고 말했다.

"피, 벌써 다 들었는걸."

모처럼 행당동 언덕배기 박흥주 대령의 집에서 웃음소리가 흘러
나왔다.

님의 침묵

김재규는 변호인을 통해 박흥주의 형이 집행된 것을 전해 듣고 한참 동안 말없이 앉아 있었다. 어차피 모두 죽을 것을 알고 있었으나 이렇게 빨리 형이 집행될 줄은 미처 몰랐다. 이제 자기도 곧 형장의 이슬로 사라질 것을 느끼며 떨리는 목소리로 입을 열었다.

"참 아까운 사람입니다."

"그렇지요. 시대를 잘못 만나 그런 것 아니겠습니까."

"아니오. 상관을 잘못 만난 탓이지요. 내가 그를 죽음으로 이끌었습니다."

김재규는 괴로운 표정으로 자책했다. 생각해보면 아쉬운 점이 너무 많았다. 왜 충직한 부하들을 믿지 못하고 더 치밀하게 준비할 시간을 주지 않았을까, 일이 실패로 끝나고 보니 자신이 부하들을 배신한 것 같아 재판정에서 그들의 얼굴을 제대로 보기 힘들었다. 하지만 그들은 한 번도 자신을 원망하거나 해되는 진술을 하지 않았다.

김재규는 면회를 마치고 독방으로 돌아와서 부하들을 생각해보았다. 박흥주와 박선호. 두 사람은 김재규가 가장 아끼고 사랑하는 부하들이었다. 명절이나 휴일에도 그가 부르면 언제든지 달려왔고 죽는 것을 뻔히 알면서도 상관의 명을 받들었다. 문득 재판정에서 박선호가 했던 말이 떠오른다.

"김 부장님을 모셨다는 것을 첫째 영광으로 생각하고, 저로 하여금 항상 인간으로 일깨워주시고, 국가의 앞날을 버러지의 눈이 아니라 창공을 나는 새의 눈으로 볼 수 있게, 똑바른 눈이 될 수 있도록 길러 주신 데 대해 항상 영광으로 생각했습니다. 지금 또 그와 같은 상황에 처해도 저는 그 길밖에 취할 수 없다는 것을 분명히 말씀드립니다."

이 말을 듣고 김재규는 세상 모든 것을 다 가진 것처럼 뿌듯했고 자신이 저지른 일에 대하여 위로를 받을 수 있었다. 하지만 자신은 그 말을 들을 자격이 없는 사람이라는 생각이 들었다. 그토록 전심을 다해 충성했던 부하들에게 선택할 수 있는 기회를 주었던가, 상관과 부하 간의 위계질서와 신뢰관계를 이용해 오히려 내가 그들을 배신한 것은 아닌가? 자문해볼 때 자신 있게 아니라고 대답할 수 없었다.

박흥주가 죽었다는 소식을 듣고 난 후 김재규는 극도로 침울해졌다. 마치 오른팔 하나가 없어진 것처럼 허탈하고 무기력한 기분이 들었기 때문이다. 더구나 흥주가 죽은 날은 자신의 생일이었다. 마치 그가 자신의 삶을 통째로 가져가버린 것처럼 생각되어 살아있음이 실감되지 않았다. 우연의 일치일까. 내 생일에 홍주가 죽다니. 어쩌면 나의 삶은 이제 홍주로 인해 끝나버린 것인지도 모른다. 이제 죽은 목숨이다. 내 생명은 홍주로 인해 끝났고 지금 숨 쉬고 있는 나는 허깨비일 뿐이다.

죽음을 눈앞에 두고 보니 할 수 있는 일이 아무것도 없구나. 김재규는 속이 뻥 뚫려버린 것처럼 허허롭고 외롭다.

하긴 육군교도소에 앉아 죽음을 기다리는 것 말고 달리 할 일이 없었다. 김재규는 불경을 통해 삶과 죽음의 고통으로부터 벗어나는 길은 해탈밖에 없다는 것을 알고 있다. 그는 시시각각 다가오는 죽음의 공포로부터 해방되기 위해 불경을 뒤적이고 참선한다. 하지만 끝없이 솟아나는 번뇌와 속세의 인연을 어찌하지 못하고 깊은 한숨을 내쉰다. 그는 시간이 갈수록 살이 빠지고 눈에 힘이 풀려 형 집행이 있기 전에 풀썩 쓰러질 것만 같았다.

어느 날 그는 면회 온 가족들에게 이렇게 말했다.

"내가 죽으면 박홍주 곁에 묻어다오."

아마 죽은 후에는 홍주와 나란히 누워 상관과 부하의 관계가 아닌 남자 대 남자로 지내고 싶었는지도 모른다. 아니면 정말 미안하다 사과하고 싶어서였을까. 김재규의 유언에도 불구하고 그는 홍주 곁에 묻히지 못했다.

대통령 시해사건에 관련된 피고인들에게 형이 집행되고 그들은 사람들의 뇌리에서 빠르게 잊혔다. 무심한 세월만 속절없이 흘렀고 세상은 10·26 사건에 관련된 사람들에게 관심 갖고 진지하게 살펴

보지 않았다. 말하기 좋아하는 사람들이 술잔을 기울일 때 '만약 이
랬다면? 저랬다면?' 가정을 해보고 핏대 올리는 것이 전부였다. 마
치 진 바둑을 복기하는 것처럼 말이다.

1990년대 중반까지 송 기자는 드라마 같았던 현대사의 중심인물
들을 취재하는 동안 권력의 눈치를 보지 않으리라 다짐하며 많은 기
사를 썼다. 덕분에 신문사에서 내쫓기기도 했는데 다시 복직되어
언론에 몸담고 있다. 어느덧 2000년을 목전에 두고 있는 지금, 젊은
기자들로부터 국장님으로 불린다. 하지만 그는 여전히 현장을 뛰는
송 기자로 불리는 것이 좋다.

그 또한 급변하는 사회 속에서 먹고살기 바쁘고 새로운 취재, 특
종에 대한 부담감에 짓눌려 10 · 26 사건에 대해 생각해볼 여지가 없
었다. 문득 생각이 날 때도 있었지만 나중으로 미루기만 했다. 어쩌
면 육군교도소에서 본 장면이 너무 충격적이라 의도적으로 기억을
지워버리려 노력했는지도 모른다.

그런데 사진부장으로 인해 그의 생각이 바뀌었다. 어느 날 아침
사진부장과 대화하던 도중에 군대 이야기가 나왔고, 그가 육군교도
소에서 기록사진을 찍는 사진병으로 일했다는 것을 알게 되었기 때
문이다.

"그래? 나도 거기 국방부 출입기자로 갔었는데 … ."

"아, 같은 곳에 계셨군요."

송 국장은 사진부장과 함께 남한산성 육군교도소 이야기 속으로
빠져들었다.

"저는 그때 뷰파인더 속에서 저를 똑바로 바라보던 박흥주 대령을

절대 잊을 수가 없습니다. 아무도 몰라요. 뭐랄까, 저에게 무슨 하고 싶은 말이 있는 것 같기도 하고 당당한 모습 그대로 찍어달라고 포즈를 잡았던 것 같기도 해요. 사람이 죽는 순간에 그럴 수 있을까요. 여태껏 저는 그때 찍은 사진보다 더 강렬한 인상을 심어주는 사진을 찍지 못하고 있습니다. 어쩌면 영원히 그럴지도 모르지요. 제 인생에 있어 최고의 특종 사진이라고 생각합니다."

"특종?"

"네."

송 국장은 자신이 미처 모르고 있던 사실을 사진부장을 통해 알게 되었다. 아, 그 친구. 무학여고 뒤편 행당동 달동네 언덕배기에 살던 사람. 나와 서울고등학교 동창이었지. 그 가족들은 지금 어디에서 무엇을 하고 있을까. 갑자기 궁금증이 생겼고 그동안 자신이 해야 할 일, 무슨 의무를 소홀히 하고 있었다는 생각이 들었다.

그는 홍주가 죽은 이후 같은 학교를 다녔다는 말을 사석에서 쉽게 꺼내지 못했다. 때로는 전혀 관계없는 사람처럼 행동했고 오히려 부담스러워한 적도 있었다. 왜 그랬을까. 왜 떳떳하게 그가 내 친구이며 의로운 군인이었다고 말하지 못했을까. 홍주는 죽을 줄 알면서도 상관의 명령을 받고 군인의 길을 걸어갔는데 왜 나는 그를 밀어냈을까. 한없이 부끄러운 마음이 들었다.

아마 그것은 홍주가 복권復權되지 못해서였을 것이다. 그의 삶을 안타깝게 생각하지만 누구도 나서주지 않으니 복권은 요원한 일이었고 불가능해 보였다. 어쩌면 이 사회가 홍주를 배신했을지도 모른다. 홍주는 이 사회에 정의가 살아있다면 그의 가족을 내버려두

지 않을 것이라고 믿었는데 과연 그러했을까. 송 국장은 이 물음에
그렇지 않다고 자신 있게 말할 수가 없었다.

그는 기자들이 자리를 비운 조용한 사무실에서 의자를 뒤로 젖히
고 무엇인가 골똘히 생각하더니 지난 신문기사와 자료를 뒤적였다.
그리고 전화기를 들었다.

"허 교수, 나 송 국장일세."

허 교수는 허 기자다. 오랜 기자생활을 청산하고 지금은 대학 신
문방송학과에서 저널리즘을 강의하고 있다.

"무슨 일인가?"

"자네, 내일 시간 좀 내주게. 함께 가볼 데가 있어."

허 교수는 잠시 강의시간표를 살펴보는 눈치더니,

"마침 시간이 되는군."

흔쾌히 동의하고 나섰다.

이튿날 두 사람은 경기도 포천으로 향했다. 가는 동안 송 국장은
허 교수에게 이것저것 이야기를 해준다.

"자네, 10 · 26 사건 박 대령 기억하지?"

"응, 갑자기 박 대령은 왜? 이제 와서 동창생 생각이 나는 건가?"

허 교수는 언젠가 송 국장이 이야기를 해주어 두 사람이 서울고
동창생이란 것을 알고 있다. 문득 허 교수의 머릿속에 낡은 필름을
좌르륵 펼쳐놓은 것처럼 지난 일들이 하나씩 지나간다. 그 속에서
푸른 군복을 입고 있는 젊은 군인 홍주가 보인다.

핸들을 잡고 있는 송 국장이 말을 이었다.

"자네도 마찬가지겠지만 나는 그동안 특종을 쫓아다녔네. 실제 몇 번 특종을 터트린 적도 있었고."

"그거야 기자에겐 가슴 짜릿하고 제일 좋은 일 아닌가."

"그렇지, 그런데 내 인생에 있어 가장 중요한 특종을 놓치고 있었던 것 같아."

"철들자 노망이라더니, 편집국에 죽치고 앉아서 아직도 특종 생각을 하고 있었던 모양이군. 아서, 젊은 놈들 못 따라간다구."

"그동안 할 일이 있다는 것을 까마득히 잊고 있었어."

차가 한적한 공원묘지에 도착하고 두 사람은 언덕을 오르기 시작했다. 나이 탓인지 금방 숨이 가빠오고 이마에 땀이 맺힌다. 허 교수는 아직도 성질이 남아있어 연신 투덜거린다.

"에이, 그러게 국립묘지에 묻힐 일이지."

"박 대령은 국립묘지에 무척 묻히고 싶어 했었네."

"내 말이 그 말일세. 꼭 잘난 놈들이 제 앞가림을 못 한다니까."

군인에게 있어 국립묘지는 최고의 명예다. 평생 동안 조국을 위해 헌신하고 죽어 국립묘지에 묻히는 것은 그 무공을 인정받고 후손들이 뜻을 기린다는 의미다. 그래서 군인들은 죽음을 두려워하지 않고 전장으로 나간다.

국립묘지는 한 국가가 거친 파도를 어떻게 헤쳐왔는지, 그 정신은 무엇인지 단적으로 보여주는 곳이다. 원한다고 해서 아무나 묻힐 수 없고 나라를 위했던 선열들의 정신은 두고두고 후손들에게 전해진다. 군인 박홍주는 자신을 돌보지 않고 누구보다 열심히 군인의 삶을 살았지만 결국 국립묘지에 묻히지 못했다.

송 국장과 허 교수는 몇 번이나 걸음을 멈추고 숨을 가다듬은 후에야 겨우 박홍주의 무덤에 이르렀다. 경사가 15도 정도 되는 동남향 언덕이다. 꽤 높은 곳에 있어 햇볕을 가리는 것이 없고 전망이 시원해 보였다.

박홍주 대령의 묘

어른 무릎을 약간 넘기는 작은 비석이 박홍주가 이곳에 묻혀있음을 알려주고 있었다. 그 앞에 누가 가져다 놓았는지 모를 작은 꽃다발 하나가 다소곳이 놓여 외로움을 달래준다.

송 국장은 숨을 고르며 지나간 세월을 하나씩 떠올려본다. 처음 행당동 달동네 언덕배기를 오를 때, 걱정과 두려움에 가득 찬 눈길로 아빠의 구명을 호소하던 딸들, 그리고 육군교도소에서 보았던 홍주의 당당한 모습과 외침, 모든 것이 마치 어제 일처럼 생생하게 다가왔다. 홍주가 생전에 살았던 곳과 이곳이 다르게 느껴지지 않는 것은 무엇 때문일까.

송 국장은 불꽃처럼 짧은 삶을 살고 간 친구의 당당하며 멋졌던 모습이 새삼스럽게 느껴졌다. 누구나 오래 살고 싶어 하지만 삶의 아름다움은 인생의 장단長短에 있지 않다는 생각이 들었다. 젊은 군인 박홍주, 그는 영원히 늙지 않고 늠름한 모습 그대로 사람들의 가슴에 기억되고 있는 것이다.

한참 동안 작은 비석을 어루만지던 송 국장이 울먹이는 목소리로 입을 뗐다.

"홍주, 이제 와서 정말 미안하이. 난 자네가 낙종落種인 줄 알았는데 알고 보니 내 인생의 특종이었네."

허 교수는 아무 말 없이 아래를 바라보며 한숨을 내쉰다. 깊게 파인 주름 사이로 땀인지 눈물인지 모를 물이 주르륵 흘러내린다. 그는 시원하게 불어오는 바람을 맞고 서서 혼잣말을 한다.

"사실은 그렇게 살지 못하는 자신에게 화가 났을 뿐이야."

허 교수의 말이 바람에 실려 허공으로 퍼졌다. 어디에선가 청명한 새 울음소리가 들리고 나뭇잎이 바람에 물결친다. 두 사람은 행당동 달동네로 취재 갔던 일이 떠올라 한참을 이야기한다. 그리고 말없이 누워 있는 친구와 함께 따사로운 햇볕이 내리쬐는 언덕배기에서 눈이 시리도록 푸른 하늘을 오래도록 바라보았다. 홍주가 마지막으로 보았던 그 하늘을 그리며.